O LIVRO DOS PEIXES DE WILLIAM GOULD

RICHARD FLANAGAN

O livro dos peixes de William Gould

Romance em doze peixes

Tradução
Paulo Henriques Britto

Companhia Das Letras

Título original
Gould's Book of Fish — A Novel in Twelve Fish

Este projeto contou com o apoio do governo australiano, por intermédio do Australia Council, sua dotação para as artes e seu conselho consultivo.

Capa
João Baptista da Costa Aguiar

Ilustrações
William Buelow Gould, *Book of Fish*
Allport Library e Museum of Fine Arts (Launceston, Tasmânia)

Preparação
Leny Cordeiro

Revisão
Carmen T. Simões da Costa
Isabel Jorge Cury

Dados Internacionais de Catalogação na Publicação (CIP)
(Câmara Brasileira do Livro, SP, Brasil)

Flanagan, Richard, 1961-
O livro dos peixes de William Gould : romance em doze peixes / Richard Flanagan ; tradução Paulo Henriques Britto. — São Paulo : Companhia das Letras, 2003.

Título original: Gould's Book of Fish — A Novel in Twelve Fish
ISBN 85-359-0407-7

1. Ficção inglesa — Escritores australianos
I. Título.

03-4271 CDD-823

Índice para catálogo sistemático:
1. Ficção : Literatura australiana em inglês 823

EDITORA SCHWARCZ LTDA.
Rua Bandeira Paulista, 702, cj. 32
04532-002 — São Paulo — SP
Telefone (11) 3707-3500
Fax (11) 3707-3501
www.companhiadasletras.com.br

Minha mãe é um peixe.
William Faulkner

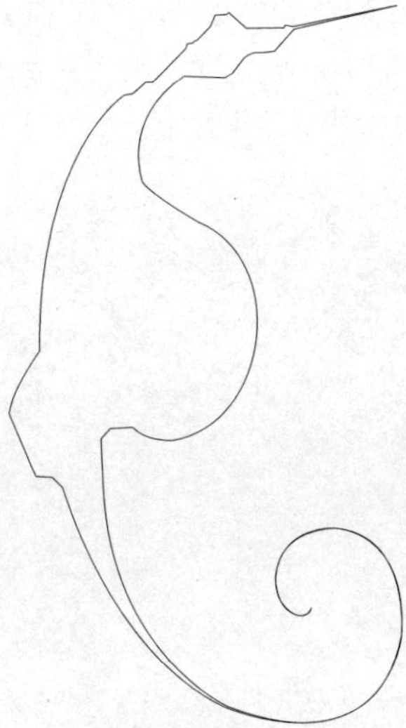

O cavalo-marinho barrigudo

Descoberta do Livro dos peixes *— Móveis falsos e curandeirismo — A Conga — O sr. Hung e* Moby Dick *— Victor Hugo e Deus — Uma nevasca — Por que a História e as histórias nada têm em comum — O livro desaparece — A morte de minha tia-avó Maisie — Sou seduzido — Um cavalo-marinho macho dá à luz — A queda.*

I

Vive em mim ainda hoje o deslumbramento que senti ao descobrir o *Livro dos peixes*, luminoso como o marmoreado fosforescente que me acometeu a vista naquela estranha manhã; cintilante como aqueles misteriosos torvelinhos que se desenharam em minha mente e encantaram minha alma — que deram início, naquele exato momento, ao processo de desmantelamento do meu coração e, pior ainda, da minha vida, reduzindo-os à meada magra e esfrangalhada que é a história que você está prestes a ler.

O que poderia haver naquele brilho suave que me levaria a pensar ter eu vivido a mesma vida vez após vez, como se fosse um místico hindu eternamente preso à Grande Roda? que viria a se tornar meu destino? a me roubar a personalidade? a fazer com que meu passado e meu futuro se tornassem uma coisa única, indivisível?

Seria aquela luminosidade hipnótica que se desprendia em espirais do manuscrito caótico, do qual já brotavam cavalos-marinhos, peixes-folhas e mira-céus, infundindo de uma luz deslumbrante um dia cinzento que mal havia nascido? Seria aquela lamentável vaidade intelectual que me levava a imaginar estarem contidos em mim todos os homens, todos os peixes, todas as coisas? Ou teria sido algo mais prosaico — más companhias e péssimas bebidas — que me levou ao impasse monstruoso em que me encontro agora?

Personalidade e destino, duas palavras, escreveu William Buelow Gould, que designam a mesma coisa — mais um ponto a respeito do qual ele, como sempre, estava redondamente enganado.

Meu querido Billy Gould, tão bom e tão bobo, com suas risíveis histórias de amor, tanto amor que não lhe é possível agora, como não lhe foi então, continuar. Porém creio que já começo a me perder em digressões.

Nós estamos — nossas histórias, nossas almas estão —, conforme me convenci, graças aos peixes fedorentos de Gould, num processo de constante decomposição e reinvenção, e o presente livro, como eu viria a descobrir, era a história desse monturo que é meu coração.

Nem mesmo minha pena febril é capaz de dar uma pálida idéia de meu êxtase, um deslumbramento tão intenso que foi como se, no momento em que abri o *Livro dos peixes*, todo o resto de meu mundo — do próprio *mundo*! — tivesse sido lançado nas trevas, e a única luz que existisse em todo o universo fosse a que se desprendia daquelas páginas antigas e chegava até meus olhos atônitos.

Eu estava desempregado, pois não havia muito trabalho na Tasmânia naquela época, e há menos ainda agora. Talvez minha mente estivesse mais suscetível a milagres do que estaria em outras circunstâncias. Talvez, assim como uma pobre camponesa portuguesa tem uma visão de Nossa Senhora porque não deseja ver nenhuma outra coisa, também eu ansiasse por tornar-me cego para meu próprio mundo. Talvez se a Tasmânia fosse um lugar normal onde as pessoas tivessem empregos convencionais, passassem horas no trânsito a fim de passar mais horas ainda esmagadas por ansiedades normais, aguardando a hora de voltar para um confinamento normal, e onde ninguém jamais ficasse a sonhar como seria ser um cavalo-marinho, então não aconteceria a ninguém uma coisa anormal como se transformar em peixe.

Digo "talvez", mas para ser franco não tenho certeza.

Talvez esse tipo de coisa aconteça o tempo todo em Berlim e Buenos Aires, só que as pessoas têm vergonha de admitir. Talvez Nossa Senhora apareça o tempo todo nos conjuntos habitacionais de Nova York e nos horrendos arranha-céus de Berlim e nos subúrbios a oeste de Sydney, só que todos fazem de conta que não a vêem e aguardam ansiosamente que ela desapareça e pare de os deixar constrangidos. Talvez a nova Fátima seja algum lugar na imensidão do Clube dos Trabalhadores de Revesby, uma auréola pairando sobre a tela do videopôquer a piscar "*VINTE-E-UM*".

Quem sabe se, quando todos dão as costas, quando todos os rostos estão voltados para os monitores de videopôquer, não há ninguém para testemunhar o momento em que uma velhinha começa a levitar ao preencher seu formulário da Sena? Perdemos, talvez, a capacidade, o sexto sentido que nos permite ver milagres, ter visões, compreender que somos alguma coisa diferente e maior do que o que sempre nos disseram que somos. Talvez a evolução esteja se processando no sentido contrário há mais tempo do que imagino, e todos nós já nos tenhamos transformado em peixes melancólicos e mudos. Como já disse, não tenho certeza, e as únicas pessoas em que confio, como o sr. Hung e a Conga, também não têm certeza.

Para ser sincero, cheguei à conclusão de que são poucas as coisas neste mundo a respeito das quais podemos ter certeza. Ainda que o leitor esteja concluindo justamente o contrário, dou muito valor à verdade, mas, tal como William Buelow Gould continuava a perguntar a seus peixes muito depois de terem eles morrido por efeito de suas investigações infinitas e inúteis, onde é que se encontra a verdade?

Quanto a mim, levaram embora o livro e tudo o mais, e o que são os livros, no final das contas, senão contos de fadas em que não se pode fiar?

Era uma vez um homem chamado Sid Hammet que descobriu que não era quem ele julgava ser.

Era uma vez um tempo de milagres, e o supracitado Hammet julgava ter se envolvido com um deles. Até aquele dia ele vivia de expedientes, o que é uma maneira mais delicada de dizer que sua vida era uma constante desilusão. A partir daquele dia ele tornou-se vítima do cruel suplício da crença.

Era uma vez um homem chamado Sid Hammet, que viu, refletida no brilho de um estranho livro sobre peixes, sua própria história, que começava como um conto de fadas e terminava como uma dessas canções infantis sem pé nem cabeça.

Era uma vez um tempo em que coisas terríveis aconteciam, mas foi um tempo muito remoto, num lugar muito distante, que todos sabem que não é aqui, nem agora, nem nós.

II

Até aquele momento eu me dedicava à atividade de comprar móveis velhos, já apodrecendo, para torturá-los ainda mais com todas as indignidades imagináveis. Enquanto martelava os armários lamentáveis para lhes realçar a pátina patética, ou urinava nas peças de metal para acentuar o azinhavre pútrido, gritando os palavrões mais cabeludos para me sentir melhor, eu imaginava que aqueles móveis eram os turistas que inevitavelmente os haveriam de adquirir, comprando objetos que julgavam ser sobreviventes de um passado romântico quando na verdade não passavam de testemunhos de um presente deplorável.

Minha tia-avó Maisie dizia que era um milagre eu ter conseguido encontrar algum trabalho, e eu imaginava que ela sabia o que estava dizendo; afinal, não fora ela que me levara, aos sete anos de idade, ao estádio de North Hobart para assistir à milagrosa vitória do North Hobart na semifinal de rúgbi? Ela pingou água benta de Lourdes, guardada num frasco minúsculo, sobre a terra enlameada do estádio. O treinador do time era o grande John Devereaux, e eu estava embrulhado num cachecol com as cores dos Demons, vermelho e azul, como um gato egípcio mumificado, só os dois olhos grandes e curiosos de fora. No intervalo, fui correndo ver aquela floresta de coxas de jogadores, a trescalar Gelol, e ouvir o grande John Devereaux pronunciar um discurso arrebatador.

North Hobart estava perdendo por doze gols de diferença, e eu sabia que ele faria um pronunciamento notável para os jogadores; o grande John Devereaux não era o tipo de homem que decepciona seus admiradores. "Parem de pensar nessas porras dessas mulheres", disse ele. "Você, Ronnie, pare de pensar na Jody. E você, Nobby, o melhor que você faz é esquecer a tal da Mary." E assim por diante. Era maravilhoso ouvir todos aqueles nomes de mulher e saber que elas eram tão importantes para aqueles gigantes do esporte. Quando então eles ganharam a partida, dando grandes saltos no ar, aprendi que amor e água formavam juntos uma mistura realmente imbatível.

Porém, voltando ao meu trabalho com mobília, era, como dizia Rennie Conga (esse nome, apresso-me a esclarecer, para o caso de algum membro de sua família ler este livro e se ofender, não era exatamente seu nome verdadeiro, porém ninguém jamais conseguia recordar seu sobrenome italiano por completo, e Conga parecia adequado àquele corpo sinuoso e às roupas pretas e apertadas com que ela costumava cobrir suas formas serpentinas), a técnica de reinserção social encarregada do meu caso, um trabalho com boas perspectivas, principalmente quando chegavam transatlânticos cheios de americanos velhos e gordos. Com suas barrigas protuberantes, bermudas, pernas estranhamente magras e sapatos brancos mais estranhos ainda nas bases daqueles corpanzis, os simpáticos americanos eram verdadeiros pontos de interrogação humanos.

Digo "simpáticos", mas o que realmente quero dizer é que eles tinham dinheiro.

Tinham também seus gostos, que eram estranhos, mas do ponto de vista comercial eu gostava bastante deles — e eles de mim. E por algum tempo eu e a Conga ganhamos um bom dinheiro com as cadeiras antigas que ela havia comprado num leilão quando fechou mais uma sede de um escritório governamental na Tasmânia. Eu pintava essas cadeiras com tinta de esmalte, em várias cores vivas, depois as lixava, raspava-as de leve com um ralador de legumes, mijava nelas e as vendia como se fossem feitas pelos *shakers*, trazidas para cá em baleeiros de Nantucket no último século, que vinham, como dizíamos respondendo às perguntas dos pontos de interrogação, até os mares do Sul em busca dos grandes leviatãs.

No fundo, o que os turistas estavam comprando era a história, o único tipo de história que lhes interessava comprar — uma história americana, feliz e emocionante, cujo tema era "nós os encontramos vivos e os trouxemos de volta para casa" — e por algum tempo essa história funcionou. Tanto assim que se esgotou nosso estoque de cadeiras, e a Conga foi obrigada a criar uma linha de produção, fechando negócio com uma família vietnamita recém-chegada ao país, enquanto eu datilografei a história e preparei etiquetas de autenticação fornecidas por uma organização fictícia por nós criada, à qual demos o nome de Associação de Antiquários da Terra de Van Diemen.

A história do vietnamita (ele se chamava Lai Phu Hung, mas a Conga, uma pessoa respeitosa, fazia questão de que o chamássemos de sr. Hung) era tão interessante quanto qualquer história dos baleeiros de outrora, a fuga do Vietnã com toda a família fora mais perigosa, a viagem deles à Austrália num barco de pescaria superlotado e caindo aos pedaços fora mais desesperada, e ainda por cima eles eram melhores em matéria de artesanato em osso de baleia do século dezenove — mais uma linha de atividade em que nos envolvemos, devo acrescentar. Como modelos para seus trabalhos em osso, o sr. Hung utilizava as xilogravuras de uma velha edição da Modern Library de *Moby Dick*.

Porém ele e sua família não tinham nenhum Melville, nenhum Ismael, Quiqueg nem Acab no tombadilho, nenhum passado romântico, apenas problemas e sonhos, como todos nós, problemas e sonhos tão maculada e irremediavelmente humanos que não tinham nenhum valor para aqueles pontos de interrogação vorazes. Para lhes fazer justiça, eles procuravam apenas coisas que os isolassem do passado e das pessoas em geral, nada que oferecesse nenhuma ligação com o humano e o doloroso.

Queriam histórias, foi o que acabei compreendendo, em que eles próprios já estivessem aprisionados, e não histórias nas quais eles aparecessem lado a lado com o narrador, como cúmplices da fuga. Eles queriam que a gente dissesse "baleeiros", para que eles pudessem retrucar "Moby Dick" e evocar imagens da minissérie em questão; para que em seguida disséssemos "antigüidades" e eles arrematassem com a pergunta: "Quanto?".

Esse tipo de história.

O tipo que vende.

E não as histórias do sr. Hung, que nenhum ponto de interrogação estava interessado em ouvir, fato esse que o sr. Hung aceitava com um estoicismo extraordinário, em parte porque sua verdadeira ambição era ser não operador de guindastes a vapor, como fora em Haiphong, e sim poeta, um sonho que lhe permitia afetar uma atitude romântica de renúncia em relação à indiferença de um mundo insensível.

Pois a religião do sr. Hung era a literatura, literalmente. Ele era membro da seita budista Cao-Dai, a qual considerava Victor Hugo um deus. Além de cultuar os romances dessa divindade, o sr. Hung parecia conhecer bem (e dava a entender que com eles tinha uma certa comunhão espiritual) vários outros grandes nomes da literatura francesa oitocentista, dos quais eu só conhecia os nomes — e, por vezes, nem isso.

Porém, como estavam em Hobart e não em Haiphong, os turistas não estavam nem um pouco interessados em pessoas como o sr. Hung, e certamente não nos pagariam para ouvir suas histórias sobre guindastes a vapor, nem sobre os grous pescadores de seu pai, nem seus poemas, nem mesmo seus pensamentos a respeito das ligações entre Deus e a literatura francesa. Assim sendo, o sr. Hung improvisou uma pequena oficina no porão de sua velha casa em Lutana, que pertencera à companhia de zinco, e começou a fabricar falsas cadeiras antigas e a fazer trabalhos em falso osso de baleia para complementar nossas ficções mais sórdidas.

E por que haveria o sr. Hung e sua família, por que haveríamos eu e a Conga, de ter escrúpulos a esse respeito?

Os turistas tinham dinheiro e nós precisávamos de dinheiro; eles só nos pediam que os enganássemos e lhes disséssemos a coisa mais importante: que eles estavam protegidos, que a sua sensação de segurança — nacional, individual, espiritual — não era apenas uma piada de mau gosto que lhes estava sendo imposta por um destino entediado e caprichoso. Queriam que lhes dissessem que não havia nenhuma ligação entre o passado e o presente, que não precisavam andar de luto nem ficar com a consciência pesada por terem eles poder e dinheiro e ninguém mais ter nem uma coisa nem outra; não precisavam se preocupar por ninguém saber lhes explicar por que motivo a riqueza de poucos parecia curiosamente depender da miséria de muitos. Nós, bondosos, fazíamos de conta que a única coisa que estava em jogo era a compra e venda de cadeiras, perguntas sobre preços e tradições e respostas apropriadas sobre os assuntos em questão.

Mas o que estava em jogo não eram preços e tradições; não era absolutamente nada disso.

Os turistas faziam perguntas insistentes, tácitas, e nós tínhamos de responder da melhor maneira possível, com móveis falsificados. O que eles perguntavam na verdade era: "Estamos protegidos?"; e o que respondíamos na verdade era: "Não, mas uma barricada de produtos inúteis talvez ajude a bloquear a vista". E como húbris não é apenas uma palavra que veio do grego antigo, mas também um sentimento humano tão profundamente arraigado que pode muito bem ser considerado um instinto infalível, o que eles também queriam saber era: "Se a culpa é nossa, então vamos sofrer?"; e nossa resposta era, na verdade: "Sim, e lentamente, mas uma cadeira falsificada talvez ajude tanto a vocês quanto a nós a suportar melhor a situação". Ou seja, era um meio de vida, e se não era tão bom assim também não era tão mau assim; embora estivesse disposto a carregar quantas cadeiras conseguíssemos vender, eu não estava disposto a carregar nas costas todo o peso do mundo.

Pode parecer que um empreendimento como esse haveria de ter aprovação incondicional, e inevitavelmente evoluiria, diversificando-se até se transformar numa atividade redentora de proporções globais e mérito nacional. Talvez até conquistasse prêmios de exportação. Sem dúvida, em qualquer cidade de respeito — por exemplo, Sydney — uma fraude tão onírica quanto essa seria muito bem recompensada. Porém estávamos, afinal de contas, em Hobart, onde os sonhos continuavam a ser uma questão estritamente privada.

Quando recebemos várias cartas de advogados de vendedores de antigüidades contendo ameaças de procedimentos legais, veio por água abaixo nosso nobre esforço no sentido de oferecer consolo aos tribunos aposentados de um império decrépito. A Conga foi obrigada a abrir um negócio de consultoria de turismo ecológico com o vietnamita que fabricava móveis falsos, e eu tive de procurar algum tipo de trabalho diferente.

III

Assim foi que, naquela manhã de inverno que se revelaria fatídica mas que no momento parecia apenas frígida, dei por mim no bairro portuário de Salamanca. Num velho armazém de arenito encontrei o que ainda era uma loja de quinquilharias, antes que os turistas se apropriassem do espaço e o transformassem em mais um restaurante ao ar livre sutilmente excessivo.

Acomodado atrás de alguns armários de ébano-da-austrália, móveis dos anos quarenta, fora de moda, que não interessariam a nenhum turista como modo de absolvição, encontrei por acaso um velho guarda-comida de ferro galvanizado; movido pelo desejo infantil de olhar dentro de tudo que está fechado, abri-o.

Dentro encontrei apenas uma pilha de revistas femininas de anos passados, uma descoberta tão poeirenta quanto decepcionante. Já ia eu fechar a porta quando divisei, por trás daqueles rumores de amor e histórias vulgares de princesas tristonhas e perdidas, alguns frágeis fios de algodão que se destacavam, alegres, tal como a barbicha de minha tia-avó Maisie, sem nenhuma vergonha e com um certo vigor arcaico.

A porta emitiu uma nota desafinada quando a escancarei para poder olhar direito o interior. Vi que aqueles fios se desprendiam de uma encadernação um tanto desgastada, tendo a lombada se desprendido em parte. Com todo o cuidado, como se tivesse um peixe magnífico irremediavelmente emaranhado na minha rede, introduzi minhas mãos no guarda-comida, levantei as revistas e fui puxando de debaixo delas o que me pareceu ser um livro em mau estado.

Levantei-o à altura do rosto.

Aproximei o nariz do livro.

O cheiro, coisa curiosa, não era aquele odor bolorento e adocicado dos livros velhos, e sim a fragrância salgada dos ventos que vêm do mar da Tasmânia. Corri de leve o dedo indicador pela capa. Embora ela estivesse recoberta por uma camada fina de sujeira negra, o contato proporcionou-me uma sensação sedosa. Foi quando removi aquele sedimento secular que ocorreu a primeira de uma longa série de coisas notáveis.

Eu devia ter percebido naquele momento que aquilo não era um livro comum, certamente não um livro que devia cair nas mãos de um catapulgas como eu. Conheço — ou, ao menos, julgava conhecer — os limites de minha criminalidade, e acreditava que sabia dizer não a qualquer traquinagem que acarretasse riscos pessoais.

Mas era tarde demais. Eu já estava — como me haviam dito antes, no decorrer dos procedimentos legais — implicado. Pois por trás daquele delicado pó negro algo de extraordinário estava acontecendo: a capa marmorizada do livro estava emitindo um brilho roxo suave, porém cada vez mais perceptível.

IV

Lá fora era um melancólico dia de inverno.

Um manto de neve recobria a montanha atrás da cidade. Uma onda de névoa descia pelo rio largo, cobrindo, como se fosse um edredom a cair lentamente, o vale pelo qual se espalhavam as ruas silenciosas e quase vazias de Hobart. Na gélida beleza da manhã, uns poucos vultos envoltos nos trajes arlequinais dos dias frios passaram lépidos, e depois sumiram. A montanha, branca, acinzentou-se e por fim desapareceu, ensimesmada, por trás de uma nuvem negra. A cidade adormecia pouco a pouco. Como se fossem sonhos perdidos, flocos de neve começaram a descer, valsando, sobre aquele mundo silenciado.

Tudo isso não é de todo irrelevante, pois o que estou tentando dizer na verdade é que estava tão frio quanto um túmulo e dez vezes mais silencioso que um túmulo, que num dia assim não há presságios, nada que pudesse me alertar do que estava prestes a acontecer. Num dia assim ninguém mais se daria ao trabalho de entrar numa loja de quinquilharias fria e escura em Salamanca. Até mesmo o dono permanecia amorcegado junto a um pequeno aquecedor no fundo de seus domínios, de costas para mim, sub-repticiamente tirando do aparelho de som *As quatro estações* de Vivaldi, esse hino aviltado do comércio de discos contemporâneo, substituindo-o pelo rubato discreto e confortador de uma corrida de cavalos, um dourado chinelo de som.

Ninguém mais no mundo estava lá para perceber, para testemunhar juntamente comigo o milagre que ocorreu quando o mundo pareceu reduzir-se ao canto de uma velha loja de quinquilharias e a eternidade, ao momento em que pela primeira vez limpei o pó da capa daquele livro esdrúxulo.

Como a pele de um latridídeo pescado à noite, a capa do livro era agora uma massa de manchas roxas a pulsar. Quanto mais eu limpava, mais se espalhavam as manchas, até que quase toda a capa estava brilhando. Tal como ocorre com o pescador noturno que manipula o latridídeo, a fosforescência salpicada passou do livro para as minhas mãos, até deixá-las cobertas de sardas roxas, a cintilar de modo magnificamente caótico, como se fossem as luzes de uma cidade exótica e desconhecida vislumbradas de um avião. Quando levantei as mãos luminosas à altura do rosto e comecei a girá-las lentamente, atônito — mãos tão familiares, porém tão estranhas —, era como se eu já estivesse sofrendo uma metamorfose perturbadora.

Coloquei o livro numa mesa de fórmica que havia ao lado do guarda-comida, corri meu polegar, agora faiscante, pela beira inferior de suas páginas frágeis e irregulares, e abri-o. Para meu espanto, o livro abriu-se numa página ilustrada por uma pintura de um cavalo-marinho barrigudo. Em torno do cavalo-marinho, como um emaranhado de algas marinhas levadas pelo mar até a praia, havia um texto escrito à mão em letra miúda. Aqui e ali, na obra, havia outras aquarelas representando peixes.

Devo admitir que o livro era uma confusão terrível, com alguns relatos escritos à tinta, a trouxe-mouxe, por cima de outros textos a lápis, e por vezes o contrário. Quando terminou o espaço no final do livro, o autor ao que parecia simplesmente o virou ao contrário e, entre as linhas existentes, continuou escrevendo — na direção oposta e de cabeça para baixo — relatos adicionais. Como se isso não fosse o bastante em matéria de confusão — e era —, havia uma profusão de adendos e anotações espremidos nas margens e por vezes em folhas soltas, e até mesmo no que parecia ser pele de peixe seca. O escritor, pelo visto, tinha improvisado todo e qualquer material — lona de vela, beiras de páginas arrancadas de sabe-se lá que outros livros, aniagem, até mesmo estopa — para utilizar como superfície a ser coberta por uma letra colorida e mirrada que, mesmo nas passagens mais legíveis, era difícil de decifrar.

Todo esse caos proporcionava a impressão de que se estava lendo um livro que não tinha um começo preciso e tampouco um fim definido. Era como um caleidoscópio encantador, sempre a apresentar desenhos diferentes: algo de estranho, às vezes frustrante, em certos momentos fascinante, mas que não era de modo algum o objeto simples, de abrir e fechar, que um bom livro deve ser.

No entanto, quando dei por mim eu já havia sido transportado para bem longe pelas histórias que acompanhavam aqueles peixes — se é que o termo é adequado, já que o livro lembrava mais um diário, ora tratando de eventos reais, imersos no lodo do cotidiano, ora versando sobre assuntos tão enlouquecidos que de início imaginei que fosse uma crônica de sonhos ou pesadelos.

O escalafobético relato era, ao que parecia, de autoria de um prisioneiro chamado William Buelow Gould, o qual, supostamente com fins científicos, em 1828 foi encarregado pelo médico-chefe da colônia penal da ilha Sarah de pintar todos os peixes que lá fossem capturados. Mas se o encargo de pintar os peixes era uma obrigação, o de escrever o texto, que o autor assumiu como ônus adicional, não o era. Os prisioneiros eram proibidos de escrever diários, e portanto essa atividade acarretava perigo. Cada história fora escrita em tinta de cor diferente, tinta essa que, segundo o próprio autor prisioneiro explicava, fora feita de várias maneiras engenhosas, utilizando os materiais que estivessem à mão: a tinta vermelha, sangue de canguru; a azul, uma pedra preciosa roubada e esmagada; e assim por diante.

O autor escrevia em cores; mais precisamente, creio eu, ele *sentia* em cores. Não que ele se derramasse em elucubrações a respeito de arrebóis cor de vinho ou do glorioso tom de anil de um mar tranqüilo. O que estou dizendo é que para ele o mundo assumia nuanças que o dominavam por completo, como se o universo fosse uma conseqüência da cor e não o contrário. Fiquei a me perguntar se a maravilha das cores redimiria para ele o horror do mundo em que vivia.

Aquele arco-íris clandestino de histórias, apesar — e, para não faltar com a verdade, talvez também por causa — de seu estilo tosco, suas inúmeras incoerências, sua baixa legibilidade, sua estranha beleza, para não falar em seus momentos mais ridículos e por vezes francamente implausíveis, de tal modo me cativou que devo ter lido pelo menos a metade antes de voltar à realidade.

Encontrei no chão um pano velho com o qual esfreguei minhas mãos até quase machucá-las, para limpá-las das manchas roxas reluzentes, e escondi o livro no guarda-comida, o qual então adquiri, após pechinchar um pouco, pelo preço baixo que era o máximo que um guarda-comida de ferro galvanizado já enferrujado conseguia ser vendido naquele tempo, antes que também eles, tal como as outras quinquilharias velhas, voltassem à moda.

Exatamente qual teria sido a minha intenção ao sair na neve suave carregando aquele trambolho, até hoje não sei. Eu sabia, sem dúvida, que poderia pintar com *spray* o guarda-comida de uma cor adequada a uma antigüidade para depois vendê-lo, como um armário antigo apropriado para abrigar aparelhos de som, pelo dobro do preço que havia pagado; também acabei conseguindo que um dentista me fizesse uma obturação em troca da pilha de revistas femininas velhas para sua sala de espera; porém eu não tinha idéia do que ia fazer com o *Livro dos peixes*.

Devo confessar, para minha vergonha, que é possível que, de início, eu tenha sido movido pelo impulso vil de arrancar as inúmeras ilustrações de peixes, emoldurá-las e vendê-las para um negociante de gravuras antigas. Mas, quanto mais eu lia e relia o

Livro dos peixes naquela noite gelada, na noite seguinte e em muitas outras noites subseqüentes, menos me sentia inclinado a utilizá-lo como fonte de lucro.

A história me encantou, e passei a levar o livro aonde quer que fosse, como quem leva um talismã poderoso, como se ele contivesse uma magia capaz de me transmitir ou explicar alguma coisa fundamental. No entanto, o que seria essa coisa fundamental, ou por que ela parecia ser tão importante, eu não conseguiria dizer na época — nem o conseguiria hoje.

Tudo o que posso afirmar com certeza é que, cada vez que eu o mostrava para um historiador, bibliófilo ou editor, pedindo-lhe sua opinião a respeito do valor da obra, julgando que minha descoberta o haveria de maravilhar, eu constatava com tristeza que era só eu que sentia aquele encantamento.

Embora todos concordassem que o *Livro dos peixes* era velho, boa parte de seu conteúdo — a história que ele se propunha a contar, os peixes supostamente representados, os prisioneiros, carcereiros e administradores da colônia penal por ele retratados — só se harmonizava com os fatos conhecidos até certo ponto, pois logo em seguida entrava em conflito com eles. Aquele livro belicoso, disseram-me, era o produto insignificante, ainda que algo curioso, de uma mente doentia de muito tempo atrás.

Quando consegui convencer os peritos do museu a submeter a certos testes o pergaminho e as tintas, a aplicar a datação por carbono e até mesmo a tomografia computadorizada ao livro inteiro, página por página, eles reconheceram que todos os materiais e técnicas pareciam autênticos e compatíveis com o período. Porém o texto do relato era de tal modo inverossímil que, em vez de me fornecerem um documento atestando que o livro era uma obra autêntica de grande interesse histórico, os peritos do museu elogiaram a qualidade da minha falsificação e me desejaram muito sucesso nas minhas atividades voltadas para o turismo.

V

Meu último recurso era o professor Roman de Silva, eminente historiador especializado no período colonial, e depois que lhe enviei o *Livro dos peixes* fiquei alguns dias cheio de esperanças, as quais se dissiparam no decorrer das semanas durante as quais fiquei aguardando uma resposta. Por fim, numa tarde chuvosa de quinta-feira, a secretária do professor me telefonou para dizer que ele poderia me receber durante vinte minutos naquele mesmo dia, em sua sala na universidade.

Conheci então um homem cuja reputação parecia não apenas destoar de sua aparência como também estar em total conflito com ela. Com seus gestos nervosos, a pança proeminente, o cabelo pintado de preto formando, no cocuruto da cabeça afilada, um inesperado topete à la juventude transviada, o professor Roman de Silva lembrava um desastroso cruzamento entre um boneco de Elvis Presley e um galo legorne arisco.

Não havia dúvida de que o *Livro dos peixes* estava no banco dos réus, e o professor logo deu início a um passional arrazoado acusador, não deixando em momento algum que aquela entrevista degenerasse numa conversa.

Ele me deu as costas, fuçou dentro de uma gaveta e então — com um movimento súbito que tinha a intenção de ser dramático, mas que só conseguiu ser desajeitado — largou sobre sua mesa uma bola de ferro fundido presa a um grilhão. Ouviu-se um ruído de madeira rachando, mas o professor de Silva já havia mergulhado em sua representação, e como profissional que era não havia nada que fosse capaz de interrompê-lo agora.

"É como o senhor está vendo, senhor Hammet", disse ele.

Permaneci calado.

"O que é que o senhor está vendo, senhor Hammet?"

Permaneci calado.

"Uma bola de ferro e um grilhão, senhor Hammet, não é isso que o senhor está vendo? Do tipo que se usa para prender prisioneiros, não é?"

Tentando ser agradável, fiz que sim.

"Não, senhor Hammet, não é nada disso que o senhor está vendo. Uma bola de ferro e um grilhão feitos por ex-presidiários para vender a turistas que vêm conhecer o parque de horrores da colônia penal de Port Arthur — é isso que o senhor está vendo. Um suvenir barato, fraudulento, para enganar turista — é isso que o senhor está vendo, senhor Hammet. Um artefato kitsch totalmente desprovido de interesse histórico."

Fez uma pausa, enfiou o indicador pequeno nas narinas hirsutas, das quais emergiam pêlos negros e úmidos grandes o bastante para servirem como uma armadilha para mariposas, e retomou seu argumento.

"A história, senhor Hammet, é o que não se pode ver. A história tem poder. Mas uma falsificação não tem poder algum."

Fiquei impressionado. Vindo de onde eu vinha, achei que aquilo parecia um fruto do passado da minha nobre arte. Parecia também algo vendável. Enquanto eu pensava comigo mesmo se o sr. Hung saberia lidar com ferro, se eu devia telefonar para a Conga e lhe falar sobre a nova linha de produção potencialmente lucrativa que eu havia encontrado por acaso, e que eufemismos poderia utilizar com o fim de expressar o apelo erótico que nossos amigos americanos inevitavelmente atribuiriam àquele artefato ("Mas será que não há *nada* que não tenha um significado sexual para eles?", a Conga perguntara um dia, a que o sr. Hung prontamente respondera: "Gente"), o professor Roman de Silva largou — com um gesto que me pareceu muitíssimo desrespeitoso — o *Livro dos peixes* de Gould ao lado da bola de ferro.

"E isto, *isto*, é a mesma coisa. Uma falsificação antiga, talvez, senhor Hammet", e nesse ponto ele me dirigiu um olhar tristonho e perspicaz, "se bem que nem mesmo quanto a esse adjetivo tenho muita certeza."

Ele virou-se, pôs as mãos no bolso e ficou a olhar pela janela, para um estacionamento que ficava alguns andares abaixo, e demorou um tempo que me pareceu muito longo para voltar a falar.

"Mas é uma falsificação assim mesmo."

E, de costas para mim, continuou a falar, com seus trejeitos de coelho, que havia praticado, suspeitava eu, com muitas gerações de estudantes sofredores, discorrendo, para a janela e o estacionamento, a respeito da colônia penal descrita no *Livro dos peixes*; dizendo que à primeira vista, ao menos, ela parecia ser a mesma que existira outrora naquela ilha para onde só eram levados os piores de todos os criminosos; que sua localização também estava de acordo com o que se sabia, isolada numa enseada grande cercada pelas selvas impenetráveis da metade ocidental da Terra de Van Diemen, um território inexplorado que aparecia em branco nos mapas da época, uma área tenebrosa que os cartógrafos coloniais denominavam Transilvânia.

Então virou-se para me encarar, jogando para trás, pela centésima vez, o topete pontilhado de caspa.

"Mas, se por um lado é um fato histórico que entre 1820 e 1832 a ilha Sarah era a colônia penal mais temida de todo o Império Britânico, por outro lado não há praticamente nada no *Livro dos peixes* que seja corroborado pelo que se sabe a respeito daquele inferno insular. São poucos os nomes contidos nessa sua curiosa crônica que constam dos documentos oficiais da época, e esses poucos aparecem nos documentos com identidades e histórias de vida que nada têm a ver com o que é relatado neste... neste pastiche desprezível.

"E, se nos damos ao trabalho de examinar a documentação histórica", prosseguiu o professor, mas a essa altura eu já sabia que ele detestara o *Livro dos peixes*, que ele procurava a verdade nos fatos e não nas histórias, que para ele a história não passava de um pretexto para um fatalismo melancólico a respeito do presente, que um homem capaz de usar um topete como aquele estava fadado a uma espécie de nostalgia superficial que inevitavelmente o levaria à idéia de que a vida era tão prosaica quanto ele próprio, "ficamos sabendo que a ilha Sarah jamais sofreu sob o tacão de um governante tirânico, nem se tornou por algum tempo um porto comercial tão importante e tão independente que veio a se tornar uma nação autônoma, nem tampouco foi destruída por um incêndio apocalíptico como o que é relatado por essa crônica catastrófica que é o seu *Livro dos peixes*." E continuou a papaguear, refugiando-se no único elemento em que se sentia superior: a palavra.

Comentou que o *Livro dos peixes* poderia algum dia encontrar lugar na história inglória, ainda que não insignificante, das fraudes literárias australianas. "Eis a única área das letras", observou ele, "em que a Austrália pode se orgulhar de uma certa eminência global.

"Nem é preciso acrescentar", acrescentou ele, com um sorriso irônico quase eclipsado pela mecha que pendia sobre seu rosto, como um bêbado prestes a vomitar, "que, se o senhor publicasse esse livro como *romance*, talvez acontecesse o inevitável: ele poderia ganhar um prêmio literário."

O *Livro dos peixes* tinha lá suas falhas — ainda que eu não estivesse disposto a reconhecê-las —, porém jamais me havia ocorrido a possibilidade de que suas qualidades de estupidez e pretensão fossem pronunciadas o bastante para que ele pudesse ser tomado por uma obra da literatura nacional. Encarando o comentário do professor como um sarcasmo indelicado dirigido a mim, encerrei aquele encontro com um adeus seco, peguei o *Livro dos peixes* e fui embora.

VI

De início, os argumentos que ouvi quase me convenceram de que o livro devia ser uma falsificação complicada e enlouquecida. Porém, sendo eu uma pessoa que entende alguma coisa da arte da falsificação, que sabe que a trapaça envolve não apenas a mentira mas também a confirmação de idéias preconcebidas, o livro, se era mesmo uma fraude, não fazia sentido, porque nele não havia nada que correspondesse às expectativas que se tinha a respeito do passado.

O livro havia se transformado num enigma que eu agora estava decidido a resolver. Vasculhei o arquivo público da Tasmânia, um prédio normal, semelhante a uma loja, sem nada que chame a atenção, nada que dê a entender que lá dentro se encontra a documentação completa de um Estado totalitário. Não encontrei no arquivo muita coisa que me tenha sido útil, com exceção do sr. Kim Pearce, um arquivista sábio e venerável, que se tornou meu companheiro de copo.

Além do que o professor de Silva denominara de "as extravagâncias indevassáveis" da obra, o *Livro dos peixes* levantava também o problema da identidade do cronista, "a lacuna das lacunas", para usar a expressão do professor de Silva, uma expressão que me parecera tão incompreensível quanto William Buelow Gould parecera incompreensível ao professor.

Em meio à documentação referente aos prisioneiros, o sr. Kim Pearce encontrou diversos William Goulds falecidos, e também me apresentou a um Willy Gold vivo no bar Esperança & Âncora; a um pintor de aquarelas alcoólatra especializado em aves com fenda palatina (o pintor, não as aves) no Filho do Oceano; e a Pete, o dono do Crescente, um bar pequeno e aconchegante.

Apenas um dos William Goulds históricos (ou seja, mortos) teve uma existência que parecia corresponder sob certos aspectos à do autor do *Livro dos peixes*, tanto no que dizia respeito a seus crimes quanto à tatuagem na parte de cima do lado esquerdo do peito — uma âncora vermelha com asas azuis, circundada pelos dizeres: "AMOR & LIBERDADE". Foi esse William Buelow Gould, um vigarista reincidente, que ao chegar à colônia penal da ilha Sarah, em 1828, foi encarregado de pintar peixes para o médico-chefe.

Embora esses detalhes coincidissem com a vida relatada no *Livro dos peixes*, o que a documentação dizia a respeito da vida subseqüente do Gould histórico parecia de todo incoerente com a imagem do personagem que tanto me havia fascinado. Tinha eu por vezes a impressão de que o autor do *Livro dos peixes*, o contador de histórias William Buelow Gould, nascera dotado de uma memória que não vinha associada nem a experiências pessoais nem a eventos históricos que a justificassem, e portanto havia passado o resto de sua vida tentando inventar o que não existia, movido pela curiosa suposição de que sua imaginação talvez se transformasse em experiência, e desse modo ao mesmo tempo explicasse e curasse o problema de memória inconsolável que o afligia.

Depois de tanta perplexidade, imagine-se com que espanto não descobri, no silêncio da biblioteca de Allport, um segundo *Livro dos peixes*, atribuído ao artista e prisioneiro William Buelow Gould, que continha pinturas maravilhosas, idêntico ao *Livro dos peixes* encontrado em Salamanca sob todos os aspectos, menos um, uma semelhança tão notável que me deu a sensação de estar sufocando por falta de ar.

Chamei o bondoso sr. Pearce, que me ajudara tanto, e lhe expliquei por que motivo eu havia produzido um som tão estrepitoso de sufocação.

Disse-lhe eu ter descoberto que havia sem dúvida alguma não um, mas *dois* livros de peixes; que essas duas obras, as quais pareciam espelhar-se mutuamente de modo tão preciso, eram simultaneamente o mesmo livro e dois livros muito diferentes.

Enquanto um deles (o *Livro dos peixes* da biblioteca de Allport) não continha uma única palavra escrita, no outro (o de Salamanca) havia tantas palavras quanto há peixes no oceano, e esses cardumes de palavras formavam uma crônica que explicava a curiosa origem das ilustrações. Um dos livros falava com a autoridade das palavras; o outro, com a autoridade do silêncio; e era impossível dizer qual dos dois era mais misterioso.

"De fato", disse o sr. Kim Pearce, oferecendo-me sem comentários umas pastilhas de Mylanta, "o mistério de cada um deles é acentuado pelo reflexo distorcido do outro."

Corri para casa, peguei o livro que eu havia encontrado no guarda-comida, e que escondera atrás do espelho do banheiro, e recolhi-me num hotel vizinho, onde mais uma vez me entreguei ao álcool e aos peixes.

E neste ponto, antes de seguir em frente, devo mencionar um segundo atributo insólito do *Livro dos peixes*, além de sua capa luminosa, uma qualidade notável que parecia espelhar a vida. Já mencionei que o livro dava a impressão de não terminar nunca. Mas isso não é tudo. Mesmo agora hesito antes de colocar em palavras essa característica tão espantosa que chega a ser inacreditável — o fato de que a narrativa se recusava a terminar.

Cada vez que eu abria o livro, de dentro dele caía um pedaço de papel contendo alguma revelação que eu não havia lido antes, ou então eu me deparava com alguma anotação em que não havia reparado nas minhas leituras anteriores, ou então encontrava duas páginas grudadas uma na outra que não havia percebido antes, e ao separá-las cuidadosamente encontrava um novo elemento da narrativa que me obrigava a repensar toda a história por um ângulo diferente. Desse modo, sempre que eu abria o *Livro dos peixes* um novo capítulo como que surgia. Naquela noite, sozinho no bar do República — outrora chamado Império —, o mesmo se deu; só que eu já sabia, mesmo na decrepitude da minha paixão insana, que, conforme o indicava a própria natureza do que eu estava lendo, cada vez mais horrorizado, aquele seria o último capítulo que eu leria.

Quando já me aproximava do final, as páginas primeiro se tornaram úmidas ao contato de meus dedos, depois ficaram molhadas, e por fim, enquanto eu sentia meu coração batendo forte, minha respiração acelerada, a ponto de eu me tornar ofegante, tive a sensação inexplicável de estar lendo palavras que haviam sido escritas no fundo do oceano.

Num estado de absoluta perplexidade, cheguei ao que sabia ser o fim. Dei-me conta de que nunca mais surgiria nenhum capítulo multicolorido, como que por encanto; e, contemplando com olhar esgazeado a terrível narrativa de William Buelow Gould e seus peixes, pedi um uzo, para que minhas mãos parassem de tremer, bebi todo o copo com um único gole nervoso e o coloquei sobre uma toalha com o logotipo da cerveja Cascade, e então, ainda aturdido, fui ao banheiro.

Ao voltar, constatei que não havia nada mais sobre o balcão.

Senti que minha garganta se contraía, e de repente quase não consegui mais respirar.

VII

Não havia nenhuma toalha da Cascade.

Não havia nenhum copo vazio de uzo.

Não havia nenhum... *Livro dos peixes*!

Eu tentava engolir, porém minha boca estava seca. Tentava permanecer ereto, porém meu corpo oscilava, possuído por um temor vertiginoso. Tentava não entrar em pânico, porém meu coração batia de modo ensurdecedor, à medida que ondas sucessivas de medo se quebravam no leito oceânico de minha alma.

Onde eu havia largado o *Livro dos peixes* de Gould agora não restava nada — nada, a não ser uma poça grande de água salobra sendo recolhida pelo *barman* com uma esponja, a qual ele depois espremeu na pia.

Só agora me dou conta de que o *Livro dos peixes* estava voltando a seu lugar de origem; que, paradoxalmente, ao deixar de existir para mim, o *Livro dos peixes* estava também começando a existir para outros.

Na hora, porém, nada estava claro. Pior ainda, ninguém no hotel naquela noite, nem o *barman* nem nenhum dos outros fregueses, se lembrava de ter visto o livro ali. Um horror desolado, completo e absoluto como uma sensação de abandono, tomou conta de mim.

Seguiram-se várias semanas terríveis, deprimentes, em que tentei inutilmente pressionar a polícia para que levasse a cabo uma investigação do que fora claramente um caso de roubo. Voltei à loja de quinquilharias em Salamanca, na esperança ilusória e desiludida de que, por obra de alguma curiosa osmose temporal, o livro tivesse sido reabsorvido por seu próprio passado. Voltei noite após noite ao República e passei horas a fio procurando debaixo do balcão, virando latas de lixo, expulsando pranchas de esqueite e os garotos que nelas cochilavam do depósito de lixo dos fundos em minha busca implacável, interrogando fregueses e funcionários repetidamente até que por fim me puseram para fora de lá e me proibiram de voltar. Passei horas infindáveis com o olhar fixo na água pútrida que jorrava dos esgotos, na vã esperança de que o livro se metamorfoseasse ali.

Passados alguns meses, porém, fui obrigado a enfrentar a terrível realidade.

O *Livro dos peixes*, com suas infindas maravilhas, com sua narrativa horrenda, sempre a se desdobrar, crescendo mais e mais, deixara de existir. Eu havia perdido algo de fundamental, adquirindo em seu lugar uma curiosa infecção: o terrível contágio do amor não correspondido.

VIII

"Viagens? Hobby?", perguntou o dr. Bundy, com aquela voz algodoada que passei a detestar, juntamente com tudo o mais que dizia respeito ao dr. Bundy, cinco minutos após entrar em seu consultório. Enquanto eu vestia a camisa, ele disse que não havia encontrado nada de errado comigo, que talvez a única coisa de que eu precisasse era algum interesse novo — alguma coisa diferente. E continuou falando sem parar — por que eu não entrava para algum clube e começava a praticar um esporte? Ou um grupo de apoio para homens?

Senti a mesma sensação de falta de ar que me havia acometido na biblioteca de Allport e depois, novamente, no bar, na noite fatídica em que desapareceu o *Livro dos peixes*. Saí de seu consultório mais que depressa. Já que o dr. Bundy se recusava a aceitar que eu estava doente, parecia-me perfeitamente razoável eu me recusar a aceitar as soluções que ele propunha. De qualquer modo, eu não tinha dinheiro para viajar, não tinha nenhuma vontade de arranjar um hobby e sentia uma profunda aversão pelas humilhações públicas que representavam os triatlos e por aquelas situações em que a gente é obrigada a abraçar dentistas suados, adeptos de religiões do tipo Nova Era, numa cabana de estilo indígena, um passando uma pena de ganso no outro, todos confessando, muito sérios, que jamais haviam conhecido direito seus próprios pais.

A comida continuava me provocando náuseas; eu passava as noites contemplando um oceano de escuridão que jamais poderia penetrar, e os dias, intermináveis, eram povoados por pesadelos de criaturas marítimas. Assim, por muito tempo permaneci vítima de uma doença inexplicável.

Como é tão comum acontecer, outras tragédias vieram somar-se à primeira. Minha tia-avó Maisie morreu de salmonelose. Eu passava horas e horas diante de sua sepultura. O livro, ocorria-me, era de certo modo como aqueles quiches congelados que outrora ela retirava com tanto prazer de seu congelador, e que vinham com datas de validade de vinte anos antes, aguardando apenas o milagre do microondas para ressuscitar. O livro era o campo de rúgbi de North Hobart aguardando umas poucas gotas de água benta de Lourdes e lembranças de amores ausentes. O livro, comecei a suspeitar, estava à minha espera.

Foi talvez assim que minha doença assumiu a forma de uma missão. Ou então foi apenas o êxtase proporcionado pelos maravilhosos escritos e pinturas de Gould que me levou subseqüentemente a tomar a decisão de reescrever o *Livro dos peixes*, um livro sem nenhum apelo popular nem interesse acadêmico nem potencial econômico, um livro que não representa nada, na verdade, além da loucura de uma paixão infeliz.

Com base em lembranças, boas e más, confiáveis e suspeitas; utilizando transcrições defeituosas que eu havia feito, algumas de seções completas, outras meras anotações breves que resumiam trechos extensos do livro; e lançando mão do expediente útil de reproduzir as ilustrações do exemplar sem texto do *Livro dos peixes* encontrado na biblioteca de Allport, dei início à minha ingrata tarefa.

Talvez tenha razão o sr. Hung, com seu santuário a Victor Hugo: fazer um livro, mesmo um livro tão imperfeito quanto esta miserável cópia que o leitor tem nas mãos, é aprender que o único sentimento apropriado que pode ser dirigido àqueles que vivem dentro de suas páginas é o amor. Ler e escrever livros talvez estejam entre as últimas defesas que restam à dignidade humana, porque no final das contas eles nos trazem à mente aquilo que Deus nos trazia à mente outrora, antes de Ele próprio evaporar-se nesta nossa era de humilhações implacáveis: a idéia de que somos mais do que nós mesmos; de que temos almas. E mais ainda.

Ou, talvez, não.

Porque certamente era um ônus excessivo para Deus, essa história de ter que lembrar as pessoas de que elas são mais do que pó ávido; no fundo, o mais estranho é que Ele tenha perseverado por tanto tempo antes de desistir. Até compreendo a posição d'Ele — eu também já senti a mesma repulsa em relação às minhas criaturas, mais toscas —, porém não tenho esperanças de que o livro tenha sucesso onde Ele fracassou, nem desejo que isso aconteça. Tudo que eu desejava era construir um barco — por mais improvisado que fosse — no qual todos os peixes de Gould pudessem ser devolvidos ao mar.

Devo confessar, porém, que sinto uma dor cada vez maior dentro de mim, pois já não sei distinguir bem o que é lembrança do que é revelação. A fidelidade ao original da história que você está prestes a ler é um ponto de desavença entre mim e as poucas pessoas que eu havia permitido que lessem o *Livro dos peixes* original. A Conga — admito que ela não seja confiável — afirma que não há diferença. Ou, pelo menos, não há diferenças importantes. Sem dúvida, o livro que você vai ler é o mesmo livro que eu me lembro de ter lido, e tentei ser fiel tanto ao deslumbramento daquela leitura quanto ao extraordinário mundo de Gould.

Ao contrário do que eu esperava, o sr. Hung não sabe. Naquela tarde chuvosa em que nos sentamos diante da lareira no Esperança & Âncora e fiz essas perguntas difíceis a ele — a única pessoa que conheço que entendia alguma coisa de livros —, julgando que ele talvez dissesse algo que aquietasse meu coração cada vez mais inquieto, o sr. Hung propôs a curiosa idéia de que os livros e seus autores são inseparáveis, apresentando-me a título de explicação — que me pareceu um tanto obscura — a história (regada a Pernot, mais um curioso legado dos franceses) segundo a qual Flaubert, quando insistiram que ele dissesse quem havia sido o modelo para madame Bovary, finalmente exclamou — segundo o sr. Hung, com um misto de irritação e entusiasmo — "Madame Bovary, *c'est moi*!".

Tendo relatado esse episódio incompreensível, que deixou o próprio sr. Hung exultante e deixou a mim e à Conga — que não sabíamos nem francês nem literatura, e mesmo após a tradução que nos fez o sr. Hung ("Madame Bovary sou eu!") — totalmente no escuro, a Conga afirmou que ela também não sabia.

"Talvez", arrisco, "de Silva tenha razão. O livro era só uma fraude."

"O de Silva que se foda", exclama a Conga, o rosto vermelho de bebida e raiva. "*Eles todos que se fodam!*"

"Claro", respondo eu, "claro."

Mas na verdade estou na dúvida.

De início, eu me tranqüilizara com a conclusão de que os livros são a língua da sabedoria divina, e agora eu terminava com a vaga suspeita de que todos os livros eram loucuras grandiosas, que estavam fadados a ser para sempre incompreendidos.

O sr. Hung afirma que um livro pode inicialmente ser uma nova maneira de entender a vida — um universo original — mas logo se torna pouco mais do que uma nota de rodapé na história da literatura, elogiado com exagero pelos puxa-sacos, desprezado pelos contemporâneos e lido por ninguém. O destino dos livros é duro e absurdo. Se os leitores os ignoram, eles morrem; se a posteridade os aprova, estão fadados a ser sempre lidos de forma errada, e seus autores são transformados primeiro em deuses e depois, inevitavelmente, com exceção do caso de Victor Hugo, em demônios.

E, com essa observação, ele vira o resto do seu Pernod e vai embora.

Depois, a Conga se aproxima, toda amorosa, coloca-se a meu lado, se debruça sobre mim, de modo que ficamos os dois nos debatendo como um bote em mar tempestuoso, coloca a mão furtiva sob a minha virilha e me puxa os colhões como quem puxa a corda de uma buzina.

Pu-puiú!

Terminamos juntos na cama, com rostos e corpos riscados pelas sombras projetadas por pilhas de móveis *shakers* vietnamitas feitos por um refugiado que desconfia que Deus seja Victor Hugo e que Emma Bovary seja Gustave Flaubert, e toda a paixão dela evapora num instante.

Seu olhar fica esgazeado.

Seus lábios tremem.

"Quem é você?", exclama ela em voz alta de repente. "Quem?"

E está assustada, muitíssimo assustada, e está vendo outra pessoa, mas quem, não tenho como saber. Pois seu corpo subitamente fica morto, existindo apenas no mais terrível estado de sujeição, e eu, do modo mais vil, continuo por mais algum tempo, até que minha sensação de horror se torna mais forte que o desejo animal, e me recolho.

"Por que é que você está indo?", exclama a Conga, mas agora sua voz está diferente, e percebo que ela já voltou do lugar onde estava, onde quer que tenha sido.

"Não vá, volte aqui", diz a Conga, e abre os braços para mim; aliviado, subo nela outra vez. Então, novamente, seus olhos ficam esgazeados, seu corpo fica como morto e ela pergunta sem parar: "Quem é você? Quem é você? Quem é você?" e começa a chorar, e dessa vez eu simplesmente quero fugir desse círculo estranho, me levanto e me visto às pressas, e a Conga fica perguntando, toda solícita, realmente sem entender: "Mas por quê? Por que é que você está indo?". E vou embora porque não tenho nenhum móvel para lhe oferecer que a possa tranqüilizar, nenhuma cadeira ou mesa falsa que possa trocar por sua sensação culposa de tristeza, porque não posso responder nem para ela nem para mim quem sou eu nem quem ela é, muito menos o que é, afinal, esse *Livro dos peixes*.

Como posso lhe dizer que, tarde da noite, quando a melancolia parece descer junto com o orvalho, sinto-me possuído por uma forte convicção de que foi só para mim que William Buelow Gould nasceu: que ele fez sua vida para mim, e que eu fiz este *Livro dos peixes* para ele; que o meu destino e o dele foram sempre um só?

Porque por vezes me parece tão esquivo este livro, uma série de véus, cada um dos quais é levantado para revelar mais um véu, chegando por fim ao vazio, à ausência de palavras, ao som do mar, do grande Oceano Índico no qual vejo, em minha imaginação, Gould ora navegando em direção à ilha Sarah, ora se afastando dela; aquele som, aquela visão, lentamente pulsando, para dentro e para fora, para dentro e para fora.

Joguei-me numa velha poltrona grená na sala escura da Conga, sentindo-me muito cansado do declínio vergonhoso em que minha vida se transformara, e sem me dar conta do que estava acontecendo mergulhei no sono, enquanto uma única pergunta insistente se repetia na minha mente, como uma fita sem fim:

Quem sou eu...? Quem sou eu...?

IX

Procurei a resposta àquele enigma que se tornava cada vez maior refugiando-me no único lugar que restava para os mudos e os abandonados, os doentes, os velhos, os indesejados: os velhos bares com suas novas máquinas de videopôquer e aquele som claudicante característico das almas perdidas que freqüentavam tais lugares, a rodopiar em direção a algum universo exterior que prenuncia a morte.

No decorrer das minhas viagens por este submundo obscuro, eu convidava todo aquele que não estivesse jogando no momento e cujos problemas não parecessem maiores que os meus a vir beber comigo e me dizer o que achava da minha história e das minhas figuras — reproduções fotográficas das ilustrações do *Livro dos peixes* de Allport, já um tanto desgastadas pelo uso —, as quais eu colocava sobre o balcão para acompanhar minha narrativa. E depois eu lhes fazia perguntas.

Uns poucos achavam que as pinturas eram grosseiras mas não malfeitas, e que a história — conforme eu a relatava — era uma total maluquice. Tendo aprendido com os acadêmicos que conheci no decorrer das minhas investigações o hábito de insistir em discussões que não levam a nada, eu tentava convencer meus companheiros de copo de que talvez a loucura contenha a verdade — ou a verdade, a loucura.

"Quem era a sua mãe e que segredos ela cochichava no seu ouvido de criança?", perguntava-lhes eu. "Ela era um peixe?", começava a gritar. "*Era ou não era?*"

"O mundo é burro desde o começo", observou alguém, não em resposta e sim em zombaria, "e de lá pra cá só fez emburrecer mais ainda."

"Viajai comigo no tempo", exclamava eu, replicando a tais comentários, "ó homens parvos de olhar de tainha, ó mulheres douradas como triglas! Viajai comigo para longe desta terra de bolachas de chope encharcadas e diversões estupefacientes, rumo à terra onde quiçá se encontrem vossos corações! Onde fica essa terra distante que vossas almas anseiam por atravessar? O que pulsa em vossos ventres e perturba vossos sonhos? Que sombras do passado vos atormentam tanto? Que espécie de animal marítimo sois vós?"

Mas, para dizer a verdade, essas pessoas não ajudavam nem um pouco. Não davam nenhuma resposta aos milhões de perguntas que eu lhes fazia. Começaram a me evitar antes mesmo que eu abrisse a boca, correndo para gastar o resto de suas aposentadorias e pensões por incapacidade e auxílios-desemprego enchendo até a boca seus copos de isopor com moedas para o videopôquer, e depois se aboletando em frente às telas, mesmerizadas, fascinadas de ver de que modo seus destinos tão cruéis eram reproduzidos na imagem perfeita daquelas rodas a girar.

Os poucos que manifestavam um mínimo de interesse me repreendiam e riam da minha afirmativa de que os significados do *Livro dos peixes* de Gould eram infinitos, enquanto outros que me conheciam me aconselhavam a voltar a enganar os americanos, em vez de enganar a mim mesmo. Um desconhecido me deu um soco tão forte na cara que caí da cadeira. Todos os que estavam à minha volta riram quando ele em seguida despejou sobre mim a cerveja que bebia, cantarolando: "*Nada, peixinho! Volta pro mar!*", todos riram, sacudindo suas cabeças tristonhas, todos, menos o sr. Hung, que tinha acabado de entrar.

O sr. Hung pôs as mãos debaixo de meus braços e me arrastou para a rua. Enquanto eu gemia na calçada úmida, ele apalpou-me o casaco, encontrou minha carteira e apoderou-se de todo o dinheiro que nela havia. Pôs-se de pé, prometeu voltar, se Victor Hugo o permitisse, com dinheiro bastante para dar início a um novo negócio de pinturas falsas. E desapareceu no interior do bar que pulsava ao ritmo gago do neon.

Para aqueles que continuavam passando por meu vulto prostrado, entrando no bar, minhas figuras de são-pedros e mira-céus eram, percebi, inúteis; tão sem sentido para eles quanto dois limões e um abacaxi enfileirados, tão decepcionantes quanto um *flush* que não chegou a fechar. Para eles, a única coisa que faltava àqueles peixes era a mensagem, a piscar, sobrepondo-se à sua imagem, anunciando nosso destino comum:

"JOGO ENCERRADO".

X

Tendo perdido todo o meu dinheiro, o sr. Hung saiu do bar, prometeu-me que em breve me pagaria e levou-me à casa da companhia de zinco em que morava, em Lutana. Entramos em silêncio, pois sua mulher e seus filhos dormiam. Ele entrou na cozinha para preparar uma sopa, deixando-me na saleta que fazia as vezes de sala de jantar e sala de visitas.

Num canto ficava o santuário a Victor Hugo. Sobre um pedaço de veludo verde havia uma moldura de plástico vermelho que encerrava uma fotocópia de uma litografia do grande homem, em torno da qual havia duas velas apagadas, quatro bastões de incenso queimados, alguns romances em edições baratas e uns damascos murchos.

Ao lado do santuário ficava o aquário, no qual o sr. Hung criava um cavalo-marinho grande e barrigudo e uma criatura semelhante, com uns trinta centímetros de comprimento, recoberta de escamas delicadas que pareciam folhas, a qual ele posteriormente me disse ser um peixe-folha, ambos semelhantes a imagens que eu conhecia do *Livro dos peixes*. Fiquei contemplando aqueles seres estranhos que pareciam flutuar com tamanha serenidade.

Com seus anéis de osso e sua tromba alongada, o cavalo-marinho barrigudo batia suas pequenas nadadeiras furiosamente, como uma debutante constrangida agitando seu abano. Tinha nadadeiras peitorais na altura das faces, que ele utilizava para se orientar, uma mistura de costeleta com leme. O sr. Hung apareceu a meu lado com duas tigelas de sopa fumegante. Colocou-as na mesa explicando que o cavalo-marinho tem o dom de se transformar, que o macho dá à luz centenas de minúsculos filhotes incubados na sua bolsa abdominal.

E então, como se aquilo tivesse sido combinado, o cavalo-marinho começou a parir. Fiquei vendo, hipnotizado, o pequeno animal sacudindo-se para a frente e para trás diante de meus olhos, num movimento tenso, como se bombeasse, e a cada minuto, mais ou menos, um ou dois filhotes negros eram expulsos de uma espécie de respiradouro no centro de seu ventre inchado, ao mesmo tempo que ele flexionava o corpo num espasmo doloroso: pequenos traços negros que imediatamente começavam a nadar, sendo reconhecíveis os olhos grandes e as trombas compridas, como se fossem pequenos rabiscos inquietos. Eram como as palavras perdidas de Gould, e senti-me de certo modo semelhante ao pobre cavalo-marinho, o qual, ao final daquele parto prolongado, o ventre antes inchado agora flácido, traía exaustão com cada movimento desajeitado que esboçava.

Meu olhar fixou-se no peixe-folha, que era, não havia como discordar do sr. Hung, uma criatura magnífica. Ele nadava na horizontal como um peixe, e não na vertical como o cavalo-marinho, mas tal como o cavalo-marinho seus movimentos eram belos: ele subia e descia, andava para a frente e para os lados, como um cruzamento de hovercraft com helicóptero, como um jato militar de decolagem vertical, só que com um magnífico traje à paisana. Sua coloração luminosa era delicada: a tromba era rosada; o corpo tinha tons de negro-arroxeado e azul-prateado com manchas amarelas, e dele brotavam, volumosas, folhas violeta. No entanto, havia nele uma graça serena que era também uma curiosíssima melancolia. Ele irradiava não apenas deslumbramento como também tristeza.

Eu não era no momento um peixe-folha, e desse modo não era capaz de vivenciar sua terrível sensação de aprisionamento, que era infinita. Imaginei compreender aquela tranqüilidade horrenda; eu levaria toda uma existência para compreender o motivo disso: aquela consciência de que todo o bem e todo o mal são igualmente inescapáveis. Embora compreendesse tudo isso, porém, o peixe-folha não parecia nem um pouco incomodado por não ser compreendido.

Encostei o rosto no vidro, fixei a vista, tentando mergulhar naquele mistério descendente. Então imaginei que a beleza do peixe-folha decorria de alguma necessidade evolutiva; talvez para atrair um parceiro, ou para confundir-se com os corais coloridos. Agora sei, porém, que a beleza é a revolta da vida contra a vida, que o peixe-folha era essa coisa mais perfeita que há, uma canção de si mesma.

Houve um momento de transição que foi abrupto: iluminação é uma palavra confortável demais para descrever o choque que experimentei. Era um sonho, mas só muito tempo depois me dei conta de que jamais haveria de acordar. Com aquela tromba comprida o peixe-folha estava tocando o outro lado do vidro ao qual eu havia encostado meu rosto. Seus olhos espantosos giravam independentemente um do outro, e no entanto os dois, em ângulos diferentes, estavam fixados em mim. O que estaria ele tentando me dizer? Nada? Alguma coisa? Senti-me acusado, culpado. Comecei a sussurrar contra o vidro, num sibilo quase zangado. Estaria ele me fazendo perguntas para as quais eu não tinha respostas? Talvez o peixe-folha estivesse me dizendo, em alguma forma de comunicação diáfana, além das palavras: *eu serei você.*

E eu — perguntei-me — serei você?

Sei que, fora alguns movimentos mínimos de suas nadadeiras semelhantes a folhas, o peixe-folha não se mexeu enquanto eu murmurava; limitou-se a me dirigir um olhar terrível, que me atravessava, que revelava compreender tudo, com aqueles olhos indóceis.

Parei de falar.

Talvez eu tenha ficado olhando tempo demais.

Seja como for, tive uma experiência momentânea que era ao mesmo tempo uma vertigem nauseante e uma sensação enlouquecida de liberdade. Eu não tinha peso, apoio, estrutura; eu estava caindo, rolando, atravessando vidro e água, mergulhando nos olhos daquele peixe-folha, enquanto o peixe-folha penetrava em mim, e então me vi olhando para aquele homem mal-ajambrado que me olhava, aquele homem que iria, agora que eu podia me permitir a vaidade da esperança, por fim contar a minha história.

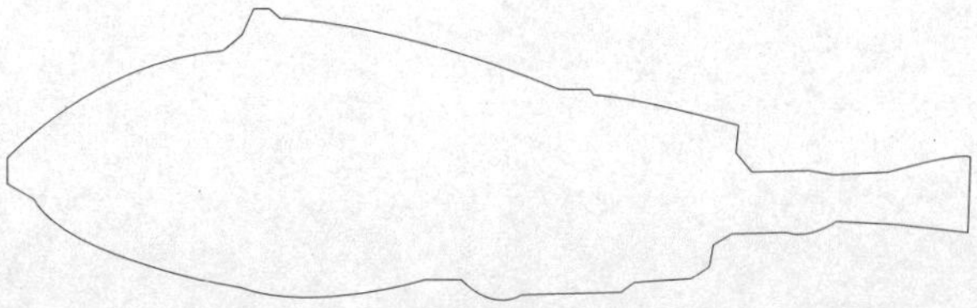

O Kelpy

A invasão da Austrália — Um lamentável mal-entendido — Barris de cabeças de negros — O rei e eu — O erro de Jean-Babeuf Audubon — Aves burguesas — O capitão Pinchbeck e a Revolução Francesa — A Guerra dos Negros — Clucas, o bandido — Sua perfídia — O Escaravelho — Morte trágica do quebrador de máquinas — Fogueiras de palavras.

I

Minha modesta participação na grande invasão da Terra de Van Diemen, para usar o nome que então lhe dávamos — Tasmânia, como agora preferem os nativos, por terem vergonha das histórias como as que conto —, até agora não foi relatada, porém creio que meu papel merece ser registrado e tornar-se matéria de reflexão.

Desde o momento, em 1803, em que, ainda menino, saltei da baleeira com o cano da pistola do sr. Banks encostado em minhas costelas, como precaução para o caso de minha resolução fraquejar, e caí de cara nas águas agitadas da enseada de Risdon, tanto eu quanto esta terra vivemos em apuros.

Consegui chegar à praia meio nadando, meio cambaleando, com o que eu julgava ser o estandarte rubro da União, e finquei-o com firmeza na praia afirmando a posse da vasta nação que se estendia à minha vista em nome da gloriosa união cujo símbolo era o lábaro que eu ostentava. Mas quando desfiz a continência e olhei para o alto, orgulhoso, vi desfraldado um lençol amarelento, cheio de manchas compridas, produzidas nas tardes lânguidas que o tenente Bowen passara com a princesa samoana Lalla-Rookh.

Fui condenado a sete anos por furto de propriedade alheia, mais catorze anos por insubordinação e outros vinte e oito por galhofar da Coroa. Não se tratava, é bem verdade, de prisão até o final de minha existência, o que seria apenas uma bondade, e sim prisão para todo o sempre.

E foi mais ou menos isso o que resultou. Consegui fugir no ano seguinte num baleeiro que rumava às Américas, e de lá por fim cheguei à Inglaterra — onde levei uma vida de rato, sob vários nomes, nos vinte anos que se seguiram, até que mais uma vez fui detido e trazido novamente para cá como degredado. A única coisa que me dá forças para seguir em frente agora não é a idéia de que algum dia serei solto, e sim a de que eles finalmente hão de fazer o que é direito e o que já deveriam ter feito há muitos anos, que é me matar.

O tenente Bowen, num acesso de fúria, tomou como declaração de guerra a chegada de umas poucas centenas de negros, com suas famílias, caçando cangurus, e de imediato ordenou que nossos canhões atirassem sobre a multidão que se formava na praia, e cerca de quarenta e cinco homens, mulheres e crianças ficaram mortos na areia, e sabe-se lá mais quantos não foram arrastados por seus compatriotas para seus acampamentos distantes, onde morreram.

O sr. Banks muito se alegrou ao ver que permaneciam intactos, em sua maior parte, os corpos negros, bem como uma boa quantidade de artefatos — lanças, belos colares de conchas, cestas de vime, peles e quejandos —, e enquanto eu, acorrentado a uma árvore, aguardava minha sentença, meus companheiros de degredo ocupavam-se de cortar e conservar em salmoura as cabeças dos negros. O sr. Banks recebeu com prazer a meia dúzia de barris de cabeças que lhe foram por fim entregues, afirmando que elas certamente haveriam de contribuir muito para o avanço de nosso conhecimento daquele ramo tão monstruoso da espécie humana.

Quando a água do mar sobe mais uma vez até a altura de meus tornozelos pustulentos, relembro aquelas cabeças negras a balouçar-se na água, os olhos leitosos revirando-se de espanto, e nem eles nem eu percebemos naquele momento quantos problemas não me haveriam de ser causados por cabeças de negros. Quando volto a sentir as pontadas de dor nas feridas mal cicatrizadas que se aglomeram por baixo das algemas que me prendem à bola de ferro, como se fossem ostras, sei que a maré está subindo. Então esta cela, construída no sopé de um precipício de arenito abaixo da linha da maré alta — uma dessas infames celas para peixes sobre as quais o leitor certamente já leu num desses livrinhos mentirosos que circulam nas ruas, narrando a história do cruel encarceramento do bandoleiro Matt Brady e sua subseqüente carreira de crimes —, enche-se a ponto de me cobrir a cabeça.

Não que eu vá me afogar: tal como os que me precederam aqui, nessas ocasiões agarro-me às barras acima de minha cabeça por várias horas, no espaço de um pé que ainda resta no alto da cela quando a maré sobe. Por vezes solto-me e fico a flutuar em meu pequeno reino, na esperança de que assim consiga morrer. Por vezes penso nas vantagens dessa situação: este banho que me é imposto duas vezes por dia parece ter me livrado recentemente dos piolhos, e a cela, ainda que úmida e sempre cheirando a sal e algas, está livre do fedor medonho e rançoso de merda e bode que costuma imperar nesses lugares.

Duas vantagens: eis um desafio razoável a meus poderes de aritmética mental. E, flutuando na água gelada, estremecendo e tiritando como se já estivesse ensaiando os passos da dança que hei de dançar no cadafalso que me aguarda, vez por outra meu pensamento ganha asas, e vejo-me outra vez pintando peixes, feliz da vida.

Chame-me o leitor o que quiser: já outros me chamam nomes, e isso me é indiferente; não sou o que sou. A história de um homem tem pouca importância nesta vida, é uma mera carapaça sem sentido que ele carrega, dentro da qual ele cresce e morre. Assim falou o baiacu, e ele, como sempre, vive enfiando sua cabeça inchada onde não é chamado. O que se segue pode ou não ser minha história verdadeira: se é ou não é, não tem muita importância. Não obstante, morto o baiacu e não estando mais aqui o velho dinamarquês, quero apenas contar a história de minhas pobres pinturas, antes que também eu siga o caminho deles.

Não que eu pense que o futuro se assemelha a esta cela escura e úmida, em cujas paredes molhadas um homem pode riscar seu nome ao lado de muitos outros antes que ele próprio desapareça, tal como a última maré; que a vaidade de pensar palavras assim poderia ao menos permanecer como prova, um destroço da liberdade estilhaçada, que porventura tornaria minha lembrança querida à posteridade. Seja como for, já estou além de depositar esperanças em tais jogos. A verdade é que de início eu era movido pelo estranho desejo de confessar-me um pouco, e depois ele se tornou apenas um mau hábito, tão inevitável e miserável quanto o de coçar meus colhões piolhentos.

Não quero, porém, dar a impressão de que não cuidam bem de mim. Muito pelo contrário. Às vezes me trazem um pinguinho de sopa e gordura rançosa de porco numa xícara, e me jogam esse alimento. Às vezes sorrio como resposta, e quando me sinto mais cheio de energia jogo em retribuição um tolete que guardei especialmente para a ocasião. Às vezes, após um tal intercâmbio alegre, dão-me também uma surra das boas, e agradeço isso também, pois que demonstra que não são de todo indiferentes a mim. Muito obrigado, meus queridos, digo-lhes, obrigado obrigado obrigado. Eles riem disso também, e em meio a surras e arremessos de merda nós nos entendemos às mil maravilhas. "É isso que há de bom numa colônia penal insular", cochicho à porta de minha cela, "estamos todos juntos na merda, todos os carcereiros e soldados e até mesmo o próprio comandante. Não estamos? Não estamos?"

"*Não!*", grita o carcereiro Pobjoy do outro lado enquanto fecha o trinco, porém não vou ouvi-lo, porque ainda não vou permitir que ele entre na história, e depois que ele entrar, como eu, prometo que ele também não vai escapar.

Sei que devia deixar claro desde o começo por que comecei a pintar peixes, e por que essa atividade se tornou tão importante para mim, mas na verdade nada está claro para mim agora, e toda essa história parece-me impossível de compreender, mais ainda de explicar. Posso lhes dizer que não há retratos de degredados que tenham sido feitos nesta colônia, e que fazer tais retratos é proibido, e qualquer transgressão é punida com a maior severidade.

Não deixa de ser curioso, se paramos para pensar por um momento, o fato de que nenhuma documentação visual deste tempo e deste lugar há de sobreviver, nem um único retrato dos estropiados, dos derrotados, nem mesmo do comandante. É bem verdade que há relatos escritos a respeito da colônia, mantidos em seu imenso Arquivo — um depósito misterioso cuja localização é mantida em segredo dos prisioneiros para que eles não tentem adulterar seus registros pessoais. Diz-se que nesse labirinto de documentos são anotadas em detalhe todas as coisas que se passam com cada prisioneiro e todos os eventos da história desta ilha, que não há detalhe, por mais insignificante, que não seja registrado num catálogo ou numa crônica.

Porém não tenho a pretensão de estar criando com meus peixes uma espécie de Arquivo alternativo ou invertido. Minhas ambições não são desmedidas, nem sequer elevadas.

Os livros são, na melhor das hipóteses, apenas portas abertas que nos convidam a entrar numa casa vazia, e uma vez lá dentro somos obrigados a inventar o resto da melhor maneira que sabemos. Tudo que lhes posso mostrar com alguma convicção é um pouco do que aconteceu comigo aqui — quanto aos motivos e às causas, isso é conversa fiada de juízes com capas negras e perucas empoadas, de criticastros e outros de sua laia: culpa, pecado, motivação, inspiração, o que é bom, o que é mau — quem há de saber? E quem se importa com isso? Tudo que posso dizer é que, entre uma surra e outra, uma maré alta e outra, o carcereiro Pobjoy me traz pergaminho barato roubado do Arquivo no qual ele me pede que pinte cenas de enlevo bucólico à Constable: cenas campestres felizes com idiotas rústicos como o próprio Pobjoy, e carroças atravessando riachos ingleses salpicados de sol, as quais depois ele vende ou troca por outros objetos.

Pobjoy é um sujeito desajeitado, uma criatura limítrofe entre homem e girafa; é tão alto que quando entra na cela é obrigado a dobrar-se quase ao meio, dando a impressão de que está se prostrando diante de mim, quando a situação exigiria o contrário. Tenho que me abaixar tanto para passar por baixo de Pobjoy que quase saem bolhas de minha boca por eu ter de mergulhar a cabeça nas poças enlameadas a nossos pés, perturbando meus amigos que se aglomeram na escuridão, os caranguejos e litorinas e mexilhões que habitam este submundo comigo.

"*Obrigado obrigado obrigado*", eu digo a todos aqueles que, como eu, vivem nesse lodo salobro, e começo a trabalhar a todo o vapor antes que a água suba, pois a cada dia tenho de completar não apenas uma pintura, e sim três tarefas: primeiro, uma baboseira bucólica para Pobjoy; depois, um peixe para mim; em terceiro lugar — e neste trabalho estou sempre me atrasando, sem jamais conseguir dizer todas as coisas que preciso e quero dizer —, estas anotações para acompanhar meus peixes.

II

Como os prisioneiros são terminantemente proibidos de manter qualquer registro escrito na ilha, transgressão essa que é punida com castigos muito mais terríveis do que os que são impostos a quem faz pinturas proibidas, tenho de agir com cautela. Todos os dias Pobjoy leva minhas tintas e meu papel juntamente com seu falso Constable recém-concluído, verifica se não parece ter desaparecido uma quantidade excessiva de tinta e se a quantidade de papel que resta equivale à que lhe digo ter gastado em rascunhos e depois usado para limpar a bunda — um privilégio raro que Pobjoy, com sua infinita generosidade, por vezes concede a um prisioneiro de bunda rude como eu, com base no argumento de que, sendo eu um Artista, meus delicados orifícios não estão acostumados a sofrer indignidades.

A cada dia roubo algumas folhas adicionais para o meu livro dos peixes e as escondo cuidadosamente, e a cada dia exibo num lugar bem visível, o canto da cela em que a luz bate quando a porta se abre, a mesma folha de papel amassada ali mantida para esse fim, na qual pintei, com muita arte, riscos em tons bem fortes de verde e marrom. Essas cores úmidas servem como confirmação de minhas histórias de higiene pessoal e, creio eu, condizem tanto com minha dieta quanto com as queixas freqüentes de cólicas que faço a Pobjoy. Felizmente, Pobjoy ainda não se sentiu tentado a investigar a questão mais de perto.

Tendo tinta de pintar mas não tinta de escrever, sou obrigado a usar o que tiver à mão para redigir estas notas — hoje, por exemplo, arranquei algumas cascas de feridas no cotovelo, e agora molho o bico da pena que fiz com uma costela de tubarão no sangue que escorre lentamente da ferida, e é assim que escrevo o que o leitor está lendo agora. O sangue é um líquido espesso, mas também o é o mingau, e não vejo no que estou fazendo agora nenhum significado simbólico maior do que veria numa tigela de aveia. Se eu tivesse um vidro de tinta nanquim, ficaria muito feliz e sentiria menos dor. Por outro lado, a história que tenho para contar está longe de ser do tipo preto no branco, de modo que talvez não seja de todo impróprio utilizar essa tinta escarlate. Não fique o leitor horrorizado, pois em comparação com as secreções horrendas que saem de meu corpo, o muco espesso, o pus amarelento, a merda liquefeita, meu sangue é até muito puro e belo, e traz-me à lembrança o pensamento de que sempre há alguma coisa de puro e belo, se olharmos por detrás das cascas de ferida.

Seja como for, a cor é uma tragédia que não deve ser levada a sério: "Que Deus é Cor, Newton nos mostra", escreveu o amigo amalucado de Ackermann, William Blake. Mesmo a mulher de Billy Blake jamais o viu tomar banho, e suas opiniões por vezes eram tão pungentes quanto seu cheiro. Quanto a mim, desde que Newton decompôs a luz branca em seu prisma, reduzindo-a a uma variedade de cores, a luz dividida do arco-íris para mim não é mais do que este ridículo mundo decaído.

Quando a água chega à altura de minha barriga, escondo meus peixes e esses pensamentos incendiários e fico a gritar à porta até que Pobjoy venha buscar seu Constable falso. E que lugar maravilhoso encontrei para meu livro dos peixes! Escondo-o num nicho no alto da cela que se abre a partir de uma estreita rachadura por trás da primeira fileira de blocos de arenito, alargando-se até formar um espaço da largura de três fatias de pão. Às vezes, quando estou flutuando na minha cela na maré alta, meu nariz pontudo quase batendo nas vigas do teto, tento imaginar que estou naquele nicho junto com meu livro dos peixes, e o imagino como um lar isolado do mundo, um lar para o qual consegui escapar. Creio que Pobjoy sabe, porém prefere não fazer nada: é a única recompensa que ele me dá em troca do Constable falso que lhe entrego todos os dias. Ou talvez ele apenas tenha medo de dar uma cabeçada se tentar olhar lá em cima.

Mas Pobjoy sabe que estou pintando peixes; disso tenho certeza.

III

O rei, com quem divido minha cela, não trai nada a Pobjoy. Na verdade, o rei não trai praticamente nada a respeito de coisa alguma, não diz nada, não é quase nada, e dedica seu tempo a uma comunhão silenciosa com os anjos. Pelo que dou graças.

É um homem realmente admirável, o rei. Sua presença é enorme, inescapável; ela se impõe de modo avassalador. Por vezes julgo que ele é apenas uma espécie de limo que vem subindo pelas paredes. Já em outras ocasiões sinto por ele uma curiosa afeição, e por suas realizações notáveis tenho uma admiração sincera. A cada dia ele não apenas cresce na minha estima como também, devo admitir, em sua própria pessoa, tornando-se cada vez mais corpulento, embora permaneça em seus movimentos uma criatura suave e poética: o rei flutua, e balouça, e se desloca em ondas. Como ele o consegue, esse crescimento, essa dignidade, não sei dizer. Os outros prisioneiros ficamos cada vez mais engelhados e mirrados, como espigas esvaziadas por dentro pelo gorgulho, mas o rei incha mais e mais. Como companheiro, acho-o sábio e inescrutável. Por vezes chego a pensar que suas dimensões cada vez maiores talvez indiquem que há nele mais Divindade Oriental do que eu supunha antes.

Nas discussões, o rei tende a dar a seu oponente bastante espaço, para que ele — ou seja, eu — possa desenvolver minha linha de raciocínio a tal ponto que ela embole e se enrosque em suas próprias impossibilidades e contradições. Pode-se argumentar que ele não diz nada de novo, porém ele o comunica de modo maravilhoso.

Eis um exemplo: um dia, certamente para provocá-lo, afirmei que os presbiterianos escoceses haviam produzido inúmeras obras teológicas de grande valor. Como sempre, ele demorou algum tempo para responder, mas eu sabia que estava pensando Em tudo o que esses hereges comedores de aveia já produziram não há uma única obra que mereça ser chamada de teológica. Quanto a mim, eu não fazia a menor idéia, mas por coincidência havia me deparado, num dos catálogos que o médico-chefe recebia das livrarias londrinas, com o título *Aberdeen e os sumérios*. Armado desse conhecimento insignificante e talvez irrelevante, cravei a faca a fundo: "Por acaso já leste o magnífico discurso de Aberdeen a respeito dos sumérios?".

Ele não disse nada, não admitiu nada. Era uma acusação, que só ganhava força por permanecer muda. Senti um calor me subir até o rosto, que enrubesceu, e logo tudo passou, e nós dois percebemos que minha fraude fora denunciada, mas, como sempre, ele não disse palavra sobre o assunto, nem jamais voltou a trazê-lo à baila.

Há no rei algo de majestoso que gera efeitos profundamente reais. Até Pobjoy por vezes fica aturdido apenas por perceber a presença do rei, embora, naturalmente, não veja o que vejo; assim mesmo, torce o nariz e faz uma careta e, disso não tenho dúvida, aperta o cu, tal como fazemos apenas em dois tipos de ocasiões: na presença de um poder tremendo ou de um fedor terrível.

É verdade que eu gostaria mais do rei se ele fosse um pouco mais afável, mais à vontade com os outros. Ele não faz nenhuma tentativa de ser agradável para com Pobjoy, e, embora eu insista em convencê-lo das vantagens evidentes de uma vida social, ele não deseja participar nem dos meus arremessos de toletes nem das surras administradas por Pobjoy. Seja como for, trata-se de uma opção pessoal, e sei que ele há de ter lá suas razões. O carvalho não pode dobrar-se como se salgueiro fosse. O que torna o rei notável não é a capacidade de dizer olá, como tem passado, de modo falso e submisso.

Outro exemplo: sua tez. A maioria dos prisioneiros ficamos mais pálidos que o pó de chumbo do médico-chefe nestas nossas celas. Mas o rei, manifestando algum mal aristocrático e hereditário, talvez uma pigmentação habsburguense, torna-se cada vez mais escuro, a pele mais negra, e, mais recentemente, vem assumindo um perturbador tom de verde. Porém não se permite sofrimentos: nenhuma queixa ou expressão de dor cruza seus lábios.

Enquanto dou voltas em nossa miserável cela, por vezes relembro — sim, devo admiti-lo —, por vezes *invejo* a época da minha vida em que cheguei aqui. Tendo concluído que nesta nossa vida a trajetória é tudo, embora o momento em que cheguei não me parecesse nada promissor, a trajetória da minha vida foi como a de uma bala de canhão apontado para um esgoto — atravessando a merda, sim, mas com estrépito.

Nos olhos mortos e bovinos de Pobjoy, percebo que ele tem consciência de que esta é minha segunda incursão no mundo dos peixes; sabe que estou pintando com base nas lembranças que tenho de meu primeiro livro dos peixes, que me foi tão cruelmente arrancado. Mas o que ele não sabe é *o motivo* que me leva a pintá-los. O que Pobjoy não sabe é o que estou prestes a escrever aqui, os anais de uma vida traçados em sangue.

IV

Antes de começar a escrever, consultei o rei:

"Como devo dar início a uma crônica tão tremenda? Cantando um novo gênese? Cantando os peixes e os homens, eu que estou fadado ao exílio, que há tantos anos parti da terra dos ingleses e vim ter nesta Terra de Van Diemen, nesta prisão insular; e quanto sofri em terra e mar nas mãos de deuses que se supunham mortos havia muito tempo porque meus crimes exigiam que eu sofresse retribuição na mesma moeda?"

Não. Percebi que o rei achava melhor cagar nas calças e lambuzar a merda na página do que escrever essas bobagens, pois quem haveria de querer cantar novamente esta terra?

O rei sabe tão bem quanto eu — aliás, melhor ainda — que este lugar e esta gente patética ficaram muito mais contentes de ser consumidos repetidamente pelas mesmas canções e imagens do Velho Mundo, contando-lhes a mesma história melancólica que tenho ouvido desde que me vi no tribunal de Bristol — você é culpado, você é o responsável, você é menos —, e você vai ouvir todos os novos cantores e todos os novos pintores a repetir as mesmas tolices pronunciadas pelo juiz de peruca negra. Muito depois de essas grades serem derrubadas, estarão cantando e pintando as grades novamente e prendendo você e todos os seus por todos os séculos dos séculos, cantando e pintando com fervor: *Menos! Menos! Menos!*

"Artistas! Ha! Carcereiros do coração!", gritei para o rei. "Poetas! Ha! Cães delatores da alma! — O que escrevo aqui e o que pinto aqui são Experimentos e Profecias — não deve ser julgado com essa curta vara de medir chamada Literatura e Arte, essas bússolas doentes e quebradas."

Para esclarecer um pouco mais minha posição, ameacei o rei tal como costumava ameaçar Pobjoy com grande efeito, e, vendo o que eu tinha na mão pronto para ser jogado se me fosse feita alguma crítica, ele não arriscou nenhum comentário imprudente. Fosse como fosse, como sempre, ele tinha certa razão, e assim, em vez de cantar o surgimento de uma nova terra e uma nova raça, decidi iniciar com a verdade nua e crua:

Sou William Buelow Gould — condenado por assassinato, pintor e muitas outras coisas sem importância. Minha falta de virtude me obriga a lhes dizer que sou o guia menos confiável em que jamais confiaram, um homem que morreu antes do tempo, um falsário condenado nos escuros recessos do tribunal de Bristol na tarde abafada do dia 10 de julho de 1825, em que o juiz comentou que meu nome serviria ao menos para o calendário de Newgate, juntamente com os de todos os outros condenados, antes de pôr na cabeça seu chapéu preto e me condenar à morte pela forca.

Havia naquele tribunal muita madeira escura tentando se levar a sério. Para clarear todo aquele madeirame triste, eu deveria ter contado a história que estou contando agora, a qual demonstra que o melhor modo de encarar a vida é vê-la como um chiste, quando se descobre que todo o Céu e todo o Inferno estão implícitos no que é mais insignificante: um lençol sujo, uma caçada ao canguru, os olhos de um peixe. Porém eu não disse nada, superestimando, e muito, o poder do silêncio. O juiz, julgando-me arrependido, comutou minha sentença, e me degredou para a Terra de Van Diemen.

Esperto, mas nem tanto, desesperado, mas não de todo, ainda não o Billy Gould por completo, o qual uma vez recebeu a ordem ambiciosa de pintar o grande deus do mar Proteu, que tem o dom — como o médico-chefe estava sempre a me lembrar, com seu latim macarrônico — de assumir a forma de qualquer criatura aquática. Eu teria de pintar peixes, portanto, toda espécie de ser marítimo: tubarões, caranguejos, polvos, lulas e pingüins. Mas quando terminei esta obra de minha vida, dei um passo para trás e constatei, horrorizado, que todas aquelas imagens se fundiam de modo a formar o contorno de meu próprio rosto.

Seria eu Proteu ou seria Proteu apenas uma cara comum como a minha? Seria eu imortal, ou seria apenas incompetente?

Pois saiba que não nasci mau, porém apenas o fruto bastardo de uma paixão efêmera, uma imprudência, um truque dos três dedais, como o meu atual nome, e ao se levantar qualquer dos dedais, debaixo dele encontra-se... nada!

Um destino que leva um tecelão judeu francês a uma feira irlandesa é curioso, mas foi o Destino assim mesmo que então fez com que o tecelão — o nome "pai" me parece excessivamente generoso para designá-lo — morresse de apoplexia no auge de sua paixão grosseira naquele celeiro, julgando que ia conseguir passar o dia inteiro montado. Mas foi fulminado de repente em plena sela, e desapareceu da vida e dessa história tão rapidamente quanto havia entrado. A mulher que ele conhecera apenas meia hora antes, rindo na barraca de doces e, depois de tomar uma boa quantidade de mingau com rum, ficou assustada demais para gritar, xingar ou chorar. Limitou-se a empurrá-lo para o lado e limpar-se no belo colete de fustão que ele usava, e que fora a primeira coisa a impressioná-la, pois ele parecia um dândi e tanto, com aquelas roupas e aqueles cílios compridos e atraentes, e aquele sotaque francês, e ela saiu correndo dali e ficou andando a esmo, tristonha, até encontrar uma grande multidão num campo.

Ela era baixinha como um escardilho (e, ao que me contaram, suas feições lembravam o instrumento, sendo a boca parecida com uma máquina de fiar) e por isso não conseguia enxergar o que havia atraído a atenção de toda aquela gente, e sentindo-se curiosa de repente, talvez para tirar da cabeça o incidente que acabava de ocorrer, foi se acotovelando e se intrometendo na multidão até emergir à frente dela, diante de um palco de madeira improvisado.

O burburinho da multidão morreu inesperadamente e ela virou-se para trás, para ver o que era — se não seria ela própria — que havia silenciado a todos. Viu todos os olhares fixos não em sua pessoa, e sim em alguma coisa atrás dela e muito mais alta que ela, e assim virou-se novamente e, seguindo os olhares, levantou a vista e se deu conta de que o palco era, na verdade, um patíbulo temporário.

Naquele exato instante ela ouviu o súbito rangido do alçapão a abrir-se e viu um homem magro, trajando uma bata comprida e suja, com um laço em torno do pescoço e com as mãos nos colhões flácidos, cair do céu à sua frente. Quando seu corpo chegou ao ponto mais baixo de sua trajetória, e a corda tesa conspirou com o súbito peso do corpo cadente para lhe quebrar o pescoço, ela ouviu o som discreto porém inconfundível de ossos se partindo. Posteriormente sonhou que o homem magro abria a boca ao cair, e o que dela saía não era um grito e sim uma luz azul. Ela via a luz azul atravessar o campo e saltar para dentro de sua boca, escancarada de espanto.

A infeliz convenceu-se de que fora possuída pelo espírito mau do condenado e desistiu da vida, sobrevivendo apenas o bastante para me dar à luz e em seguida entregar-me ao asilo, julgando que, como nasci azul, eu seria decerto a encarnação daquele espírito mau.

Passei a infância no asilo, cheio de velhas, umas loucas, umas carinhosas, umas nem uma coisa nem outra, e todas tão cheias de histórias sobre pessoas vivas e mortas quanto suas roupas baratas eram cheias de piolhos, pois era tudo que elas possuíam naquele asilo escuro e úmido — piolhos e histórias, e os dois me deram uma coceira forte e feridas que se tornaram pequenas cicatrizes sujas. Cresci ouvindo essas histórias (sendo a favorita das velhas a história do tecelão que morreu em pleno serviço e do enforcado de colhões flácidos, da luz azul e do meu nascimento), as quais foram praticamente tudo que tive para meu alento.

O velho padre do asilo por algum tempo teve a ilusão de que eu seria um estudioso. Costumava ler para mim histórias de um Calendário de Santos, em que havia para cada dia um santo cuja vida era um relato exemplar de sofrimentos, torturas e castigos originais; um catálogo fabuloso de virgens martirizadas cujos seios voluptuosos porém eternamente puros eram decepados por lascivos prefeitos romanos; monges medievais que de tanto levitar incomodavam os colegas, passando a ser amarrados na hora das refeições; anacoretas famosos por se autoflagelarem por quarenta dias e quarenta noites apenas por terem soltado um peido. Realmente, nada poderia me ter preparado melhor para a vida na Terra de Van Diemen.

O padre sustentava-me com seus ensinamentos tal como a corda sustentara o enforcado. Ensinou-me as vinte e seis letras do alfabeto, e lia para mim em voz alta a Bíblia e o Livro de Oração enquanto lavava as solas de meus pés, minhas canelas finas, cochichando o tempo todo: "Dize-me quando tua semente estiver prestes a se derramar, dize-me por favor".

Eu respondia apenas: "A-B-C-D-E-" etc. etc., imaginando que todas as palavras de Deus estariam contidas nessas letras, e que Ele haveria de saber embaralhá-las de modo a formar todas as Preces Perfeitas e Escrituras Sagradas que desejasse, desde que eu Lhe enviasse todos os dias aquelas vinte e seis letras, A-B-C-D-E etc. etc., mas quando o padre passou sua mão áspera como giz quebrado do lado de dentro de minha coxa, chutei-o bem na boca com meu pé lavado.

O velho padre gritou de dor e sussurrou: "Ainda que Deus receba as tuas letras, tua língua pertence ao Diabo — não és estudioso, e sim o próprio Belzebu!". E desde então não quis mais saber de mim nem de meus pés.

Uma das velhas ficou tão impressionada, de tanto que odiava o padre, que me mostrou sua biblioteca, a qual consistia em uma dúzia de livretos desses que custam seis *pence*, que a deixavam guardar como privilégio especial, e que passou a me emprestar, um por um.

Comecei a preocupar-me com a possibilidade de que à noite, enquanto eu dormia, as letras nos livretos de seis *pence* se reagrupassem em formas novas e significados novos dentro de suas capas azuis, pois neles descobri que Deus de fato combinava aquelas vinte e seis letras de modo a formar todo e qualquer significado que Lhe convinha, e que portanto todos os livros eram sagrados. Se Deus tinha de fato um Mistério, como insistia o padre, então era talvez na coceira incessante de todas essas histórias.

Aqueles livretos de seis *pence* podiam ser comprados em qualquer mercado, mas eu não os amava menos por isso, e sim ainda mais, por pertencerem a todos. Deliciava-me com todos, desde as *Rimas infantis da velha viúva Hickathrift* até as *Fábulas de Esopo*, tanto que, muito antes de aprender a respeito do Bardo, do Papa e do Iluminismo francês, eles eram para mim toda a Literatura e toda a Arte. Mesmo agora, morango e cereja e os sinos da igreja e o menino bobinho montado num cavalo-marinho representam para mim a verdadeira poesia, de cujo encantamento não consigo escapar.

Então o padre conspirou com o bedel para que eu fosse vendido a um pedreiro, mas meu corpo mofino não conseguia arcar com aquele trabalho pesado, e quando fugi atravessando a água o pedreiro deve ter achado que era muita sorte sua livrar-se de um ajudante berdamerda como eu, pois não fez nenhuma tentativa de me capturar.

De início sobrevivi em Londres vendendo-me àqueles que eu julgava que deviam pagar para lavar meus pés e me dando aos que me inspiravam piedade. A possibilidade de escolher quem deveria pagar e quem não precisava pagar dava-me a sensação de ter algum poder, mas na verdade eu não tinha nada, fora umas coceiras pustulentas e inconsoláveis que cobriam meu coração cada vez mais, e mais cicatrizes sujas que não paravam de multiplicar-se até cobrir minha vergonha sem nome.

Por algum tempo vivi vagabundeando e roubando, sentindo que essas aventuras faziam com que as cicatrizes sujas ficassem recobertas por sentimentos maiores de emoção, medo e prazer. Nesse tempo fui um Vilão deveras, um Homem Mau orgulhoso. Andava de ceca em meca, de início à procura de ouro e glória, depois em busca de uma explicação, e tinha avidez por tudo, mas apenas porque se capturasse alguma coisa eu estaria talvez provando que estava vivo e que não era apenas um homem sem nome, filho de uma mulher sem nome, nascido numa cidade sem nome, cujo único alento eram histórias comichosas que tinham de ser arrancadas da estopa por velhas remelentas, e canções purulentas roubadas de Deus e colhidas em livretos de seis *pence*.

Vi tudo isso e mais aquilo e muito mais também na aurora de minha vida, muitas coisas chocantes, próximas e fabulosas, mas à noite não havia naquele meu novo mundo de chupa-rolhas e lazarones e cafifas e vagabinhas e capiangos quem fosse capaz de responder a meu insistente *Por quê?*, que constatei ser a mais estúpida e absurda e destrutiva de todas as perguntas. Concluindo que a melhor coisa que um homem pode fazer é dedicar-se às suas tarefas neste mundo, abandonei minha busca inquieta pela resposta a uma pergunta que não fazia sentido. Tornei-me enfastiado com o Velho Mundo e uma vez, altas horas da madrugada num botequim com umas moças de Spitalfields para quem eu fazia o elogio dos livretos de seis *pence*, dei por mim admitindo — após alguns socos fortes nos ouvidos e ameaças críveis de castigos muito piores que me seriam impostos por um pelotão de recrutamento, a fina flor da nação inglesa — que na verdade eu sempre quisera me tornar membro da missão do tenente Bowen, como moço de convés, para ajudá-lo a civilizar a Terra de Van Diemen. Desse modo fui convencido a aventurar-me pelo Novo Mundo, onde se diz que residem o Progresso e o Futuro.

V

No começo, a atividade de pintar foi um acaso, mas depois veio a se tornar a única coisa que eu sabia fazer mais ou menos bem. Parecia-me algo fácil, e quando me dei conta do contrário já era tarde demais para aprender qualquer outro ofício. Foi no Novo Mundo, no decorrer da minha volta sub-reptícia após minha invasão da Austrália, bem-sucedida ainda que mal entendida, que conheci nos pântanos da Louisiana um *creole* que foi responsável, à sua maneira, pela minha paixão por peixes. Chamava-se Jean-Babeuf Audubon, e era feio e pequeno, e seu traço mais característico eram os grandes punhos de renda que fazia questão de usar onde quer que estivesse, e que por esse motivo estavam sempre desfiados e imundos.

Jean-Babeuf Audubon convenceu-me de que, estando na casa dos vinte, eu era claramente um homem na flor da vida que deveria garantir seu futuro contra qualquer percalço investindo o pequeno capital que havia trazido comigo num negócio que ele havia empreendido com um inglês chamado George Keats — a exploração de um barco a vapor num vilarejo no Kentucky. Não obstante ter ele adquirido algumas sobrecasacas de excelente qualidade tão logo lhe entreguei meu dinheiro, continuei acreditando nos sonhos daquele homem que mais parecia uma codorna esfarrapada, pois que eu, como todos os vilões de verdade, me tornava crédulo diante de qualquer idéia que transcendesse o furto óbvio e imediato.

Embora todos quiséssemos ser Capitalistas, foi através de Audubon que aprendi alguma coisa a respeito de pintura, pois o empreendimento de Audubon era tão implausível quanto as histórias que contava a respeito de seu pai — o qual, tal como o meu, era supostamente francês —, que seria ninguém menos que o Delfim, e que havia lutado, sob um nome falso, com Washington na batalha de Valley Forge. Considerávamo-nos realistas práticos, e ríamos muito quando Keats nos falava de seu irmão sonhador, John, o qual queria tornar-se poeta no Velho Mundo e, ao contrário de nós, jamais seria nada na vida. Porém, por mais práticos que fôssemos, e por maior que fosse nosso desejo de nos tornarmos Capitalistas, nada pudemos fazer quando a caldeira do vapor explodiu e os fazendeiros locais preferiram continuar usando as tradicionais chatas a vara ou puxadas por cavalos a recorrer à geringonça de Audubon e Keats, e os negros e sertanejos achavam melhor caminhar do que pagar o preço que tínhamos de cobrar para não falirmos.

Porém a falta de interesse pelo vapor e a perda da freguesia ao menos nos davam mais tempo para nos dedicarmos a outras atividades, principalmente incursões à floresta, onde matávamos aves e as trazíamos de volta. Enquanto eu o observava, Audubon prendia com arames as aves ensangüentadas de modo a fazer formações impressionantes de vôo ascendente e descendente, esticando-lhes as asas para um lado ou para o outro, e depois em desenhos e pinturas reproduzia aquelas formas atormentadas e deformadas, transformando-as em belas imagens de aves.

Ele me parecia um pintor excepcional, mas quando lhe disse isso, ele reagiu mal ao elogio, e me desancou com seu forte sotaque francês. Não gostava de arte. Arte era, segundo ele, o nome que se dava às pinturas depois que elas eram roubadas e vendidas. Ele era apenas um pintor de aves.

Aprendi também — embora mais com as aves que Jean-Babeuf Audubon não conseguia atingir do que com o próprio Jean-Babeuf Audubon — a importância de ser sempre um alvo em movimento nesta vida, pois não há nada que as pessoas amem mais do que o oposto do que elas são. Assim, na América aprendi o valor de ser um inglês do submundo, e depois, de volta ao submundo inglês, passei a bancar um aventureiro americano, e aqui, na Terra de Van Diemen, pelo visto nada agrada mais do que o Artista de Alhures — ou seja, é claro, da Europa —, por mais medíocre que seja. Se algum dia conseguir voltar à Europa, creio que serei obrigado a desempenhar o papel do colono oprimido, deslumbrado e rude.

Audubon sabia muita coisa sobre aves, seus costumes e suas sociedades, e eram muito bem-feitas, nem rígidas nem indefinidas, todas as suas imagens de aves. Como se surgissem sob as asas emplumadas das mães, as aves de Audubon apareciam debaixo de seus punhos de renda sujos inteiramente formadas, belas, tristes, vivas. Com Audubon aprendi a encontrar no animal vivo tomado como modelo seus humores essenciais, seu orgulho, sua seriedade, ou então sua selvageria, idiotice ou loucura. Pois para ele nada era apenas um espécime: toda a vida se lhe afigurava uma enciclopédia de temas, e a única tarefa — que ele reconhecia por vezes não ser fácil — era apreender a verdade que cada tema representava e reproduzi-lo, do modo mais honesto e preciso possível. Para lograr tal objetivo — destilar numa imagem única o espírito de toda uma vida — ele precisava de histórias, e seu toque de gênio era encontrar histórias não nas árvores, florestas e mangues, e sim nas novas cidades grandes e pequenas que brotavam como se toda a terra sofresse uma crise fatal de pelagra, nos sonhos e esperanças de todos os que o cercavam.

Audubon pintava cenas de casamentos, de namoros, todos os fingimentos vãos da sociedade elegante, e tudo isso com aves, e todas as suas aves vendiam, e era uma coisa muito interessante que ele fazia, uma história natural dos novos burgueses. Eu poderia, imagino, pintar peixes em imitações semelhantes dos cardumes em que nadam os colonos livres locais. Mas os peixes vêm a mim na condição verdadeira desta vida: sozinhos, sem lar, sem um lugar para onde fugir e se esconder. E se eu representasse dois dos meus peixes juntos, seria isso um cardume? Conseguiria eu reproduzir a imagem do oceano sob as ondas, que só conhecem as mulheres nativas que mergulham em busca de lagostins?

Não.

Eu teria apenas dois peixes: cada um deles sozinho, temeroso, os dois unidos apenas pelo pavor da morte que vejo em seus olhos. Audubon pintava os sonhos de um país novo, algo para o qual sempre se acha comprador; já meus peixes são o pesadelo do passado, para o qual não existe mercado algum. O que pinto não é interessante como os trabalhos de Jean-Babeuf Audubon, e jamais se tornará popular: trata-se de uma história natural dos mortos.

No final das contas, o barco pegou fogo, incendiado por nossos credores zangados, dizíamos nós, por nós mesmos, diziam eles. Fosse como fosse, estávamos todos arruinados, e na última vez em que vi Jean-Babeuf Audubon ele acenou para mim com um punho de renda sujo de fuligem, tendo enfiado o braço por uma fenda na parede da cadeia onde fora jogado por estar devendo dinheiro. Mas dessa vez não apareceu nenhuma ave mágica. Keats, que estava sentado do lado de fora, lia em voz alta para Audubon alguns dos versos lamentáveis de seu irmão sobre as promessas traiçoeiras do Novo Mundo — versos que não me pareciam muito apropriados para animar Jean-Babeuf Audubon, que em sua cela implorava com seus carcereiros, gritando em seu inglês terrivelmente afrancesado: "Sou capitalistá anglês, jurro que sou".

Lá fora, Keats não dava ouvidos a tais argumentos, porém declamava: "As flores más de lá não têm perfume, os pássaros não cantam".

"Un homme honrado", gritava Audubon indignado, "e vou pagarr tudo — clarro."

"E a infalível Natureza", prosseguia Keats, "ao menos desta vez errou."

VI

Vinte anos se passaram.

Eu deveria fazer um relato completo de toda a minha vida durante esse período, porém ainda há pouco comecei a ler para o rei tudo que já escrevi até agora. Numa reação significativa e assustadora, ele não fez nenhum comentário. Sua natureza cortês lhe proíbe críticas diretas, porém percebi seu olhar opaco, e seu desprezo é evidente, sua sabedoria — como sempre — é instrutiva.

Percebo que ele está me salvando da insensatez de registrar aquilo que ele — e, suspeito, também vocês — não têm nenhum interesse em ouvir: o que aconteceu com Billy Gould naqueles anos. Talvez lhes pareça que todos os momentos da vida de Billy Gould têm o mesmo peso, mas o rei sabe que isso não é verdade. A maior parte dessa vida foi um sonho desgraçado desses que se dissolvem na hora de despertar, por ser literalmente imemorável, fora seu momento final, quando fui preso como falsário em Bristol em 1825.

Eu não era falsário, e não gostei de ser acusado de tal crime. Eu era um Vilão foragido que outrora fora pintor, e senti-me insultado por me acusarem de me rebaixar a ponto de falsificar notas do Banco de Bristol. Não obstante, como sempre acreditei que a melhor maneira de enfrentar o poder é aceitar, ao ser condenado ao degredo na Terra de Van Diemen como falsário, tornei-me falsário. Afinal, que outra coisa poderia eu fazer?

Afirmar ser Artista pareceu-me coerente com a mentira de minha condenação, e oferecia a perspectiva de um destino melhor do que os trabalhos forçados, e me tornava algo diferente do criminoso comum que eu era na verdade, e foi este o único ato de falsário que havia cometido até então: apresentar-me como Artista.

Mas a coisa não começou tão bem.

Minha primeira tentativa de fazer uma pintura — na verdade, reconheço, apenas uma imitação servil de uma litografia de Robespierre que encontrei por acaso num livreto a respeito dos horrores do Terror revolucionário — foi o retrato do capitão Pinchbeck, comandante do navio dos degredados, que me fez tal encomenda ao tomar conhecimento do ofício que eu exercia. Minha pintura de tal modo indignou o capitão que ele me pôs a ferros pelo resto da viagem de seis meses à Austrália. Tentei remediar o ocorrido fazendo-lhe um outro retrato em que ele se assemelhava à figura mais viril de Danton, porém para o capitão isso foi apenas um insulto ainda maior, e imperdoável.

Tarde demais, quando me retiravam do porão fedorento do navio, fiquei sabendo, através do imediato, que o capitão por algum tempo havia sofrido a ignomínia de ser corneado por um baleeiro francês.

Pus-me então a atacar os alcoviteiros de outras nacionalidades diante do capitão Pinchbeck, mas sua reação foi mandar-me calar e pregar-me um sermão a respeito dos horrores dos franceses — em particular, suas terríveis *noyades*. Elas haviam ocorrido no auge do Terror, nos cascos de velhos navios negreiros que eles enchiam de rebeldes da Vendée e depois afundavam no porto de Nantes à noite, e na manhã seguinte os faziam flutuar novamente, retiravam os cadáveres encharcados e enchiam os cascos com mais rebeldes, dos quais havia um estoque inesgotável, porque, segundo o capitão Pinchbeck, a tirania faz crescer a oposição a ela tal como a chuva faz com a grama.

Quando por fim terminou sua narrativa interminável, levou-me ao que chamava sua *petite noyade*, uma caixa perfurada semelhante a um caixão, dentro da qual se colocava um homem, sendo depois a caixa arrastada pela água na esteira do navio, para que eu experimentasse na carne como era ser francês.

Gostaria de poder dizer que, quando fui lançado por um minuto inteiro no Oceano Pacífico dentro daquela caixa borbulhante de carvalho molhado, pela primeira vez percebi qual seria a verdadeira conseqüência da Arte no meu futuro. Mas isso não seria verdade. Apenas decidi que doravante usaria modelos outros que não rebeldes e *sans-culottes* franceses, e prendi a respiração até sentir que estava quase estourando.

Quando me tiraram da água, o capitão me disse que se eu voltasse a pintá-lo outra vez ele faria questão de pessoalmente dar-me de comer aos animais que ele denominava advogados do mar — a saber, os tubarões que seguiam nossos navios. No momento em que me arrastavam para fora da *petite noyade*, um forçado gendarme deu-me um bom pontapé bem à vista do capitão. Encolhendo-me até me reduzir a uma bola, pensei que talvez o capitão Pinchbeck estivesse equivocado quanto à questão da tirania, que para cada tirano que nasce nascem mil homens dispostos a ser escravizados, e quem quer que tenham sido os rebeldes da Vendée, eles fizeram por merecer o afogamento por não haverem compreendido essa verdade a respeito da natureza humana.

Não quero levar o leitor a pensar que minha reinvenção como pintor foi de todo mentirosa. Afinal de contas, eu vira Jean-Babeuf Audubon trabalhar, e uma vez chegara mesmo a terminar para ele um par de águias-de-cabeça-branca que ele precisava aprontar o mais depressa possível a fim de saldar uma dívida urgente. Eu também havia passado algum tempo com o gravador

Shuggy Ackermann, mas aquilo não serviria para nada, e poderia talvez me expor a outras acusações de crimes. Também poderia mencionar os seis meses que havia trabalhado numa olaria, mas não quero tocar nisso agora, porque me traz à mente a lembrança melancólica do tempo em que dancei o Velho Iluminismo com tanto gosto, e agora só me restam a Viúva Polegar e suas Quatro Filhas com que brincar.

Em outros lugares talvez houvesse outras perspectivas de trabalho e de mulheres, e admito que eu teria gostado muito de tê-las. Porém eu era obrigado a aceitar o trabalho que me caísse nas mãos, a aprender as regras de minha arte da melhor maneira possível com base em experiências tão más.

Chegando ao decrépito mundo moderno da Terra de Van Diemen no fedor do alto verão, um mundo horrendo de armazéns de arenito e alfândegas e levas de forçados e soldados ingleses, fui entregue a Palmer, um fabricante de carruagens em Launceston, que faz as vezes de capital do norte da ilha. Para ele eu pintava brasões coloridos nas portas das carruagens, inventando armas familiares para os ramos bastardos do Novo Mundo que desejavam se exibir na libré absurda do Velho. Leões rompantes e carvalhos verdes e mãos vermelhas e espadas eternamente em riste, combinados sem nenhuma lógica e sem necessidade de explicação nas portas das carruagens, sublinhados por divisas absurdas em latim, de autoria de um clérigo irlandês punido por bestialismo: *Quae fuerent vitia mores* (O que antes eram vícios agora são costumes); *Vedi Hobarti e poi muori* (Ver Hobart e morrer); *Ver non semper viret* (A primavera nem sempre floresce). Foi esta a minha primeira grande lição em matéria de arte: a arte das colônias é o dom cômico de travestir o novo de velho, o desconhecido de conhecido, o antípoda de europeu, o desprezível de respeitável.

VII

Fugi após seis meses. Segui para o sul, rumo a Hobart, a pé, na esperança de lá tomar um navio, tal como havia feito vinte anos antes. A prolongada e cansativa guerra contra os selvagens ainda estava longe de chegar ao fim, e os selvagens demonstravam tal arte em seus ataques que muitos colonos — cujas casas se situavam à margem das grandes florestas negras, onde o medo naturalmente gera suspeitas — os julgavam feiticeiros. O interior a eles pertencia, porém vivia sob o flagelo constante de foragidos e bandos de fora-da-lei que atiravam nos soldados, e soldados que atiravam nos fora-da-lei, e vigilantes voluntários que atiravam nos selvagens pelo prazer de atirar e, quando não encontravam selvagens, atiravam em qualquer um.

Aqui e ali havia um cercado de residências, protegido pelas armas, lugares mais assustadores ainda. Aproximei-me de um deles na esperança de ali pernoitar, e só escapei dos cães selvagens que vieram me atacar graças aos disparos de mosquete vindos das ameias do muro exterior, à guisa de alerta.

Resolvi que, em vez de seguir caminho evitando a estrada principal e embrenhando-me pelo interior, seria melhor tomar o caminho mais longo, porém bem mais seguro, que margeava a costa leste. Fui andando até deparar-me com o mar verde, a refletir luz e fragmentá-la em laivos de prata espalhados pelas praias brancas reluzentes, em cujas areias com freqüência eu encontrava ossadas e crânios, alvejados pelo sol, de selvagens mortos por caçadores de focas que ali haviam aportado em busca de negras. Ver aqueles ossos muito me animava, pois eles indicavam que as praias eram um lugar seguro para viajar, porque era só nos confins do oeste que os selvagens ainda costumavam ir até a costa. Assim mesmo, à noite eu não fazia fogueiras, para não atrair os selvagens, que então me matariam, muito embora fosse ainda o início da primavera e o frio estivesse terrível.

Quatro dias depois de partir de Launceston, estava eu completamente perdido quando travei conhecimento com um homem que disse chamar-se Tom Weaver, o Roncador. Tentou engraçar-se comigo na nossa primeira noite, mas pareceu não ficar contrariado quando lhe pedi que me deixasse em paz, e retrucou que eu não era o tipo de maricas que lhe agradava, mesmo.

Quando os membros da tripulação de um baleeiro que tinham vindo a terra para buscar água atiraram em nós, seguimos para o interior. À noite nos orientávamos com base nas estrelas, porém o céu nublou e terminamos montando acampamento num afloramento rochoso. Ali havia muitas moscas, mas estávamos perdidos e cansados demais para prosseguir viagem. Dormimos feito defuntos. Quando o sol nasceu, vimos que as moscas tinham sido atraídas pelo cadáver putrefato de uma negra a menos de cem jardas do lugar onde havíamos dormido.

Ela fora amarrada ao chão, seviciada da maneira mais horrenda e depois abandonada para morrer. Havia partes de seu corpo que brilhavam com o reflexo do sol sobre os vermes em movimento. Tom Roncador começou a gemer e gritar. Era um animal selvagem, e levei um bom tempo para conseguir fazê-lo parar com aquele terrível carpir.

Naquela noite, à luz de uma fogueira mísera que temíamos alimentar com qualquer coisa maior do que gravetos pequenos, ficamos mudos. No dia seguinte chegamos a um campo aberto, uma terra deliciosa, sob um céu tão perfeitamente azul — um céu semelhante ao qual eu jamais vira outro no Velho Mundo — que parecia frágil, como se fora uma louça fina capaz de se quebrar a qualquer momento, revelando algo de terrível por trás de toda aquela luz gloriosa.

Sentimos o cheiro da fumaça que vinha da cabana de pastor incendiada muito antes de vermos aquelas ruínas fumegantes de casca de árvore e estuque e o cadáver carbonizado do morador sendo puxado das cinzas, com um pedaço comprido de casca de árvore, pelo seu companheiro, que chorava de modo inconsolável. Era ele um emancipado que morava no vale mais próximo e vinha de vez em quando visitar seu amigo pastor, pois ambos eram irlandeses de Roscommon. Havia chegado tarde demais: os selvagens tinham fisgado o pastor dentro da cabana com uma lança e depois tocado fogo nela, deixando-o morrer queimado lá dentro. Quando o emancipado atirou neles, os selvagens se dispersaram. Apontou para uma árvore caída, atrás da qual estava um dos selvagens que ele havia matado. Nunca matara um homem antes, e não estava claro se o que o deixava mais consternado era a morte do amigo ou o fato de ter ele matado um selvagem.

A sete dias de Launceston conhecemos Clucas, um homem bárbaro que antes trabalhara para o colono livre Batman, ajudando-o a capturar selvagens. Dizia saber falar o linguajar deles, o qual aprendera nos tempos em que caçava focas, e conhecia algo de seu modo de vida. Estávamos indefesos, esfomeados e novamente perdidos. Clucas tinha uma pistola e um mosquete, que podia exibir como ameaça, tinha carne de canguru e farinha, que estava disposto a dividir conosco, e sabia o caminho de Hobart. Vestia-se como tantos outros bandidos da Terra de Van Diemen: peles de canguru e tigre costuradas toscamente, um boné de pele de tigre sobre os cabelos compridos. Contou-nos com entusiasmo que tomara de assalto um acampamento de selvagens, seguindo as instruções de Batman, matara a tiros mais de uma dúzia deles e depois os cozinhara em sua própria fogueira. Dizia não ser uma besta-fera como alguns caçadores de focas que conhecera nas ilhas do estreito de Bass, como Munro, que cortara à faca partes da coxa e das orelhas de sua mulher, Jumbo, e a obrigara a comê-las como castigo por haver tentado fugir. Quando lhe falamos da mulher amarrada, ficou pensativo por alguns momentos, e depois disse, rindo, que algumas negras eram verdadeiras amazonas, e que para essas todo castigo era pouco.

Acampamos bem perto da encosta de Black Charlie's Opening, quando então desabou uma tempestade tremenda, e de lá víamos as planícies de Pittwater, e mais além o monte Wellington em Hobart, com sua cobertura de neve, iluminado por relâmpagos imensos. Encharcados e infelizes, seguimos viagem antes de o dia raiar. Pouco após a alvorada encontramos o que fora outrora um enorme eucalipto, com diâmetro de duas jardas na base. Destroçado pela violência de um raio, o resto da árvore — o tronco e todos os galhos — fora reduzido a uma confusão de fragmentos brancos e pretos lançados a duzentas jardas dali. Por toda parte havia pedaços de madeira e lascas, toras grossas e fragmentos mínimos. Não havia como saber como fora alta e magnífica aquela árvore da Terra de Van Diemen, agora reduzida a um milhão de pedaços.

VIII

Chegando a Hobart sob a proteção de uma noite fria, o bandido Clucas arranjou-nos esconderijo numa taverna clandestina no bairro portuário de Wapping, mantida por um escravo foragido oriundo de Liverpool chamado Capois Death. Ele prometeu-nos encontrar lugar para nós dois num baleeiro que partiria dentro de um mês.

Dois dias depois fomos capturados pela polícia, que fora avisada por Clucas. Tom Weaver, o Roncador, fiquei sabendo, era um pederasta foragido, e foi condenado a catorze anos de degredo na ilha Sarah. Fui apanhado no salão do Sombras, pintando um mural de águias-de-cabeça-branca cercadas por uma grinalda de glicínias, para saldar a dívida considerável que eu havia acumulado por conta do rum consumido. Condenaram-me a três meses de trabalhos forçados no lugar que ostenta o nome enganador de Bridgewater (Água de Ponte), onde teria de arrastar pedregulhos em carrinhos de madeira para criar uma ponte sobre o rio Derwent. Uma semana depois o tenente Perisher, o oficial encarregado da obra, tirou-me os ferros e encarregou-me de pintar retratos das esposas dos oficiais e dos colonos livres e de outras presas recém-abatidas — estranhos cangurus e casuares, e mais um faisão desenhado de memória, para ser colocados sobre as mesas.

Naquele tempo, as ruas enlameadas e os cortiços fedorentos de Hobart Town quase lembravam uma colônia de artistas, onde muita gente trabalhava para o governo: Bock, o aborteiro, cujas mãos outrora administravam doses de mercúrio a moças assustadas, e agora pintava os presunçosos governantes da colônia; Wainewright, o assassino, perito em esboçar a lápis retratos de donzelas, tal como antes fora perito em envenenamentos com láudano e estricnina, método que usara na própria esposa; e Savery, o falsário, que escrevia baboseiras floreadas a respeito da colônia, lisonjeando seu público, imitando seus maneirismos idiotas. Esses artistas eram vistos um dia numa leva de forçados, quebrando pedras com martelos no cais de Salamanca, e na semana seguinte apareciam muito cheios de si num salão da Macquarie Street, munidos de blocos de desenho e tintas, tentando afetar ares de Estetas Profissionais, só que — com calças de sarja velhas e rotas, casacos grosseiros de presidiários, cabelos ralos e mal cortados, pele bexiguenta e barba por fazer — jamais conseguindo.

Eu, pelo contrário, representando o papel do trabalhador consciencioso, tirava meu chapéu respeitosamente e jamais fingia ocupar outra posição que não a que ocupava deveras na hierarquia local — a mais baixa de todas. A competição não era feroz, meu jeito não era ameaçador, e assim algumas brechas no mercado abriram-se para mim.

IX

Começou a surgir uma demanda para meus serviços: pintar retratos de patriarcas de olhos leitosos no leito de morte; de recém-nascidos mortos, para famílias de colonos livres dilaceradas pela dor, dividindo com o agente funerário a mais ingrata das tarefas, a de tentar descobrir a forma de um sorriso suave naqueles rostos pálidos; de garanhões e porcos selvagens e esboços rápidos de mulheres nuas, à maneira de imagens amorosas — convidando, com volúpia, o rapaz transformado em touro a penetrá-las, visando mais à estilização que ao realismo honesto.

O pagamento não era de todo satisfatório: o tenente Perisher embolsava noventa por cento de tudo que eu ganhava. De qualquer modo, era um trabalho mais fácil e menos desconfortável do que arrastar pedregulhos, descalço e acorrentado, pela lama gelada, em meio à névoa e à geada de Bridgewater. E, fossem quais fossem os pecados do tenente Perisher, ele fazia vista grossa para as minhas saídas noturnas.

O resto da minha estadia em Hobart Town agora me parece apenas uma repetição tediosa de prisões e fugas: por vezes eu era preso pelo governo, por fugir ou por alguns delito menor, mas no mais das vezes por donos de tavernas, legais ou clandestinas, os quais exigiam indignados que eu lhes fizesse alguma pintura para cobrir as dívidas em que havia incorrido em alguma noitada. Minha vida era, de modo geral, uma seqüência de porres, dívidas, detenções e encarceramentos em porões e depósitos onde eu era obrigado a pintar para recuperar a liberdade, limpar meu nome e ter mais uma oportunidade de saracotear com mulheres — boas ou não tão boas, nunca fui luxento. Falei em tédio? Sim, havia tédio também, mas eu contava com a virtude do ritmo e o prazer da certeza. Era como um pião, que roda e roda e mais cedo ou mais tarde cai para o lado.

Como minha produção artística tinha de acompanhar meu consumo de álcool, em pouco tempo minhas pinturas se tornaram tão características das tavernas de Hobart Town quanto as paredes manchadas de fumaça de tabaco e óleo de baleia. No Esperança & Âncora, por exemplo, só me deixaram sair do depósito quando terminei uma pintura ao estilo holandês para compensar os meus gastos com rum. Fiz uma composição original com todos os elementos rústicos tradicionais: uma lebre morta pendurada pelas patas, alguns faisões, um ou dois mosquetes, um garrafão escuro para dar um toque doméstico e uma águia-de-cabeça-branca empoleirada.

No ano que se seguiu, se não chegou a haver progresso na minha arte, houve ao menos uma alteração lenta, e o que começou como bricolagem terminou como um estilo. No Arrependete & Bebe pintei um mural de flores no estilo de porcelana inglesa a fim de recompensar o dono do bar, Augusto Traverso, por lhe ter passado uma nota supostamente falsa. As flores se entrelaçavam com alguns dos fregueses, e a coisa toda parecia mais um tributo bucólico ao Comitê de Salvação Pública da Revolução Francesa — um agrupamento de Marats e Robespierres elegantes e esclarecidos — do que uma representação fiel dos bêbados malajambrados e nem um pouco esclarecidos de Hobart Town. Assim mesmo, aqueles velhos emancipados — abençoadas sejam suas almas rançosas — sentiram-se lisonjeados a ponto de ficar felizes.

Sem dúvida alguma, o ponto alto de minha curta carreira em Hobart Town foi a tela dramática que fiz para o Duque de Ferro, representando a depravação da vida dos artistas circenses depois que a esposa do bondoso proprietário fugiu com o Grande Valerio, um equilibrista e vendedor de pós afrodisíacos natural da Sicília. No meu mural aterrador via-se uma delicada mulher nua sendo arrastada para um Inferno de acrobatas e trapezistas em chamas por uma águia-de-cabeça-branca de aparência nada amistosa, sob a qual havia uma inscrição latina: *Ex Australis semper aliquid novi* (Há sempre alguma coisa nova na Austrália).

"A única taberna de Hobart que não tem um Gould na parede", comentou o sr. Capois Death, dono da taverna clandestina, ao ver essa afamada maravilha, "é a que tem Gould na sarjeta."

Deu-me um tapa animado nas costas e, fazendo-me uma proposta honesta pela primeira vez, ofereceu-se para me pagar se eu me encarregasse de um serviço especial. Passei uma manhã pintando uma placa num quadrado de pinho. Nela via-se uma mulher branca irritada (modelo: a sra. Arthur, esposa do governador da colônia insular, o tenente George Arthur) esfregando com todas as suas forças um bebê negro numa banheira de madeira, enquanto o bebê sorria para ela, e, embaixo, o nome do estabelecimento anunciado — o Trabalho em Vão, que vinha a ser a nova taverna, agora legal, do sr. Capois Death, perto do cais velho.

O que me consola hoje, além da consciência de que afinal de contas eu estava apenas seguindo suas instruções, é o pensamento de que o sr. Capois Death estava sempre, de uma maneira ou de outra, fadado ao desastre. Tinha fama de malandro, conquistada graças a sua paixão por maricas, seu estábulo de mulheres fáceis e cavalos lerdos, e por sua famigerada Sopa de Pachola, uma fortíssima concocção em que entravam cerveja e gim, com um toque de absinto. Naquele momento, porém, o destino parecia fresco e promissor como a brisa que vinha do mar e fazia balouçar a placa que foi pendurada diante do novo estabelecimento do sr. Capois Death, muito satisfeito da vida.

Modéstia à parte, aquela placa era mesmo uma beleza, ao sabor do vento, tão leve e alegre que fazia sorrir todo aquele que passava debaixo dela na Barracouta Row. Teriam rido ainda mais, entre um e outro gole de cerveja com gim, se pudessem antever qual o futuro para o qual ela apontava na verdade, apesar de pensarmos, em nossa ingenuidade, que era apenas um anúncio de Sopa de Pachola. É difícil acreditar no poder que uma tal pintura possuía, acreditar que seu efeito sobre mim e Capois Death não foi maior do que teria sido se não se tratasse de uma simples placa, e sim da própria Madame Guilhotina a pairar sobre nossas cabeças. Mas, antes de nos destruir, o Trabalho em Vão ainda teria o efeito de nos aproximar um do outro.

Naturalmente, não percebíamos nada disso. Capois Death era ele próprio um homem de cor de Liverpool, e achava a placa divertida e instrutiva. Disse-me que eu havia captado o espírito da ilha com perfeição. Pude voltar a freqüentar sua taverna com a ficha limpa.

No dia seguinte, o estabelecimento do sr. Capois Death foi fechado por ordem direta do governador Arthur, sendo seu proprietário acusado de subversão. Nossa esplêndida placa foi queimada, e eu e o sr. Capois Death fomos condenados a catorze dias em roda de moinho, ele por haver sem intenção envenenado o médico de um navio, eu por abandonar sem aviso prévio o trabalho junto a Palmer, o fabricante de carruagens.

Essa pena teria sido, se não tolerável, ao menos sobrevivível, não fosse a inesperada volta a Hobart Town do capitão Pinchbeck. Trabalhava agora como comandante de um baleeiro, na esperança, dizia-se, de algum dia espetar com um arpão, por acidente, seu rival francês; porém seu desejo de vingança, conforme constatei depois, era ainda maior do que os leviatãs que ele perseguia pelos mares do Sul. Numa noite de farra, percorreu diversos estabelecimentos da cidade, inclusive o Duque de Ferro e o Arrepende-te & Bebe, e com base nas pinturas neles existentes convenceu-se de que eu estava me vingando através de uma série de pinturas sutilmente codificadas, as quais o representavam sendo corneado e estrangulado lentamente por adúlteras francesas. Foi essa minha segunda lição em matéria de arte colonial: o artista descobre a verdadeira natureza de seu tema ao mesmo tempo que descobre sua platéia, mas trata-se de uma decepção adicional.

Por acaso, o capitão Pinchbeck jantou com o governador e sua esposa, ainda indignada, na noite do dia em que fomos detidos por conta da placa do Trabalho em Vão. É tudo que sei — quanto ao que foi dito por entre as velas compridas e garfadas de *consommé* de vombate, posso apenas especular.

Na manhã seguinte, fiquei sabendo que uma ordem assinada pelo próprio governador acabava de chegar, determinando que eu e o sr. Death, que só era meu cúmplice por ter tido a insensatez de me fazer companhia na roda de moinho, seríamos confinados à ilha Sarah por sete anos, ele com diversas acusações de sedição, e eu — um fugitivo que estava à solta havia vinte anos — por ter conspirado no sentido de impedir que a justiça fosse feita, valendo-me de um nome falso.

Havia inúmeras menções a comportamentos rebeldes e insubmissos, profanação da bandeira nacional etc. etc., por ocasião da fundação da colônia, tudo isso perpetrado por uma pessoa cujo nome, reconheci, fora um dos que eu havia adotado no passado. Porém agora, condenado à ilha Sarah, só me sentia inclinado a responder a mim mesmo. Quando me perguntaram se eu teria algo a dizer com relação à sentença que me fora imposta, retruquei:

"Meu nome é William Buelow Gould, e meu nome é uma canção que há de ser cantada".

Por motivo de insolência, minha sentença foi duplicada, chegando a catorze anos.

X

O Escaravelho era uma máquina maravilhosamente cruel. Tinha o efeito de fazer com que o corpo parecesse ser constituído não de carne, e sim de dor. Não eram apenas o cansaço físico e os efeitos irritantes que mesmo umas poucas horas subindo e descendo, com roupas grosseiras de presidiário, tinham sobre a virilha, transformando-a numa massa de carne viva, mas também a monstruosidade brilhante de sua absoluta falta de sentido, e a consciência de que, ao final do dia, todo aquele trabalho exaustivo não servia senão para impulsionar aquela roda implacável.

O Escaravelho era uma roda-d'água gigantesca, suspensa por uma pequena distância do nível do chão, como se fora um rolo de pastel grotesco recoberto de ripas que formavam degraus. Tinha o dobro da altura de um homem e umas vinte e cinco jardas de comprimento, de modo que até trinta homens podiam ser castigados ao mesmo tempo.

Subíamos uma pequena escada de mão até a altura do ombro, agarrávamos um cabo fixo de eucalipto, coberto de suor e sangue, que percorria toda a extensão da roda à altura do cotovelo, e então pisávamos naquela roda girante na qual tínhamos de desempenhar o papel da água. Passávamos as dez horas seguintes subindo aquele círculo do Inferno, sem jamais sair do lugar, pois que a cada passo o degrau seguinte baixava ao nível do anterior, e tentando não ouvir os gemidos dos outros, nem o zumbido do eixo, nem o *tloc-tloc-tloc* de nossas cadeias. No calor tortuoso do verão, o suor nos descia em rios, fazendo com que os degraus se tornassem escorregadios e torturando-nos de sede.

Ao cair da tarde do segundo dia, um quebrador de máquinas de Glasgow começou a sentir cãibras terríveis, de modo que levantar as pernas transformou-se numa terrível agonia para ele. Embora implorasse, os guardas recusavam-se a deixá-lo descer.

Sem conseguir subir, terminou caindo e ficando preso entre a roda e a escada de mão. As ripas passavam por seu corpo entalado, porém a roda imensa, como se obedecesse a leis que não fossem as deste mundo, continuava rodando enquanto gritávamos para os guardas, pedindo-lhes que nos deixassem parar. Mesmo depois que foi dada a ordem de saltar da roda, não foi possível deter de imediato o ímpeto da peça, que continuou a bater no infeliz, até que por fim ela imobilizou-se.

Uns não se importavam, apenas sentiam-se aliviados com a pausa que lhes era proporcionada pelo sofrimento do homem caído, e diziam que seria uma sorte se ele morresse. Outros ficaram algum tempo esforçando-se como loucos na tentativa de fazer com que a roda girasse para trás e ele pudesse ser retirado. Falávamos com o quebrador de máquinas, e ele respondia fracamente. Em palavras obscuras que lhe saíam da boca junto com sangue, reconheceu que lamentava não ser um Vilão de verdade. Concordamos veementemente com essa afirmação, e por fim conseguimos retirar seu corpo amassado, que — coisa inexplicável — não trazia nenhuma marca visível, e largamo-lo no chão diante da roda.

"Meu pai era tecelão", prosseguiu ele, "e arrependo-me de lhe ter causado vergonha, mas a tecelagem não é mais um trabalho decente, aliás nem é mais trabalho." Então não disse mais nada por um bom tempo, e não sabíamos se estava pensando ou se estava morrendo.

Então ouvimos sua voz outra vez, só que agora muito mais distante, abafada, como se todo o algodão já tecido por todas as máquinas do mundo estivesse se enfiando em sua boca ensangüentada. "Meu pai era tecelão", repetiu, "mas nos tempos em que vivemos é melhor roubar seda do que tecer algodão na..." Não conseguiu pronunciar a palavra "máquina", porém apenas cuspiu mais um pouco de sangue no chão.

Mais tarde começou a delirar, dizendo que o kelpy vinha pegá-lo. Emitia gritos agudos e ásperos, como um pedal sem uso que há muito não é lubrificado. Um outro escocês que estava na roda explicou que o kelpy era um espírito das águas em forma de cavalo, que matava afogados os que se afastavam por demais de suas casas.

Recebemos ordem de voltar para a roda, e deixamos o tecelão caído, esperando até que algum médico fosse encontrado. Seus gritos estridentes foram se atenuando, reduzindo-se a um gorgolejar estranho, como se estivesse tentando vomitar todas aquelas máquinas de fiar, sem conseguir.

Capois Death começou a falar com o tecelão em altos brados, coisa que era terminantemente proibida quando se estava na roda, mas os guardas preferiram fingir que não ouviam, pois aquilo parecia ter o efeito de acalmar o tecelão e fazer com que ele não gritasse. Capois Death contava-lhe as histórias de sua terra que ouvira da mãe, e falava das coisas fabulosas que ela vira e conhecera antes de ser vendida pelos chefes tribais aos traficantes de escravos. Enquanto subíamos e descíamos no Escaravelho, também eu escutava e tentava imaginar como seria possível voar tal como faziam os ancestrais de Capois Death; levitar e voar para longe das cadeias e escaravelhos da Terra de Van Diemen, bastando para tal comer olhos de peixes e lambuzar sangue de uma ave nos braços e pular de uma certa montanha mágica, e depois mergulhar no mar e nadar como se fosse um peixe até se transformar em peixe.

De vez em quando, enquanto falava, Capois Death esticava-se para trás e tentava ver se o quebrador de máquinas já havia morrido, mas seus olhos estavam sempre límpidos, mais vivos do que brasas, e aqueles olhos nos seguiam o tempo todo, como se não devêssemos permitir a existência do Escaravelho nem a ele nos submetermos, como se de algum modo fôssemos culpados de um crime maior do que os delitos mesquinhos anotados em nossas fichas criminais.

XI

Na viagem de duas semanas, num pequeno paquete, em que contornamos a desabitada costa sul da Terra de Van Diemen em direção à baía de Macquarie, o mar ficou de tal modo violento que fomos obrigados a procurar abrigo em Port Davey.

Espalhou-se a notícia de que a amante do capitão, que vivia na Cidade do Cabo, influenciada por um cabalista ignorante a quem ela recorria para adivinhar seu futuro, acreditava que a verdade estava contida no três. Como emissários de seu amor, portanto, o capitão lhe enviara três anéis feitos de dentes de ouro arrancados com uma urgência cruel das bocas de vários degredados outrora ricos; em seguida, três casuares vivos, os quais morreram durante a viagem; depois, apelando para o exotismo, três bocas de tubarões-anequim, se bem que este último presente era mais uma evocação dos prazeres que ela lhe proporcionara do que um presente dado com intenção de agradá-la. Por um ano e meio o capitão não teve notícias dela; começou a preocupar-se, pensando que seus presentes deveriam ser mais sutis e enigmáticos, e assim, tendo no navio um pintor com cuja obra ele, como freqüentador das estalagens de Hobart Town, tinha certa familiaridade, o capitão teve a idéia de mandar pintar um tríptico de criaturas estranhas da Terra de Van Diemen.

Fizeram-me subir ao tombadilho, acompanhado do sr. Death, pois que o capitão havia outrora bebido em seu estabelecimento e utilizado suas mulheres. A primeira sugestão que fiz, de três águias-de-cabeça-branca, ele rejeitou na mesma hora, tal como rejeitou a idéia de três grinaldas de glicínia. Disse-me, em tom de admonição, que não queria nada que fosse provocativo, como a sra. Arthur e o bebê negro, e sim algo que parecesse inocente e que não se referisse a outra coisa que não a si próprio, e no entanto ao mesmo tempo pudesse ser interpretado de modo totalmente diverso. Capois Death sugeriu que o tríptico contivesse um animal terrestre, uma ave e um peixe, e o capitão achou a idéia esplêndida. Que espécie de verdade esse tríptico indicava, se uma advertência ou um incentivo, eu ignorava por completo, porém concluí que não cabia a mim decodificar as mensagens sutis contidas em minhas obras. "Você é o peixe", disse Capois Death, embora eu não lhe tivesse pedido a opinião, "e não a rede."

Na tarde seguinte, fui convocado à presença do capitão, o qual me presenteou com um estojo de aquarelas e instruções para pintar as presas apreendidas na expedição a terra daquela manhã: um papagaio de barriga alaranjada, antes que ele fosse depenado e transformado na torta de papagaio que o capitão comeria na hora do chá, e um canguru pequeno do tipo que a gente da Terra de Van Diemen chama wallaby, com o qual seria preparado um ensopado assim que eu terminasse de usá-lo.

As pinturas não ficaram muito fiéis a seus modelos. O papagaio, uma ave pequena, graciosa e colorida, no papel ficou parecendo maior do que era na realidade. Isso era inevitável: metade da cabeça da pobre criatura fora destroçada pela bala do capitão, e boa parte de seu corpo estava recoberta de sangue ressecado. Com base em meus conhecimentos anteriores, preenchi o buraco que fora feito pelo capitão, e a ave assumiu um esplendor majestoso, uma postura agressiva; e o bico — bem, para ser franco, todo o corpo — tinha mais de águia-de-cabeça-branca do que de papagaio de barriga alaranjada. O canguru saiu ainda pior: esse belo animal no papel ficou com uma cara suspeita de roedor, muito diferente de sua fisionomia delicada; o corpo ganhou uma postura defeituosa, e toda essa figura absurda terminava numa cauda comprida e grossa que melhor ficaria num papagaio de papel.

Meu corpo, como se pode imaginar, com a lembrança dos horrores a ele infligidos pelo capitão Pinchbeck quando meu trabalho lhe desagradou, ficou grudento de suor. Eu não conseguia engolir, e minha língua dava voltas dentro da boca como se fosse um pedaço de bacalhau defumado. Tentei retocar as pinturas, depois desisti e comecei de novo, mas os resultados saíam cada vez piores — o canguru lembrava mais e mais um veado acometido de hidropisia, dotado de uma anatomia impossível; e o papagaio a cada tentativa assemelhava-se mais a um guerreiro do vento, um agressivo espírito norte-americano, com uma túnica de cores berrantes que não lhe ficava nada bem.

Quando o capitão, pouco antes do pôr-do-sol, veio inspecionar meu trabalho, lembranças da *petite noyade* invadiram minha consciência com a mesma rapidez com que a água invadira aquela caixa horrível. Era-me impossível falar; eu engolia e sentia a água salgada já me tomando a garganta, e com humildade expus as pinturas sobre o tombadilho para que ele as visse. Mas, ao contrário do capitão Pinchbeck, este capitão pareceu gostar do toque de irrealidade que, sem que tal fosse minha intenção, tomara conta das pinturas. Elas apontavam, disse ele, para um mundo ao mesmo tempo mais fantástico e, no entanto, de algum modo estranho, mais familiar que o mundo em que vivemos, e concluiu que surtiriam um bom efeito sobre sua amante.

Para completar o tríptico, no dia seguinte ele mandou que me trouxessem um peixe que os marinheiros gostavam de pescar com anzol e linha nos recifes do porto, e depois defumavam para comer. O peixe tinha escamas grandes e coloridas, e era bonito; foi talvez esta última característica que levou o capitão a pensar que sua amante poderia gostar dele. Disseram-me que, por ser seu alimento predileto as algas, chamadas kelp, que formavam grandes florestas aquáticas nos oceanos em torno da Terra de Van Diemen, o peixe ganhara dos degredados o nome de kelp.

XII

Não parecia nem um pouco um cavalo. Parecia um peixinho bonito, que pesaria umas duas libras, e que talvez valesse a pena defumar e comer, se a fome fosse grande. Mas isso não me fazia sentir nem um pouco melhor. Seria o kelp um kelp ou apenas um peixe? Seria um peixe *apenas* um peixe? Então olhei nos olhos daquele kelp desgraçado e, embora contra a minha vontade, vi-me de volta, em menos tempo do que o sr. Banks levava para escalpelar um negro, ao Escaravelho, quando ficamos esperando que morresse o quebrador de máquinas, e tentando encontrar uma maneira de convencer o cozinheiro a nos dar um pouco de banha para passarmos em nossas coxas esfoladas, e Capois Death mais uma vez começou a falar.

Ele era dotado de uma autoridade que é impossível explicar, e que estava em total contradição com os fatos nus e crus referentes a sua presença física. Um retrato seu mostraria um negro baixo, com um queixo pequeno e fraco, e uma torcedura no ombro direito que lhe dava um ar curioso, ao mesmo tempo intimidador e desconfiado, pois ele parecia estar o tempo todo olhando para trás, e era obrigado a retorcer todo o corpo, como um saca-rolhas, para ouvir seu interlocutor, como se estivesse prestes a nele desferir um soco.

Capois Death nascera em São Domingos, e seu rosto enrugado como uma ameixa refletia a tortuosa história de sua vida. Como outros ex-escravos que eu já conhecera, ele levava aonde quer que fosse um vaso de espíritos. Era um cântaro de barro fosco arranhado que continha, segundo ele, sua própria lembrança invencível de si mesmo como homem que se libertou por seu próprio esforço, protegida por sua outrora famosa Sopa de Pachola. Quando levado da Jamaica às Bermudas para lá ser vendido por seu senhor, conseguiu, através da felação, subornar um soldado, o qual forjou para ele uma carta de alforria, e em seguida fugiu para a Inglaterra, onde trabalhou primeiro como arpoador no Atlântico Norte e depois, em Liverpool, como criado, emprego esse que perdeu, juntamente com sua liberdade, quando foi apanhado em flagrante roubando os talheres de prata de seu patrão.

Sua boca torta estava constantemente em movimento, e quando anoitecia e nos mandaram de volta para nosso alojamento, levando conosco o quebrador de máquinas, pois nenhum médico havia chegado ainda, ele nos contou, depois que nos deitamos em nossas velhas enxergas de palha úmida, numa narrativa tão épica e tão aberta que parecia jamais terminar, a história da grande revolta de escravos de São Domingos, em que meio milhão de cativos derrubaram sucessivamente os brancos da ilha, os soldados da monarquia francesa, invasores espanhóis, uma expedição inglesa de sessenta mil homens e uma segunda expedição francesa liderada pelo cunhado de Bonaparte.

E contou sua história como se fosse um soldado de infantaria atirando, recarregando e atirando outra vez, com o rosto impassível, sem fazer pausas nem ênfases, e o horror e a glória e a maravilha do que ele contava estavam no acúmulo de detalhes infinitos. Contou-nos que presenciara a ferocidade da revolta quando ainda menino; descreveu a tentativa de repressão empreendida pelo cunhado de Bonaparte; falou dos negros que vira sendo dados de comer aos cães e queimados vivos em público; contou como seu líder, Toussaint L'Ouverture, o Napoleão negro, foi traído pelo Napoleão branco; relatou-nos que Maurepaus, o culto general negro de L'Ouverture, teve de ver sua mulher e seus filhos sendo afogados a sua frente enquanto os soldados franceses pregavam dragonas de madeira em seus ombros nus, rindo enquanto martelavam, e dizendo: *Agora és um verdadeiro Bonaparte!* E no entanto foi outro francês, o capitão Mazard, que lhe salvou a vida, que se recusou a afogar os cento e cinqüenta escravos que lhe foram entregues para esse fim específico, e em vez disso levou-os para a Jamaica. Lá os vendeu a fazendeiros ingleses, sendo então amaldiçoado por brancos e negros, aqueles por não ter ele matado os negros como castigo por sua rebelião, estes por preferirem morrer a continuar sendo escravos, porque morrer como homem livre indicava que a revolta jamais terminaria.

Capois Death calou-se. Por um momento, foi como se estivéssemos de volta à roda e só se ouvisse o tilintar de nossos ferros a cada passo que dávamos, *tloc-tloc-tloc*, o zumbido lento e constante da roda, como se não houvesse nenhuma fuga possível senão nas nossas narrativas. Então o quebrador de máquinas de Glasgow falou outra vez, mas sua voz agora não passava de um sussurro rouco, e ele pediu-nos que o matássemos.

De início não dávamos ouvido a seus pedidos, e o tranqüilizávamos dizendo que o médico haveria de chegar mais cedo ou mais tarde, e então ele receberia tratamento.

Porém o homem arfava sem cessar, como se estivesse acorrentado a uma outra roda e não lhe fosse possível fazer outra coisa senão repetir o ritmo dela:

"*Estou morrendo!*".

Sem parar, sem parar, *tloc-tloc-tloc*.

Como se já não o soubéssemos.

XIII

Capois Death pegou sua enxerga e aproximou-se do quebrador de máquinas. Ajoelhou-se e desviou a vista dos olhos do homem. Parecia estar olhando para seus cabelos negros abundantes, que com gestos delicados ele jogou para o lado. Correu as costas da mão pela face do quebrador de máquinas, e deteve-se por um momento. Então pôs-se de pé, jogou a enxerga sobre a cabeça do homem e ajoelhou-se, com uma perna em cada lado da cabeça, esticando a enxerga entre os joelhos.

Desse modo, manteve o moribundo preso e começou a cantar com voz suave as canções que aprendera com a mãe. O corpo do homem sufocado estrebuchou, mas em pouco tempo seus movimentos se atenuaram e depois cessaram por completo. Capois Death permaneceu mais um minuto sentado sobre o homem, e em seguida parou de cantar, levantou-se e retirou sua enxerga de cima dele.

Ninguém se mexia. Todos os olhos estavam fixos no quebrador de máquinas, tentando perceber nele algum sinal de vida. Não havia nenhum. Capois Death remexeu-lhe os bolsos, encontrou metade de um anel de granada, e guardou-o em seu vaso de espíritos. Então deitou-se em sua enxerga, fechou os olhos e, no tombadilho do navio de degredados, abri os meus e vi à minha volta as terras selvagens baixas e onduladas de Port Davey, e me dei conta de que tudo agora fora deixado para trás, que a tarefa mais assustadora à minha frente era apenas pintar o peixe que o capitão me dera como modelo para a terceira parte do tríptico com que presentearia sua amante.

O *kelpy* que ele me dera para pintar não parecia cônscio de sua missão de embaixador amoroso. Enroscado num balde cheio de água do mar, ainda estava vivo e, ao que parecia, encarava seu novo papel com um certo desprezo. Tirei o *kelpy* do balde por meio minuto, mais ou menos, e o coloquei na mesa a minha frente, trabalhando depressa, e depois o devolvi ao balde para que ele pudesse respirar e continuar vivo por mais algum tempo. Aquela mesa seca, pensei, era a *petite noyade* do *kelpy*, e eu era seu capitão Pinchbeck. Tal como eu, o *kelpy* era culpado. Tal como eu, não fazia idéia do motivo pelo qual o era.

Achei fácil pintar uma imagem razoavelmente fiel, porém os olhos do kelpy me seguiam como se conhecessem nossos verdadeiros crimes, tal como os olhos do quebrador de máquinas me seguiram até o momento de sua morte, mas não foi exatamente assim que pintei o peixe — como um olho acusador e horrorizado num corpo moribundo. Não; estimulado pelas esquisitices que o capitão inesperadamente aprovara nas duas primeiras pinturas, devo confessar que comecei a tomar liberdades com o rosto daquele peixe, dando-lhe tanto o olho perceptivo do peixe quanto o horror do olhar do quebrador de máquinas dirigido a nós; de modo que era ambos e muitas outras coisas também. Era o olhar fixo de Capois Death, seus dentes para fora, seu olhar meio horrorizado, meio fascinado, voltado para trás, para seu próprio passado, por todo o sempre, enquanto o quebrador de máquinas estrebuchava sob seu peso. Era todo aquele sangue — de olhos de peixe e escravos revoltados sendo despedaçados e os ombros de Maurepas sangrando sob as marteladas e o sangue nos olhos do quebrador de máquinas depois que retiramos a enxerga — e era meu próprio medo daquele mundo enlouquecido em que eu e ele e tudo estávamos aprisionados. Era uma coisa estranha, mas não parecia estranho que todas essas coisas estivessem reunidas por um momento e todas existissem na forma de um único kelpy moribundo.

Pensamentos tolos, esses, e fiquei contente quando o capitão levou a pintura para enviar a sua amante e deu aos marinheiros o kelpy para que eles o defumassem e comessem.

XIV

Como poderia eu então — enquanto pintava meu primeiro peixe — saber que estava dando início a uma aventura tão quixotesca quanto infinita? Li as vidas dos artistas, e neles, como nas vidas dos santos, a grandeza parece vir estampada desde o início. Ao nascer, conta-se, seus dedos já faziam gestos de pintor, apenas aguardando um pincel e uma tela para preenchê-la com as imagens que pareciam trazer na mente desde o berço, como se fossem imaculadas concepções.

Mas a arte é uma sentença punitiva, e não um direito inato, e nada nos meus primeiros anos de vida aponta para a aptidão artística ou mesmo para o interesse pela arte, sendo meus passatempos e paixões quase todos da espécie que podiam ser chamados — e o eram — de vis. E embora eu seja, naturalmente, o herói desta história, que é a minha, quanto mais não seja por não poder imaginar quem mais haveria de querer sê-lo, minha história não é nenhuma nova versão do mito de Orfeu, e sim a história de um rato de esgoto, só que piorada.

Sou William Buelow Gould, alma negra, olhos verdes, banguela, desgrenhado e macambúzio, e embora minhas pinturas sejam ainda mais feias que eu, faltando-lhes a majestade de um Girtin, a técnica de um Turner, acredite quando digo que tentarei mostrar-lhe tudo, por mais louco, mais infeliz e pior que tenha sido.

Hei de deixar uma marca a minha maneira, por bem ou por mal, quase certo que por mal, pois pode não ser poesia romântica nem Ovídio nem Pope, aquele maldito anão, mas será o melhor de que sou capaz, e diferente de tudo que já foi feito. Não há alma que não seja vulnerável a toda sorte de indignidades, inclusive à condenação e à vituperação, enquanto uma bela fachada sem nada dentro é imune a todos os insultos e pode ser facilmente recoberta pela hera dos elogios pagos. Dizem que o contador de histórias é aquele que é capaz de deixar o pavio de sua vida ser consumido pela chama de sua narrativa. Mas, como o bom Tristram Shandy, não serei restringido por regras de outrem. Juntamente com meus quadros quero fazer uma fogueira de palavras, dizer o que quer que seja que possa iluminar um pobre momento de verdade em minhas pobres pinturas.

Sou William Buelow Gould, e minha intenção é pintar para vocês, da melhor maneira de que sou capaz, e portanto pobremente, pelas artes de um homem rude, o som de água na pedra, o sonho do néscio em que o duro cede ao mole, e espero que vejam nas minhas aquarelas translúcidas o reflexo não do branco do papel barato sob a tinta, mas da própria opacidade das almas em si.

E não será isso bastante para um moço de bordo conseguir capturar num mar bravio e deitar sobre o convés de seu barco? Respondam-me — é ou não é? Ou acaso desejam sinais do sublime? Do Artista com total domínio — no auge — de seus poderes?

Não esperem de mim essas tolices. Pois não tenho domínio de nada, e até corro perigo, ou ao menos é o que desejo, e quando meu pincel começa a atacar o papel de Pobjoy com pequenos pontos — *ta-ta-tá* — *ta-ta-tá* — estou atirando em prol da liberdade, isso mesmo, a liberdade, e minha pontaria é ruim e minhas armas são apenas um pobre estojo de tintas que eu teria vergonha de pôr no prego, uns poucos pincéis baratos, alguns potes de tinta mais barata ainda, e um talento machucado que não é capaz de outra coisa que não fazer reproduções. Porém encaro as coisas e hei de fazer o melhor que posso.

O quê?

Onde, ouço os criticastros perguntando, está a *finesse* da minha abordagem? Onde, os sinais de algo mais que uma pobre inteligência *provinciana* tentando de todos os modos se afirmar?

Diminuem-me com suas definições, mas sou William Buelow Gould, e não um homem pequeno nem mesquinho. Não estou limitado a nenhuma concepção do que devo ser. Não estou contido entre as pontas de meus pés e o chão que piso, porém sou infinito como a areia.

Chegue mais perto, ouça: vou lhe dizer por que rastejo no chão: porque quero. Porque não desejo pairar longe do solo, como fazem os que julgam ser assim que se deve viver, aí onde se deve estar, para que de seus picos elevados e atalaias possam olhar para nós cá embaixo e nos ver com desdém.

Não quero pintar quadros fingidos de vistas distantes que apaguem os detalhes e insultem os vivos, aquelas *paisagens* que fazem as delícias dos Pobjoys da vida, aquelas *paisagens* que massacram a verdade à medida que ascendem mais e mais no céu, como se só pudéssemos conhecer os lugares e as pessoas de longe — o que é mentira, pois a verdade nunca está distante e sim bem perto, no pó, nos detalhes vis da gosma e das escamas e da imundície, juntamente com o Demônio, com os anjos, e tudo isso misturado à terra e a nós, tudo encarnado num único pulsar de um coração — o meu, o seu, o nosso — e tudo é meu tema, enquanto faço pontaria e transformo peixe em carne encarnada.

Os criticastros dirão que sou esta coisa pequena e minhas pinturas são aquela coisa irrelevante. Farão uma babel do lado de fora e de dentro de minha pobre cabeça, até eu não poder mais marcar o tempo com o tamborilar de meu pincel sobre o papel. Farão com que eu desperte, aos gritos, de meu sonho necessário. Tentarão definir-me tal como o médico tenta fazer com suas infelizes espécies, esses malditos Lineus da alma, tentando encerrar-me no interior de alguma nova tribo por eles inventada e definida.

Porém sou William Buelow Gould, um partido de um só membro, indefinível, e meus peixes hão de libertar-me, e hei de fugir com eles.

E vocês?

— lembremos as palavras do grande Shelley —

Fostes ofendidos, e isto é memória.

E vocês terão de começar tal como eu comecei: olhando demoradamente nos olhos do peixe até ver o que tenho de relatar agora, lançar-se naquele prolongado mergulho, descendo no mundo do oceano onde as únicas barras são as formadas pela luz.

Silêncio!

Pobjoy está vindo, a maré está subindo, o sangue de minha ferida está coagulando, por isso largo a pena e concordo com o condenado russo para quem tudo é melhor num livro, a vida é melhor de se observar do que de se viver. Digam amém, sortudos que são, como esses altos funcionários de Hobart Town que fazem o desjejum nos andares superiores da sede da Secretaria Colonial, assistindo às primeiras execuções da manhã, bundas gordas espapaçando-se em assentos estufados, gozando em conforto e bem acompanhados, com o sutil sabor de urina de rins fritos, ainda adocicados, em suas bocas, o espetáculo a transcorrer do outro lado da Murray Street, na forca instalada diante da entrada da prisão.

Naquele breve instante antes de se abrir o alçapão do cadafalso numa boca escancarada, insaciável, deixem-me narrar — como todas as boas confissões de condenados — os eventos imediatos que me reduziram à triste condição em que me encontro.

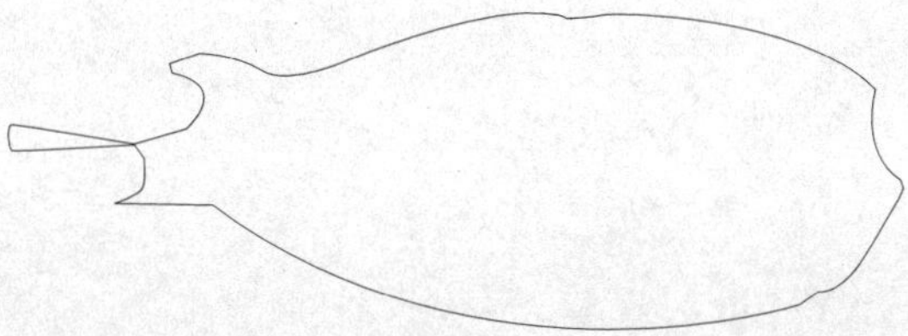

O baiacu

A ilha Sarah — Diversas formas de tortura — O comandante funda uma nação — O sr. Lempriere — Gozando as delícias de Voltaire — Dançando o Iluminismo — Uma morte e um novo nome — A troca-travesseiros — O porco Castlereagh — O dr. Bowdler-Sharpe e os ovos — Como vim a pintar meu segundo peixe.

I

Ao final da mais estranha das viagens, lentamente nos aproximamos de nossa nova prisão num final de tarde, num mar outonal tão plácido que muitas vezes a calmaria nos imobilizava. Nesta era de abominações, um tempo em que, como nos dizem a torto e a direito, tudo que é sagrado é profanado, nada é mais abominável, mais inaudito nos anais da degradação, do que essa ilha em que minha história se passaria a partir de então. Em toda a metade ocidental da Terra de Van Diemen, uma região inexplorada, só havia selvagens, e a única povoação de brancos era aquela prisão destinada aos criminosos recalcitrantes.

Porém, à luz cor de coalhada do luar em que a víamos pela primeira vez, a ilha Sarah não era tal como esperávamos. O capitão dera permissão especial a alguns presos — eu e Capois Death incluídos — para que subíssemos do porão abafado e fétido ao tombadilho. Como um monstro marinho prateado das fábulas, erguendo sua cabeça horrenda, a ilha surgia ao longe.

Era como se um polvo gigantesco tivesse se espalhado por toda a ilha e devorado toda a vegetação, até a última árvore, arbusto e feto, deixando apenas seus tentáculos, cercas de troncos com mais de cinqüenta pés de altura, percorrendo toda a extensão da colônia. Por trás delas elevavam-se os grandes prédios da ilha, como se fossem cabeças de monstros de mercúrio: o palácio de mármore rosado do comandante, diante do qual teríamos depois a impressão de estar em alguma garganta cavada pelo homem, onde ventos ferozes sopravam, e cuja sombra se estendia por toda a colônia; o magnífico prédio de pedra da Intendência, que não estaria fora de lugar num grande porto; a Penitenciária, no centro da qual um lintel ciclópico ostentava o estranho brasão da colônia, uma máscara sorridente.

Então desviei o olhar da ilha para o mar. Vi algo que jamais vira antes, uma coisa muito admirável que me fez ansiar por palavras para descrevê-la, embora eu soubesse que palavras tais não havia: as estrelas refletidas na água, tão brilhantes quanto no céu, como se estivéssemos navegando pelos céus austrais e chegando àquele lugar maravilhoso; como se houvesse mil velas ardendo imediatamente abaixo da superfície das águas escuras e plácidas, uma luz para cada alma de prisioneiro enterrado na pequena ilha dos mortos à nossa direita. Quando várias dessas luzes foram extintas primeiro pela cabeça, depois pelo corpo, de um cadáver que muito lentamente veio flutuando, contornando a proa de nosso navio, de bruços, perguntei-me se o quebrador de máquinas teria por fim realizado seu sonho de liberdade.

O cadáver foi mais tarde identificado como um prisioneiro foragido que não conseguira chegar à costa numa jangada feita com uma porta. Não sei se o capitão se referia ao destino do prisioneiro ou à ilha da qual ele só poderia escapar através da morte, mas o comentário que fez quando o cadáver foi pescado com uma fisga até hoje provoca arrepios em mim.

"Uma parada final", disse o capitão, "até o fim do Império."

II

Quando, mais tarde naquela mesma noite, finalmente começou a ventar e nos aproximamos do ancoradouro, pudemos ver as ruas largas que se estendiam ao comprido e ao largo dos contornos naturais da ilha, o extenso aterro e os píeres inacabados e as ruas com grandes armazéns de pedra maiores que os de Liverpool — tudo isso formava a profecia de uma nação que poderia ser criada simplesmente pela vontade noturna de seu líder, um homem que viríamos a considerar, com razão, uma pessoa extraordinária.

Bem poderão exclamar vocês: Que felicidade, terem as colônias um homem assim!

Mas quem via os imensos estaleiros do comandante — e digo "do comandante" com razão — logo compreendia que havia passado de um domínio, o dos ingleses, para outro, muito mais notável, o de Sua Corpulência, o Napoleão da Ilha Sarah, o Grão-Doge dos Mares do Sul: o comandante. Já naquele tempo seus estaleiros eram os mais ativos das colônias austrais; muito, muito maiores do que suspeitavam as autoridades coloniais, pois para cada chalupa ou brigue que os prisioneiros construíam com a madeira dos pinheiros derrubados pelas levas de forçados descalços que subiam o rio Gordon, e que era enviado como tributo ao governador da Terra de Van Diemen em Hobart Town, outros doze eram construídos e reservados para a frota mercante cada vez maior da ilha, através da qual o comandante estabelecera vínculos, de início comerciais e depois políticos, com comerciantes javaneses e diversos países sul-americanos que haviam conquistado a independência recentemente.

Sob a influência do mercúrio, que ele administrava a si próprio como tratamento da sífilis, e láudano, que tomava todas as noites em doses não muito bem medidas para poder dormir, porque de tudo que havia no mundo esse homem corajoso temia apenas seus sonhos, pesadelos acentuados pelo ópio, que o atacavam impiedosamente e que sempre terminavam num incêndio, do qual ele emergia como a fênix logo antes do romper da madrugada todos os dias, para recomeçar a construir o que já se reduzira a cinzas.

O leitor há de perguntar: Como ele imaginava que isso tudo haveria de terminar?

Sua ambição, porém, era enorme, tal como seus apetites, tanto alimentares quanto carnais, e sua meta era nada menos que a criação de uma nação cuja capital seria a cidade-Estado cujas fundações ele já estava a construir, e da qual seria ele o Pai.

O leitor há de perguntar: Como poderia isso ser possível?

Porém bastava ouvi-lo falar de seus sonhos, suas visões, que as tábuas irregulares sob nossos pés começavam a tremer e balançar, e as paredes de arenito mal caiadas a nosso redor caíam, e o mundo daquela prisão maçante e desesperada se transformava diante dos nossos olhos. Antes que nos déssemos conta da transformação, estávamos voando pelos céus austrais rumo a uma longínqua terra fabulosa, talvez uma tirania, porém uma tirania onde reinava o encantamento das esperanças e desesperos daquele homem, um mundo que a cada palavra e gesto seu se tornava mais real para nós.

Após atracarmos, todos os prisioneiros tivemos de nos despir, e, enquanto tiritávamos nus no tombadilho, forçados gendarmes enfiaram seus dedos em nossos cus e em nossas bocas à procura de rolos de fumo e pedras preciosas. Então tivemos permissão de nos vestirmos, e ficamos à espera do comandante.

Pouco antes da aurora, ele subiu a bordo para falar conosco. Sua aparência era extraordinária: não era apenas sua baixa estatura, porém o fato de que o corpo ia se afilando a partir da cabeçorra enorme, que fazia com que ele parecesse não ter pescoço. O cabelo negro, denso e ondulado, era o que ele tinha de melhor, mas sua extravagância tinha o efeito de acentuar ainda mais as deficiências do resto do corpo. Em qualquer outro homem aquele traje exótico — uniforme azul e máscara dourada — seria o traço mais distintivo. Porém naquela madrugada o que mais o distinguia era seu modo de falar: direto, simples, por vezes até recaindo no *dementung*, um falar misturado composto de língua de negros e patoá de degredados; e havia algo de mesmerizante em suas palavras, sua paixão.

Quando demos pela coisa, o navio tinha virado uma nuvem movente, e enquanto os tons pastel rajados do alvorecer começavam a dissipar-se no céu matinal atrás de seu vulto, o comandante nos exibia o futuro que sobrevoávamos; a ilhota que se transformara numa gigantesca nação mercante, tão admirada quanto temida em todo o mundo, por sua riqueza, seu poder, a beleza e majestade de suas instituições. Víamos comerciantes e artistas e cortesãos de toda espécie fazer a longa jornada das províncias distantes de sua juventude, rompendo com o passado, o dialeto que falavam, renegando suas famílias, amigos, amantes, trazendo consigo apenas o anseio ardente de identificar suas próprias ambições e seus sonhos mais alucinados com os da jovem nação austral.

Ele imaginava-se — e nós o imaginávamos também — retratado com uma toga romana, transformado em herói de epopéias, fundando uma dinastia que faria a guerra em nome de sua memória disputada, reverenciado por ser Ele-Mesmo, e não via nenhum conflito entre seus desejos despóticos e dinásticos, seus deveres oficiais como funcionário inglês encarregado de uma colônia penal do Império e a admiração que sentia pelas cidades-Estado renascentistas, como Florença e Veneza, a respeito das quais tinha algumas idéias errôneas que aprendera em livretos de capa azul sobre a Itália. Esses livretos lhe eram enviados pela mulher que ficamos conhecendo como sua irmã, a srta. Anne — uma aquarelista romântica cuja maior distinção não era a arte que praticava, e sim o fato de ter tido um romance rápido e clandestino com Thomas De Quincey durante o único semestre em que o escritor comedor de ópio passou enclausurado nas celas decrépitas e tediosas de Worcester College —, junto com as cartas que ela lhe mandava de Oxford.

O comandante sofria de uma estranha forma de dança-de-são-vito, nutria-se de uma veneração claudicante pelas miragens e fantasmas da nova era, e nos dizia que os mais elevados impulsos criativos do homem seriam doravante realizados por meio da engenharia. Todos estávamos envolvidos em seus mirabolantes e infindáveis projetos de construção — planos de reformar o mercado, que passaria a ser uma colossal galeria encerrada em vidro; de transformar o caminho torto e lamacento que vinha do cais numa avenida imensa e retilínea, chamada Bulevar do Destino, que haveria de terminar num enorme arco de ferro, e pela qual namorados passeariam quando fizesse tempo bom e soldados marchariam quando os prisioneiros se comportassem mal.

Ele jamais compreendeu, porém, o que era que nos deslumbrava naquela cidade: suas palavras.

Quando o comandante falava, tudo se tornava possível, e embora soubéssemos que nossa posição em toda aquela história não seria beneficiada em nada com a realização daqueles sonhos, que nossas vidas seriam dedicadas a transformá-los em tijolo e argamassa, em vidraças e ferro batido, nossa decrepitude era tamanha que tínhamos a impressão — pelo menos enquanto ele nos falava, e isso nos bastava — de que desse modo tínhamos um objetivo, um significado, algo a indicar que não éramos degredados, algo além do Berço e do Tubo-Mordaça, e era isso que todos nós queríamos. Uma imagem alternativa de nós mesmos, uma máquina a vapor por meio da qual pudéssemos refazer nosso mundo e nós mesmos, pois para escapar da condição de forçado era necessário escapar de nossas identidades, escapar de nosso passado e do futuro que nos era imposto pelo Sistema Penal.

Esse mundo exigia que a realidade imitasse a ficção, exigia-o de todos nós. Para um falsário, à primeira vista as possibilidades pareciam ser infinitas, e, para ser franco, quem poderia, naquele momento, prever tanto meu futuro fabuloso quanto o destino horrendo que nos viria a consumir a todos? No final, é claro, o comandante haveria de consumir todo o mar, e depois explodir num excesso oceânico de orgulho e reduzir a ilha e seus poucos sobreviventes mais uma vez a um isolamento desolado. O modo mais fácil de lidar com a autoridade é sempre a aquiescência: quanto mais idiota for ela, mais idiota você deve ser. Era inevitável, a meu ver, que na ilha Sarah eu viesse a me tornar o que até então apenas fingia ser — a mais desprezível das criaturas — um Artista.

III

Ao desembarcar, descobriríamos toda a brutalidade e sordidez que se espera encontrar em tais lugares. Antes mesmo, porém, de sair do navio, antes mesmo de ver as coisas de perto, nossos narizes foram agredidos pelo eflúvio da morte. A morte estava naquele cheiro acentuado de corpos marcados e almas ulcerosas. A morte estava no miasma que emanava dos membros gangrenados e trapos sujos de sangue saído de pulmões tuberculosos. A morte ocultava-se no cheiro rancoroso dos espancamentos, nos prédios novos que a umidade onipresente já começava a minar, escorria dos esfíncteres que apodreciam após um sem-número de estupros. A morte pairava no cheiro forte de lama fermentada, de inimizades petrificando-se, aguardava nas paredes úmidas e tortas de tijolo, no fartum de carne perdendo a pele sob o fustigar do azorrague, tantas exalações fétidas de gritos ouvidos por ninguém, de assassinatos, mescladas à salmoura de um certo horror indizível; coletivamente, cheiros de suor de pavor que azedam as roupas e impregnam lugares inteiros e que, segundo se diz, são imunes à passagem de tempo, um perfume de sangue derramado de que, por mais que me lavasse ou me confessasse, eu jamais haveria de me livrar. E, talvez por estar a morte em todos os lugares, paradoxalmente a vida jamais me parecera tão doce quanto no momento em que cheguei à ilha Sarah.

Enquanto subíamos a ladeira, tropeçando em nossas próprias cadeias, em direção à Penitenciária, precariamente encarapitada num pequeno despenhadeiro que dava para o mar, enquanto nossos olhos encontravam imagens sórdidas que correspondiam, infelizmente, a todos aqueles cheiros horrendos, víamos que a ilha era ao mesmo tempo algo mais e algo menos do que a maravilha que nos parecera ser à primeira vista, como se ela não soubesse bem se devia ser o sonho do comandante ou o pesadelo dos condenados.

Amontoadas ao lado dos magníficos prédios de pedra — uns terminados, porém vazios; outros ainda em construção —, viam-se cabanas de barro caindo aos pedaços e barracos de madeira tortos, formando tantos ângulos diferentes que se tinha a impressão de estarem bêbados. A região portuária e a estrada que dava acesso a ela eram calçadas com pedras, mas os logradouros no resto da ilha eram caminhos enlameados e fétidos, em que era possível se afundar até a cintura. Nuvens de pulgas se elevavam sempre que uma pessoa se sentava em algum lugar, e quantidades imensas de moscas infestavam a ilha, juntamente com os ratos, tão ousados que eram vistos aos bandos correndo em torno dos prédios, à luz do dia.

Agora, flutuando em minha cela, pensando naquele tempo, vejo que não nos surpreendemos quando sentimos sobre nós, como um ódio implacável, o olhar fixo e maligno daquele exército maldito de perseguidos — vagabundos imundos, miseráveis esfomeados, olhos transbordando de pus que emergiam dos rostos cheios de cascas de ferida como se fossem flores amarelas, costas calombentas, deformadas de todos os modos pela aplicação implacável da Vergasta; destroços humanos de músculos amolecidos e ventres murchos, envelhecidos para sua idade; o que me parecia o mais velho tinha apenas trinta e dois anos.

Também não nos causou espanto a constatação de que ali a Natureza era de todo invertida — meninos-raparigas e homens-fêmeas, um desses adelaides chegando mesmo a usar escondida debaixo da roupa uma maçaroca de trapos imundos que, segundo ele, era seu bebê, o qual haveria de mamar nos peitos de fêmea de seu companheiro; que ali a Natureza ela própria devia ser temida — a enseada, diziam-nos, era cheia de tubarões, e as terras incultas desconhecidas a nossa volta eram infestadas de selvagens assassinos. Coisa estranha — de certo modo era um alívio finalmente ver como era a situação e começar a aprender a melhor maneira de suportar, e, se possível, se esquivar.

Mas na verdade não havia como escapulir das diversas formas de tortura que só existiam na ilha. Mesmo quem conseguia subornar o ferreiro para que ele lhe fizesse correntes mais leves não tinha como se evadir da agonia de passar três meses, dia e noite, com grilhões de trinta libras nas pernas, cujas argolas eram dentadas por dentro com o propósito explícito de lacerar a carne.

Não havia como — eu sabia desde aquele tempo, muito antes de conhecê-las intimamente como as conheço agora — escapar das celas cheias de água salgada onde se podia ficar meses ou mesmo anos subindo e descendo com a maré. Nem tampouco do Tubo-Mordaça — aquele engenhoso instrumento que ensinava o silêncio ao preço da agonia, um tubo de madeira de lei enfiado na boca como se fosse um freio de cavalo dos grandes, muitas vezes com tamanha força que alguns dentes eram arrancados. Com uma correia de couro afixada a cada extremidade, o tubo era então preso na parte de trás da cabeça e apertado com força até que um assobio espasmódico suave e uma espuma de sangue indicassem que a mordaça estava funcionando. Nem o Esticador, em que os braços e pernas de um homem eram acorrentados a duas cavilhas a seis pés de distância uma da outra e seis pés de altura, os pés dele sendo presos a uma cavilha no chão, a cabeça voltada para a parede, sendo o Tubo-Mordaça aplicado se ele gritasse ao levar cacetadas na cabeça e no corpo.

Havia várias outras torturas exóticas com nomes que aludiam a humilhações perversas — a Filha do Lixeiro, a Vassoura da Bruxa, o Banho Quente da Amante. A mais temida de todas, e também a mais passiva, o Berço, era uma armação de ferro a que um homem era preso com correias em decúbito dorsal, muitas vezes após ser açoitado, por semanas a fio, inteiramente imobilizado, suas costas laceradas transformando-se numa podridão infestada de vermes sob seu corpo deliqüescente, enquanto sua mente se dissolvia numa poça ainda mais fétida.

Podia-se ser condenado a um ou mais de um desses castigos por cometer o crime de possuir fumo, um pouco de gordura, uma ave domesticada, ou por compartilhar comida, cantar, andar muito devagar a caminho do trabalho, falar (insolência), não falar (insolência muda), rir, franzir o cenho — embora na verdade o único crime de verdade fosse cair em desgraça com um forçado gendarme, ou seja, um cão delator. Subia-se ou descia-se na Escada da Ilha Sarah não conforme o comportamento que se tivesse, o empenho em recuperar-se, nem as recaídas no crime, mas apenas conforme se tivesse sorte ou azar.

Para tudo isso, eu estava pronto.
Mas para o baiacu nada poderia ter me preparado.

IV

Tudo que relatei sobre as novas nações e a recriação da Europa na forma de uma ilha raquítica de idéias errôneas sob os céus austrais ainda estávamos por descobrir, quando diante de mim, na fria manhã após o dia em que aportamos e fomos encarcerados no miserável alojamento de tijolo reservado para os recém-chegados, surgiu um homem grandalhão, com uma cabeçorra redonda, que suava como um pudim, em partes coberto de farinha, em outras de melado, e que estava prestes a mudar minha vida para todo o sempre.

"TOBIAS ACHILLES LEMPRIERE — *SENHOR*", disse o pudim, "MÉDICO-CHEFE DA COLÔNIA — EXIGENTE — *COMO SOU*", exalando um hálito de desjejum quente que enchia minha cela de nuvens turvas. Embora seu modo de falar fosse quase ininteligível, seu tom era portentoso, o que talvez explique por que ele falava invariavelmente em caixa-alta. Na sua fala as palavras eram como passas num pudim de pão com manteiga malfeito — aglomerados de treva espessa.

Sua aparência era tão horrenda que à primeira vista me fez estremecer. Era de tal modo rotundo que dava a impressão de ser mais barril do que homem. A casaca negra, pequena para ele e mais mal-amanhada que bem-arranjada, as calças apertadas, os sapatos mínimos com fivelas de prata, tudo parecia indicar um hidrópico travestido de janota dos tempos da Regência.

O que nele havia de mais característico era também o mais aterrador — a brancura absoluta da enorme cabeça calva, algo tão espantoso que a primeira idéia a me ocorrer foi a de que o fantasma do quebrador de máquinas voltara para me assombrar. Em contraste com o deserto branco do restante do rosto, havia dobras e pelancas de gordura percorridas por ravinas traiçoeiras de escuridão. Mais tarde descobri que o tom natural de seu rosto era mais amarelento que espectral, e que ele usava pó de chumbo branco para dar a impressão de estar recoberto de farinha. Talvez, tal como dizem ocorrer com os chapeleiros enlouquecidos de Londres, sua utilização desse metal explique em parte o comportamento imprevisível que manifestou depois. Mesmo assim, a primeira impressão que me causou sua figura grotesca e sobrenatural foi a que permaneceu mais vivamente gravada na minha memória.

Seus olhos eram grandes e úmidos e, se me permitem o termo, *cismáticos*, mas o que num corpo outro indicaria quiçá uma veia poética ou mesmo mística, naquele não assinalava senão uma certa indiferença fria para com os outros. Fosse como fosse, na paisagem lunar e fantasmagórica de seu rosto, os olhos eram os únicos indícios de vida, e eles atraíam o olhar, bem como, eu haveria de constatar, infundiam a quem os olhava as mesmas obsessões em que eles estavam sempre fixos, de modo implacável.

Eu percebia vagamente que o sr. Tobias Achilles Lempriere, na qualidade de médico-chefe, ocupava um cargo que lhe conferia um poder considerável sobre nós, que éramos, isso já me parecia claro, nada mais do que escravos. Era o sr. Tobias Achilles Lempriere quem determinava se um homem estava doente demais para lhe ser atribuída uma tarefa fatigante numa leva de forçados ou se merecia ser açoitado por fingir-se de doente. Era o sr. Tobias Achilles Lempriere quem decidia quando devia cessar o açoitamento, e era o sr. Tobias Achilles Lempriere quem dizia se o toque do azorrague estava leve demais e devia ser intensificado.

Comecei a erguer-me daquele chão de terra úmida e tentei dar a impressão de ser um homem provido de uma certa dignidade e não o miserável criminoso que era, mas à medida que subia meu corpo foi sentindo o peso das correntes, a coceira dos piolhos causada pelo movimento súbito, o contato áspero das imundas roupas de prisioneiros com a pele. A sensação de opressão foi tão forte que por pouco não me deixei cair de volta no chão, mas assim mesmo pus-me de pé e assumi a postura mais ereta que me era possível em circunstâncias tão sórdidas.

Preparava-me para adotar um ar bem submisso e humilde, para lisonjear e fingir, quando para minha surpresa o sr. Tobias Achilles Lempriere tirou de trás das costas um banquinho, colocou-o no chão viscoso e em seguida nele acomodou seu volume considerável, parecendo, com aquela casaca preta apertada, um rocambole queimado espetado num garfo torto que parecia prestes a afundar a qualquer momento naquela imensa e adiposa bunda.

"ESTUDO DO PEIXE KELPY — BELO TRABALHO — EXCELENTE", disse ele, equilibrando-se no banco. "CONCEPÇÃO — EXECUÇÃO — ESPLÊNDIDAS — CIENTÍFICAS." Julguei pretender ele que eu lhe pintasse o retrato; sua aparência lembrava um Marat obeso, e comecei a pensar que não seria difícil fazer uma pintura razoavelmente fiel quando o médico-chefe suspirou outra vez e prosseguiu: "MUITO APROPRIADO — JANTEI ONTEM À NOITE — O BOM CAPITÃO", um pouco irritado, pensando talvez que eu não lhe respondera porque minha estupidez me impedira de compreendê-lo.

"VI TRÍPTICO L'AMORE — PEIXE SOBERBO — ÁGUIA, NÃO TANTO; MAIS UM RATO ALEIJADO — NO ENTANTO, PENSEI — CAPACIDADE DE PINTAR, AO MENOS — PEIXES — VOCÊ — EU — DESTINO — MEU DESEJO DE SERVIR À CIÊNCIA." Então perguntou — com o que me pareceu ser um pouco de humildade, e pela primeira vez formando uma frase completa: "VOCÊ É UM ARTISTA COM ALGUMA EXPERIÊNCIA?".

Mais que depressa urdi várias histórias que aparentemente lhe agradaram, todas fundamentadas nas concepções dele a respeito do que a arte devia e não devia ser. Para tal, era necessário que eu assumisse uma postura de meio-termo entre o orgulho e a humildade, um pouco acima de meus companheiros de prisão, um pouco abaixo de meus senhores, como ele, uma corda bamba da qual quase caí uma ou duas vezes, porém após cada tropeção recuperei-me com uma referência oblíqua a Shuggy Ackermann — a respeito do qual, é claro, ele não sabia bulhufas —, que era, afinal de contas, um gravador. Nesses meus comentários digressivos eu o elogiava como o extraordinário Ackermann, o genial Ackermann, o imperador dos gravadores de Londres, com seu forte sotaque de Hanôver, e refestelei-me na glória que, esperava eu, o Pudim visse refletida em mim.

"ACKERMANN — SIM? NÃO? SIM", disse o sr. Tobias Achilles Lempriere por fim com um suspiro, dando um tapinha significativo no nariz com um dedo indicador gorducho, revelando a carne avermelhada por baixo do pó. "AQUILO SIM É QUE ERA UM GRAVADOR."

Porém, embora dissesse que passara um período da maior importância trabalhando com Ackermann — o que era verdade —, não acrescentei que havia gastado mais tempo às voltas com suas tramas mesquinhas de fraude e roubo do que no trabalho de gravura, e muito mais tempo ainda apenas bebendo na querida Belonave em Spitalfields.

Poupei também o médico-chefe dos detalhes tediosos, que me invadiram a memória, referentes ao comportamento agressivo do dono da taberna, que não parava de importunar a mim e a Ackermann a respeito de nossa conta feito uma bruaca dos cortiços, logo ele, que tinha tanto dinheiro guardado!

Então o taberneiro com a garganta cortada, o dinheiro desaparecido, e Ackermann, quem diria, com cara de bobo mas não tanto, caspa caída sobre a gola de seu novo paletó de couro de porco, uma aparência não exatamente cativante, acentuada pelos dentões salientes e pardacentos, com laivos de branco deixados pela compota de enguia, seu prato predileto, quando ele me dirigia um sorriso que ia de Wapping a Tyburn, sem que Ackermann se desse conta de que logo iria atrás de seu próprio sorriso, para dançar a dança do cadafalso, na condição de miserável assassino.

Meu passado, que até então não existira de verdade para mim, agora explodia como um morteiro, espalhando fogo por toda a minha mente. Era como se eu precisasse da verdade dessas lembranças não mencionadas como lastro necessário para todas as mentiras que estava criando.

Pois enquanto falava ao médico-chefe sobre a paixão que me impelia a seguir a elevada vocação de minha arte, dentro de mim crescia o mesmo terror que senti quando os esbirros estavam à minha procura nos lugares sombrios que eu freqüentava, aquele terror que tomava conta de mim e me lançava para fora de mim mesmo na forma de uma raiz que ia afundando na imundície fedorenta por trás dos barris, nos becos escuros entre os cortiços, o pavor de que eu talvez fosse de fato uma outra pessoa, de que tudo à minha volta começasse a girar, de que toda a minha vida não passasse de um sonho sonhado por outrem, de que tudo que me cercava fosse apenas um simulacro de mundo, e eu estivesse chorando, perdido, eu estivesse de fato em outro lugar, fosse outra pessoa, vendo tudo aquilo.

V

Mas então eu já tinha partido havia muito de Londres, saído de lá como uma bala de mosquete do cano da arma, deixando tudo para trás, inclusive meu nome antigo, meus temores tremendos, todas aquelas confusões a rodopiar na minha cabeça, finalmente extintas, e enquanto caminhava rumo ao norte eu me animava mais e mais. Dizia a mim mesmo: agora sou deveras um Artista, o conhecido retratista Billy Bellow — aquele nome parecia imponente —, se bem que, tendo pensado mais um pouco, comecei a achá-lo um tanto vulgar, e assim passei a ser Billie Buelow — parecia mais afrancesado e fantasioso e fazia com que eu me sentisse mais ligado a meu pai, como se eu agora tivesse ancestrais que significassem alguma coisa — porém pensei: não, os franceses não são do gosto do Povo, mas quando encontrei trabalho por algum tempo nas Olarias, passei a me chamar William Buelow por não ter conseguido pensar em nada melhor.

Tive a sorte de travar conhecimento com um mestre oleiro conhecido apenas como o velho Gould. Além de falar sem parar — e, pensando bem, talvez em conseqüência disso —, ele temia morrer atropelado por uma carroça ou carruagem. Era tamanha a sua preocupação com o que lhe parecia ser um destino inexorável e cruel que hesitava uma hora antes de atravessar a rua. Nosso primeiro encontro foi acidental e providencial. Eu saíra do Pássaro na Mão em Birmingham com os bolsos vazios, e deparei-me diretamente com aquela figura trêmula na esquina. Sentindo-me bem-disposto em relação à humanidade, atendi ao pedido que me fez, gaguejando, de ajudá-lo a atravessar a rua. Então, percebendo que sua necessidade de ajuda só cessaria quando ele chegasse a seu destino — uma taberna onde iria pernoitar, a milha e meia dali, na cidade velha —, acompanhei-o até lá, e na terceira travessia de rua aquele homem comprido e alongado como uma cegonha já estava curvado sobre mim, com tanta gratidão sincera por ter eu salvado sua vida que na mesma hora me ofereceu trabalho em sua oficina.

O médico-chefe interrompeu meu devaneio perguntando-me, à sua maneira afetada, que pensava eu da natureza-morta enquanto forma.

Disse-lhe eu, num tom peremptório, que meu trabalho era fortemente influenciado pelos grandes mestres holandeses do século anterior — van Aelst, de Heem e van Huysum —, mas não acrescentei que todo o meu conhecimento a respeito deles, juntamente com a grinalda de glicínia padronizada que eu sempre utilizava, provinha dos seis meses passados nas Olarias, trabalhando para o velho Gould na feitura de louças finas, pintando o mesmo tedioso arranjo de flores vez após vez, e indo todas as noites à taverna em que o velho Gould ficava a derramar elogios incessantes e cansativos sobre os velhos artesãos holandeses de outrora — ele amava-os deveras. Uma noite sua única filha me disse: "*Venha*", uma jovem de cabelos longos e rubros e belos e um rosto sarapintado de sardas, disse-me ela: "*Venha comigo*". Saímos às escondidas e bebemos tanto que mal consegui voltar à oficina escura do velho Gould, onde caímos numa tela jogada no chão diante de todos os quadros que ele havia colecionado, e sobre aquela tela dançamos a velha natureza-morta holandesa, peras de cera a rolar e romãs a explodir e eu reduzido a uma lebre morta e murcha ao final de tudo.

Dessa maneira e de outras, o velho Gould muito contribuiu para a minha formação, mais do que ele próprio sabia. Em meio a seus pincéis e ferramentas de trabalho, havia livros de Grotius e Condorcet, e por vezes ele fazia sua filha colocar-se diante de sua oficina com um pequeno busto de Voltaire sobre a bancada, sorrindo seu sorriso inescrutável, e ela nos lia trechos das obras do grande homem enquanto pintávamos nossos intrincados padrões florais repetidamente.

Tão fascinados ficávamos com Cândido e o dr. Pangloss que eu e minha bela abandonamos as naturezas-mortas holandesas e passamos a dançar o Iluminismo, e ela era tomada por felicidade ao ver o sorriso da razão de Voltaire a penetrá-la, avançando e recuando como uma onda lenta preparando-se para quebrar, pensando o tempo todo em como era bom ter seu jardim tão bem cuidado.

Assim, foi trágico o dia em que, ao voltar do mercado trazendo cebolas, o velho Gould foi esmagado por uma diligência que seguia para Liverpool. A oficina foi vendida por seus testamenteiros; sua filha ganhou inesperadamente uma pequena quantia e pretensões maiores, e, armada dessas duas possessões, e abandonando as delícias da razão que antes eram tão preciosas para ela e para mim, logrou um casamento vantajoso com um ferrageiro de Salford de rosto de bigorna e alma de escória, e por isso jamais vi suas sardas se esvaindo, nem seus cabelos vermelhos perdendo a cor, nem tive de ver nosso amor assumir a cor que não é cor, o branco.

Nesse ínterim, fui obrigado mais uma vez a encontrar meu próprio caminho neste mundo vasto, levando comigo três coisas que têm me servido razoavelmente bem desde então: o conhecimento das delícias que proporciona Voltaire, que iam além do que a Razão jamais saberá; o livro de gravuras do velho Gould, contendo suas amadas naturezas-mortas holandesas; e seu sobrenome, de que nem ele nem sua filha precisavam mais.

Quando me perguntaram a graça na primeira bodega que procurei para passar a noite, testei-lhe o tamanho, exclamando: "Meu nome é William Buelow Gould!".

De fato, o nome parecia-me bem melhor do que antes, aquelas três esplêndidas palavras puxando a boca para fora, para dentro e para fora, e satisfeito com minha nova identidade pisquei para uma mulher que, como depois fiquei sabendo, era a esposa do taverneiro, no ato de pronunciar meu novo segundo nome. E sabem o que mais? A mulher do taverneiro sorriu para mim! Antes que ela dissesse palavra percebi que era uma troca-travesseiros, ansiosa por passar da cama do marido para a minha, a qual, por pobre que fosse naquela noite — uma enxerga de palha úmida, cheirando a mofo, no estábulo —, era mais do que suficiente para nós dois.

"E meu nome", sussurrei-lhe ao pé do ouvido, "é uma canção que ainda há de ser cantada."

Naquela noite entendi que um estranho de nome ridículo sempre se sai melhor do que um conhecido de nome comum quando se trata de dançar o velho Iluminismo.

"Sabe o que me agrada em você?", indagou-me ela. "Você é muito diferente de todos aqui." Então me disse que tinha ido a pé até Londres no ano anterior para ver o caixão de lorde Byron passar, e como todos agora querem ser poetas e muito poucos o são, gostou ainda mais de mim quando lhe falei que ela tinha seios que pareciam frutas de cera, o que na verdade não era um elogio e sim a primeira coisa que me ocorreu ao vê-los, e quando ela me perguntou "Que mais te lembro?" retruquei: "Bem, isso vai depender do que mais quiseres me mostrar". Disse ela: "Você é mesmo o Demônio! Quem sabe não é tão diferente assim". Disse-lhe eu: "Isso você há de ver", e assim prosseguimos, até que ela sentiu o pintor flamengo na totalidade e concordou que não era mesmo muito diferente, nem eu, que todos os homens éramos iguais, e então ficou zangada...

Mais uma vez, porém, o médico-chefe interrompe, e mais uma vez sou forçado a concordar com ele, dessa vez com sua afirmação de que o papel da Arte diminuirá à medida que for crescendo o da Ciência. E por que não? — quando, no final das contas, é uma bela idéia do próprio médico-chefe e a minha mente só contém idéias a respeito do significado que tinha a arte para mim, o qual, como vêem, não era lá muito elevado nem puro, porém belo assim mesmo, uma visão gloriosa das magníficas e alvas coxas e nádegas da mulher do taverneiro subindo e descendo na nossa bela dança do velho Iluminismo, e tudo isso me parece uma coisa perdida, esmaecida...

"A CIÊNCIA — ASCENSÃO INEVITÁVEL — A ARTE — UMA CRIADA —", e já ele dispara outra vez. Quanto a mim, não tenho nenhuma idéia a respeito dessa questão de Ciência e Arte, porém apenas algumas doces lembranças às quais me apego, pois não passo de um homem falsamente acusado de ser falsário, e vou assumindo cada trabalho à medida que ele se me apresenta, e o faço tão bem ou tão mal quanto o pagamento o pede. Não sei por quê, lembrei-me de ter ouvido o velho Gould, que se orgulhava dessas coisas, dizer que o filósofo francês Descartes afirmava que toda matéria consistia em torvelinhos, mas por algum motivo imaginei que o médico-chefe não estaria interessado em ouvir-me afirmar que tudo, desde o embrião até a morte, passando pela ressaca, se move em círculos, e por isso preferi calar-me.

Por fim o médico-chefe levantou-se, pegou o banquinho, virou-se, deu com ele duas batidas na porta da cela, e, quando o carcereiro abriu a porta para deixar o médico-chefe sair, um pouco de luz e uma lufada de ar fresco por alguns momentos invadiram minha cela escura e fétida.

Percebi nesse instante que era a hora de intervir.

"Um homem como o senhor", comecei, manifestando a necessária deferência, "que estará, se me permite a observação, na casa dos quarenta, claramente um homem na força da idade, que deseja proteger sua reputação de um futuro hostil convidando a posteridade a compartilhar suas magníficas realizações no campo da ciência..."

"PRECISAMENTE", disse o médico-chefe. "EMBORA — ESTIMATIVA DE IDADE — LISONJEADORA — QUARENTA? — SIM? — NÃO? — SIM — TALVEZ."

"Sendo um homem assim", disse eu, sentindo fluir-me na língua palavras bem desgastadas pelo uso, "o senhor há de saber que tais coisas não se compram barato nem com facilidade, porém decorrem da estima de seus pares."

"EXATAMENTE", disse o médico-chefe, e engoliu, um pouco constrangido. "PROCESSO DA CIÊNCIA, PORÉM, E NÃO DO EU — DESEJO?"

"A ciência", prossegui, fingindo tanto que compreendera quanto que concordava, "só deseja a ciência." Comecei a abaixar a cabeça. "Mas, para registrar isso numa tela, é preciso dispor tanto do cientista quanto da ciência, pintá-lo junto com as suas realizações, e..." O médico-chefe engoliu outra vez, como se seus sonhos de imortalidade científica exigissem outras provas que não as que eu lhe estava oferecendo. Senti que me faltavam palavras à língua, a qual parecia perdida. "Se o senhor me concedesse a honra de posar para mim. Eu..."

O médico-chefe interrompeu-me com um arquear feroz das sobrancelhas proeminentes — e, por um momento terrível, temi que dois dos muitos camundongos marsupiais que infestavam minha cela lhe tivessem saltado ao rosto, confundindo-o com uma abóbora, e agora pendessem de sua testa, cobrindo os olhos verruguentos.

"PEIXES, GOULD! — AQUELE PEIXE — O OLHO — MUITO CIENTÍFICO." Estava eu ainda tão fascinado com suas sobrancelhas que ele julgou que eu não o tinha ouvido. "PEIXE DO CAPITÃO", prosseguiu, um pouco irritado. Os camundongos formaram arcos enfáticos acima de seu nariz. "O HOMEM TEM DE ENCONTRAR SEU *MÉTIER* — O SEU, CREIO — O SENHOR JÁ ENCONTROU — *EN UN MOT*? — PEIXES?" Fez uma pausa, olhou para o teto, depois voltou a olhar para mim. "NOS PEIXES, SIM? — NÃO? SIM — NO SENHOR TOBIAS ACHILLES LEMPRIERE, UM HOMEM QUE RESPEITA O TALENTO, UM CIENTISTA — SEU PROTETOR, SIM, TALVEZ VOCÊ TENHA ENCONTRADO TAMBÉM ISSO — BOM DIA, MEU CARO."

E, tendo dito isso, foi-se, e com ele, pensei, fora-se também minha oportunidade de escapar dos trabalhos forçados.

VI

Nosso segundo encontro transcorreu logo após minha soltura de todo inesperada, quando fui conduzido de minha cela diretamente para os aposentos do sr. Lempriere, uma cabana de barro pequena e um pouco desengonçada, caiada de branco. No caminho, passamos por um açoitamento no pátio de revista. O açoitador fazia uma pausa entre cada dois golpes de azorrague, passando as correias por entre os dedos para espremer o excesso de sangue, depois mergulhando-as num pequeno balde de areia mantido a seu lado para o exato propósito de fazer com que os golpes fossem ainda mais cortantes.

Depois de uma curta caminhada, chegamos a um prédio cilíndrico perto do estaleiro. Fizeram-me entrar sem muita cerimônia num recinto escuro, malcheiroso e, apesar da escuridão, aparentemente desordenado. Quase não percebi a presença do médico-chefe, refestelado como um leão-marinho numa *chaise longue*.

Aos poucos comecei a ver, orgulhosamente dispostos a sua volta, seus pertences — endurecidos além da conta, ásperos ao tato, fofos e pastosos no centro, tanto a mesa irregular e comida por vermes quanto os retratos que se grudavam às paredes, e todos pareciam gritar: "Também nós somos Lempriere". Sendo eu pessoa educada, não senti vontade de manifestar a tristeza que tal afirmação me proporcionava. O mais surpreendente de tudo eram as inúmeras curiosidades colocadas a seu redor como o sol em torno dos reis egípcios nas pirâmides: mais ossos que no tonel de um abatedor de cavalos — fileiras de crânios de marsupiais, caixas torácicas, fêmures e esqueletos completos de diversos animais — bem como um sortimento de penas, conchas, flores secas e pedras; coleções emolduradas de borboletas, mariposas e besouros; e bandejas de ovos de aves.

Antes mesmo que eu me sentasse, já o médico-chefe começara a falar sobre um assunto que não me inspirava nem interesse nem curiosidade.

"COMO VOCÊ SABE — E MUITO BEM — POUCOS NOMES MAIORES NA CIÊNCIA", disse-me o sr. Lempriere, "QUE CARL VON LINEU — SIM? NÃO? SIM — GRANDE NATURALISTA SUECO."

Aparvalhado, concordei com a cabeça. O sr. Lempriere indicou-me um banco a sua frente, convidando-me a sentar, e apontou para uma garrafa de rum da Martinica da melhor qualidade (muito diferente do rum de Bengala, aguado, com gosto de açúcar queimado e fogueira úmida, que eu estava acostumado a tomar), dando a entender que eu deveria me servir. Então — para usar uma de suas palavras prediletas — pôs-se a *discorrer* sobre a revolução nos assuntos humanos que fora desencadeada pelo sistema lineano de classificação de animais e plantas.

Para cada planta, uma espécie; para cada espécie, um gênero; para cada gênero, um filo. Em vez de nomes vulgares de plantas baseados em histórias de bruxas e mezinhas de comadres, de erva-de-santiago e flor-de-viúva e beijo-de-freira, um nome científico em latim para cada ser vivo, com base num estudo científico aprofundado de suas características físicas. Em vez de imaginar que o mundo natural e o mundo humano estão interligados, uma compreensão científica da separação entre os dois, e daí em diante o progresso humano, fundado nessa diferenciação estabelecida pela ciência, para todo o sempre.

Ele dava a impressão de que todo o seu saber era derivado de índices, e fiquei a me perguntar se ele algum dia teria dado ouvidos a um livro em sua totalidade, tal como eu fizera com as histórias do velho francês sobre o dr. Pangloss e Cândido. Abusava de palavras difíceis, e chegava a ponto de referir-se aos botequins como "zitepsários", um termo que me parecia longo demais para ser pronunciado pelo tipo de gente que freqüenta tais lugares, e jamais usava uma palavra simples quando podia se valer de uma outra bem mais comprida, difícil e impronunciável, de modo que suas frases ficavam parecidas com o recinto em que estávamos, abarrotado e tremendamente confuso.

Se sua aparência apontava para o passado, suas idéias e ambições revelavam que tinha a intenção de ser visto como homem do futuro. Aquilo, porém, não era uma conversa — por mais que eu me esforçasse nesse sentido, repetindo de vez em quando as últimas palavras por ele pronunciadas, como se ao ouvir aquele eco ele se desse conta de que havia uma outra pessoa presente — e sim um manifesto em que ele conseguia fundir, de modo espetacular, opiniões científicas e domésticas numa única frase inteiramente desprovida de sentido.

"ERASMUS DARWIN — HOMEM SÁBIO", disse ele a certa altura, "MAS POR QUE LIMÃO NO CHÁ VERDE?"

Mais uma vez, percebi que não fazia idéia do que ele estava dizendo, mas assim mesmo assenti com a cabeça, ocasionalmente emitindo um "Bem..." um pouco cético ou um "Ah..." desinteressado, distendendo os lábios úmidos de rum de modo a aproximá-los do nariz para dar a impressão de estar compreendendo o argumento que tanto o empolgava, e para indicar um interesse ativo e crítico, quando ele me mostrou seu pertence mais valioso, a célebre — foi esse mesmo o termo por ele empregado — décima edição do *Systema naturae* de Lineu, referente a animais.

O médico-chefe chegava agora a seu ápice: "DE FATO", prosseguiu, e para não haver perigo de que meu interesse afrouxasse serviu-me mais um pouco de rum da Martinica, "MUITO EM BREVE — CLASSIFICAÇÃO APROPRIADA NÃO APENAS PARA OS ANIMAIS — TODOS OS SERES VIVOS — *EN UN MOT*? — SERES HUMANOS — SIM? NÃO? SIM".

Fiz que sim, brindei-lhe a saúde e estendi meu copo vazio, dessa vez sem sequer aguardar o convite, e o médico-chefe — o maravilhoso, o generoso sr. Lempriere — encheu-o mais uma vez.

"NÃO ACREDITA — NÃO É? — MAS ACREDITARÁ, SIM — PRIMEIRO CLASSIFICAR CORRETAMENTE TODOS OS PRISIONEIROS DE UM GRUPO DE 1 A 26 — EM SEGUIDA, SOBRE ESSA BASE RECONSTRUIR A SOCIEDADE."

"Ciência?", perguntei.

"APLICADA", confirmou ele.

Então enveredou por uma série de digressões, dizendo que a gonorréia podia ser tratada com ungüento de mercúrio. "UMA NOITE COM VÊNUS", suspirou a certa altura. "UMA VIDA COM MERCÚRIO." Sacudiu a cabeça. "RUM QUENTE — MOÇA BONITA — VELHO DOUTOR — CRUEL — CRUEL." E estendeu-se a respeito de um botânico francês chamado Lamarck cuja obra em sete volumes, intitulada *Histoire naturelle des animaux sans vertèbres*, seria, segundo ele, um *tour de force* taxonômico, e sobre a capacidade infinita dos porcos de serem aperfeiçoados através de técnicas de zootecnia.

Nesse ponto gesticulou com um dedo gordo, dando a entender que devíamos sair da cabana. Após exibir a beleza de sua janela de guilhotina nos fundos, a única em toda a ilha, que havia trazido de Hobart Town para instalar em sua residência, o sr. Lempriere levou-me até o quintal, onde criava um porco, um porco selvagem grande a que ele chamava Castlereagh, o nome do primeiro-ministro, porque, como whig, considerava-se um homem de posições avançadas, que não queria saber dos pascácios dos tóris.

Era difícil entender para onde tudo aquilo estava caminhando, e desisti de tentar, limitando-me a segui-lo. O porco era de uma raça indeterminada, e vivia num chiqueiro anexo à cabana. Mesmo para aquela ilha esquálida, a casa de Castlereagh era uma imundície horrenda e infecta de lama revolta, onde o médico-chefe diariamente jogava seus excrementos e restos de comida que teriam sido disputados pelos prisioneiros. Conseqüentemente, o animal — malhado de preto e branco — era o único ser vivo que parecia prosperar na ilha; era gigantesco, fedia muitíssimo e tinha péssimo humor.

Era de esperar que aquele porco, sendo inteligente como todos os de sua espécie, tentasse agradar ao médico-chefe, que fazia questão de alimentá-lo pessoalmente para garantir que toda a comida era dada a ele e não aos criados. Pelo contrário, porém, a raiva de Castlereagh com o mundo e todos que nele viviam parecia crescer junto com seu próprio corpo, e ele atacava o médico-chefe tal como atacava qualquer outro.

O médico-chefe não parecia ter uma idéia clara dos motivos que o levavam a criar aquele porco. À vezes dizia que ia servi-lo num banquete oferecido aos oficiais da colônia, depois que o estava engordando para o Natal, ora para a chegada do novo piloto, ora só pelo prazer perverso de passar-lhe uma faca na garganta, para que a morte do porco espelhasse o fim de seu desprezível homônimo. Às vezes falava em vendê-lo ao Intendente, e por vezes pensava em praticar escambo, fornecendo peças de carne de Castlereagh aos outros oficiais para adquirir os produtos pelos quais a carne fresca pode ser trocada entre pessoas que há anos não comem outra coisa que não porções rançosas de porco em conserva.

Na verdade, acredito que ele criava o porco para sentir-se poderoso por controlar tanta comida, saber que ninguém conseguia olhar para ele sem sonhar, invejoso, com um lauto banquete de carne de porco — sopadepresuntocomervilhamúsculotoucinhopudimchouriçotorresmogeléiadepédeporco. Assim, o dia do sacrifício de Castlereagh era constantemente adiado, e em conseqüência disso o animal tornava-se mais e mais gigantesco, seus bofes e seu bafo cada vez piores.

Mas naquele momento eu ainda sabia pouco sobre esse assunto, pois o médico-chefe continuava falando enquanto me conduzia de volta para sua cabana cilíndrica. Dizia agora acreditar que tínhamos um papel importante a representar, decompondo o mundo em um milhão de elementos classificáveis que levariam a uma sociedade totalmente nova. Eu nada compreendia daquilo; só sabia que, se demonstrasse interesse, seria recompensado com o rum da Martinica, que antes eu julgara muito bom e agora começava a achar excelente.

"ESTOU", disse ele, inclinando-se para trás, levantando o obelisco da cabeça branca e retraindo os lábios úmidos de leão-marinho, para que eu entendesse que suas próximas palavras estavam sublinhadas, "EM CONTATO — MUITO IMPORTANTE — COSMO WHEELER? — COM O *PRÓPRIO* SENHOR COSMO WHEELER — O NOTÁVEL NATURALISTA INGLÊS", algo que certamente tinha a maior importância, desde que eu soubesse qual.

Eu não sabia.

Porém não cometi a insensatez de trair minha ignorância e dar a entender que a reputação do referido sr. Cosmo Wheeler ainda não era de todo universal.

"Famoso", arrisquei.

"PRECISAMENTE", concordou ele.

Fosse quem fosse, o misterioso sr. Wheeler havia convencido o médico-chefe da majestade e importância central do trabalho deste de colecionar e catalogar espécimes e mandá-los para aquele, na Inglaterra. Tal mister, escrevera-lhe o sr. Wheeler, seria nada menos que o "Destino Histórico" do médico-chefe. Lendo nas entrelinhas, sublinhadas ou não, isso parecia indicar que, se o tal naturalista inglês era de fato famoso, muito provavelmente ele o era por estar construindo uma sólida carreira a partir dos diversos fragmentos que o médico-chefe e outros colecionadores nas colônias lhe estavam enviando.

O médico-chefe, por sua vez, parecia não ver que estava sendo utilizado, e manifestava uma gratidão patética por toda e qualquer associação, por menor que fosse, com uma figura eminente como o sr. Cosmo Wheeler lhe parecia ser. Por vezes tinha eu a impressão de que o médico-chefe acreditava que, se lhe fosse possível reduzir o mistério do mundo ao número correto de fragmentos e enviá-los todos ao sr. Wheeler para catalogar, então o mistério desapareceria e tudo seria cognoscível, e sendo tudo cognoscível tudo seria resolvível e aperfeiçoável, todas as questões de bem e mal explicáveis e remediáveis segundo alguma hierarquia da criação lineana.

O papel que nos cabia nesse ato monumental de vandalismo seria registrar da maneira mais cabal e clara possível o que o médico-chefe, citando Cosmo Wheeler, denominava "O PEQUENO MUNDO DA ICTIOLOGIA DA ENSEADA DE MACQUARIE", e em seguida enviar nossos relatos para o sr. Wheeler, a fim de que ele os categorizasse e sistematizasse.

Como sempre fazia quando não entendia uma palavra do que ele tinha dito, fiz que sim, e mais uma vez a garrafa foi colocada ao lado do meu copo, porém não foi inclinada. O bom médico-chefe manteve-a levantada, fixou em mim seu olhar úmido, para indicar que seu sistema de pensamento ia agora revelar seu gênio numa afirmação contundente da maior profundidade.

"O QUE ESTOU DIZENDO, GOULD", disse o médico-chefe, aproximando o rosto do meu, colocando a mãozinha gorducha no meu joelho e sorrindo ao mesmo tempo — dois gestos fisicamente repulsivos que poderiam ter desencadeado em mim uma reação muito adversa, se naquele exato momento o glorioso rum da Martinica não tivesse voltado a fluir —, "É: PEIXES."

VII

Para mim estava claro que o médico-chefe era um louco varrido. Começaríamos a pintar imagens não de samambaias, aves, cangurus nem ornitorrincos, e sim de peixes, a reproduzir em pinturas sardinhas e lúcios, peixes-pescadores e percas, ou os seus equivalentes ou opostos antípodas, quaisquer que fossem. Pois sendo os peixes peixes, não era fácil preservar espécimes de natureza útil; mais importante ainda, o sr. Cosmo Wheeler deixara bem claro, em suas cartas ao médico-chefe, era que a reputação de um cientista derivava não apenas da Labuta e do Gênio, mas, como o demonstrara o conde Lineu, o grande naturalista e colecionador sueco, do exemplo de sua própria vida, de saber ser tão estratégico quanto Wellington em suas escolhas referentes ao que colecionar e o que não colecionar.

Na época, não tinha eu como saber de que modo aquela loucura, aquela tarefa de pintar peixes para fazer a reputação de um outro homem num outro país, iria tomar conta de minha vida a ponto de passar a *ser* minha própria vida — que eu estaria tentando contar, como faço agora, uma história de peixes usando peixes para contá-la de todas as maneiras, até mesmo usando a pena de osso de tubarão e a tinta sépia com que escrevo estas palavras, feita a partir de uma siba que a esguichou em mim poucas horas atrás.

Ela entrou na minha cela com a maré ontem à noite, e consegui fisgá-la com meu pincel quando a maré baixou hoje de manhã. A pobre criatura, metida numa situação que não podia controlar, despejou sua tinta escura em mim com toda a fúria do pavor. Uma parte atingiu meu olho e um pouco minha boca, mas consegui pegar talvez um terço dela na minha tigela de mingau, e é com esta tinta escura, que quando seca adquire o tom de merda desta colônia de merda, que estou redigindo estas memórias.

"Peixes que estavam clamando aos céus para serem Sistematizados e destarte Compreendidos", escrevera o sr. Cosmo Wheeler ao médico-chefe, "e um homem numa situação privilegiada como a sua, meu caro Lempriere, de poder colecionar e registrar todo um novo Mundo Exótico de Peixes!"

Lembro que não senti o rum nem na boca nem na garganta quando esvaziei o copo de um só gole, os olhos ainda fixos nos bugalhos leitosos do médico-chefe, que me relatava o conteúdo da mais recente carta do sr. Cosmo Wheeler a lhe chegar às mãos.

"Pois", acrescentava o sr. Cosmo Wheeler numa pergunta retórica, "não é de tais felizes coincidências de Lugar (Enseada de Macquarie — Transilvânia — Terra de Van Diemen) e Gênio (Tobias Achilles Lempriere) que tantas vezes se faz a História?"

Tamanho era o valor que dava a seu colecionador-naturalista amador, prosseguia o sr. Cosmo Wheeler, que ele estaria disposto — se os espécimes se revelassem valiosos, dignos de figurar como padrões — a reproduzir os peixes em sua próxima obra, cujo título provisório era *Systema naturae australis*.

O médico-chefe falara tanto por tanto tempo que me concedera o privilégio de não precisar dizer nada que pudesse trair a falsidade de minha pretensão de ser Artista. Ele havia tão engenhosamente se convencido de meu valor que por alguns momentos sucumbi à vaidade de acreditar que talvez eu pudesse de fato pintar imagens precisas de peixes segundo os mais elevados padrões científicos.

O que não quer dizer que eu tenha dito tal coisa, ou outra qualquer.

Para ser franco, não consegui dizer o que quer que fosse. O médico-chefe interpretou minha incapacidade de interrompê-lo como a atitude necessária e louvável de servilismo para com meu novo protetor, o reconhecimento da supremacia do poder, tão necessário ao Artista quanto a capacidade de desenhar. À medida que ficava mais bêbado, o tom de suas palavras ia se tornando mais íntimo e confessional.

"CONSIDERE-ME", confidenciou-me a certa altura, "NOVO MEDICI — VOCÊ, BOTTICELLI!"

Esbocei um breve sorriso, porém percebi que ele não sorria, que seus olhos baços pareciam incandescentes, que aquilo não era um chiste, que ele estava falando ainda mais, dizendo:

"MAS NOSSA TAREFA — MAIOR — NÃO INTERPRETAR A NATUREZA COM FINS DECORATIVOS — BUSCAR CLASSIFICAR — ORDENAR A NATUREZA — ENTÃO ÚNICO ENIGMA RESTANTE SERÁ DEUS — MAS HOMEM? — A ESFERA DO HOMEM SERÁ INTEIRAMENTE CONHECIDA E COGNOSCÍVEL, E SEU DOMÍNIO COMPLETO — SEU IMPÉRIO FINAL, A NATUREZA — COMPREENDE? — SIM? NÃO? SIM — COMPREENDE?"

Eu não compreendia. Estava desconfiado de que aquilo não passava de uma tentativa do médico-chefe e do sr. Cosmo Wheeler de recriar o mundo natural como uma colônia penal, eu, o enjaulado, fazendo o papel de carcereiro. Mesmo assim, já me haviam feito ofertas piores.

"Hierarquia?", arrisquei.

"ELÍSIO", respondeu ele.

Como dizia Billy Blake, o cupincha de Ackermann, é só através dos opostos que avançamos. Mas, adivinhando que não era isso que o médico-chefe tinha em mente, eu estava tentando encontrar algum outro comentário para fazer a respeito da Nobreza da Ciência quando o médico-chefe me salvou de ter de responder, servindo-me mais uma dose de rum da Martinica.

Brandindo a garrafa à sua frente como se fora um archote, disse-me que eu haveria de começar nosso trabalho pintando um por um todos os peixes a ser encontrados no mar interno da enseada de Macquarie, todas as criaturas marinhas que flutuavam mortas nas águas envenenadas dos rios King e Gordon. Ele havia falado com o comandante, e doravante eu estaria livre de todos os outros encargos a fim de me tornar criado do médico-chefe.

Minhas funções eram divididas assim: metade do dia limpando e lavando na qualidade de criado do médico-chefe, e metade inteiramente livre para me ocupar apenas dos peixes – ou, para ser mais preciso, da atividade de pintar peixes.

O médico, já bem calibrado, pôs-se de pé e começou a oscilar para a frente e para trás, um metrônomo rotundo descrevendo um arco lento entre a necessidade de afirmar sua dignidade e o desejo de me dar um presente. Tropeçou e meio que caiu, meio que se jogou no meu colo, tendo nas mãos, como quem segura uma oferenda, um estojo de madeira do tamanho de uma caixa de charutos das grandes, dentro do qual havia um sortimento de vidros de tinta de aquarela, alguns usados, uns poucos intactos — todas as cores de um arco-íris desbotado — e seis pincéis, todos eles velhos e esfiapados.

Então deslizou para o chão, ainda falando, e retomei meus devaneios sobre nomes novos e amores antigos. Algum tempo depois, dei-me conta de que ele já estava dormindo no chão havia uma boa meia hora sem que eu o tivesse percebido.

VIII

Numa mala surrada de couro escuro que ficava debaixo da cama, o médico-chefe guardava seus livros de história natural, junto com um bilhete que recebera de Jeremy Bentham em resposta a um longo texto que ele havia enviado ao grande homem, explicando de que modo era possível estender o princípio do panopticon — a prisão-modelo imaginada por Bentham, em que todos os presos poderiam ser observados constantemente — à história natural.

Essa carta era seu pertence de maior valor, o talismã que atestava seu potencial de futuro membro da Real Sociedade, o que, como ele me explicou, era o maior imprimatur que podia receber um Cavalheiro e um Cientista, sua consagração como Homem da História.

Para ser de todo franco, devo admitir que de início Billy Gould não tinha muito interesse por peixes, e que se lhe fosse possível encontrar uma maneira de escapar deles, ele seguramente o teria feito. Examinando a mala do Pudim, encontrou o *Systema naturae* de Lineu, bem como uma edição barata e condensada da *História natural* de Plínio, que o médico-chefe considerava uma sandice supersticiosa escrita por um romano ignorante.

Porém em suas páginas encontrei algo mais do que um bestiário mítico de mantícoras e basiliscos. Nas observações de Plínio descobri que o homem, longe de ocupar uma posição central nesta vida, vivia num mundo cheio de perigos por ele desconhecidos, onde uma mulher grávida podia perder o filho se um pavio fosse espevitado a sua frente, um mundo em que o homem está perdido e é menos, porém está perdido e é menos em meio às maravilhas extraordinárias e fabulosamente inexplicáveis de um universo limitado apenas por nossa imaginação.

Já o *Livro dos ovos* do dr. Bowdler-Sharpe, que ficava no fundo da mala, era algo bem diverso, que se assemelhava mais ao *panopticon*. Continha uma lista de 14 917 tipos diferentes de ovos produzidos por 620 espécies de aves. O estilo do dr. Bowdler-Sharpe era tão econômico que chegava às raias da obviedade brutal.

> A saber —
> Os ovos do *Orthonyx temmincki* são de forma elíptica, moderadamente brilhosos, e de cor branca uniforme. Três ovos têm, respectivamente, as seguintes dimensões: 1,07 por 0,76; 1,13 por 0,8; 1,17 por 0,8.

Os gostos do Pudim, eu começava a perceber, jamais poderiam — por mais que eu me esforçasse — ser os meus. Ele era um sistema alucinado a que só faltava um tema, um dr. Bowdler-Sharpe em busca de mais um ovo para medir. Ele queria ser o ictiologista, mas eu teria preferido ser o peixe. Ele sonhava em capturar; eu, em fugir.

Eu preferiria ver um tordo, como vi uma vez quando menino, comendo caracóis num inverno gélido, a ler sandices como o livro do dr. Bowdler-Sharpe; antes ver o tordo esmagando os caracóis contra uma pedra no meio de um monte de cacos de conchas, para poder devorar a refeição oculta em seu interior. Isso é muito melhor do que uma lista ilustrada de tipos de tordos, definidos por semelhanças de garras e diferenças de bicos. Muito melhor ouvir o melancólico *tuu-tuu* do rouxinol assustado, e ver seus filhotes imobilizarem-se com o alerta, do que analisar uma coleção de aves empalhadas numa vitrine, alinhadas conforme o raio da cabeça e a envergadura das asas. Toda essa mania de colecionar e classificar, como disse uma vez meu amigo, o louco Clare, só visa a uma fama ambiciosa, e não a que merece elogio.

A esta altura, devo confessar que jamais houve uma tarefa para a qual eu estivesse tão despreparado quanto a de pintar os peixes do médico-chefe. Fui dominado por uma sensação de pânico momentânea, porém terrível. Para acalmar-me, lembrei que havia trabalhado como gravador outrora. Mas a experiência só me valera uma prisão sob meu nome antigo, e — ao menos por algum tempo — um nome novo e limpo. Eu trabalhara também como pintor colonial — pintando placas de tavernas e murais em seus interiores, bem como um ou outro retrato —, mas conhecia minhas próprias limitações. Em matéria de desenho, sabia apenas fazer cópias grosseiras dos detalhes de cédulas e promissórias, e caricaturar os caprichos dos pobres e as vaidades dos colonos livres, sempre objetos planos que podem ser copiados por cima, ou reproduzidos por um sistema de quadrados, ou simplesmente recriados com facilidade.

Já um peixe não é coisa fácil de se forjar.

Um peixe é um monstro escorregadio e tridimensional cheio de curvas, cujas cores e superfícies e nadadeiras translúcidas evocam a própria razão e o enigma da existência. Quando fabricava dinheiro falso, eu sempre confortava minha consciência concluindo que estava apenas ampliando a mentira do comércio.

Mas um peixe é uma verdade, e por não fazer idéia de como se diz uma verdade, muito menos como se pinta uma verdade, passei dias me esquivando do problema, ocupando-me das inúmeras atividades da casa do médico-chefe, se aquilo era uma casa, e seus arredores. Enquanto limpava e lavava e depois reconstruía as partes putrefacientes ou apodrecidas da cabana do médico-chefe, enquanto limpava suas muitas e variadas coleções, eu me entregava novamente à minha fantasia de me tornar retratista da sociedade de Hobart Town — uma contradição, bem o sei, pois já tinha ouvido o chiste dezenas de vezes antes mesmo de chegar lá —, porém eu imaginava que rostos ásperos como os deles, com passados tão sujos quanto os deles, mereciam um pintor tão pouco talentoso quanto eu. Aqueles retratos não seriam destinados à Academia, nem ao Prado, nem ao Louvre, e sim aos filhos bastardos e idiotas do Velho Mundo que, por meio do roubo e do terror, julgavam ter o direito de governar o Novo.

E, devo acrescentar, eles o tinham deveras.

Ninguém jamais ganhou o direito de governar o que quer que seja de outra maneira, e não era meu intuito contestar o direito de ninguém, e sim apenas conseguir ganhar minha vida nas margens. Pois, como dizia Capois Death, se a merda algum dia se tornar valiosa, os pobres hão de nascer sem cu. Era esse o nosso destino, e eu não tinha nenhuma pretensão de modificá-lo, porém desejava apenas sobreviver da melhor maneira possível, pois o que mais poderia fazer? Não tinha nenhum desejo de me tornar serrador, nem pastor, nem moço de bordo num baleeiro. Não tinha eu mãos nem espinha dorsal para tais serviços, e muito menos habilidades práticas.

De início minha intenção era apenas ir tocando para a frente dentro de todo aquele sistema podre, e se para tal eu tivesse de fazer cópias do que quer que fosse — cédulas ou burgueses com caras de bunda —, de tal modo que não atraísse atenção excessiva nem para mim nem para as cópias por mim feitas, que assim fosse.

Meu problema imediato era que, embora minha perícia de pintor fosse suficiente para fazer maus retratos dos fidalgos, não o era a ponto de me convencer de que eu saberia produzir pinturas de peixes como o kelpy que fossem da qualidade exigida, e preocupava-me com a possibilidade de que, se ficasse claro que eu não era o que o Pudim havia se convencido de que eu era, eu terminasse na forca. E, mesmo que conseguisse fazer o que se esperava de mim, já não estava claro se era aquilo mesmo que eu desejava. Para seduzir-me, fora-me oferecido o cargo de Botticelli, mas à luz fria de um novo dia eu começava a desconfiar de que o que me aguardava era a faina de um Bowdler-Sharpe.

Se tivesse encontrado um trabalho mais confortável e menos perigoso, eu o teria assumido com prazer. Mas não havia outras opções, e por isso o jeito era concentrar-me na tentativa de reproduzir um peixe de modo razoável.

Quando o médico-chefe saía para supervisionar um açoitamento, ou para ir à revista geral negar a todos os doentes e moribundos que estavam em levas de forçados uma licença para baixar ao hospital, e quando me sentia certo de que podia fazê-lo com segurança, eu pegava a mala debaixo da cama e examinava com cuidado o método e o estilo utilizados nas ilustrações de plantas e animais nos vários volumes. As melhores delas manifestavam uma espontaneidade que, disso estava certo, eu jamais conseguiria atingir, mas as piores eram tão sem vida quanto eram os seres representados no momento em que serviram de modelos, e consolei-me com a idéia de que eu não seria capaz de fazer coisa pior.

Era necessário, porém, ir até o cais dos pescadores e olhar para os peixes capturados naquele dia, juntamente com um ou outro cadáver inchado de prisioneiro que tentara fugir, e meu coração mais uma vez se enchia de pavor, pois aquela massa de barbatanas e escamas a se debater parecia muito além de minhas capacidades.

O único talento que julgava ter em matéria de arte — a capacidade de captar de modo grosseiro a personalidade de uma pessoa em sua caricatura — eu praticava à noite com carvão na parede de arenito da Penitenciária. Ali todos nós dormíamos em redes infestadas de piolhos estendidas ao longo de um dormitório comprido e deprimente.

E ali, na noite de meu sétimo dia como criado do médico-chefe, quando, para o deleite de meus companheiros de vilania, estava esboçando uma caricatura grosseira do médico-chefe nu, a coisa mais extraordinária aconteceu.

Apareceu uma nadadeira dorsal no médico-chefe.

Detive-me por um instante, um pouco chocado.

Alguém conteve uma risada.

Capois Death riu.

Retomei meu trabalho, retocando os olhos, transformando-os em esferas grandes e melancólicas, atrás das quais começou a brotar uma guelra. Então um corpo bulboso, escamoso, começou a se formar atrás dos olhos, e passei a recobrir todo aquele volume inchado com pinceladas irregulares, formando pequenos espinhos, e à parte de trás daquela espécie de bola espinhosa acrescentei uma cauda.

IX

Na manhã seguinte, recolhi um espécime vivo junto aos pescadores, arrumei a cabana de modo bem precário e apressado, depois mudei de lugar a pequena mesa redonda de mogno, aproximando-a da única janela, pela qual entrava um pouco de luz matinal, peguei meu estojo de tintas e pus-me a trabalhar.

O dia transcorreu em espasmos, o sol foi se deslocando, e à tarde começou a cair uma chuva de início de inverno, irregular e volátil, mas eu estava demasiadamente absorto para lhe dar atenção. Fiz diversos debuxos preliminares, todos na mesma folha de papel, e em seguida desperdicei duas folhas intactas em pinturas que estraguei a certa altura, a primeira quando sem querer virei um pequeno frasco de nanquim sobre a mesa, a segunda quando, no afã de tornar a imagem o mais realista possível, acabei errando nas proporções da cauda.

Minha terceira tentativa, porém, agradou-me — não, não era nenhuma obra de gênio, reconheço —, mas havia na pupila grande um leve toque de medo e de belicosidade que me proporcionaram a súbita sensação empolgante de ser eu o pescador e ele o peixe inesperadamente fisgado. Na proeminência exagerada da testa, da qual ele tanto se orgulhava (era o reservatório do gênio, ele me confidenciara na véspera, dando um tapinha no alto da cabeça), eu sentia o peso de seu corpo a debater-se, tentando escapar, e por isso deixei que a linha se espalhasse um pouco na boca carnuda, voltada para baixo, traindo um certo azedume impossível de ocultar e uma sensualidade que se transformava numa presença física mal-humorada e opressiva. Porém dei um passo para trás e ah! ah! — Ah! Eu sabia que agora o havia captado, sim, aquele era ele sem dúvida, e ah o corpo inchado e ah a ridícula exibição de espinhos e ah a cauda ridiculamente curta na extremidade do balão de carne quando ele por fim rompia a superfície do mar e se tornava visível. Uma corrente de júbilo percorreu-me o corpo, porque agora eu o havia pegado de fato, para que todos o vissem.

Naquela tarde, quando o médico-chefe voltou, mostrei-lhe minha primeira pintura.

O médico-chefe segurou-a a esticou os braços, olhou-a com seus olhos negros absurdamente grandes, por cima do nariz gordo e chato, e começou a discorrer longamente, da maneira a que eu já me acostumara, a respeito da natureza defensiva do baiacu, explicando que ele inchava até triplicar de tamanho, exibindo os espinhos, para intimidar os outros peixes. Enquanto falava, mexia na pintura, ora afastando-a dos olhos, ora trazendo-a para perto, colocando-a na mesa, pegando-a outra vez e contemplando-a novamente com os braços esticados.

Por fim, afirmou que estava razoavelmente bem-feita.

Então foi chamado para presenciar um enforcamento, deixando-me a sós com o baiacu à luz do fim de tarde.

Peguei uma faca que estava pendurada ao lado da lareira, encostei a ponta afiada no corpo tenso do baiacu. E cravei-a.

A carne comprimiu-se um pouco, e então, com um súbito fluxo de ar, a pele rompeu-se, e o peixe murchou com um assobio abrupto, como uma bexiga estourada.

Na mesa agora eu via um peixe totalmente diverso da forma monstruosa e espinhenta que havia pintado, um barrigudinho pequeno de olhos grandes que me acusava de não compreender sua necessidade de postura, um barrigudinho de pele flácida, atravessado por uma faca grande.

Eu sabia que não teria ordens de pintá-lo de novo, que nem mesmo uma leva de forçados daria algo em troca daquela carne venenosa. Joguei-o no fogo, onde ficou caído sobre um tronco que ardia aos poucos como se fosse mais uma alma fracassada.

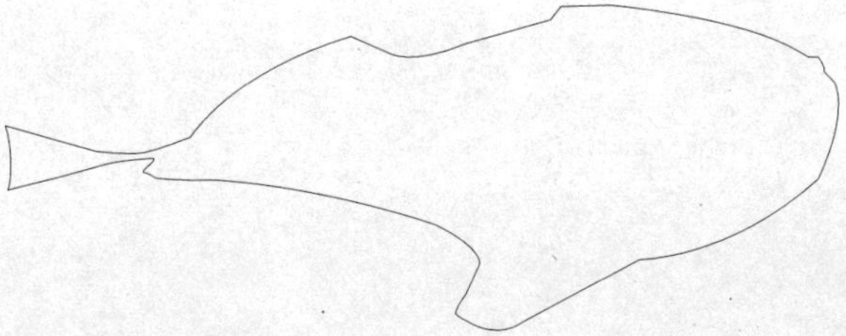

O miracéu

Sobre o pus das cochonilhas — A volta dos pufinos — Premonições de desgraças — A ascensão do comandante — O comandante toma o poder — A questão das nações — A srta. Anne e sua sutil influência — A invenção da Europa — A venda da Austrália — Rolo Palma, e de como ele falava com os anjos — Musha Pug — Seu ódio aos pederastas — A febre ferroviária.

I

Pobjoy, satisfeito com seu último Constable, voltou trazendo uns ouriços-do-mar para eu comer. É uma recompensa parca, e como comida não é lá grandes coisas, mas tem mais importância para mim do que imagina Pobjoy. Arranco as ovas com os dedos, se bem que na verdade não é esse pequeno prazer salgado que me faz desejar ouriços-do-mar, e sim os espinhos de um roxo vivo que protegem seu corpo, dando-lhe a aparência de um horrendo equidna aquático. Na maré baixa, ao cair da tarde, arranco os espinhos, pego duas das muitas pedrinhas que cobrem o chão da cela e, moendo os espinhos entre as pedras, faço um pó roxo.

Em seguida, misturo esse pó com cuspe e gordura, recolhida dos ocasionais pedaços rançosos de porco em conserva, no côncavo estriado da concha de vieira que me serve de tinteiro. É assim que faço minha tinta, vendo os pequenos turbilhões roxos contra o fundo branco da concha, pensando que a púrpura, a cor dos imperadores, é apropriada para a parte seguinte de minha narrativa, em que relato de que modo a minha sorte foi inextricavelmente associada à de um César dos mares do Sul, de quem ninguém mais se lembra e que era atormentado por premonições das desgraças que, ele bem sabia, o tempo haveria de infligir a suas realizações.

O rei, desconfio, acha estranho eu encher algumas páginas com comentários sobre o comandante, mas a história dele é minha e a minha história é dele, pois seus sonhos determinam meu destino. Digo ao rei que ele não pode sequer conceber a perversidade de meu destino a menos que entenda de que modo o comandante terminou por criar não um, mas *dois* infernos alternativos. O segundo, que só muito depois vim a descobrir — tarde demais, como ficou claro —, foi o que mais me apavorou, por suas aspirações à imortalidade. Mas a completa perversidade de sua realização só pode ser compreendida por aqueles que conhecem a história verdadeira e terrível do comandante, do começo ao fim. Nossos destinos em pouco tempo viriam a confundir-se, por menos que tal coisa fosse desejada por mim e por ele.

A tinta com a qual tento redigir esta narrativa não é, reconheço, a majestosa púrpura de Tiro sobre a qual o velho Gould discorria com tanto entusiasmo, aquela tintura que os antigos extraíam das cochonilhas, espremendo o pus, o qual se tornava roxo à luz do sol, de um pequeno quisto atrás da cabeça do molusco, uma tintura tão preciosa que só os mais ricos e poderosos podiam possuir mantos dessa cor, mas sim um roxo de urtiga — e que parece bem apropriado para alguém que, longe de ter nascido em meio a mantos púrpura, brigou e esperneou e matou para conseguir uma cor que esmaece depressa demais. Não peço desculpas, portanto, se as palavras roxas que se seguem deixarem algum leitor roxo de vergonha.

II

Sua trajetória era tão silenciosa e obscura quanto seu semblante, o qual mais tarde ele passaria a ocultar por trás de uma máscara de ouro, embora ninguém soubesse se o fazia por vergonha, modéstia ou constrangimento, tal como ninguém sabia coisa alguma a respeito de sua família e sua formação militar. Tal como Matt Brady, o fora-da-lei que viria a atormentá-lo cada vez mais, ele era um enigma, ainda que de espécie diferente, pois se Brady era sempre invisível, uma presença esquiva tanto na vida quanto nos sonhos, o comandante era visto por toda parte. Porém nem um nem outro pedia intimidade e compreensão, o que seria um convite à morte.

Corriam boatos, de início espalhados à boca pequena e, mais tarde, após seu suposto desaparecimento, aos gritos, de que o comandante nunca fora popular, e seria um idiota. Não havia como negar que os cabelos oleosos, partidos com apuro, o nariz que mais parecia um bico de papagaio e que ele, inexplicavelmente, deixava sair por um buraco na máscara de ouro, os olhos ligeiramente ovinos e a boca que, mesmo cercada de ouro, parecia fraca e torta, tudo conspirava para lhe emprestar uma aparência que, no poder, conotava insensibilidade e força mas que, fora do poder, parecia apenas pusilânime.

O mais estranho de todos os rumores era também o mais persistente: o comandante — tal como nós — seria um degredado, punido por crimes indizíveis, que trabalhara junto com os forçados de Parramatta, que fora condenado outra vez e enviado à ilha

Norfolk, onde se tornara um ás do crime, que não temia a Deus nem a homem algum.

Quando aquela colônia dedicada ao deus da tortura foi finalmente fechada e seus infelizes habitantes mandados para a Terra de Van Diemen, o navio em que ele estava sucumbiu a uma grande tempestade, naufragando numa ilha no estreito de Bass. O único sobrevivente foi ele, que passou a se apresentar como o tenente Horace, cujo cadáver — com o rosto branco cheio de buracos escavados por lernéias — fora lançado na praia a seu lado naquela tarde, enquanto ele via apavorado o céu escurecer não com a aproximação da noite, e sim com um verdadeiro mar de pufinos.

Nunca vira ele tal coisa! Centenas de milhares de pufinos, talvez milhões, a eclipsar o disco cadente do sol, todos planando céleres numa mesma direção, as longas asas só de vez em quando batendo preguiçosamente; voltavam a suas tocas escavadas nas dunas de areia, uma visão que para ele era sempre um terrível presságio da noite.

Por outro lado, árvores, abrigos e confortos eram coisas que não havia na ilha. Além dele e dos pufinos, os principais habitantes eram pulgas, moscas, ratazanas, cobras e pingüins, cujos guinchos incessantes ao anoitecer se somavam ao urro frio das ventanias de oeste para fazer de suas noites um horror sem fim.

Por vários meses sobreviveu graças à carne dos pufinos, que se assemelhava à de carneiro, e ao consolo que lhe era fornecido pelo único livro que veio ter à praia junto com ele, a *História das guerras napoleônicas* de Huntington, até que foi salvo por dois missionários quacres que vasculhavam as ilhas remotas e desabitadas do estreito à procura de mulheres nativas compradas ou roubadas de suas tribos pelos caçadores de focas. Os quacres, por sua vez, compravam ou roubavam as mulheres, depois as interrogavam para em seguida escrever relatórios hipócritas sobre tais abusos para a Sociedade dos Amigos em Londres, a qual patrocinava sua missão. Quando os dois quacres chegaram, num pequeno barco baleeiro, ao rochedo castigado pelos ventos onde ele vivia havia tanto tempo, o náufrago já havia conseguido transformar-se em coisa bem diversa, tendo adquirido o odor seboso das pequenas autoridades, e por trás da penugem de pufino que lhe cobria o rosto e as roupas ele começara a convencer-se da inevitabilidade de sua própria invenção.

Junto com os quacres, uma negra e três crianças, filhas de uma outra negra que morrera, que eles haviam trocado por machados e açúcar com um caçador de focas, ele seguiu para o sudoeste. Navegaram por uma semana, cruzando o resto do estreito e depois costeando o litoral oeste da Terra de Van Diemen, até chegarem à mal-afamada colônia penal da ilha Sarah, que também estava sendo investigada pelos quacres.

Aqui salvadores e salvado se separaram, este armado de uma candente retórica de penologia aprendida com os compenetrados quacres e de um conhecimento, menos elevado e de sua própria lavra, da animalidade dos homens — duas cordas que, quando tocadas pelo arco de sua ambição crescente, formavam um acorde poderoso e dissonante. O então comandante, o major de Groot, recebeu de braços abertos mais um soldado para engrossar as raquíticas fileiras da guarda militar da colônia penal, enquanto o tenente Horace abraçou de bom grado a oportunidade de enriquecer seu currículo inventado com uma experiência militar real.

Após o enterro do major de Groot, o médico-chefe e o intendente brigaram, disputando quem seria o funcionário mais graduado da colônia, o qual deveria assumir o poder. Quando não conseguiram resolver o impasse, o tenente Horace resolveu o problema preenchendo a lacuna que se abrira. Declarando ser o único homem capaz de manter a ordem entre os soldados e a disciplina entre os forçados, nomeou-se comandante. Bem à sua maneira, tirou partido de suas próprias limitações afirmando que, embora nada soubesse a respeito de direito civil, conhecia muito bem a lei dos homens armados, e mandou que o velho e pomposo escrivão dinamarquês, Jorgen Jorgensen (jamais, até sua morte, o vi sem a mais absurda das afetações, um colar de lápis-lazúli que ele afirmava ter ganhado do general Blucher numa partida de *skat*, em Dresden), preparasse uma declaração de lei marcial, o primeiro documento do que, como fiquei sabendo depois, veio a se tornar uma colaboração duradoura e extraordinariamente fecunda.

Mesmo pelos padrões horrendos daquela ilha horrenda, Jorgen Jorgensen — apesar de toda a sua afetação — era uma verdadeira titica de pelicano de feiúra, um sujeito comprido, cheio de ângulos agudos, um corpo que parecia um cabide tentando lembrar-se do casaco que havia escorregado dele muitos anos antes. Usava invariavelmente uma espada comprida demais, enferrujada, que ia se arrastando no pó e na lama atrás dele, e seu principal companheiro — um cachorro sarnento, que só tinha três pernas, a que ele dera o nome de Elsinore — ia sempre mancando na sua esteira. Andava falando sozinho, e por vezes cantava para o cão, que então ficava em pé sobre as patas traseiras e assobiava. Tal como o cachorro, Jorgen Jorgensen sabia assobiar a mesma melodia que seu senhor. A uma certa altura, esse pequeno funcionário resolveu que seu senhor não seria mais o major de Groot, e sim o tenente Horace.

Ninguém se preocupou muito com a tomada do poder efetuada pelo tenente Horace, que parecia uma mera formalidade a ser observada somente até o dia em que o governador Arthur, na distante Hobart Town, nomeasse uma pessoa adequada ao cargo e preparada para exercê-lo — dois atributos que não pareciam pertencer ao tenente Horace, o qual dava de ombros quando lhe apontavam as extravagâncias indignas de seu próprio comportamento, como a atitude de conservar consigo a negra que os quacres haviam deixado sob sua responsabilidade, quando ele lhes prometera com toda a solenidade cuidar de sua edificação moral e espiritual. Os prisioneiros a chamavam Sal Dois-Vinténs, mas o comandante — era assim que ele obrigava todos a chamá-lo —, que primeiro a fez trabalhar como doméstica e depois a tomou como amante, insistia em referir-se a ela como "a mulata". Talvez lhe parecesse que relações dessa natureza com uma pessoa de raça misturada fosse de algum modo mais aceitável do que com uma mulher que era visivelmente uma nativa da Terra de Van Diemen. Com relação a isso, como a tantas outras coisas — como, por exemplo, seu despreparo para o cargo que ocupava —, ele de início ria com seus interlocutores, dizendo: "Ponha a mão em mim, veja, sou igual a você, qualquer um pode tocar-me". Mas no momento mesmo em que falava, a penugem de pufino lhe caía do rosto, revelando algo bem diverso, semelhante a pedra.

III

No princípio, como no fim, foi tal como o comandante havia muito suspeitava: ele era imortal. Segundo os poucos que sabiam onde ficavam os Arquivos da colônia penal, mesmo lá não existiam dados a respeito do navio em que ele chegara, nem tampouco de sua carreira militar, pois Jorgen Jorgensen, muitos anos antes, por ordem do major de Groot, havia examinado todos os registros da área de transportes e não encontrara nenhuma menção ao tenente Horace.

Depois da morte prematura do major, a qual, dizia-se, teria sido causada por envenenamento, foram encontrados documentos oficiais (porém, há que admitir, tratava-se de folhas soltas inseridas nos copiadores do major de Groot) que continham referências a cartas assinadas pelo major de Groot em que ele nomeava o tenente Horace seu sucessor. Segundo um adendo nas margens, essas cartas tinham sido destruídas, infelizmente, num pequeno incêndio ocorrido nos Arquivos logo depois que o tenente Horace assumiu o controle da colônia.

De início, o novo comandante era um modelo de servilismo com relação a seus superiores distantes. Ele mandou Jorgen Jorgensen redigir longos relatórios sobre os diversos melhoramentos por ele efetuados na maquinaria da administração penal — as reformas do regime alimentar, que tiveram o efeito de fazer a comida render mais e ao mesmo tempo beneficiar a saúde e o vigor dos prisioneiros; as novas gaiolas de dormir individuais, com o comprimento de um homem e a altura de um antebraço, para impedir que os prisioneiros cometessem o pecado indizível; o penico oscilante, com fundo elíptico, que exigia duas mãos para ser utilizado, tornando assim impossível a prática do crime de Onan, o que desperdiçava sua semente na areia.

Não recebeu resposta.

Não lhe chegou nenhum elogio, nenhum estímulo, nenhuma manifestação de aprovação, nenhuma repreensão.

As cartas que o comandante mandava Jorgen Jorgensen redigir começaram a mudar de tom. Ele passou a arrolar os problemas que enfrentava tentando administrar uma colônia para onde iam forçados da pior espécie, que praticavam pecados indizíveis com soldados cuja índole era quase tão má quanto a deles — só era possível diferenciar os soldados dos forçados porque aqueles usavam uniformes vermelhos desbotados; o dilema de tentar garantir a sobrevivência da colônia, sem qualquer possibilidade de torná-la financeiramente auto-suficiente — conforme se esperava dele — quase sem ferramentas, sem nenhum trabalhador especializado para fazer navios ou construir casas, sem dinheiro e sem comida excedente que pudesse ser trocada com os comerciantes que por lá passavam. Ele implorava para que lhe dessem um pouco mais em matéria de rações. Mais soldados. Alguns oficiais mais sérios, e não, como costumava acontecer, homens que haviam caído em desgraça por terem desviado fundos do regimento, dormido com a esposa do oficial-comandante na ilha Maurício ou, pior ainda, com o próprio oficial-comandante, na Cidade do Cabo.

Não vieram respostas, nem mantimentos, nem reforços.

Suas cartas se tornaram insolentes, depois coléricas, e por fim insultuosas. Um memorando curto e seco chegou em resposta. Era assinado por um assecla do secretário colonial. O texto repetia as condições de seu cargo de oficial e lembrava-lhe o dever sagrado de desempenhar suas funções até que o governador nomeasse o sucessor do major de Groot.

O comandante compreendeu então que as cartas que ele enviara teriam tido o mesmo efeito se tivessem sido lançadas no mar e devoradas pelas imensas baleias que passavam além dos promontórios quase de hora em hora em grandes cardumes, assinalados por pequenos arco-íris formados por seus esguichos. Foi então que o comandante chafurdou num lamaçal de melancolia por alguns meses, período durante o qual nem fez a barba nem mudou de roupa.

Quando emergiu do inverno de sua solidão, usava uma máscara de ouro que sorria sempre, e ostentava um outro sinal do efeito profundo que tivera sobre sua mente o longo período de isolamento que se seguira ao naufrágio — um magnífico uniforme novo, azul, semelhante ao que fora usado pelo marechal Ney na batalha de Waterloo, com dragonas enormes, emplumadas, que guardavam uma semelhança desconcertante com as asas abertas de um pufino. Se adotara a máscara apenas para esconder quem tinha sido antes e impedir a possibilidade de que qualquer impostura sua fosse descoberta, ou se a usava para reinventar-se como uma pessoa que não era nem o tenente Horace nem o personagem que ele fora antes do naufrágio, e sim uma criatura totalmente nova — isso, não sei.

Tudo que posso dizer é que a máscara sorridente logo passou a aparecer em todos os lugares, reluzindo, regozijando-se, refletindo para nós nossa própria voracidade e nossos próprios desejos, tão onipresente que ninguém se deu conta do fato quando ela substituiu, rápida e discretamente, a seta larga como símbolo de propriedade do governo, surgindo em estêncil em barris e ferramentas, depois marcada a fogo nos nossos antebraços, reunindo, numa fusão espetacular, característica do grande homem, o Estado, o eu e a ocultação.

O comandante teve a primeira de suas inúmeras longas conversações com Jorgen Jorgensen, após a qual o dinamarquês passou a redigir relatórios sóbrios para o Departamento Colonial, em que se notificava um crescimento constante, ainda que não espetacular. Nesses relatórios, o progresso era prejudicado, mas nunca detido nem mesmo seriamente comprometido, pelos problemas inevitáveis do isolamento, da incompetência e indolência dos forçados e da escassez de trabalhadores especializados e ferramentas. A imagem que se tinha era de um estabelecimento bem dirigido e respeitável, obtendo lucros pequenos e conseguindo recuperar partes da terra e das almas criminosas. Porém apenas Jorgen Jorgensen percebia que a saliva que brilhava nos cantos dos lábios dourados do comandante estava negra, por conta do mercúrio que ele já tomava para tratar sua sífilis.

O comandante então ordenou que a Intendência fosse aberta ao comércio. Determinou que todo o estoque de barris de porco salgado fosse trocado com um comerciante de baleias de Nantucket por dois baleeiros velhos, e formou duas tripulações de forçados para procurar nesses navios o grande peixe de Jonas. Um dos navios afundou com toda a sua tripulação pouco após sair da enseada, mas o outro voltou à colônia, que sobrevivia à base de rações de farinha e peixe, com duas baleias-corcundas no porão, e o comandante começou a comerciar óleo de baleia.

Com os lucros, adquiriu mais navios e enviou homens à ilha onde ele havia naufragado, com ordens de capturar pufinos, por sua carne, e focas, por sua pele. Com os forçados em que tinha confiança, formou uma guarda de elite e deu-lhes ordem de fuzilar metade de seus soldados; como não informou as autoridades coloniais do ocorrido, continuou recebendo o soldo dos mortos. Duplicou a atividade de derrubar pinheiros e reduziu à metade a madeira que enviava às autoridades coloniais; quando o comércio de madeira se intensificou, multiplicou por quatro a produção e reduziu a um quarto as remessas a Hobart Town, um mero tributo simbólico que acompanhava as cartas em que se queixava dos problemas quase insolúveis causados por ausência de boas ferramentas, inexperiência dos serradores, epidemias de pecados indizíveis e condições climáticas tão terríveis que os rios permaneciam congelados durante a metade do ano.

Suas atividades comerciais foram se tornando exuberantes e exóticas: vinte barris de óleo de baleia em troca do odor decadente de uma única goiaba quase podre, ferramentas usadas nos estaleiros em troca de ovos de iguana, um baleeiro cambiado por um grande carregamento de bananas verdes, uniformes vermelhos preciosos trocados por turbantes de seda.

E apesar do que os comerciantes portugueses cochichavam para seus marinheiros brasileiros enquanto esvaziavam seus porões cheios de penas das ilhas Molucas, e ao contrário do que os forçados descalços grunhiam um para o outro enquanto se dedicavam ao trabalho cruel e infindável de arrastar enormes troncos de pinheiros por uma floresta sem trilhas até a margem do rio congelado, nem todo esse comércio era uma loucura total.

Em troca dos pinheiros, cujo óleo ele dizia ser afrodisíaco e curar a gonorréia, sendo portanto uma substância de dupla virtude, tanto promovendo o amor quanto protegendo os que a ele se entregavam, ele obtinha a melhor seda da Índia. Em troca de um carregamento de cacatuas de crista amarela, que ele pintara de modo que se assemelhassem a filhotes de araras e ensinara a recitar versos melancólicos à maneira de Pope e várias canções de amor no jargão licencioso dos prisioneiros que as haviam adestrado, ele obteve catorze caravelas brasileiras e sete canhões, os quais imediatamente trocou por um principado em Sarawak que um comerciante levantino havia ganhado numa roda de tarok a caminho do reino fabuloso da ilha Sarah; e foi a venda desse principado que financiou a construção de seu palácio e do novo cais do porto.

Em troca do continente da Austrália, cuja posse ele havia recentemente proclamado, ordenando que Musha Pug fosse de barco a remo até a costa australiana para lá fincar a nova bandeira do Principado da Ilha Sarah numa praia deserta, ele obteve um carregamento de jovens siamesas. De início, elas trabalhavam em alamedas ladeadas por folhas de samambaias, mas quando caía a tarde e ficava úmido nas alamedas as siamesas passaram a se reunir, com suas folhas de samambaias, junto à protegida muralha norte da Penitenciária. Ali apregoavam suas especialidades, desafiando os forçados a provar que eram homens de verdade, e bebiam seu sêmen acreditando que desse modo conseguiriam curar a consumpção que se tornara uma verdadeira peste entre elas.

A reputação do comandante foi crescendo, seu nome passou a ser mencionado por toda parte, e começaram a surgir navios contendo toda espécie de comerciantes, pedintes e charlatões. A todos eles o comandante dava as boas-vindas, e o que havia começado como um comércio furtivo junto à parede sul da colônia, administrado mas não controlado pelos prisioneiros nas tardes de sábado, transformou-se num mercado; o mercado virou um bazar; e o bazar, uma idéia de nação. "Pois o que é uma nação", perguntou o comandante ao médico-chefe, com uma voz aguda estranha, "senão um povo que possui uma marinha mercante? Que é uma língua senão um dialeto dotado de exército? Uma literatura senão palavras vendidas por fornecedores?"

IV

A assunção da identidade do tenente Horace teve uma grande e imprevista conseqüência para o comandante: ele passou a receber a correspondência do falecido. De modo geral, era desinteressante e esporádica, com exceção de uma implacável enxurrada de cartas que vinha da irmã do tenente, a srta. Anne. Com base em certos comentários à parte que ela fazia, o comandante concluiu que o verdadeiro irmão da srta. Anne, que após a morte fora consumido pelas lernéias, em vida teria certamente sido consumido pelo tédio que lhe causavam as cartas da irmã. Ele quase nunca as respondia. Porém seu irmão substituto, o comandante, revelou-se um correspondente mais dedicado. Escrevia a ela com regularidade e com entusiasmo, por vezes mandando duas ou mesmo três cartas em resposta a uma só.

Talvez de início tencionasse usar as cartas como uma pequena biblioteca de informações pessoais relevantes que o ajudasse a melhor encarnar o personagem do falecido irmão da srta. Anne. Em vez de falar de si, enchia suas cartas — que encontrei muitos anos depois num copiador — com perguntas que visavam a extrair de sua correspondente detalhes a respeito de sua família, seu mundo, seus interesses, paixões e entusiasmos.

Porém rapidamente a correspondência ganhou vida própria. Ou porque as cartas dela implicassem tal coisa de modo direto, ou apenas porque o comandante o inferisse em sua leitura delas, o fato é que ele passou a acreditar que essa irmã desconhecida era um ser deveras extraordinário. A srta. Anne, lisonjeada pelo novo interesse que despertava no irmão e pela consideração cada vez maior que ele lhe tinha, passou a escrever mais e a abrir mais seu coração. O tom de sua escrita mudou de tal modo que o comandante quase chegava a ter a impressão de que as cartas estavam sendo redigidas por uma pessoa muito diversa, e que era só essa pessoa que ele reconhecia como sua irmã verdadeira. E, à medida que as cartas dela mudavam, o comandante não mais as encarava como uma tarefa de pesquisa necessária, e sim como uma paixão que era preciso demonstrar. Pois, quanto mais seguro se sentia na qualidade de líder da ilha, mais se isolava dos outros. Era só nas cartas da srta. Anne que ele encontrava intimidade e uma inspiração que lhe parecia cada vez mais exigir uma retribuição na mesma moeda.

Usei a imagem de uma enxurrada implacável para me referir às cartas da srta. Anne, mas a comparação é imprecisa. Sem dúvida, suas narrativas encantadoras pareciam ser escritas assim, duas, até três vezes por semana; porém eram entregues e portanto recebidas apenas uma ou duas vezes por ano — e por isso seu efeito sobre o comandante assemelhava-se menos à erosão suave de um rio sobre suas margens do que a um vagalhão imenso, que arrebata tudo que encontra pela frente.

Quando, mais tarde, vim a pintar algumas dessas cartas, constatei que seu tom era sempre exuberante, sua forma transbordante, as frases saltando umas por sobre as outras, a missivista ansiosa por contar àquele que ela julgava ser seu irmão mais moço todas as novas maravilhas do momento, que se tornavam ainda mais notáveis por virem associadas a alguma lembrança pessoal — chá com a irmã de George Stephenson, que achou excelente sua idéia de dar à locomotiva o nome de "Trovão Esfuziante", uma ousada ida a uma luta de ursos e cães em Five Courts, onde foi apresentada ao poeta John Keats, com o qual, escreveu ela, trocara idéias a respeito de irmãos perdidos no Novo Mundo.

Essas cartas atormentavam o comandante, que fora profundamente abalado pelo *páthos* da distância. Elas distorciam sua visão do Velho Mundo, minimizando o lado cotidiano, banal, capcioso e medíocre da Europa e exagerando o que havia de maravilhoso, sublime e surpreendente naquele mundo distante, aonde só se chegava após viajar por meio ano.

Na cabeça do comandante, os acontecimentos na Europa tornaram-se coisas memoráveis, interligadas de modos inesperados. Assim, a locomotiva a vapor e o *Don Juan* de Byron e as esplêndidas lareiras científicas do barão Rumford — cada uma dessas coisas sendo associada à srta. Anne através de alguma ligação pessoal — surgiam na imaginação do comandante como se fossem um conceito único, fundindo-se numa idéia de viagem romântica sem fumaça e com prazeres carnais que mais tarde ele haveria de perseguir com um ardor enlouquecido.

Uma noite, depois que seus olhos protegidos pela máscara de ouro por fim se cansaram de ler as cartas maravilhosas da irmã e se fecharam, já antegozando um sono reparador, o comandante se deu conta de que todos os milagres tecnológicos da Europa ou haviam sido inventados pela srta. Anne ou eram frutos de suas boas ações, sábios conselhos ou intervenções úteis: a locomotiva, o navio a vapor, a passadeira a vapor, a geração da sobrenatural força da eletricidade — tudo isso fora criado pela srta. Anne!

E depois de algum tempo foi obrigado a reconhecer que não apenas as inovações tecnológicas, mas também a própria maravilha da moderna Europa oitocentista era uma conseqüência direta das elucubrações de sua irmã. Sob o impacto de uma revelação profunda, deu-se conta de que sua irmã estava inventando a Europa, e seu corpo estremeceu num único e violento espasmo.

Na manhã seguinte, enquanto o velho dinamarquês calculava num ábaco grande a renda mensal da colônia obtida com a venda de espermacete, começou a pensar se ele também não poderia fazer o mesmo. À medida que as pedras pretas e brancas iam deslizando de um lado para o outro e estalando, o comandante sentia uma espécie de estalo diferente em sua mente: a idéia de que ele poderia fazer da colônia penal da ilha Sarah o produto de sua vontade criativa, tal como a srta. Anne fizera com a Europa.

Deu um grito tão forte que o velho dinamarquês, assustado, deixou cair o ábaco, que se quebrou no soalho de pedra da cela do comandante. As pedras pretas e brancas rolavam em todas as direções e o velho corria para catá-las; entrementes o comandante sacudia a cabeça, tomado por sua revelação. Ele haveria de reinventar a Europa na ilha Sarah, só que dessa vez seria algo ainda mais extraordinário do que qualquer coisa relatada por sua irmã.

E naquele dia em que os cálculos do velho dinamarquês se transformaram num punhado de bolas pretas e brancas a rolar pelo pó, o comandante viu seus sonhos monocromáticos de um homem inspirado pelo retorno regular dos pufinos explodirem num caleidoscópio de desejos coloridos. Através de um mar de sangue de prisioneiros, que ele alegaria depois ter derramado somente no intuito de realizar o destino de seu povo, as cartas da srta. Anne doravante seriam para ele uma espécie de pedra-ímã enlouquecida que o orientaria naquela estranha viagem, em que nós éramos seus passageiros involuntários.

V

Nessa época, minha vida mergulhara numa rotina que, se não era agradável, era, em comparação com a da maioria de meus colegas de prisão, ao menos razoavelmente confortável. Embora continuasse dormindo junto com os outros na Penitenciária, entre a revista matinal e a vespertina eu ficava mais ou menos livre para fazer o que me desse na veneta e ir aonde quisesse na ilha. Forneciam-me uma cota adicional de comida e uma ração de rum, e era-me permitido cultivar uma pequena horta para meu próprio uso junto ao chiqueiro de Castlereagh. Eu tinha até mesmo uma mulher, o que não era pouca coisa naquela colônia cheia de homens.

A mulher era a amante do comandante, Sal Dois-Vinténs. Meus encontros com ela, naturalmente, eram arriscados e furtivos, às escondidas, e costumavam se dar naquele único local onde ninguém mais se aventurava a pôr os pés, o pequeno trecho de mata entre o chiqueiro de Castlereagh e o barranco íngreme atrás dele.

Ali, protegidos por um arvoredo denso de leptospermos e um forte miasma de merda de porco, guardávamos em jarras de terracota um estoque clandestino de uma bebida fermentada grosseira que preparávamos com passas e açúcar roubados, temperada e colorida de verde com folhas de sassafrás, em homenagem à Sopa de Pachola de Capois Death. Eu dizia que ia pintar peixes, porém ia era pescar as delícias de Sal Dois-Vinténs no arvoredo de leptospermos.

Escondidos do mundo, passávamos dia após dia ali. Era o início do inverno. Os brutais ventos de oeste rasgavam a ilha acima de nossas cabeças, mas cercados pelas árvores tínhamos um recanto acolhedor, aquecido e protegido, íntimo e sagrado como a noite. Ali trocávamos palavras.

A minha favorita: Moinee.

A sua favorita: Cupincha.

Sal Dois-Vinténs ouvia com entusiasmo minhas histórias sobre Londres, e ficava ao mesmo tempo apavorada e fascinada quando eu lhe falava de multidões maiores que o maior bando de cangurus, e de prédios tão altos e tão amontoados que formavam vales e gargantas e ravinas sem haver uma única árvore por perto.

Ela, por sua vez, contava-me que a Terra de Van Diemen fora criada pelo deus Moinee, que golpeara a terra e formara os rios, e soprara sobre a terra para levantar as montanhas.

"E como foi feita a enseada de Macquarie?", perguntei-lhe um dia. "Foi *Moinee*?"

"Enseada de Macquarie?", retorquiu ela. "O penico de Moinee — *cupincha*."

Sal cheirava a arenques em conservas, e eu lhe passava meu cachimbo, ela o apertava com força entre os dentes e estremecia como um peixe, e então seu cheiro ficava muito diferente, melhor ainda, e então era um tal de rosetar e nadar e voar e brincar que era uma maravilha. Sal tinha seios pequenos e cintura larga e canelas finas e de início era de uma voracidade tremenda na hora do amor. Fazia muito barulho, um som intermediário entre um dasiúro gritando à noite e um estouro de boiada, que era ao mesmo tempo agradável e assustador porque aumentava o risco de sermos apanhados em flagrante, apesar do contraponto que Castlereagh nos fazia ao fundo. Por mais que eu lhe pedisse que gozasse sua paixão em silêncio, ela me ignorava. Não conhecia o sentimento da vergonha, e quando era tomada pela paixão, o que no início, como já disse, era muito freqüente, seria perfeitamente capaz de me agarrar diante do médico-chefe ou do comandante ou de uma leva de forçados.

Mas eu não estaria sendo de todo honesto se dissesse que estava tudo bem comigo e minha rotina, a qual — embora disso eu não soubesse — estava prestes a terminar. Olhando para trás, está claro que desde o começo as coisas estavam desabando. Com o tempo, Sal Dois-Vinténs aprendeu alguns comportamentos adequados, mas a essa altura ela já não tinha quase nenhum interesse por mim, e estava andando com Musha Pug, um delator cuja delação fora recompensada com o trabalho agradável de ajudar o almoxarife na Intendência, de modo que era uma fonte muito melhor de comida e bebida e fumo do que eu jamais havia sido. E eu, que quando tinha Sal não lhe dava tanto valor assim, comecei a sentir mais falta dela do que julgava possível.

O estilo de minhas pinturas de peixes estava felizmente melhorando, e com isso aumentavam minhas chances de sobreviver. As imagens que eu produzia eram cada vez mais econômicas, úteis como um bom par de botas, sólidas como um mastro da mezena bem-feito para equipar a gloriosa nave da Ciência de que falava o Pudim.

Fosse como fosse, o fato era que o Pudim estava muito contente, às vezes chegando mesmo a se empolgar, e seus devaneios começaram a povoar-se de imagens da Gloriosa Volta a Londres do Grande Naturalista e Famoso Ictiólogo Lempriere, e ele já praticava em silêncio as respostas que daria àquelas Damas de Sociedade, as quais, nas Grandes Noites Científicas, cairiam a seus pés e lhe perguntariam como ele conseguira sobreviver a Selvagens e Selvas e Hotentotes Famintos; com a maior humildade ele diria:

"Porque eu acreditava na Ciência, minha senhora, e na minha modesta participação nessa Sagrada Missão."

VI

De diferentes maneiras o Diabo se apresenta, e nunca de modo fácil de reduzir a um exemplo. Meu trabalho tornava-se cada vez mais frustrante, e era de se esperar que o nome evocativo e luminoso "miracéu" me fizesse imaginar um peixe completamente diverso daquele que os pescadores me trouxeram para pintar uma manhã. A imagem que eu havia concebido era a de um peixe dotado de alguma qualidade etérea, como se fosse uma virtude meditativa encarnada em forma de peixe. Ele seria ideal de pintar em aquarela, um meio em que eu julgava difícil captar a densidade, mas em que tinha certa facilidade de exprimir a passagem da luz.

Porém o miracéu que os forçados pescadores me deram era um peixe nem um pouco fácil de pintar. Não sei por que foi essa a impressão que tive, embora na treva de seu ser, na ferocidade de sua aparência, nos chifres satânicos que se destacavam da horrenda cabeça de touro, na boca vertical perpetuamente retorcida num esgar, na pele viscosa, na estranheza daqueles olhos que brotavam do alto da cabeça e não dos lados — como se estivesse sempre olhando para os céus, daí seu encantador nome celestial —, em tudo isso havia indícios de algo que não me parecia estranho, e sim familiar. Porém eu não conseguia identificar a natureza daquela familiaridade, nem compreender de início por que ela me perturbava tanto.

O miracéu é um peixe assustador, muito além da imaginação mais mirabolante, mas foi só quando o vi pela primeira vez, em seu próprio mundo, que compreendi sua verdadeira natureza. Tinha eu ido ao cais dos pescadores para admirar o produto da pesca com rede daquela manhã — um bacalhau gigantesco, com uma bola enorme em seu ventre. Quando foram retiradas as camadas exteriores leitosas, constatou-se que a bola ainda era reconhecível como a cabeça de Doughy Proctor — a única coisa que restava dele depois que tentara escapar amarrado a um barril velho de porco em conserva. O chefe dos pescadores, um valáquio levantino chamado Rolo Palma, chamou-me com um gesto para que eu me aproximasse da ponta do cais e olhasse para dentro do mar.

Era uma característica definidora tanto de sua gente quanto dele próprio estar Rolo Palma sempre em países estrangeiros. Indo parar na Inglaterra e constatando que a maneira típica de manifestar amizade entre os ingleses era a ausência de conversação, Rolo Palma — tal como seu herói Swedenborg — passou a conversar com os anjos. Tinha uma imaginação fértil e um profundo interesse pelo mundo natural, e não fosse a intervenção do anjo que o levara a migrar compulsoriamente à Terra de Van Diemen, por ter cometido assassinato, teria inventado um sistema de história natural ainda mais enlouquecido do que aquele que o médico-chefe tanto admirava. Porém tinha de contentar-se em especular sobre a existência de criaturas míticas como o minotauro e o grifo no interior da Terra de Van Diemen e apontar-me dois olhos demoníacos que, a cinco pés de profundidade, se destacavam do leito do mar. O peixe a que pertenciam aqueles olhos estava enterrado na areia — a cabeça enorme, os chifres satânicos, o corpo de hércules de circo que se estreitava em direção à cauda —, imóvel, tenso, escondido, aguardando o momento em que um filhote de linguado passasse por cima dele.

E, de repente, uma explosão de areia em que surgiu o corpanzil do miracéu, como se emergisse da desordem por ele próprio criada. Aquela bocarra abrindo-se e fechando-se num átimo, como se num movimento único. Um corpo a flexionar-se e saltar, impelindo o miracéu para cima e fazendo o filho de linguado, que de nada suspeitava, sumir de repente, restando apenas o valáquio a aplaudir e um torvelinho de água e areia a assinalar a extinção de uma vida.

As linhas de minha primeira pintura eram fracas e não reproduziam de modo fiel aquela capacidade de manifestar perigo. Não faziam justiça às proporções monstruosas, à cabeça desproporcional que dominava o resto do corpo afilado, e as cores que usei não reproduziam a tensão implícita na musculatura de qualquer peixe, particularmente acentuada no miracéu.

Em momentos assim, em que o peixe me saía apenas uma mísera ilustração científica, surgia em minha mente, como uma visita que não foi convidada, a imagem infeliz do sr. Cosmo Wheeler reinventando o Mundo na forma de uma Grande

Máquina a Vapor semelhante àquelas que o quebrador de máquinas tentara destruir, engrenagens dentro de engrenagens esmagadoras, e eu e todos os peixes sendo reduzidos a uma massa amorfa entre os dentes dos táxons e sistemas.

Fiz e refiz meus debuxos e minhas pinturas até transformá-los em redes de linhas e cores a entrecruzar-se, formando como que uma rede à procura de um peixe, mas ainda assim o peixe se me evadia. Por fim realizei uma pintura que ainda era medíocre, mas que me parecia capaz de ser aprovada pelo médico-chefe. A essa altura o peixe já havia sido consumido, e embora tivesse sido cozido e transformado em sopa, os pescadores não gostaram quando lhes pedi que pescassem um outro miracéu, que — pensavam eles — seria desperdiçado tal como o anterior.

Porém acabaram não tendo de me dar o peixe, pois quis o destino que minha sorte melhorasse uma última vez antes de tudo ir para o Inferno, e o Inferno chegar até nós.

VII

A doutrina de que um livro nunca deve conter digressões jamais foi defendida por mim. Nem por Deus, que faz o que bem entende com as vinte e seis letras, e Suas histórias se saem tão bem em *Q-E-D* quanto em *A-B-C*.

As únicas pessoas que acreditam em vias retas são os generais e os cocheiros de diligências. Creio que nesse ponto o rei está de acordo comigo. Não tenho dúvida de que ele é a favor de curvas e desvios e de apreciar a paisagem, o que, embora constitua a infindável arte do desapontamento, é assim mesmo o que torna uma viagem a coisa memorável que uma viagem deve ser.

Empolgado com minha própria idéia, afirmei ao rei que essa questão das vias assinala a diferença fundamental entre as duas civilizações antigas dos gregos e dos romanos. Quem traça uma estrada reta como os romanos tem depois a boa sorte de poder pronunciar estas três palavras: *Veni, vidi, vici*. Quem traça, como os gregos, um caminho torto, como os que tomam as cabras, que se estende por toda a Acrópole, aonde chega? Chega a toda a *Odisséia* e ao *Édipo rei*, ora essa. O rei, que tem lá seu lado classicista, fica a olhar para o teto, enquanto sua mente se enche de grifos e centauros e, é claro, Plínio.

Como pude me esquecer de Plínio?

Mais uma vez, o sagaz rei me venceu, demonstrando que generalizar é uma estultícia, pois que Plínio, embora romano, fez um livro mais torto e curvo do que a cara de Capois Death no dia em que veio me enredar em mais uma digressão inevitável. Aquele taverneiro negro vivia reaparecendo em minha vida, a intervalos regulares, com promessas de esperanças infinitas, para depois desaparecer, deixando meu mundo no mais completo desespero. Ele era a Aventura e eu, a Inveja; ele era a Confusão e eu, o Entusiasmo; ele falava e eu já não o ouvia, porém pensava e sonhava e desejava que talvez a fuga se tornasse possível.

Capois Death, animado e jovial como se tivesse acabado de ser libertado do Escaravelho, sorrindo como se o próprio Brady fosse seu cupincha mais próximo, rindo como se fosse o nababo mais rico de Hobart Town, Capois Death, bobo mas nem tanto, bêbado mas não trôpego, entra-me pela porta da casa do médico-chefe exclamando: "Ora, que se danem os peixes, Billy meu velho!", e antes que eu tenha tempo de dizer uma palavra, pega minha pintura do miracéu e a joga nas cinzas da lareira de Lempriere, e já começa a falar de novo: "Temos coisa melhor a fazer".

Mesmo coberto pelos andrajos da prisão, ainda tinha uma certa elegância, ao menos a meu ver. E, como sempre, havia conseguido subir na hierarquia da ilha Sarah. Era agora, disse-me, funcionário da Ferrovia Nacional da Ilha Sarah, ocupando o cargo de Intendente Especial para Assuntos de Viagens.

Influenciado pelas histórias sobre as novas locomotivas a vapor que, segundo a srta. Anne, eram agora a grande novidade na Europa, o comandante, cada vez mais frustrado em sua intenção de ser visto como homem do destino, inebriado pelos longos relatos que sua irmã lhe fazia do entusiasmo despertado nela pela Nova Era que começava a raiar, numa viagem de trem de Manchester a Liverpool, havia decretado três anos antes a construção de uma grande estação ferroviária.

Era um empreendimento ambicioso; exigia que se extraísse arenito de um trecho distante da costa e o trouxesse de lá, que se adquirisse e montasse toda a maquinaria necessária para as oficinas, ferrarias e fábricas que uma grande estação ferroviária requer. E havia que enfrentar o ceticismo discreto dos que afirmavam que uma estação ferroviária numa ilha perdida no meio de uma selva remota na costa de uma terra longínqua, tão miserável que só servia como prisão, dificilmente serviria de ponto de partida ou de chegada para qualquer viajante. Tais argumentos eram calmamente refutados pelo comandante com sua convicção implacável de que as ferrovias cresciam até alcançar as estações tal como as raízes de um salgueiro se estendem em direção a um lago, e que portanto não demoraria para que a nova estação se tornasse a mais movimentada da terra dos antípodas; que em breve os habitantes da Manchúria e de Liverpool falariam com inveja da Estação Ferroviária da Ilha Sarah. Desse modo, dizia ele — e, segundo alguns, a máscara de ouro sorria —, trocaríamos a tirania do isolamento pela liberdade do comércio.

Duzentas jardas de linha ferroviária foram instaladas até o galpão de reparo, em torno do qual ficava uma linha circular, de tal modo que as locomotivas — quando por fim emergissem da floresta — pudessem ser viradas para o outro lado num girador de madeira impulsionado por um eixo rodado por duas dúzias de forçados transferidos da Lagarta, ou então dando a volta na linha circular. Quando, passados alguns meses, não havia o menor sinal de gavinhas de ferrovias atravessando as selvas em nossa direção, nem de pontes de ferro surgindo entre a ilha e o continente, o comandante anunciou que havia encomendado um trem a vapor através de um baleeiro americano, usando o que lhe restava do ouro que ganhara vendendo o rio Gordon e a Grande Barreira de Coral.

VIII

Billy Gould tinha tido seus problemas na ilha Sarah. Mas, em comparação com Capois Death, era um homem de sorte. Tão logo chegara à ilha Sarah, Capois Death encontrara Tom Weaver, o Roncador, que conseguiu encontrar um serviço leve para o proprietário da taverna que freqüentara outrora, na equipe de pesca de mexilhões. Ali Capois Death conquistou a inimizade feroz do forçado gendarme Musha Pug, o supervisor da equipe, que fora degredado para a ilha Sarah por conta de seu envolvimento antinatural com uma ovelha. Em seu julgamento, Pug, condenado por bestialismo, julgara equivocadamente estar sendo acusado de sodomia. Quando o juiz lhe perguntou se teria algo a dizer em defesa própria, ele fez questão de lembrar que fora apanhado não com um carneiro, e sim com uma ovelha. Daí em diante, seu ódio aos pederastas — por julgar ter sido confundido com eles — tornou-se sua paixão motriz, que afortunadamente encontrou muitos alvos a que se dirigir na ilha Sarah.

Depois que foi delatado por Musha Pug por ter vendido seda do navio às siamesas das folhas de samambaia, Capois Death foi condenado a cem vergastadas, preso ao Berço por uma semana e depois enviado ao rio Gordon para trabalhar como serrador. Uma tarde, quando estavam reunidos ao redor do fogo, à sombra mosqueada das murtas, ele contou aos outros serradores a história trágica do quebrador de máquinas de Glasgow, usando uma linguagem tão precisa para falar do poder homicida das máquinas a vapor que causou a impressão errônea de que tinha alguma familiaridade com assuntos mecânicos.

Quando os enormes engradados de peças de ferro forjado com o rótulo "Locomotiva" chegaram à ilha Sarah no mês seguinte, as instruções que os acompanhavam eram de tal modo complicadas que nem mesmo os construtores de navios mais hábeis conseguiam decifrá-las. O desespero do comandante foi completo, até que Musha Pug lhe passou a informação errônea, levantada por sua extensa rede de espiões, de que um negro que cortava árvores no rio Gordon jactava-se de ter outrora trabalhado na construção de máquinas a vapor.

Convocado, Capois Death garantiu ao comandante que entendia do assunto, e deu aos trabalhadores instruções disparatadas, com base na vaga lembrança de um livreto que lera a respeito da maravilhosa invenção de George Stephenson. Mas foi só depois que o comandante lhe disse que obrigaria a ele e aos trabalhadores a comer seus próprios colhões assados num fogo alimentado com seus braços amputados que Capois Death conseguiu convencer os construtores de navios a dar sentido àquelas indicações aparentemente caóticas, levando-os a transformar aquela massa confusa de ferro fundido numa locomotiva dotada de uma característica ímpar: um pequeno mastro do qual saíam cabos em cantiléver que sustentavam uma chaminé dupla, a qual se destacava na horizontal dos dois lados da caldeira, como um bigode encerado.

Quando a locomotiva foi finalmente montada, o comandante passou a despedir-se da ilha numa cerimônia grandiosa, acompanhado de duas siamesas, todas as noites, com uma banda tocando, canhões disparando, soldados desfilando. Em seguida ele viajava de trem duzentas jardas, da estação ao galpão de reparo. Ali o trem passava horas rodando em círculos até que o maquinista começava a vomitar, e as rodas externas ficaram tão gastas com o peso adicional proporcionado pela força centrífuga que o trem foi ficando inclinado para fora. Lá dentro, o comandante, melancólico, adormecia, com a cabeça no colo de uma das siamesas.

Quando, passado um ano, ainda não havia sinal de trânsito ferroviário na ilha, o comandante mandou quatro equipes de busca vasculhar o interior para ver de que direção estariam vindo as inevitáveis novas linhas. Ninguém voltou. Na ausência desses homens, o comandante fez com que todos os que estavam nas equipes que se perderam pelos lados da Transilvânia fossem sumariamente julgados e condenados, depois que, aplicando ferros quentes ao ventre de um foragido que voltara, ficou sabendo da verdadeira história do desaparecimento das equipes de busca: todos haviam tomado uma locomotiva expressa, a qual seguia para Ambleside, no Distrito dos Lagos inglês, numa parada perto de Frenchman's Cap — do qual, aliás, Brady e seu Exército de Luz haviam desembarcado —, com a intenção explícita de jamais voltar.

Quando foi dito ao comandante — de modo categórico, ainda que respeitoso — que uma estação ferroviária numa ilha isolada no meio da selva dificilmente atrairia um volume de trânsito suficiente para cobrir os custos imensos por ela acarretados, o comandante, tranqüila e inesperadamente, concordou. Revelou então que, nos últimos meses, não estava dormindo dentro da locomotiva a rodar em círculos, e sim tendo conversas sérias com um comerciante japonês chamado Magamasa Yamada, um homem em cuja terra havia muita demanda por madeira, e com o qual o comandante havia fechado um acordo no sentido de vender-lhe toda a selva da Transilvânia em troca de mais material rodante, que o pirata havia obtido numa viagem comercial à

América do Sul. Esses vagões mecânicos permitiriam que a Nação aproveitasse a explosão de desenvolvimento que fatalmente ocorreria com a abolição da selva e a abertura de novas terras para a colonização. Ninguém tinha coragem de dizer ao homem da máscara de ouro que, de tanto ele rodar em círculos no trem, o equilíbrio já perturbado de sua mente havia mergulhado na mais completa loucura.

Quando, no verão seguinte, chegaram juncos cheios de serradores japoneses, a única pessoa que não se surpreendeu foi o próprio comandante. Ele veio ver o desembarque dos vagões prometidos. As cabines estavam podres e comidas pelo caruncho, mas como o comandante só utilizaria o vagão de carvão improvisado que fora designado como Cabine Real, isso não tinha muita importância.

IX

Enquanto eu via meu miracéu subindo pela chaminé, reduzido a pedaços de papel queimado, Capois Death, com seu sorriso torto, começou a me falar sobre seu novo cargo, dizendo que, após seu sucesso na montagem da locomotiva, fora encarregado de promover um conceito de viagem que estimulasse as pessoas a utilizar a ferrovia nacional, a locomotiva nacional e os vagões a ela associados.

Eu sabia que não devia falar quando era para estar ouvindo, mas mesmo assim não consegui conter o comentário de que, numa ilha com cerca de uma milha quadrada de área, não havia aonde ir.

"Justamente", disse o ex-taverneiro, tentando — disso me dei conta — afetar um ar de mistério que, devo confessar, envergonhado, conseguiu surtir efeito sobre mim, "mas *haverá*."

Disse-me que eu deveria me apresentar na estação ferroviária imediatamente antes da partida do Expresso da Ilha Sarah daquela noite. À noitinha, em meio à névoa, enquanto a caldeira lentamente ia ganhando pressão, preparando-se para a partida, e o ar se enchia de faíscas e cinzas, eu, com os pés descalços afundados na lama que me chegava até as canelas, olhando para cima, ouvia o comandante, por trás de uma cortina suja de fuligem na Cabine Real, explicar-me em detalhe sua convicção de que o Comércio — que, pelo visto, era o nome nada apropriado que ele dava ao movimento circular incessante de sua locomotiva — estava agora adentrando um novo território não apenas para a Economia, mas também para a Arte. Depois esclareceu os motivos que o convenciam de que era absolutamente necessário ser eu amarrado à frente da locomotiva para sentir melhor a nova estética do movimento.

Abriu a cortina um pouco, mas de onde eu estava só me era possível ver um pequeno pedaço da máscara dourada e dois olhos miúdos a refletir o brilho amarelo desconcertante do ouro. Embora eu levantasse algumas objeções a seu projeto — educadamente — o comandante insistiu — delicadamente —, e na mesma hora mandou que Musha Pug me agarrasse. Sem maiores delongas, fui atado com firmeza às grades da frente da locomotiva com vários cintos e correias de couro.

Ao som do rugido da locomotiva e do estrépito rítmico das rodas de ferro sobre os trilhos de ferro, fiquei a dar voltas e mais voltas. Com o passar dos minutos, comecei a vomitar, e alguns minutos depois já não me restava mais nada para vomitar que não uma bile verde e asquerosa que se espalhou, tal como o vômito, por minhas roupas. Rodávamos mais e mais, e minhas tentativas de distrair-me dormindo ou devaneando ou concentrando o pensamento em comida ou mulheres de nada me valiam. As únicas sensações que eu experimentava eram uma náusea que constituía um verdadeiro atentado a meus sentidos, um fedor de fumaça de carvão que me enchia os pulmões, a consciência de que todo o meu corpo estava sendo violentado e destroçado, e a certeza de que eu estava inteiramente a sós. Se aquilo era o futuro, pensei num dos raros momentos de lucidez que me foram concedidos naquela tarde infindável, era um futuro que não era digno do nome.

Depois que a locomotiva aos poucos foi perdendo velocidade e parou, desamarraram-me e arrastaram-me, desacordado e enjoado, até um cavalete que havia sido instalado ali, precisamente com esse fim, num lugar de onde se descortinava uma vista magnífica do galpão de reparo.

Por algum tempo, esforcei-me ao máximo para ao menos permanecer em pé. O mundo rolava em ondas a minha volta; o galpão subia e descia como uma floresta de algas marinhas, passavam siamesas flutuando, Musha Pug e seus capangas zanzavam de um lado para o outro, como um cardume de criaturas aquáticas exóticas. Com mão trêmula, peguei o pincel, o corpo leve tropeçando na lama, recuperei o equilíbrio e pus-me a trabalhar, decidido a pintar para o comandante, apesar da névoa de náusea que me envolvia, uma imagem da Revelação e da Descoberta Profunda que refazia o mundo em forma de Comércio.

Porém terminei.

Eu sabia que, sob todos os aspectos, havia fracassado.

Billy Gould sempre achara que, se uma coisa valia a pena ser feita, ela devia ser malfeita. Quem se preocupa em fazer as coisas com excesso de perfeição, acreditava ele, termina tolhido pela ambição. Ao menos por este ângulo, apenas, ele suspeitava que talvez tivesse tido sucesso.

Pois o que eu havia pintado não era uma coisa quente nem alegre, e sim algo frio, assustador e assustado. Pediam-me consolo, e eu lhes dava desolação. A violência latente, a visão enlouquecida: eu não captara nada disso. Eles queriam Esperança e Progresso, e para meu horror eu via, dirigindo-me um olhar fixo e severo — um *miracéu*! Queriam de mim um Novo Deus, e eu, na minha monstruosa confusão, lhes dava um peixe!

Não havia jeito. Aguardava-me um destino pior do que a *petite noyade* do capitão Pinchback, mais cruel do que o Escaravelho do governador Arthur, o Tubo-Mordaça e o Berço e a Filha do Lixeiro, todos juntos e eu morrendo a morte mais terrível no meio.

Sentindo-me cada vez pior, dei um passo para trás, engolindo em seco, tropeçando um pouco, apavorado com as possíveis conseqüências de meu fracasso. Enquanto tentava recuperar o equilíbrio, para horror meu o comandante, que embora eu não o soubesse estava atrás de mim o tempo todo, olhando, deu um passo à frente.

Ao contrário do médico-chefe, que era capaz de passar dias examinando uma única imagem à procura de defeitos, o comandante levou apenas uns poucos segundos olhando para a pintura, enquanto eu o mirava pela primeira vez desde que ele nos dirigira a palavra no dia em que chegamos. Vendo-o de trás, era fácil entender o que a máscara de ouro visava a ocultar: o tamanho descomunal de sua cabeça, a pequenez desproporcional do corpo embaixo dela, aquela subordinação do corpo ao espírito.

Então ele se virou para mim, mas só vi aqueles olhos de ictérico acentuados pelos furos na máscara de ouro, e por trás da fenda sorridente da máscara a vaga percepção de uma boca negra e cavernosa escancarando-se mais e mais. Os grasnidos ridiculamente débeis que emergiam daquele oco escuro davam a entender que o comandante estava tão satisfeito quanto eu estava horrorizado, como se eu tivesse realizado um belo retrato em que o representasse como um dos marechais de Napoleão que ele outrora admirara tanto, e não uma pintura de um peixe reles.

Ali, compreendi, estava um homem claramente na força da idade. Sorri e, com o gesto que também havia aprendido com Audubon, fiz-lhe uma mesura.

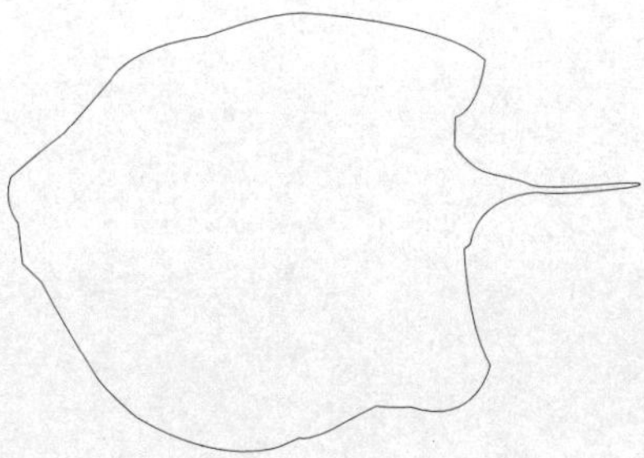

O xaréu

De como um pintor flamengo viu a Razão — As possibilidades sublimes da viagem moderna — O grande Salão de Majongue — Da força colonizadora dos peixes — Sublinhando a Europa — A paixão de Goethe pela srta. Anne — Paganini — Cacatuas — A cultura, um monte de guano — O sonho de uma cidade silenciosa — Um excesso de amor.

I

No dia seguinte, fui convocado para ter com o comandante em sua cela. Era um daqueles dias na Terra de Van Diemen. O vento era brutal. Arrancava telhas soltas do telhado e lançava-as longe, com uma ferocidade tremenda e impessoal, machucando os incautos e azarados. As grandes paredes de troncos de pinho estalavam e gemiam de agonia, no esforço de permanecerem na vertical, enquanto o vento investia contra elas de modo incessante. Chovia e chovia. O segundo refeitório dos soldados foi enterrado numa avalanche de lama. Um misto de espuma e névoa subia e era arrastado por cinqüenta ou cem jardas, imobilizava-se por um momento e depois era arrebatado pelo vento outra vez. E, ao longe, o mar furioso, branco de espuma, socava a ilha impiedosamente. Uma parte do novo cais desabou e foi levada pelas águas. Havia três dias que nenhum barco partia, desde que um grupo, retornando do rio Gordon, tentou atravessar a enseada e afundou; todos se afogaram. Correndo da cabana de Lempriere até os aposentos do comandante numa das raras estiagens, eu sentia os olhos arderem com a maresia, a areia e a cinza que circulavam no ar como balas perdidas.

Encharcado, tiritando de frio, aguardei horas num corredor estreito e escuro ao lado do soldado que me trouxera. Ao cair da tarde, por fim fizeram-me entrar num recinto inacreditavelmente pequeno, onde havia um odor diferente — a largura era a de um único braço estendido, e o comprimento seria no máximo equivalente à altura de um homem.

Ratazanas tão grandes e tão impávidas quanto as que se viam no resto da ilha entravam e saíam de vez em quando, à luz mortiça de uma vela derretida empalada num gancho na parede; pareciam ainda maiores do que eram devido às dimensões reduzidas da cela e às sombras macabras que projetavam àquela luz trêmula. Parecia impossível que duas pessoas ficassem juntas naquele espaço apertado e assim mesmo uma não visse a outra, e no entanto era o que se dava, pois ele permanecia atrás de uma cortina que dividia a cela, como se num confessionário papista.

Não havia quase nenhum adorno na cela, com exceção de um pequeno busto de Voltaire, feito de vidro, cheio até a metade de um fluido âmbar que, suspeitava eu, devia ser uísque. Quanto à forma e ao tamanho, ainda que não ao material, parecia idêntico ao busto com que a filha de Gould, zonza, conhecera as delícias do velho Iluminismo. Para mim, ao menos, parecia clara sua utilidade para um homem que estava tentando reconquistar a paixão de Sal Dois-Vinténs.

Naquele tempo eu não sabia — e como poderia sabê-lo? — que o comandante ansiava por cheiros fortes. Não me contara Sal Dois-Vinténs que ele uma vez lhe implorara para que passasse um mês sem tomar banho, a fim de que ele pudesse saborear todo o universo de seus odores naturais. Não era de meu conhecimento que ele importava de Nápoles sua colônia predileta: não me dei conta, quando senti o peso em minha mão e enfiei-o pela frente do meu blusão de presidiário, que o mais precioso de todos os perfumes do comandante — um extrato especial feito para ele pelo próprio perfumista de Napoleão, Chardin — vinha *naquele* frasco em forma de Voltaire sorridente, que estava agora dentro da minha calça, contemplando a triste figura de um pintor flamengo desempregado.

O comandante me disse, com a voz abafada pelas cortinas, que graças à maravilhosa pintura do Progresso completada na véspera eu seria encarregado de uma nova tarefa, a qual — desde que fosse executada com diligência e criatividade, bem como com uma certa discrição — levaria a uma melhoria considerável das minhas condições de vida, e talvez até a uma reconsideração da severidade da sentença que me fora imposta. O comandante sabia que eu estava fazendo alguns desenhos técnicos para o médico-chefe, mas o que me propunha era apenas uma interrupção, e não a cessação do meu trabalho científico, pois tão logo terminasse minha tarefa eu reassumiria minhas tarefas junto ao médico-chefe.

Meu alívio, naquele dia aquoso em que o comandante me incumbiu de uma nova missão, foi incomensurável. Eu estaria — pelo menos por algum tempo — livre dos horrores dos peixes sem perder meus valiosos privilégios. O comandante estava me oferecendo uma maneira de escapar da implacável corrosão da minha alma, a qual já começava a me afetar de tal modo que eu não conseguia dormir à noite, temendo despertar no oceano. Tive vontade de suspirar, sorrir, abraçar Sua Corpulência. Porém não disse nada e — além de continuar a ouvir — não fiz nada, enquanto o comandante esboçava sua visão do que deveria ser feito com a ferrovia em vista da falta de movimento.

Queria ele que eu pintasse uma série de panos de boca de teatro, imaginados por Capois Death, representando vistas diversas e cenas sublimes, que formaria uma parede externa em torno da pista circular junto ao galpão de reparo. Segundo ele, desse modo estaríamos antecipando uma nova tendência nas viagens, em que as pessoas não precisariam sair de onde estavam para gratificar seu desejo de espetáculos exóticos, bastando-lhes olhar para fora do vagão enquanto rodavam em círculos sem parar, e ver a abadia de Tintern ou Windermere ou mesmo, com um toque poético, os novos cortiços de Salford — só para haver uma certa variação, do Industrial ao Natural, do Moderno ao Bucólico, aqueles contrastes que seriam, segundo Capois Death — leitor dos novos poetas —, a base mais profunda e indelével de uma verdadeira apreciação das paisagens românticas.

Essas pinturas não me pareciam ser prováveis fontes de desgraça, como os peixes. Pelo contrário; eu as imaginava mais refinadas, e julgava que haveria de me familiarizar com elas em pouco tempo, paisagens esplêndidas em que águias-de-cabeça-branca apareceriam, talvez, pensei, com um anseio melancólico, ornadas de magníficas grinaldas de glicínias.

Quando, naquele dia, saí da cela do comandante e percorri a sós aquele corredor lúgubre e úmido, iluminado por lampiões a óleo de baleia, com Voltaire a me esbarrar nos colhões, ouvi a chuva a cantarolar lá fora tal como antes, e pela primeira vez em muito tempo aquele som não me evocou a imagem de uma infinidade de cadeias caindo sobre a pedra. Para mim, era agora o som da esperança, da serenidade, uma garoa confortante. Parecia que as coisas finalmente estavam começando a melhorar para Billy Gould.

O leitor há de se perguntar o que levaria o comandante a me fazer uma tal proposta. Por que as pinturas? Por que eu?

Porém eu não me perguntava nada. Jamais questionava as peculiaridades do poder; apenas tentava servi-lo, estivesse ele encarnado no capitão Pinchbeck ou no comandante ou naquele grande pateta, Pobjoy. Se me dissessem: "Venha lamber-me o cu, Billy Gould", eu responderia apenas: "Quantas vezes? E o senhor quer que eu enfie a língua lá dentro também?".

II

Pintar os panos de boca não foi nenhuma tragédia grega, só uma série de gestos grandiosos que tendiam a se dissolver em manchas disformes cada vez que chovia, porém Capois Death soube tirar proveito dessas circunstâncias. Ele criou uma programação segundo a qual as pinturas seriam substituídas uma vez por semana; primeiro os Alpes suíços, depois a taiga russa (igual aos Alpes, só que as montanhas dissolvidas pela chuva viravam céu), depois o maravilhoso veld africano (a taiga, ainda mais desmanchada), e depois o sublime Distrito dos Lagos inglês (o veld com narcisos), e assim por diante, a girar.

Enquanto o comandante rodava em círculos incessantes na Cabine Real, passando pela solidão vazia das planícies do Oriente, pela fuligem melancólica das fábricas satânicas de Yorkshire, pelo fascínio branco do Círculo Ártico, os serradores japoneses estavam acampados à margem do pântano em Liberty Point. Dividindo as matas circunjacentes em quadrados, começaram a trabalhar de maneira meticulosa e sistemática, e em poucos meses transformaram a selva azul e verde da região num tabuleiro de xadrez irregular de quadrados pardacentos cobertos de restolhos, onde as árvores haviam sido derrubadas e o terreno fora limpo, e os quadrados verdejantes, ainda intactos. Então os japoneses foram embora com a chegada do inverno, vieram as chuvas e, enquanto o comandante via maravilhado o caos populoso da ilha de Manhattan dar lugar à glória virginal das recém-descobertas Montanhas Rochosas, primeiro o húmus, depois várias montanhas foram levadas pela chuva; assim, quando os japoneses voltaram, no verão seguinte, encontraram ao norte um deserto de pedras, imenso e desconcertante.

E o comandante dava voltas e mais voltas, passando pelas muitas pinturas que eu fizera de águias-de-cabeça-branca em todos os lugares exóticos conhecidos pelo homem, e quanto mais ele se convencia de seu próprio destino manifesto, mais ele se afastava do bom senso. Só falava agora em coisas impossíveis — em construir um templo de odores; em erguer a Penitenciária com a força da levitação, para que só fosse possível fugir dela em balões; em desenvolver o mesmerismo como arma ofensiva para seu exército, formando um regimento de espiritualistas que se colocariam na frente de batalha, derrotando o inimigo com sua força de vontade.

Apesar de seus projetos épicos de construção nacional, o comandante entristecia-se ao constatar que o comércio caíra para quase zero, que seus credores insolentes lhe faziam cobranças cada vez mais urgentes e que ele não sabia como encontrar uma solução para seu endividamento cada vez maior.

Não muito tempo depois que os serradores japoneses seguiram, sem que ninguém os impedisse, em direção a Frenchman's Cap, para nunca mais voltar, porém algum tempo antes de o deserto de pedras cobrir-se de milhã-de-pendão e a floresta voltar, começaram a correr rumores de que o comandante concebera um projeto notável, para o qual não havia precedente. Embora durante alguns anos continuasse a circular a história segundo a qual os serradores japoneses sucumbiram a uma melancolia incurável e foram embora, o que rapidamente se tornou o assunto de quase todas as conversas — além de Matt Brady — foi a idéia mais grandiosa de todas que o comandante já tivera, a do Grande Salão de Majongue.

III

Como a Estação Ferroviária Nacional da Ilha Sarah não conseguisse atrair mais locomotivas, o comandante imaginou que esse prédio por fim geraria a renda de que ele necessitava para que sua terra se tornasse uma grande potência de fato. Ele atrairia comerciantes javaneses e chineses, piratas das Molucas e mercadores holandeses, marinheiros ingleses e cientistas franceses, todos tentando encontrar um lugar nos mares do Sul em que pudessem apostar a fortuna que haviam ganhado com tanto esforço. Escrevia longas cartas à srta. Anne fazendo-lhe perguntas a respeito das diferentes formas adotadas pelas mesas de jogo londrinas, as últimas modas em matéria de arquitetura e decoração de interiores.

Então mandou chamar Capois Death.

O taverneiro foi incumbido de projetar um prédio que combinasse as maravilhas de Versailles com os prazeres mais grosseiros proporcionados pelas rinhas de ursos e cães de Five Courts. Embora só encontrasse inspiração no que de fato já vira — conchas e velas de seda e o traçado parabólico do céu noturno que divisava quando se deitava com as siamesas sob as folhas de samambaia —, Capois Death morria de medo dos parasitas vulgares que cercavam o comandante. Sempre prontos a prestar um favor a seu senhor e prejudicar seus rivais, todos eles afirmavam amar a ambição expressa pelo comandante de reconstruir a Europa de modo a ultrapassá-la. Elogiavam os bustos de gesso de Cícero que começaram a chegar antes mesmo que os planos estivessem concluídos, escreviam sonetos imitando estilos extintos havia muito, e assim conseguiram criar uma Arte que era uma máscara mortuária de modas que, no restante do mundo, já estavam enterradas havia muito tempo.

Assim, Capois Death fez questão de caracterizar seus planos iniciais como estilo neo-egípcio com elementos rococós. Já o comandante desconfiava que se resumissem a seis cúpulas com armação de ferro e painéis de vidro encimadas por uma gigantesca concha dourada sustentada por colunas enfeitadas, das quais desciam velas de seda atadas a um enorme gurupés.

Toda e qualquer dúvida que o comandante porventura nutrisse, porém, foi anulada pelos aplausos educados de seus acólitos e pelo prazer que ele próprio sentia ao ver que até mesmo um prédio ambicioso e grande como aquele seria muito menor que a sua estátua, tão alta que a cabeça ficaria sempre nas nuvens, tão enorme que o dedo — sempre a apontar para o norte, para a Europa da srta. Anne — teria dez jardas de comprimento. Ele não ouviu nenhum comentário pejorativo sobre a grande concha, e só registrou as manifestações de admiração e apoio e empréstimos dos comerciantes javaneses e chineses, desde que fossem assinados documentos de garantia.

O que mais agradava ao comandante era uma simetria rigorosa, seguida por ornamentação, porém esses dois elementos eram prejudicados pelo seu desejo de que o prédio fosse a corporificação de seu desejo. Nenhum plano podia ser executado sem sua assinatura, e quando Capois Death apresentou três desenhos alternativos para as seis cúpulas, o comandante, num momento de desatenção causada pelo cansaço, assinou os três, e conseqüentemente dezoito cúpulas, das formas e materiais mais variados, foram construídas por seus asseclas temerosos.

A escala do prédio era descomunal; o trabalho de construção, um pesadelo de sofrimentos para todos os envolvidos, as centenas que morreram durante a obra, os milhares que ficaram aleijados ao forjar o ferro, derrubar as árvores e carregar a madeira, extrair a pedra, realizar o trabalho de pedreiro e carpinteiro. No entanto, era um pesadelo de proporções tão estupendas que não havia como não sentir uma espécie perversa de admiração pelo que estava sendo construído naquele fim de mundo.

Numa época em que ele já se esquecera havia muito do motivo que as tornava tão importantes para ele, a crença infinita do comandante nas missivas da srta. Anne o levou a convocar Capois Death.

"Tenho em mente", disse o comandante ao taverneiro-arquiteto, "a decoração mais magnífica que se possa imaginar: réplicas das cartas da srta. Anne em imensas letras douradas nas paredes do Grande Salão de Majongue." Capois Death retorceu o pescoço de modo que seu olhar se voltasse para o teto e não para o comandante. "A pintura dessas Sagradas Palavras", prosseguiu o comandante, sua voz aguda subindo a ponto de se tornar quase inaudível, como se para pôr em maiúsculas as palavras importantes, "seria a Maior Honra Concebível, exigindo uma crença religiosa na santidade da Nobre Missão da Nação."

Enquanto ouvia as palavras enfáticas e asnáticas pronunciadas pela voz em falsete do comandante, ele pensou no som de um jato de urina sobre a areia. Abaixou os olhos para fixá-los nos do comandante. Garantiu-lhe que sabia quem era o homem indicado para aquela tarefa.

IV

Meus intestinos estão arrebentados agora, e em momentos de grande necessidade me traem. Naquele tempo eles ainda se esvaziavam em vez de vazar; eu tinha diante de mim um belo futuro como Artista Nacional, e abaixo de mim toletes sólidos para utilizar como arma se necessário. Agora minhas tripas estão mais apertadas que a boca do quebrador de máquinas moribundo, tenho medo do peixe desgraçado que estou pintando, há quatro dias que venho cagando uma merda capaz de passar pelo buraco de uma agulha, e hoje não tinha um único cagalhão duro para jogar em Pobjoy quando ele veio me visitar.

Ele falou e falou sem parar sobre sua nova paixão, a Arte; vê-me como uma espécie de guia e de rival, e também de impostor, e eu sem poder me defender. Parecia indiferente ao fedor acre de meus aposentos, a meus gemidos, e mais ainda aos argumentos líquidos que eu expelia por todos os orifícios na tentativa desesperada de fazê-lo ir embora.

Como Pobjoy me fez ver, com certo prazer, as definições pertencem ao definidor e não ao definido. Está aí uma idéia que, percebo, seria de grande interesse para o rei, em seu diálogo com o Céu, mas quando a menciono ele vira o corpo um pouco para o lado, que é seu modo de demonstrar um total desprezo por uma opinião que não seja a sua.

Veja só Lycett, prosseguia Pobjoy, ele fez suas litografias da Terra de Van Diemen sem jamais se dar ao trabalho de vir até a ilha, e no entanto elas fazem um tremendo sucesso em Londres, o que prova que quanto menos a Arte tiver a ver com o mundo real, melhor para ela.

Não tenho nenhum argumento para lhe contrapor — afinal, além da sopa de Pobjoy, o que mais consegui por meio de meus peixes? Eu só queria fazê-lo sair o mais depressa possível para poder retomar meu trabalho. Do alto de seus Alpes, Pobjoy exibiu-me um mapa da Terra de Van Diemen para reforçar sua argumentação, e perguntou-me o que me lembrava o formato da ilha.

Pobjoy era um homem incapaz de olhar para um nó na madeira sem ficar excitadíssimo, e sem dúvida queria que eu lhe respondesse que aquela forma triangular lembrava a maravilha de uma mulher, e foi isso que respondi. Pobjoy reagiu como se eu lhe tivesse lançado um tolete em vez de lhe dar uma resposta; pulou sobre mim e começou a me sovar. Agradeci-lhe também isso, pois indicava que ele estava prestes a se ir. "Idiota!", berrou Pobjoy, jogando-me no chão com um poderoso soco com a mão direita. "A Terra de Van Diemen parece uma máscara, uma máscara, porra!"

Encolhendo-me no chão como um peixe moribundo, para proteger-me de suas botas, consegui deter seu ímpeto o tempo suficiente para lhe dizer que sempre me considerara seu mais leal criado e que não tinha nenhum desejo de desagradar-lhe. Acrescentei que os que estão por cima não devem jamais subestimar o desejo dos que estão por baixo de fazer a coisa certa. Lembrei-o de que, no tempo em que eu trabalhava com o construtor de cocheiras, o velho Palmer — que era dado a se manifestar em termos veementes — deixava claro que em sua casa não havia lugar para selvagens.

Um de seus criados de confiança, um forçado, costumava tomar-lhe emprestado o cavalo para ir caçar cangurus. O velho Palmer reclamou com seu criado que ele estava gastando um excesso de pólvora e chumbo nessas caçadas. O criado argumentou que precisava dessas quantidades para matar negros. O velho Palmer disse que ele estava a vangloriar-se com histórias mentirosas. Algum tempo depois, o velho Palmer precisou do cavalo assim que seu criado voltou de uma caçada. Ao parar junto a um riacho, enfiou a mão dentro do alforje para pegar sua caneca, mas o que tirou de lá foi a cabeça de um negrinho e três mãos negras cheias de ovos de moscas. Ao voltar a casa, mostrou ao criado sua descoberta sinistra. Respondeu ele: "Como o senhor vê, patrão, estou sempre tentando agradar-lhe, e jamais lhe conto mentiras".

Pobjoy havia desabado num canto sacudindo a cabeça, totalmente arrasado, com a expressão semelhante à de são Luís Gonzaga, que, ao ouvir um homem peidando, começava a chorar e buscava refrigério na prece.

"Assim", disse eu a Pobjoy, "deve-se acreditar na sinceridade dos criados." Esse comentário o fez levantar-se furioso e me dar uma surra semelhante à qual eu não conhecia havia um bom tempo. "Você é mesmo um idiota completo, Gould?", gritava Pobjoy. "Sou, sim", respondi, embora não fosse muito fácil pronunciar as palavras com o punho e as botas de Pobjoy golpeando-me os dentes. "Eu diria, com todo o respeito, que sou, sim."

Enquanto meu corpo deslizava pelo chão da cela com os chutes que me eram desferidos, e a bota de Pobjoy jogava minha cabeça de um lado para o outro como se eu estivesse discordando do que ele dizia, quando eu estava apenas tentando lhe dizer o que ele queria ouvir, pelo seu próprio bem tanto quanto pelo meu, senti que minha mente se despregava e voltava aos tempos em que eu passava os dias tranqüilamente pintando as histórias sobre a Europa contadas pela srta. Anne nas paredes do Grande Salão de Majongue.

V

De início, confinado no interior nevoento e úmido do edifício em construção, eu traçava as letras a lápis nas paredes já pintadas. Depois, acompanhado do ajudante-de-ordens do comandante, o tenente Lethborg — que me passava os trechos cuidadosamente escolhidos das cartas da srta. Anne e me supervisionava para impedir que ocorresse qualquer furto —, eu dourava as palavras com finíssimo ouro em folha.

Mais tarde, quando a obra começou a ter problemas de financiamento, passei a pintar as palavras da srta. Anne diretamente no gesso úmido, sem supervisão e sem folha de ouro, todas as descrições por ela feitas dos novos milagres das máquinas a vapor e da poesia desacorrentada. Era como se o comandante quisesse ao mesmo tempo louvar essas maravilhas e ao mesmo tempo, ao aprisioná-las no Grande Salão de Majongue, provar que ele escapara delas, capturando todas aquelas palavras entre os elefantes de Aníbal feitos com papel machê e os autênticos bustos de gesso de Cícero, Homero e Virgílio — como se a homenagem fosse a mais cruel e a mais sutil forma de zombaria.

Quando se constatou que as cartas da srta. Anne ofereciam um material bem parco, o tenente Lethbord mandou Jorgen Jorgensen inventar histórias mais grandiosas. Pela primeira vez — mas não pela última — pude vislumbrar a capacidade inventiva de Jorgensen. Ele passou a inventar conversas entre a srta. Anne e as maiores inteligências da Europa: Goethe, Mickiewicz e Púchkin, tendo este último supostamente criado a seguinte ode em louvor às realizações do irmão da srta. Anne:

Impõe-nos a Natura o destino
De abrir uma janela para a Europa,
E conquistar uma base à beira-mar.

Escrevi esses versos em letras vermelhas garrafais no salão de banquetes, para que não houvesse nenhuma sombra de dúvida quanto ao seu significado, pois — ao contrário da história dos peixes — toda aquela situação parecia precisar desesperadamente de uma ênfase.

O comandante, que observou os versos quando fez sua inspeção às obras no dia seguinte, teria ficado tão emocionado, segundo se dizia, que uma lágrima brotou do orifício da máscara correspondente a um dos olhos e escorreu-lhe pela superfície dourada.

Quanto aos versos de Goethe, por outro lado, aparentemente escritos no calor de uma paixão que, conforme sabíamos, tivera lugar numas rápidas férias em Londres, uma paixão que, sabíamos também, jamais poderia ser consumada com a castíssima srta. Anne, pintei-os em itálico, em letras roxas, no espelho que cobria a parede dos fundos do banheiro das mulheres, acima de um comprido toucador de teca, presente dos comerciantes javaneses:

Todas as coisas passageiras
Não são mais que uma parábola;
Aqui o inacessível
Transforma-se em realidade;
Aqui o inefável se faz;
O Eterno Feminino
Incita-nos a seguir adiante.

Coloquei os sentimentos e episódios menos esotéricos — como um comentário de passagem feito pela srta. Anne a respeito do poder das névoas que inspirara o bate-estacas a vapor de Nasmyth — nos corredores, junto com a história de que Paganini repensara sua técnica de dedilhado após uma *soirée* na divina companhia da irmã do comandante, e a de que ela, sobrevoando Estrasburgo com os irmãos Montgolfier num balão, fora vista por Malus, que estava em terra, através de seu telescópio, inspirando-lhe sua grande revelação a respeito da polarização da luz.

Era um trabalho pesado, mais braçal do que se pode imaginar, mas os dias não eram tão longos quanto me pareciam ser quando eu estava às voltas com aqueles peixes fedorentos. Os meses dividiam-se entre um certo número de letras, os dias reduziam-se a tantas palavras, e a mente de Billy Gould permanecia livre, ao contrário do que ocorria no tempo dos peixes, os quais, como ele já havia percebido, tinham segundas intenções em relação a ele. Até onde era possível ser feliz preso numa ilha, ele o estava. Porém não parava de pensar em Sal Dois-Vinténs.

Fazia amigos, impressionava os outros com sua diligência compenetrada. Aplicava àquela tarefa tanto o que aprendera no curto período em que trabalhara pintando brasões para Palmer, o fabricante de carruagens, quanto uma modesta, porém genuína, destreza criativa: algumas inscrições eram feitas em caracteres romanos, outras em cursivo grifado; as descrições grandiosas eram apresentadas com um toque quase escultural, enquanto as máximas sucintas eram cercadas de muito espaço em branco, para que seu sentido pudesse se expandir. Ele manifestava toda a deferência apropriada, dizendo que era fácil trabalhar a partir de um material tão magnífico quanto os escritos da srta. Anne. Mas, na verdade, quando pintava uma palavra ou frase de modo particularmente belo, fazia-o em homenagem não à srta. Anne, e sim a outra.

Quando não havia mais paredes a serem pintadas, todo esse esforço e esse servilismo foram recompensados. Através do tenente Lethborg, fiquei sabendo que o comandante, de tão satisfeito com o meu trabalho, determinara que eu pintaria uma série de retratos dele em várias poses históricas. Nesse ínterim, se isso não me incomodasse, gostaria que eu fizesse algumas cópias de Rubens de um livro de águas-fortes.

Enquanto isso, a fortuna da ilha havia mudado. O incessante rio de dinheiro que outrora desaguava na colônia havia secado. O comandante fora obrigado a vender tudo que podia vender, inclusive uma coleção de Rubens que não tinha preço, para poder cobrir suas dívidas cada vez maiores contraídas junto aos piratas chineses e aos agiotas javaneses que haviam financiado a construção do salão.

Quando por fim foi inaugurado o Grande Salão de Majongue, toda a ilha regozijou-se, mas não veio ninguém jogar majongue. Por mais incompreensível que parecesse à população da ilha Sarah a relutância das pessoas em viajar metade do mundo para perder dinheiro naquela maravilha do Novo Mundo, o fato era que ninguém veio. Um vento gélido atravessava as ante-salas, os recintos grandiosos e as magníficas salas de jogos, com tetos tão altos que se formavam nuvens junto a eles, e não havia ninguém para compartilhar o nosso espanto diante da constatação de que tanta coisa podia significar tão pouco.

O Grande Salão de Majongue permanecia vazio. As crianças negras de que Sal Dois-Vinténs tomava conta corriam pelos salões de baile e salas de banquetes, que ecoavam com suas algazarras, correndo atrás de pássaros e brincando de esconde-esconde no prédio cada vez mais decrépito.

À medida que subia a umidade e desciam as névoas, tomando conta do edifício, as inscrições com os textos da srta. Anne iam se apagando. Em pouco tempo, aquelas úmidas descrições das maravilhas e glórias da Europa com que eu adornara tantas paredes cobriram-se de manchas, depois com os excrementos dos periquitos multicoloridos e das cacatuas negras de cauda amarela que entravam em bando naquele espaço enorme e vazio, enchendo-o com seus grasnidos ásperos.

Desde que começara a chover dentro do prédio, as observações da srta. Anne a respeito da instalação de lampiões a gás em Pall Mall e de sua participação fundamental na redação do tratado sobre cozinhas comunitárias assinado pelo conde von Rumford começaram a escorrer e confundir-se com seus relatos a respeito de passadeiras a vapor e curas efetuadas graças ao mesmerismo, e em pouco tempo todas as inscrições ficaram recobertas por uma camada cada vez mais dura de esterco. Enquanto águias-pescadoras voavam em círculos no céu, andorinhões começaram a construir seus ninhos acima dos entusiásticos relatórios da srta. Anne a respeito das estradas macadamizadas. Enquanto morcegos tornavam ilegíveis suas observações a respeito da invenção do telégrafo elétrico, uma multidão de cacatuas de crista amarela se instalou sobre o relato de como a srta. Anne havia inspirado a mais recente versão do *Prelúdio* de Wordsworth (num belo tom de azul-lagoa), e na terra adubada que foi se acumulando no chão uma pequena floresta tropical começou a brotar. Naquela catástrofe fecunda de podridão tudo se confundia, e com o tempo tudo foi ficando mais e mais recoberto de imundície, infestado de piolhos e larvas gosmentas.

Sobre aquelas inscrições consagradas ao engenho europeu e ao pensamento europeu e ao gênio europeu do progresso, estalactites de titica branca e verde alongavam-se a cada dia. Então a merda que se acumulava no soalho começou a ascender como as vozes maviosas de um coro de *castrati*, até penetrar as delicadas cornijas européias, e escorria merda das encantadoras gárgulas européias como se fossem eloqüentes argumentos agostinianos. Jorrava merda feito um Vesúvio das altas janelas européias, fluía merda como o majestoso Danúbio pelas magníficas portas européias, e por fim o comandante vendeu toda aquela melancólica Europa incrustada de merda como guano para os peruanos, que em troca lhe deram vários engradados de pisco vagabundo — uma bebida doce e feroz, muito popular entre os baleeiros — e enviaram toda aquela merda para o Peru, para adubar seus milharais.

VI

O comandante já não fazia suas viagens circulares pela Grande Ferrovia da Ilha Sarah, raramente ia a seu palácio, porém passava não apenas a maior parte dos dias como também todas as noites na sua solitária cela de confinamento. Por vezes aprisionava um ou dois de seus conselheiros mais próximos na cela vizinha por alguns dias, para que eles conhecessem melhor a meta final do comandante: uma cidade em que se podia confiar em que cada homem agisse como seu próprio carcereiro, vivendo absolutamente isolado de todos os outros.

O velho dinamarquês — com quem o comandante agora passava boa parte de seu tempo, ditando relatórios, cartas e o que imaginávamos que fossem as minudências administrativas necessárias ao governo de uma nação em crescimento — uma vez disse a Capois Death que o comandante, durante uma longa partida de cribbage, comentou com um suspiro que uma grande cidade é uma grande solidão. De longa data eu desconfiava que esse comentário continha a verdadeira motivação que o levara a transformar aquela prisão insular numa cidade e, depois, a cidade numa prisão maior e mais complexa.

Os sonhos do comandante, como sempre, transcendiam nossas capacidades. Ele queria que a cidade fosse silenciosa. Queria que as pessoas não mais conversassem, e sim se comunicassem através de um complexo sistema de mensagens escritas. Tais mensagens seriam enroladas e colocadas em pequenos cilindros de madeira, os quais seriam propelidos por ar comprimido através de canos, enviando a mensagem para o destinatário.

Fora a impossibilidade mecânica desse plano, com todo o respeito fez-se ver ao comandante, sentado sozinho no chão de pedra nua de sua cela escura, a improbabilidade de que as pessoas do futuro desejassem viver num mundo em que só poderiam se comunicar através de um meio estéril como aquele, sem jamais se verem nem se encontrarem.

"A fala foi concedida ao homem para ocultar o pensamento", disse o comandante, cuja fala agora se reduzira quase por completo à pobreza de tais aforismos infindáveis; segundo alguns, nesse momento sua máscara sorriu à luz parca de sua cela de prisão, e as dragonas ornadas de penas oscilaram enquanto ele falava.

O comandante argumentou ainda que "isto" — e ao pronunciar a palavra abriu os braços como se para abranger toda a cela —

era o nosso futuro, uma afirmação de um ridículo tão patente, de uma falsidade tão facilmente demonstrável que ninguém fez nenhum comentário a seu respeito, nem sequer voltou a se dirigir ao comandante, por todo o resto do dia. Ele foi deixado a sós no catarro seco de sua cela, a elaborar outras quimeras impraticáveis e máximas sentenciosas que justificassem tais excessos de inutilidade.

VII

À medida que a sombra projetada pelo Grande Salão de Majongue diminuía lentamente, no decorrer da demolição do prédio, o comandante sentia que uma outra sombra se alongava, até se estender não apenas pela ilha Sarah mas também por toda a Terra de Van Diemen, uma sombra que não se podia associar a nenhum corpo específico, mas cuja presença corpórea era comentada, à socapa, por toda parte.

O nome da sombra era Matt Brady.

"Matt Brady", algum prisioneiro anônimo inscreve na superfície mole de arenito da parede de sua cela, "— O LIBERTADOR!" O fora-da-lei Brady, uma lenda magnífica, um forçado que, com catorze camaradas, escapara da ilha Sarah numa baleeira roubada, e, com o piloto Lucas e uma guarda armada em seu encalço, contornara a todo pano metade do litoral da Terra de Van Diemen, chegando a Hobart Town, onde eles abandonaram o barco e rapidamente se tornaram o bando mais temido e mais admirado de toda a ilha.

Como peixes no mar, os bandoleiros deslizavam ágeis pelos cafundós pouco habitados do leste, onde viviam ex-forçados e forçados pastores e selvagens que protegiam e alimentavam, davam guarida e informações aos bandidos mais poderosos e mais admirados da Tasmânia.

Chegavam até nós notícias e rumores de que o interior da Terra de Van Diemen fervilhava; mais e mais degredados fugiam para juntar-se aos bandos de fora-da-lei, que cresciam em número e ferocidade. Alguns eram de uma incompetência fatal; outros, de uma crueldade gratuita. Mas o efeito acumulado das atividades de todos eles era o enfraquecimento do império da lei inglesa na ilha.

A Terra de Van Diemen — de que as autoridades queriam fazer uma Inglaterra transplantada — está se transformando num mundo bastardo de ponta-cabeça, e cada vez mais a população de forçados e ex-forçados desta terra de ponta-cabeça considera Brady o líder deste novo mundo.

A ilha espera.

Espera um confronto final, um acerto de contas.

Com o poder crescente de Brady, e o ânimo cada vez mais irrequieto e indisciplinado da população de forçados, e a incessante guerra contra os negros, os colonos já começam a abandonar suas fazendas e recolher-se cada vez mais às cidades maiores.

Brady, implacável, cada vez mais poderoso, tal como sua nêmesis, o governador Arthur, outro mestre dos gestos públicos, os persegue.

Um homem baixo e garboso, montado num esplêndido ruão, chega ao centro de Hobart Town e afixa um cartaz que oferece uma recompensa pela cabeça do governador Arthur. Ass. *Matt Brady, rei do Sertão*. O homenzinho elegantíssimo faz o ruão dar meia-volta, sorri, tira o chapéu e quase o leva até o chão num floreio, diante da multidão que rapidamente se forma a seu redor, como detritos se acumulando à margem de uma corredeira.

E então a corredeira desaparece.

Recompensas maiores são divulgadas. Mais dinheiro para qualquer informação sobre Brady. Liberdade para qualquer forçado que traia Brady. E por toda parte surgem mais e mais alcagüetes do governo, e com base nas informações que eles levantam os asseclas de Arthur ameaçam, chantageiam e começam a armar uma rede da qual ninguém pode escapar. Nas ruas lamacentas de Hobart escorre o sangue do Terror de Arthur. Catorze pares de pernas chegam a dançar a tarantela do patíbulo por dia, catorze calças borradas com merda de moribundo são enterradas a cada tarde juntamente com seus proprietários, que já não dançam, em covas anônimas.

Entrementes, Brady conquista corações femininos, jamais se aproveitando deles, mostrando-lhes que os pais e maridos pesadões são uns grandessíssimos pacóvios pretensiosos, ganha a cumplicidade das mulheres com seu sorriso, sua graça, suas roupas espalhafatosas — colete roxo, calções com brocados caprichosos, pena de casuar espetada no chapéu, corrente de ouro com uma cruz cravejada de brilhantes no pescoço. Ele acaricia seus pulsos amarrando-os com seda, e nelas desperta desejos reprimidos que elas hão de acalentar até a morte como os momentos mais vívidos de suas existências. Sua total ausência de armas — numa sociedade onde todos os homens livres andam armados e disputam a honra de ser aquele que há de abater Brady a tiros como um cão — apenas reforça sua aura de invulnerabilidade e destino.

Como se para preencher o vazio que parecia se formar entre nossos sonhos e nosso cotidiano, surgiram boatos segundo os quais Matt Brady havia jurado que, tão longo amainassem as nevascas de inverno, ele atravessaria as montanhas e selvas inexploradas do oeste da ilha no verão seguinte, levando seus homens para lá com a intenção de tomar sua antiga prisão, a ilha Sarah, e recrutar os prisioneiros libertados para a formação de um novo exército.

Era tão implausível, tão impossível, que era difícil não acreditar. Os rumores incluíam vários elementos adicionais — dizia-se que Brady estava tentando livrar a ilha daquela submissão miserável unindo-se aos selvagens da ilha, sempre a digladiar-se, e até que ele dormia com uma nativa, Mary Negra; que essa mulher lhe indicaria o caminho em direção ao oeste passando pelas montanhas inexploradas; que Brady tencionava usar-nos como base para um exército que proclamaria uma república, onde tudo que era sólido se desmancharia no ar e homem algum permaneceria na condição de escravo.

O comandante escreveu para o governador, implorando para que ele lhe mandasse mais soldados a fim de manter a ordem na ilha, impedir uma sublevação em massa e repelir o inevitável ataque de Brady.

Pois Brady estava invadindo os sonhos narcotizados do comandante tal como continuava a conquistar nossas imaginações febris; Brady, que era capaz de enfrentar doze soldados ao mesmo tempo; Brady, que sempre conseguia se revelar mais esperto que o governador; o Brady etéreo de nossos desejos mais sagrados; o Brady lascivo de nossos pensamentos mais depravados; o Brady forte e invencível que derrubava as tropas do governador, os ricos, os delatores e os borra-botas — Brady, o destemido, o grande Brady, o espantoso Brady, um sujeito ladino e galhofeiro que valia por dez homens, Brady! e todos aguardando sua chegada triunfal, sua proclamação da república, porque agora todos sabíamos que o dia da libertação se aproximava.

Então acordo, e antes de conseguir acordar de todo já estou fazendo sonhando rezando pintando um peixe antes da revista, antes do medo da razão da esperança do pensamento um pequeno xaréu começa a aparecer no papel, e não ostentando espinhos agressivos, porém belo segundo sua própria verdade, um peixe que não devora outros peixes para viver, porém só precisa de algas marinhas, um peixe de olhos inquisidores, barbatanas de um amarelo espalhafatoso, como roupas de um dândi, a pele delicada e macia de lixa de um roxo brilhante abaixo das guelras. Xaréu manso, xaréu belo dos meus sonhos de libertação próxima, um toque de suavidade depois de tantos horrores.

VIII

E quando terminei a pintura e olhei para aquele pobre xaréu morto sobre a mesa comecei a me perguntar se, cada vez que um peixe morria, não diminuiria a quantidade de amor no mundo que poderia haver por uma criatura como aquela. Se não diminuiria um tanto a maravilha e beleza que era repartida por todos cada vez que um peixe caía na rede. E se continuássemos tirando e saqueando e matando, e se o mundo continuasse se tornando cada vez mais empobrecido de amor e maravilha e beleza em conseqüência disso, o que restaria no final?

Comecei a preocupar-me, vejam só, com essa destruição dos peixes, esse atrito de amor que estávamos cegamente criando, e imaginei o mundo futuro como uma mesmice estéril em que todo mundo havia comido tanto peixe que não restava mais nenhum, e em que a Ciência conhecia absolutamente todas as espécies e filos e gêneros, mas ninguém conhecia o amor porque ele havia desaparecido junto com os peixes.

A vida é um mistério, dizia o velho Gould, citando um outro pintor holandês, e o amor é o mistério que há dentro do mistério.

Mas, se os peixes todos desaparecessem, quem haveria de pular de alegria, espadanando água, para mostrar onde começavam esses círculos?

IX

Com todos aqueles vapores e toda aquela terra úmida que haviam sido conseqüência da construção do Grande Salão de Majongue, a consumpção do comandante — que ele pegara, entre as folhas de samambaias, das siamesas — piorou a tal ponto que não havia mais sangramento que lhe desse jeito.

Tanto o comandante quanto o médico-chefe começaram a achar que encheriam toda a enseada com o sangue dele e mesmo assim não iam lograr curá-lo. E a consumpção não cedia a nenhum dos outros tratamentos do médico-chefe que costumavam funcionar sempre: beber todas as noites urina fermentada, que era preparada pelo médico-chefe com o conteúdo de seu próprio penico; engolir todos os dias *album nigrum*, excremento de rato, o que pelo menos tinha a virtude de ser o remédio mais fácil de encontrar na ilha; ao contrário do tabaco, a que o médico-chefe recorreu como tentativa desesperada para fazer uma insuflação, injetando fumaça no reto do comandante diariamente após a evacuação.

Então, para dar ao comandante a ilusão de que alguma coisa estava sendo feita por ele — além de fazê-lo peidar fumaça —, o médico-chefe lhe impôs um novo tratamento que, segundo dizia, estava tendo algum sucesso na Inglaterra. De início o comandante não queria comer manteiga em grandes quantidades várias vezes por dia, com base no argumento risível de que aquilo o enjoava, mas o raciocínio por trás daquele tratamento era científico, incompreensível e, por ambos esses motivos, inegável.

Somando-se a desnutrição à consumpção, o mau humor do comandante foi piorando, tornando-se a cada dia mais nebuloso e ainda mais incompreensível do que antes. Atormentavam-no pesadelos em que ele se via não como imperador romano, e sim como poeta romântico, entregue a infindáveis devaneios sobre o Sublime e o Majestoso à margem do lago Grasmere, como se até mesmo seus sonhos tivessem o efeito de acentuar a idéia a ponto de sufocá-lo, pois o pai da nação devia nascer com as qualificações do cargo, e não ter de se esforçar para adquiri-las todos os dias.

Tinha ele consciência de que nada daquilo lhe era espontâneo, nem mesmo a crueldade, e sua raiva aumentava ainda mais quando, em seus piores dias, em que a menor incompreensão da parte de alguém se avultava, muitos concluíam erroneamente que a aspereza era de sua natureza; pois até mesmo a maldade era algo que lhe exigia esforço.

"Você me compreende, O'Riordan?", exclamou ele, levantando-se de um salto de seu enxergão de soldado, arrancando o mosquete de seu ajudante-de-ordens e golpeando-lhe o rosto com a coronha, vez após vez, enquanto o tenente protestava não se chamar O'Riordan e sim Lethborg. Essa insistência acirrou ainda mais o ânimo do comandante, pois ele sabia que todos os seus soldados eram campônios irlandeses incompetentes e covardes, e estava claro que O'Riordan era ainda pior, sendo um campônio irlandês incompetente, covarde e, ainda por cima, mentiroso.

O comandante passou então a chutá-lo nos colhões e na cabeça, sussurrando "Brady-brady-brady" com um vigor imoderado que poderia ser confundido com prazer cruel se não estivesse claro que os dois homens choravam — um chorava sangue da boca e do nariz; o outro, apenas lágrimas dos olhos ocultos pela máscara, porque era o comandante e isso requeria uma certa dignidade, porque seu caminho era duro — e por que não podia ele estar escrevendo "Tintern Abbey" às margens do lago Rydal?

Porque sua raiva era erroneamente interpretada, o comandante mandou prender, amarrar e amordaçar o tenente e todo o pelotão de papistas pérfidos por ele comandado; porque não suportava mais ver as feridas de O'Riordan, o comandante viu-se obrigado a mandar que lançassem toda aquela massa verde de traição amarrada e amordaçada no mar, para juntar-se aos peixes.

Seus sintomas pioram a cada dia, escreveu o médico-chefe para *sir* Isaiah Newton, um renomado colega seu de Liverpool que fora seu mestre, e a quem recorria agora para lhe pedir uma orientação profissional a respeito do tratamento que deveria dar a seu comandante, *pois seu peito emite ruídos como se nele houvesse uma mariposa aprisionada, a esvoaçar.* Como a distância que separava os dois era bem maior que o alcance de uma cusparada, levaria meses, talvez anos, até que chegasse a resposta, e nesse ínterim a mariposa aprisionada foi crescendo, até virar uma tainha se debatendo no frágil cesto de pescador a que se reduzira a caixa torácica do comandante.

"O senhor compreende, comandante", tartamudeou o médico-chefe, "essas coisas levam tempo."

"Mas tempo!", gritou o comandante, "tempo, meu caro médico-chefe, é justamente o que a nossa Nação não tem!" Pois agora para ele o Seu Destino e o Destino de Sua Nação se confundiam, e por isso não lhe escapava à atenção a quietude que se apossara da ilha após os fracassos sucessivos da Ferrovia Nacional, do Grande Salão de Majongue e tantas outras catástrofes monumentais.

À noite não conseguia dormir, por ressentir-se da falta dos sons de uma nação. Tudo que ouvia ecoar nos corredores vazios do mercado, que deveria ressoar com os ruídos de gente comprando e trocando, era o som vazio das ondas a golpear a praia com um estrondo ameaçador.

Insone, cada vez mais aterrorizado, começou a perguntar-se se o que ouvia era o mar ou seus pulmões, se seu destino não estaria a bater e bater e bater naquele exato instante, chamando-o de volta, se era sua própria respiração que roncava brady-brady-brady ou se eram os pérfidos prisioneiros, sempre a sussurrar que Brady viria libertá-los, por mais que ele mandasse ex-forçados se postarem atrás das barracas vazias do mercado, fingindo trabalhar, sempre dizendo que Brady os vingaria, por mais belos prédios de pedra que ele mandasse construir para separá-lo de suas visões noturnas, por mais Europa que ele interpusesse para proteger-se do silêncio, era o mesmo pesadelo do mar a subir mais e mais e mais, e Brady a chegar cada vez mais perto, mais perto, e as chamas do Inferno mais quentes, mais quentes...

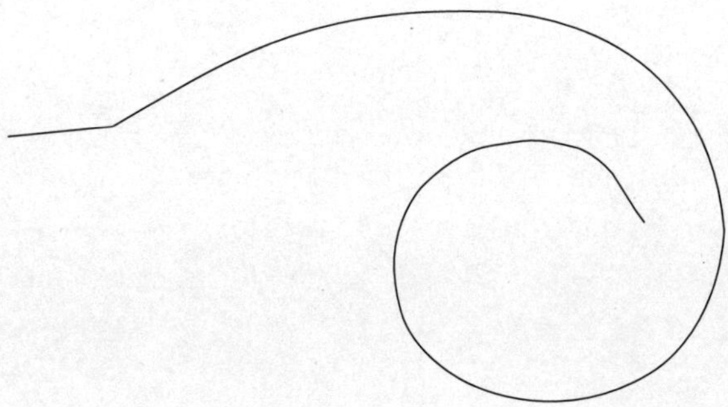

A cobra-do-mar

O qual não é tão longo quanto certos capítulos — Impulsos incontroláveis — A construção de uma nação — Como o sr. Lempriere foi capado — Um gurupés de sofrimento — Barris de cabeças de negros falantes — A ascensão de Cosmo Wheeler e outras desgraças — Triste fim do sr. Lempriere — O homicida Castlereagh.

I

Ei-lo, pois, o tal Gould, esse falsário patético, esse beberrão sempre tentando sair-se bem para não voltar a ser acorrentado no Triângulo e no Berço. Tenta, por assim dizer — e certamente é o que deseja —, galgar a escada da sociedade dos forçados, e o que é que está acontecendo?

Tendo sido obrigado a pintar peixes e tendo em seguida se livrado desses seres leprosos cobertos de escamas viscosas, tendo conseguido a melhor situação possível, o encargo de pintar aquele beldroegas do comandante em cento e uma poses diferentes, o que vemos agora?...

Um homem que vai utilizar essa posição recém-obtida a fim de ganhar influência junto ao comandante e subir na vida?

Não.

Que vai começar a subir da condição de lacaio à de conselheiro, ajudante, confidente, conquistando as mais avantajadas vantagens?

Não, não é nada disso que vemos. Sem dúvida, o tal Gould só quer usar e abusar de sua posição a fim de tirar vantagem pessoal, porém atormentam-no certos Pensamentos. Muito embora só deseje sombra e água fresca, o fato é que se sente cada vez mais aprisionado em Idéias e Fantasias.

O que vemos — e creio que terei de abrir o jogo —, o que vemos é um idiota que sente *um desejo irreprimível* de voltar a pintar peixes.

E por quê? Porque é uma paixão?

Não.

Porque acha que tem um papel a desempenhar no progresso da Ciência?

Não.

Da Arte?

Deus nos livre, não, não e não! Porque, pelas lágrimas de Cristo, porque, imagine só, porque ele está começando a sentir impulsos incontroláveis que o atraem aos peixes!

Mas, antes de começar a explicar tudo isso, preciso apontar minha pena de osso de tubarão, mergulhá-la novamente nesse láudano verde e fazer uma digressão necessária para que depois possamos chegar ao nosso destino, o qual é a fraqueza mental cada vez pior de nosso amigo, essa cela cheia de água salgada de um destino inevitável e pútrido, e voltar para uma das bebedeiras diárias do comandante com o sr. Lempriere na cabana deste.

O sr. Lempriere, a esta altura, como se pode imaginar, está um tanto aborrecido de constatar que sua Grande Missão Científica, o estudo dos peixes da Transilvânia, foi temporariamente — talvez permanentemente — interrompida por ter o comandante resolvido utilizar a Arte para fins Nacionais e não apenas Científicos. Assim, permitam-me mudar de rumo, sobrevoar a ilha Sarah, passando por cima da guarda molucana do comandante e descer pela chaminé suja do sr. Lempriere, para sair no meio de sua sala enfumaçada onde o comandante, ébrio, admite que suas ambições se frustraram.

"Fazer uma nação, por Deus, nós podemos e devemos nos tornar uma nação", diz ele ao sr. Lempriere, "e não, não tenho vergonha nenhuma disso, meu caro. Ora, por que haveria de ter vergonha se foi o Destino que me ungiu para esse papel? Uma nação, e eu, seu fundador; uma Nação, e não uma porcaria de prisão insular. Uma nação da qual hei de ser o pai, o pai que todos hão de honrar e reverenciar e cantar em epopéias e pintar montado em fogosos corcéis brancos empinados, com um céu negro tempestuoso ao fundo. Está me ouvindo, Lempriere? E ninguém saberá que foi o trabalho, o nosso trabalho incessante, o nosso suor e o nosso sacrifício, que transformaram essa ilha de prisão que era numa nação."

"MIJAR", murmurou o médico-chefe bêbado, "PRECISO." Com algum esforço, conseguiu levantar sua célebre janela de caixilho e debruçou-se para fora, suspirando lentamente, "*G-O-U-T-T-E À G-O-U-T-T-E*", enquanto começava a urinar.

O sr. Lempriere vestia-se segundo a moda de trinta anos antes, com calções até os joelhos e sapatos de fivelas grandes, que outrora ele me obrigava a polir todas as noites. Eram feitas de uma liga barata de estanho, que o sr. Lempriere jurava ser prata, muito embora fosse fosca como água suja. Colocou-se nas pontas dos pés calçados nesses sapatos para calcular melhor a trajetória de seu jato.

No momento exato em que urinava, uma das fivelas finalmente desistiu de sua prolongada e infrutífera luta contra as contorções do corpanzil do sr. Lempriere e se partiu. O pé do sr. Lempriere foi lançado para a frente. Ao mesmo tempo, ele perdeu o apoio das mãos no parapeito e primeiro foi jogado para trás, depois para a frente. Com um grande estrondo, o caixilho da janela desceu abruptamente sobre o parapeito, onde estava pousado, como uma lagarta perdida, o membro do sr. Lempriere.

O leitor há de pensar, com base em tudo que afirmei antes, que nesse momento o médico-chefe urrou como um touro, ou emitiu um grito extremamente agudo; mas não. Fora o sangue que corou o rosto embranquecido com pó de chumbo, emprestando-lhe um delicado tom de coral, por um momento nada ocorreu que indicasse a coisa horrorosa que havia acontecido.

Talvez, naquele momento de agonia, ele soubesse que por mais que urrasse ou gritasse jamais conseguiria alterar o fato inegável de que seu sexo fora terrivelmente danificado no acidente. Dominou-o um horror vertiginoso, tanto pela dor quanto pela apreensão a respeito de seu futuro. Sentiu que suas pernas se curvavam, e fraquejavam, e cediam, e então, no mesmo instante, tudo escureceu.

II

Ao ser reanimado do desmaio com sais, o sr. Lempriere recusou categoricamente o tratamento que ele próprio utilizava para todos os males, argumentando que sangrar o membro viril seria uma afronta a um homem de sua categoria. Citou *sir* Isaiah Newton, mencionando diversos casos de brochura permanente causados por esse tratamento precipitado e nada científico; assim, em vez de fatiar-se, engoliu uma grande quantidade de láudano, esverdeado porque o comandante o guardava num recipiente de cobre. Fora o efeito de fazê-lo ver o comandante como um esplêndido elefante no cio, o opiáceo em nada alterou a decadência progressiva de seu membro, que de início parecia um pequeno e melancólico verme vermelho e, no decorrer de algumas semanas, transformou-se numa grande lesma negra, a qual ele repousava numa pequena plataforma de pinho que havia mandado fazer com esse fim. Diariamente amarrava a plataforma ao corpo, passando uma fita de seda roxa em torno da cintura volumosa e amarrando-a num laço grande e vistoso sobre as costas cheias de furúnculos e cobertas por uma verdadeira floresta de pêlos.

Andava pela colônia, as fraldas da camisa cobrindo seu promontório de pinho como se fossem velas de uma nau, um gurupés de sofrimento que ele examinava sempre que se via a sós, observando aquela transformação maravilhosa, a contusão tornando-se infecção, a carne apodrecendo, vermelho passando a negro passando a verde. No final, o fedor tornou-se tão insuportável que despertou a ira até mesmo do comandante, apesar de sua odorfilia, e ele ordenou que o sr. Lempriere fosse amarrado, que lhe introduzissem um funil na boca, a qual protestava sem parar, e que várias garrafas de pisco fossem derramadas por sua goela abaixo. No decorrer de todo esse procedimento, o comandante acariciava a cabeça de seu querido amigo como se ele fosse um recém-nascido, insistindo que fazia aquilo por uma questão de amizade. Após esperar um quarto de hora, o comandante cansou-se de sua própria compaixão. Fez sinal para um forçado cozinheiro que até então aguardava num canto escuro, lentamente correndo o fio de uma comprida faca de cortar carne por uma quina de aço. O cozinheiro aproximou-se e, antes que o sr. Lempriere tivesse tempo de protestar em francês ou inglês, com um só golpe amputou o pênis supurante.

Com a lamentável perda de seu membro, o sr. Lempriere de início tornou-se ainda mais belicoso e detestável do que já era. Porém aos poucos seu temperamento colérico sofreu uma mudança outonal, transformando-se numa melancolia profunda, como se ele tivesse perdido todo o seu interesse pela vida, até mesmo a paixão pelas atividades de colecionar e catalogar.

Tornou-se solitário e adquiriu o estranho hábito de passar horas a fio falando com Castlereagh, numa sucessão de monólogos tristes a respeito da Cruel Mão do Destino e do que poderia ter acontecido se ele tivesse se especializado em liquens ou hepáticas. O porco, acostumado a rodar de um lado para o outro em sua pocilga infernal a sós, sem que ninguém o incomodasse, parecia cada vez mais irritado com a falação do sr. Lempriere; sempre que o médico-chefe aparecia ele começava a dar com a cabeça na cerca, sacudindo-a com tanta força que toda a ilha tremia. O médico-chefe não se dava conta da antipatia de seu companheiro, e não percebia que quanto mais ele falava, maior e mais feroz o porco se tornava, a ponto de bloquear o sol, chegando a ser acusado de causar eclipses lunares e prejudicar a navegação à noite. O animal irado por vezes guinchava como se aquela torrente de palavras o estivesse afogando, um grito tão agudo e insuportável que doía nos ouvidos de homens que estavam em alto-mar, a milhas da costa, mas todas essas demonstrações de desagrado pareciam só ter o efeito de dar mais combustível para as infindáveis histórias de perda, fracasso e olvido que lhe contava o sr. Lempriere.

Perdido, melancólico, capado, tendo como companheiro mais íntimo um porco monstruoso — nem é preciso dizer que o sr. Lempriere já não tinha nenhum interesse em conseguir que o comandante me liberasse para que eu voltasse a pintar peixes.

Eu havia tentado reproduzir alguns peixes com as tintas a óleo que a Intendência me fornecia abundantemente para pintar os retratos do comandante. Porém a tinta a óleo é um meio telúrico, demasiadamente carregado de gravidade, opaco demais para adequar-se a peixes. Eu precisava das aquarelas do médico-chefe.

Decidi ir visitar o sr. Lempriere na esperança de redespertar seu interesse pelo projeto do livro de peixes. Era minha intenção pedir-lhe emprestado o estojo de aquarelas, para continuar pintando peixes nas minhas parcas horas vagas.

Eu dizia a mim mesmo que era apenas uma questão de sobrevivência, para que, se algum dia terminasse meu serviço junto ao comandante, me restasse uma alternativa aos trabalhos forçados. Mas era mentira, e embora tentasse ocultar meu coração de minha mente, a verdade era que, não sendo eu mais obrigado a pintar para a Ciência, meus sentimentos pelos peixes estavam mudando pela segunda vez, e aquilo que antes me provocava o ódio agora me despertava saudade. Pelo mais estranho dos motivos, dei por mim sentindo necessidade daqueles peixes.

De início os peixes eram apenas um trabalho, mas, para poder realizar minha tarefa a contento e preservar os inegáveis benefícios decorrentes daquela situação, eu era obrigado a aprender alguma coisa sobre eles. Era necessário estudar o modo como as nadadeiras faziam a transição do reino da carne opaca para a esfera da maravilha diáfana; a firmeza consistente dos corpos; a relação entre as bocas e as cabeçorras desproporcionais, entre as cabeças e os corpos alongados; a maneira como cada escama se sobrepunha a outra de modo a produzir aquele brilho cambiante. Num determinado peixe eu tentava aperfeiçoar aquelas bocas inexplicavelmente sensuais; em outro, a aparência translúcida das barbatanas. E era inegável que toda aquela atividade de pintar e repintar começou a me afetar.

Talvez por ser eu obrigado a passar tanto tempo com eles, talvez por ser necessário aprender alguma coisa a respeito deles, os peixes começaram a interessar-me, depois a irritar-me, o que era pior, porque já começavam a entrar em mim, sem que eu me desse conta de que estavam me colonizando tal como o tenente Bowen colonizara a Terra de Van Diemen tantos anos antes.

Os peixes estavam me penetrando, infiltrando-se em mim pelos poros, por meio de alguma osmose terrível. E quando dentro de mim brotou a consciência inesperada, um tanto assustadora, de que eles estavam se apossando de meus pensamentos diurnos, de meus sonhos noturnos, com medo, tive vontade de repeli-los, reagir, tal como os negros haviam reagido. Mas como atacar uma cabrinha moribunda? Uma tainha nos estertores da morte?

Era como se fosse impossível passar tanto tempo na companhia dos peixes sem que algo daqueles olhos frios, daquela carne trêmula, atravessasse o ar e se introduzisse na minha alma.

Não é à toa que uso a palavra "atravessar".

Era como se o espírito do peixe estivesse à procura de algum outro meio aquoso, e no momento em que a morte se tornava iminente esse espírito, para garantir sua própria sobrevivência, desse um salto no ar, aquele elemento mortal, um salto tão súbito e tão rápido que era invisível a olho nu. Tal como a chama azul saltara da boca do condenado na feira e penetrara minha mãe, eu me perguntava se todos os espíritos não haveriam de procurar um outro olho por onde entrar no terrível momento da morte, para não serem relegados a algum mundo subterrâneo de sombras perdidas.

Era idiotice minha, tal como no dia em que fui ter com a filha do velho Gould depois que ela anunciou que estava noiva do ferrageiro de Salford para lhe pedir que fugisse comigo e ela riu na minha cara; eu simplesmente precisava de mais peixes. Mas por quê? Porque, quanto mais eu me encarregava de pintar aqueles seres cruéis que estavam colonizando minha alma, primeiro a mando de um médico-chefe enlouquecido e depois de um louco ainda mais furioso, eu mesmo, mais difícil me parecia escapar daquela invasão insidiosa, pois que eles já começavam a nadar em direção aos cafundós de meu coração, da minha mente, preparando-se para controlar-me por completo.

E como poderia eu adivinhar, naquele dia em que fui visitá-lo, que dentro da cabeça enorme do sr. Lampriere estava nascendo uma última paixão grosseira, a qual teria o efeito de fazer com que os peixes e eu nos transformássemos em um único ser, para sempre?

III

Quando eu estava a caminho da cabana do sr. Lempriere naquela manhã de inverno, azul e silenciosa, dois forçados trajando guarda-pós sujos passaram por mim, suando e xingando, arrastando um carrinho cheio de sacos de aniagem compridos e pesados, que rolavam de um lado para o outro.

"Mais negros mortos", disse um deles, sem olhar para trás, para mim nem para os sacos.

Os selvagens tinham chegado na semana anterior junto com o conciliador branco, Guster Robinson, num dia frio e tempestuoso. Vinham esfarrapados, escaveirados, alguns atacados por uma doença de pele, muitos tossindo e se engasgando de modo incessante; feriam as gargantas e peitos afetados com garrafas quebradas e pedras afiadas. Quando lhes sobreveio a febre, passaram a lacerar as testas do mesmo modo, e o sangue escorria-lhes pelo rosto abaixo, com o fim, explicavam eles, de "deixar a dor sair". Começaram a morrer tão logo chegaram.

No entanto, aqueles selvagens moribundos viam a nós, forçados, como escravos inferiores a eles. Julgavam-se membros de um povo livre e nobre que havia abandonado sua pátria e ido para o exílio, e que seriam por esse motivo bem cuidados pelo governo, sem ter que trabalhar como nós. À noite, alguns dos presos na Penitenciária mijavam por entre as tábuas do assoalho para atingir os selvagens no andar inferior, a fim de provar que um branco aprisionado era superior a um negro exilado.

À sua iniciativa quixotesca junto aos selvagens, patrocinada pelo governo, que o levara a percorrer de alto a baixo as selvas escuras e inexploradas da Transilvânia, Robinson dera o nome grandioso de Conciliação — a missão do homem branco de arrebanhar todos os selvagens que havia tanto tempo o combatiam e que ainda permaneciam à solta no interior.

Nas pinturas que o representavam, as quais eu vira em Hobart Town — telas enormes que tentavam, sem conseguir, criar uma história nobre e trágica de salvadores e almas perdidas na terra dos antípodas —, Guster Robinson aparecia como uma figura gorducha, em cores vivas contra o fundo escuro dos selvagens reunidos, apontando com um gesto grandioso para algum porvir invisível, um profeta renascentista com um multicolorido traje do tempo da Regência no centro de um palco, todo em tons iluminados e etéreos de azul e branco, o Belo Brummell no papel de um Moisés absurdo e ajanotado dos mares do Sul.

Quando, porém, fui convocado para ter com Guster Robinson, ele não estava tão elegante.

Os selvagens o designavam pela palavra de sua língua que queria dizer "enguia", da qual já não me lembro direito. Não havia como não reconhecer que Robinson era um fiapo de gente, mais escaveirado do que os selvagens sob sua responsabilidade. Coberto de andrajos tão imundos e piolhentos quanto as nossas roupas, acorcundado feito um apóstrofo perdido em busca de uma palavra de que fizesse parte, tudo que irradiava era um certo ar de superioridade por conta da tarefa que ele próprio se atribuíra e que lhe parecia sagrada.

Robinson tratava os selvagens como se eles formassem seu séquito, e os negros o tratavam como se fosse um dos muitos cães sem dono que eles recolhiam ao longo de suas viagens. Nem

Robinson nem os selvagens pareciam se dar conta de que o chão sob seus pés estava desabando, como uma onda que se quebra.

Robinson considerava os forçados lixo humano, e seria capaz de caminhar nu à nossa frente sem o menor constrangimento, tamanho o desprezo que sentia por aqueles que considerava seus inferiores, como se um forçado fosse um cão que se chuta ou um penico em que se mija. Quando cheguei, ele conversava com Musha Pug — o qual, por ser um forçado gendarme, ele devia considerar um ser um pouco superior a um prisioneiro comum — e, em vez de dar algum sinal de que reconhecia a minha presença, continuou dizendo a Musha Pug que as negras roubadas pelos caçadores de focas e levadas para as ilhas diziam que o Demônio as visitava quando iam caçar focas e tinham relações com elas, que muitas vezes engravidavam após esses contatos, e depois matavam o filho maldito no meio do mato. Diziam que cantavam para agradar ao Demônio, o qual lhes ordenava que cantassem muito.

A criada do comandante, a mulata, segundo ele, era conhecida nas ilhas como Cleópatra. Antes que os quacres lhe trouxessem as luzes do cristianismo, ela se tornara infame por ter inventado a dança do Demônio. As danças do Demônio eram, segundo ele, as mais obscenas que se pudessem imaginar, e só eram conhecidas pelas mulheres dos caçadores de focas das ilhas.

Ela fora aprisionada pelo caçador Clucas, cuja conduta lhe granjeara má fama em todo o estreito. Acompanhado de alguns outros caçadores, uma vez Clucas estava numa missão de captura. Atacaram um grupo de negros numa praia, porém só conseguiram prender um menino pequeno antes que os nativos os obrigassem a bater em retirada e voltar ao barco. Os caçadores deixaram claro que a criança agora lhes pertencia, e que se a mãe a quisesse teria de vir com eles. A mãe era Sal Dois-Vinténs.

Ela foi até o barco e se ofereceu a eles se permitissem que a criança voltasse para a tribo. Os caçadores a agarraram. Clucas segurou o menino pelas pernas e o arremessou contra as pedras, espatifando-lhe os miolos. Então foram embora levando Sal Dois-Vinténs. Um nativo nadou até o barco e conseguiu agarrar-se à popa. Clucas decepou-lhe as mãos com uma machadinha. Na ilha de Clucas, onde foi obrigada a viver como escrava, Sal Dois-Vinténs teria tido dois filhos com Clucas, os quais ela matara enfiando capim em suas bocas.

Tendo terminado sua narrativa, Robinson virou-se para mim e disse-me que o comandante concordava que eu deveria pintar alguns de seus "irmãos da cor da noite", começando com o que ele chamava Romeu.

Homem alto e elegante, que lembrava um pouco um judeu hassidim do Oriente, Romeu chamava-se Towtereh em sua própria língua. Descobri que era chefe de um povo de Port Davey, bem como pai de Sal Dois-Vinténs. Eu estava presente quando os dois se encontraram. Ambos choraram muito, e pareciam extremamente comovidos por voltarem a se ver.

Conversando com Towtereh, minhas opiniões a respeito dos selvagens mudaram, e não me foi possível continuar a vê-los tal como antes. Towtereh era espirituoso, e gostava de fazer trocadilhos envolvendo a língua dos negros e a dos brancos. Além do mais, era um patriota de verdade, com um intenso e inegável amor à pátria. Pintei Towtereh como um homem digno, um retrato que, por um único motivo bem óbvio, não pode ser incluído num livro sobre peixes.

Um dos negros a que fui apresentado por Towtereh era um certo Marks Rastreador. Suas roupas contrastavam vivamente com as dos forçados, pois se vestia como um dândi. Estava sempre escrupulosamente limpo, e na imundície da colônia fazia questão de lavar suas roupas todos os dias. Usava uma camisa branca com lapelas compridas que se abriam por cima — e não por baixo — do colarinho, e um chapéu redondo rígido intermediário entre um fez e uma touca, como os dos baleeiros americanos com os quais ele havia navegado pelos mares do Sul. Era um homem tranqüilo, a menos que alguém o desafiasse, porém os olhos ferozes e a boca raivosa desaconselhavam qualquer espécie de desafio.

Marks Rastreador era um nativo do continente que havia trabalhado por algum tempo com os soldados da Terra de Van Diemen, capturando bandidos, e depois, não se sabia muito bem por quê, entrara para a missão de Robinson, cujo objetivo era recolher da selva as tribos que estavam em guerra. Não parecia estar de todo conformado com o que fazia agora, mas tampouco demonstrava hostilidade. Segundo ele próprio dizia, a gente de Robinson era apenas um grupo de pessoas com que ele viajava, mas aquela ilha não era sua terra e, embora ele próprio fosse negro, aquele povo não era o seu. Não fazia como Barrabás, um outro negro de Nova Gales do Sul, que manifestava desprezo pelos selvagens da Terra de Van Diemen, chamando-os de macacos, como se ao denegri-los pudesse subir um pouco na hierarquia da criação aceita pelos europeus. Parecia não sentir nada por ninguém, apenas o cansaço imenso de quem já viveu tudo.

Por algum tempo, Marks Rastreador tornou-se companhia constante de Capois Death. Os dois conversavam constantemente numa algaravia estranha, cheia de saltos bruscos, que os dois haviam inventado: uma mistura de crioulo influenciado por inglês com inglês influenciado pelo falar dos aborígines. Marks Rastreador falava a Capois Death sobre a sua gente e seu mundo, sua terra e o lugar que nela ocupava. Capois Death, que da vida só conhecia a descontinuidade, escutava-o com atenção. Um parecia buscar no outro o que jamais conhecera: Capois Death queria saber de onde vinha o negro, para onde ia e o que tudo aquilo significava, mas em última análise não conseguia vencer sua própria convicção, imposta a ferro e fogo na plantação de São Domingos, de que, por pior que os brancos fossem, a maneira de viver deles era melhor que a dos negros. Capois Death odiava o homem branco, porém amava sua civilização.

Já Marks Rastreador era de opinião diferente. Embora parecesse mais branco que os brancos, não tinha nenhuma paciência com seus costumes. Para ele, tanto fazia vestir-se como se vestia e comportar-se daquela maneira quanto ocultar-se em meio às árvores, a favor do vento, numa caçada, confundindo-se com o mundo da caça e não se destacando dele. Outrora se superara na dança do casuar e na do canguru; depois seu talento o levou a aprender a dança do branco, porém já não restavam membros de sua tribo que se reunissem em torno do fogo para rir e elogiar a perfeição com que ele observava e imitava os outros.

Os brancos não tinham lei, dizia ele a Capois Death, e não sonhavam. Sua maneira de viver não fazia nenhum sentido. Mesmo assim, Marks Rastreador não os odiava nem os desprezava. Os brancos eram inacreditavelmente burros, porém tinham um poder, e de algum modo sua burrice e seu poder estavam, segundo ele, associados de um modo inextricável. Mas como?, indagava ele a Capois Death. Como podem o poder e a ignorância dormir juntos? Para tais perguntas, Capois Death não tinha respostas.

Então mais e mais negros começaram a tossir e engasgar-se, e de seus narizes escorria catarro suficiente para encher toda a enseada, de suas testas laceradas descia bastante sangue para tingir toda a ilha, e em dois dias mais sete deles morreram.

Marks Rastreador desapareceu da ilha Sarah pouco depois. Talvez julgasse que não conseguiria sobreviver por muito tempo ao profundo respeito e amor que Guster Robinson sempre afirmava sentir por seus irmãos da cor da noite. As últimas palavras que disse a Capois Death antes de fugir eram incompreensíveis para o ex-escravo de São Domingos, que constantemente contava e enfeitava sua própria história por acreditar que ela explicasse e significasse alguma coisa.

"Esconda a sua vida", disse Marks Rastreador a Capois Death. "Completamente."

Quando, naquela manhã, a caminho da cabana do sr. Lempriere, vi os dois forçados esvaziando os sacos numa cova grande ao lado da ferroviária, percebi assustado que os corpos negros estavam sem cabeça. Os forçados rapidamente cobriram os cadáveres decapitados com uma camada rasa de terra, deixando o resto da cova aberta, pronta, pensei, para receber mais mortos.

"Isso mesmo", ouvi o outro forçado dizer, sem olhar para trás nem para ele nem para as covas enquanto eu descia a ladeira apressado em direção à cabana do sr. Lempriere, "negros mortos. Um deles é Romeu, mas com certeza nenhum dos outros é Julieta."

IV

A cabana do sr. Lempriere estava vazia, mas dos fundos dela vinham ruídos confusos, de pessoas trabalhando e madeira rachando de vez em quando, como se galhos de um eucalipto gigantesco estivessem a despencar. Tomei o caminho lateral e vi então, contra os tons castanho-amarelados do quintal lamacento que cercava o chiqueiro de Castlereagh, o perfil ebúrneo da enorme excrescência que era a cabeça do sr. Lempriere.

À maneira peculiar dos invernos da Terra de Van Diemen, o sol era de um intenso amarelo-gema e o céu, de um azul vivíssimo, porém o dia estava frio. Assim mesmo, o sr. Lempriere não precisava mexer muito seu enorme corpanzil para começar a suar em bátegas, e naquela manhã ele estivera claramente muito ocupado, pois gotas espessas de suor escorriam como pérolas por seu rosto embranquecido com pó de chumbo. Estava no centro de um círculo formado por cerca de meia dúzia de barris de madeira; um forçado toneleiro estava pregando uma tampa num deles, enquanto o próprio sr. Lempriere esmurrava outro barril, gritando obscenidades as mais variadas, como se discutisse com uma pessoa que eu não estava vendo.

Ao perceber minha presença, levou ao rosto uma das mãos e deu um peteleco no ar, um gesto cujo sentido era o de que aquela discussão não tinha nenhuma importância para ele.

"NÃO LIGUE — ACONTECE O TEMPO TODO", tranqüilizou-me. "MAS! — BARRIL FECHADO — ELAS SE ACALMAM."

Aproximei-me e olhei para dentro do barril com o qual o sr. Lempriere se ocupava naquele momento. Parecia estar cheio de salmoura — embora eu não possa garantir que fosse de fato essa a composição exata do líquido. Vi alguma coisa negra e luzidia, e imaginei de início que ele estivesse fazendo conservas de enguias, que eram abundantes na enseada naquele ano. Em seguida, pensei: não, meus olhos hão de estar pregando peças em mim, será algum efeito da luminosidade meridional que me faz ver os homens como peixes aonde quer que eu olhe.

E então, lentamente, e de modo tão horroroso que passei dias me sentindo um tolo, dei-me conta de que os volumes que eu via boiando dentro dos barris, rolando como maçãs numa quermesse, sendo salgados como se fossem repolhos, não eram enguias: eram as cabeças cortadas de muitos negros. Multiplicadas por meia dúzia de barris, deveriam ser, calculei, entre quarenta e setenta cabeças de negros em salmoura, naquela bela manhã de inverno no quintal do sr. Lempriere.

Estava igualmente claro que o sr. Lempriere julgava que aquelas cabeças de negros mortos estavam gritando com ele e zombando dele. Tentava fingir indiferença àquele deboche imaginário, mas de vez em quando não se continha e revidava aos berros. Então parecia exausto com as exigências que lhe fazia a respeitabilidade científica e deitava um olhar carinhoso, quase coquete, para o outro lado do quintal, onde Castlereagh dormia no canto mais enlameado da pocilga. Permitiu-se um discreto sorriso indulgente ao ver aquela felicidade bucólica, uma curva suave que se abriu na cabeçorra luzidia; bebeu um trago de rum de uma jarra de barro lascada que tinha a seu lado, e enxugou o suor da testa embranquecida com um imundo lenço de seda estampada, com bolinhas.

O sr. Lempriere explicou que o incomodava o fato de que as cabeças não afundavam, porém constantemente subiam à superfície da salmoura e começavam a provocá-lo. Preocupava-o a possibilidade de que aqueles rostos apodrecessem se fossem expostos ao ar no decorrer da longa viagem marítima até a Grã-Bretanha. Mas na morte, tal como em vida, as cabeças de negros constituíam um adversário formidável, e seus olhos abertos pareciam acompanhar o sr. Lempriere aonde quer que ele fosse, o que muito o perturbava. Perguntou ele ao toneleiro se seria possível amarrar pedras às cabeças para que elas afundassem. O toneleiro reprimiu um suspiro e foi procurar barbante.

O sr. Lempriere tinha muitas qualidades, sendo uma das principais a que ele denominava *bom senso*. Parecia-me admirável ele não achar que uma cabeça separada do corpo falando como se continuasse viva, unida ao corpo, fosse algo anormal ou paranormal, porém apenas um aborrecimento a ser enfrentado por soluções práticas. Havia nisso algo de tremendamente inglês, que por um momento me fez sentir uma forte saudade do querido Velho Mundo, capaz de produzir gigantes como aquele servidor da Ciência de cara redonda e luminosa, que várias vezes mandou as cabeças mudas se calarem enquanto ele e o toneleiro tentavam encontrar uma solução para o problema de fazê-las afundar.

No meio daquele círculo de cabeças que lhe pareciam estar zombando dele e de seu trabalho, ele recebeu-me com prazer, como se eu fora um amigo querido perdido havia muito tempo. Encostou-se num barril fechado e começou a desfiar uma longa história de aborrecimentos cujo ponto central era uma pessoa de quem até então eu só o ouvira falar no tom de reverência que normalmente reservamos para os sábios: Cosmo Wheeler.

"DE INÍCIO — APENAS — COLECIONAR — FLORES — UMAS POUCAS FOLHAS — *COISAS*", começou o sr. Lempriere, enxugando a testa mais uma vez com seu lenço emporcalhado, retirando o pó de chumbo e expondo uma pele arroxeada de mau aspecto, com um brilho envernizado, nos lugares onde o lenço passava. "ESSE TRABALHO, DISSE WHEELER — ME VALERÁ O INGRESSO NA SOCIEDADE, A REAL — MAS ENTÃO UMA CARTA, SÓ ISSO — AGRADECIMENTO OFICIAL DA EMINENTE AGREMIAÇÃO — MUITO EMOCIONANTE, SEM DÚVIDA — DESTACANDO TRABALHO EXEMPLAR DE PRESERVAÇÃO E EMPACOTAMENTO — CONTEÚDO ADEQUADO PARA O ESTUDO CIENTIFICO — SÓ ISSO! — SÓ! UMA CARTA!

"ENTÃO O SENHOR COSMO SE TORNA *SIR* COSMO WHEELER — RECONHECIMENTO AO GRANDE TRABALHO POR *ELE* REALIZADO SOBRE FLORA DOS ANTÍPODAS — AGORA ELE QUER — *EN UN MOT* — CONCHAS DE MOLUSCOS — CATAR ALGUMAS CONCHAS? NÃO! — MUITO, MUITO TEMPO — TODOS OS DIAS LIVRES VASCULHANDO ESSA COSTA MISERÁVEL — CIRCUNSTÂNCIAS MAIS INCLEMENTES E DESGRAÇADAS — ANOS DE TRABALHO INFERNAL — SEGUNDA CARTA OFICIAL DA REAL SOCIEDADE — AINDA MAIS ELOGIOSA QUE A PRIMEIRA — MAS MENÇÃO À MINHA ELEIÇÃO PARA A SOCIEDADE?"

"Não", disse eu.

"SIM", disse ele, "NÃO."

Nesse momento interrompeu a narrativa para responder ao que lhe pareceu um comentário grosseiro que vinha dos barris, logo em seguida retomando a história.

"ASSIM", prosseguiu o sr. Lempriere, "LEVANTEI A QUESTÃO — DE MODO RESPEITOSO — COM *SIR* COSMO — AGORA SECRETÁRIO DA SOCIEDADE GRAÇAS ÀS PESQUISAS PIONEIRAS POR *ELE* REALIZADAS SOBRE INVERTEBRADOS DOS MARES DO SUL, COM REFERÊNCIA ESPECIAL A MOLUSCOS DOS ANTÍPODAS.

"GARANTIU-ME ELE, EM CORRESPONDÊNCIA SEPARADA DE CARÁTER PARTICULAR, QUE MEUS TEMORES QUANTO A SER IGNORADO E — EU JAMAIS OUSARA DIZER TAL COISA EM MINHAS CARTAS, MUITO MENOS PENSÁ-LA! — *USADO* — TOTALMENTE EQUIVOCADOS — QUESTÃO DEVIDAMENTE ENCAMINHADA — ELE ME GARANTIA — CONSIDERAVA-ME — ELE, E A SOCIEDADE — O MAIS EMINENTE E MERECEDOR DE TODOS OS COLECIONADORES COLONIAIS — O CIENTISTA MAIS PRÁTICO — REPUTAÇÃO TAMANHA QUE BASTAVA UMA GRANDE OBRA FINAL QUE COROASSE DE MODO CATEGÓRICO TODAS AS REALIZAÇÕES INEQUÍVOCAS ANTERIORES — ENTÃO EU PODERIA VOLTAR À INGLATERRA EM TRIUNFO.

"ASSIM — TODA A HISTÓRIA DOS PEIXES — SUPOSTAMENTE MINHA GRANDE OBRA — MEU INGRESSO NA SOCIEDADE, SARDINHAS E LULAS, NA *SOCIEDADE* — MAS AGORA ELE ESCREVE:

"'Não, os peixes já foram estudados por Hooker, cá entre nós o trabalho de Hooker não é lá grandes coisas, mas seja como for os peixes são assunto estudado, resolvido, e não me venha mandar mais das suas pinturas, é tarde demais'."

"O NOVO CAMPO QUE AGORA SE ABRE — ESCREVE ELE — A NOVA CIÊNCIA — A NOVA SOCIEDADE — A NOVA ERA — FRENOLOGIA, EM PARTICULAR QUANTO ÀS RAÇAS INFERIORES DERROTADAS — CIÊNCIA PRESTES A FAZER GRANDES PROGRESSOS NA COMPREENSÃO DA HUMANIDADE EM SUAS FORMAS SUPERIORES E INFERIORES COM BASE NO ESTUDO DOS CRÂNIOS, SÓ FALTAM BONS ESPÉCIMES."

Concluí assim — até onde é possível concluir alguma coisa com base naquela enxurrada de orações — que *sir* Henry Hooker, o qual parecia ser, embora *sir* Cosmo Wheeler o caracterizasse como um charlatão medíocre, seu principal rival na ciência, havia por acaso encontrado seis barris cheios até a borda de cabeças de negros, em posse de seu amigo, *sir* Joseph Banks, que muitos anos antes as havia recolhido na Terra de Van Diemen. A monografia que Hooker havia publicado a respeito das cabeças de negros de Banks — na qual proclamava a *inocência* da civilização branca que elas revelavam, a *nobreza* das fisionomias negras — havia despertado muito interesse.

"UM AMONTOADO DE TOLICES À ROUSSEAU", prosseguiu o médico-chefe, "QUE FEZ COM QUE SENHORAS DESMAIASSEM DE EMOÇÃO — HA! — PORÉM *SIR* COSMO ACREDITA QUE A OBRA DE HOOKER SE FUNDAMENTA EM PRINCÍPIOS EQUIVOCADOS — BABOSEIRAS FRANCESAS DA MODA — ONANISMO INTELECTUAL!

"SE ELE, *SIR* COSMO, POSSUÍSSE CABEÇAS DE NEGROS MAIS RECENTES — DE UMA VEZ POR TODAS PROVARIA QUE O TRABALHO DE HOOKER — NÃO É CIÊNCIA — APENAS BAZÓFIA E ESTULTICE.

"ASSIM, EM VEZ DE FLORES, MEXILHÕES OU PEIXES — CABEÇAS DE NEGROS! — PARA QUE EU POSSA SER ACEITO PELA SOCIEDADE REAL — CABEÇAS DE NEGROS! — MAS NÃO É TÃO FÁCIL — ONDE? — E COMO? NÃO BASTA LANÇAR UMA REDE E PUXAR — NÃO SE ARRANCAM CABEÇAS DE NEGROS DAS PEDRAS À BEIRA-MAR — NÃO! — NÃO SE CORTA FORA UMA CABEÇA DE NEGRO COMO QUEM COLHE UMA FLOR SILVESTRE, NEM SE PODE COLOCÁ-LA DENTRO DE UM LIVRO PARA SECAR — NÃO SE PODE DERRUBÁ-LOS A TIROS COMO PÁSSAROS, EMBORA ALGUNS O FAÇAM — COMO AGIR?

"OBRIGADO A PARTICIPAR DE UM TRÁFICO DESAGRADÁVEL — OS TIPOS MAIS VIS — COVEIROS FORÇADOS — EMPREGADOS DE FUNERÁRIAS — ADVOGADOS DE SYDNEY — RESULTADOS? — TOTALMENTE PREVISÍVEIS: MINHAS ECONOMIAS POR ÁGUA ABAIXO — EM

TROCA DE CABEÇAS FEDORENTAS E ASQUEROSAS — DE TODOS OS TIPOS, MENOS DE NEGROS — CABEÇAS DE FORÇADOS LAQUEADAS PARA PARECEREM ESCURAS — CRÂNIOS DE INDIGENTES, CARNE VERMELHA ENEGRECIDA COM PICHE — CABEÇAS DE TODOS OS OUTROS TIPOS, RIDICULAMENTE DISFARÇADAS PARA PARECEREM DE NEGROS — UMA SITUAÇÃO REVOLTANTE — VENDEM QUALQUER COISA — BALEEIRO TENTOU ME VENDER DUAS CABEÇAS ENCOLHIDAS DE MAORIS QUE LEVAVA NUM SACO AMARRADO AO CINTO DIZENDO TRATAR-SE DE NATIVOS DA TERRA DE VAN DIEMEN — PARECIAM MAÇÃS MURCHAS COBERTAS DE RABISCOS EM NANQUIM — ENTÃO —"

"Guster Robinson?", sugeri.

"*VOYEZ-VOUS*", disse ele.

"Trágico", observei.

"*EN UN MOT* — MAS ONDE OS OUTROS VIAM TRAGÉDIA — EU VI — O QUÊ? — UMA OPORTUNIDADE." Inclinou-se em minha direção, um gesto que, como eu já havia apreendido, indicava estar ele prestes a me fazer o que lhe parecia ser uma revelação.

"Ciência?", adivinhei.

"CABEÇAS DE NEGROS", concordou, balançando a cabeça, sábio.

Corri os dedos sobre a madeira dos barris, ainda úmida de seiva.

"REDENÇÃO PÓSTUMA", disse ele, "— SE NÃO, TRÁGICAS VIDAS PAGÃS."

"Salvação", arrisquei.

"ESPEREMOS", disse o sr. Lempriere, "E NÃO APENAS PARA ELES."

O sr. Lempriere enxugou o suor do rosto outra vez e disse ao toneleiro que fosse até a cabana pegar chá e mais rum. Sentamonos. "NÃO LHES DÊ ATENÇÃO", disse o sr. Lempriere em voz baixa, como se mais uma vez escutasse protestos abafados vindos de dentro do barril e se recusasse a lhes dar ouvidos. "JAMAIS RESPONDA À INGRATIDÃO." O toneleiro voltou, colocando o bule e a jarra de rum em cima de um barril fechado.

O toneleiro continuou pregando tampas em barris, sem se importar de estarem as cabeças flutuando ou afundando, caladas ou aos gritos. Talvez não fosse o melhor dos momentos para dizer o que eu disse então, mas o fato é que comecei a fazer um discurso sobre a grande importância científica do projeto dos peixes, dizendo que, se *sir* Cosmo Wheeler não estava interessado, talvez o próprio sr. Lempriere pudesse publicá-lo por conta própria, com o impressor Bent em Hobart Town.

Uma publicação em Londres, associada ao nome de *sir* Cosmo Wheeler — isso seria a glória, o caminho de volta ao mundo do qual o sr. Lempriere fora excluído por tanto tempo, a chave que lhe permitiria abrir a porta que ele cobiçava acima de tudo: a da Real Sociedade. Já um livro publicado em Hobart Town...

"*EST-CE QUE JE SUIS SI MALADE?*", berrou o médico-chefe. "UM LIVRO DE HOBART TOWN — UMA CONTRADIÇÃO, MEU CARO! — UM VERDADEIRO INSULTO À CIÊNCIA! — À CULTURA!"

Então bebeu mais um pouco de rum e chá e voltou a martelar os barris um por um, gritando-lhes que parassem com aquilo e agradecessem por estarem em vias de finalmente prestar um serviço prático à Civilização.

Ele voltou, sentou-se e disse que os climas mais temperados situam-se entre os quarenta e cinqüenta graus de latitude, e que era com base naquele clima que se deveriam elaborar as idéias corretas a respeito das cores autênticas da humanidade e dos diversos graus de beleza.

"POIS JAMAIS EXISTIU UMA NAÇÃO CIVILIZADA — TODAS BRANCAS — QUE FÁBRICAS ENGENHOSAS — QUE ARTES E CIÊNCIAS —

SURGIRAM EM QUALQUER OUTRO LUGAR? — O PASSO E O PORTE NOBRES DO HOMEM BRANCO! — E ONDE, SENÃO NO SEIO DA DONZELA EUROPÉIA? — ONDE MAIS ENCONTRAR DOIS SEMELHANTES A ESSES? — *ONDE?* — DOIS NÍVEOS HEMISFÉRIOS ROLIÇOS — COM PEQUENOS BICOS VERMELHOS?"

Em minha pobre mente teve início um desfile de hemisférios níveos, não roliços, e de hemisférios não muito hemisféricos, e de hemisférios negros de um tom escuro, com deslumbrantes gatilhos arroxeados, e nem um só dos pares integrantes desse agradável desfile, de todos os que eu tivera a felicidade de conhecer com maior ou menor intimidade, me parecia totalmente despido de atrativos e compensações.

Minhas tentativas de disfarçar o choque que todas essas coisas me proporcionavam — a importuna supremacia dos hemisférios níveos; as cabeças de negros que o sr. Lempriere julgava estarem constantemente falando e que ainda não haviam se dado conta do fato de que seus hemisférios ficavam do lado errado da esfera terrestre; a melancólica ausência de boa vontade neste mundo e suas lamentáveis conseqüências; meu próprio destino, agora que pareciam extintas minhas esperanças de continuar encarregado do confortável ofício de pintar peixes — provavelmente eram bem óbvias.

"NÃO ABRO MÃO DA CIÊNCIA, GOULD — NÃO A TROCO POR UM RELES CIRCO."

Então o sr. Lempriere virou-se de repente, feroz, como se tivesse ouvido algum deboche ou risada. De costas para mim, deblaterava contra os barris.

"NÃO POREI LUTO POR VOCÊS — SOU UM NATURALISTA PATRIOTA E, TAL COMO EU, VOCÊS TERÃO DE SACRIFICAR-SE PELA CIÊNCIA — PELA NAÇÃO."

Certamente imaginava que o clamor dos barris estivesse mais alto do que nunca, pois pegou um porrete grande no monte de lenha e com ele voltou a bater nas tampas dos barris repetidamente, dizendo-lhes que ninguém poderia ter feito mais por eles do que ele próprio. Gritava que o passado era o passado, porém o que lhe interessava era o futuro, que deviam estar exultantes com a possibilidade de trabalharem juntos num grandioso projeto da Ciência e finalmente prestar algum serviço à Civilização. Ao ouvir essa última palavra, o porco Castlereagh despertou assustado e começou a correr de um lado para outro de seu chiqueiro, guinchando. Isso contribuiu ainda mais para a cacofonia geral: o sr. Lampriere batendo com um pau nos barris, o sr. Lempriere berrando as imprecações mais grosseiras enquanto corria, e seu porco guinchando.

"EU AMO VOCÊS — SERÁ QUE NÃO COMPREENDEM?", soluçava ele. "É POR AMOR — SÓ AMOR — QUE FAÇO ISSO POR VOCÊS."

Por fim o sr. Lempriere pareceu desistir, como se derrotado, lançando o pau para longe com tanta força que foi parar no Bulevar do Destino, ainda não construído pelo comandante. Soluçou, enxugou algumas lágrimas e foi, de ombros caídos, até o chiqueiro, tentando envolver na conversação Castlereagh, que continuava guinchando.

"ELES" — e nesse ponto, para que o porco compreendesse, apontou para os barris recalcitrantes com um gesto acusador — "NÃO *RECONHECEM* — QUE FORMA, TAMANHO, RELAÇÃO ENTRE AS PARTES DO CRÂNIO — TODOS INDÍCIOS DE CARÁTER E INTELECTO — E — ESTOU ESCREVENDO DOIS TRABALHOS SOBRE ESSA EXATA QUESTÃO — *A ALMA EM SI* — ESTUDOS DE CRÂNIOS REVELARÃO DIFERENÇAS FUNDAMENTAIS ENTRE A NATUREZA PRECISA DE — AS RAZÕES EXATAS PARA — A HIERARQUIA ENTRE AS RAÇAS HUMANAS."

Então virou-se, sacudiu a cabeça e reaproximou-se de mim.

"COMO VOCÊ PODE VER", prosseguiu o sr. Lempriere, enchendo novamente sua jarra de rum com chá, "EIS *AQUI* — O MAIOR DESAFIO À CIÊNCIA — WHEELER ESTÁ DECIDIDO A RESOLVER — NOSSOS IRMÃOS DA COR DA NOITE — COMO OS CÃES — AS PULGAS — NÃO DESCENDEM DE ADÃO — DEUS OS CRIOU — SEPARADOS PORÉM INFERIORES, TAL COMO CRIOU TAINHAS E PARDAIS SEPARADOS PORÉM INFERIORES — COMO SÓLIDOS INGLESES APREENDEMOS ESSE FATO — UMA QUESTÃO DE BOM SENSO — MAS SEM CLASSIFICAÇÃO E CATEGORIZAÇÃO CIENTÍFICAS NÃO O SABEMOS COMO CIÊNCIA — *AINDA* NÃO.

"*SIR* COSMO TEM TESOUROS CRANIOLÓGICOS — UMA COLEÇÃO SEM IGUAL EM TERMOS DE PROFUNDIDADE PARA ESTUDOS ANATÔMICOS — PORÉM — SÃO TODOS CRÂNIOS DE *BRANCOS*."

O sr. Lempriere inclinou-se em minha direção, baixou a cabeçorra calva e suada, girando-a de um lado para o outro, como se fosse uma cabeça de porco num espeto, e então, aparentemente convencido de que não havia ninguém mais a sua volta a escutá-lo, prosseguiu, num tom de conspirador.

"EIS A QUESTÃO — PARA COMPLETAR SUA GRANDE OBRA E PROVAR TUDO ISSO COMO CIÊNCIA — WHEELER PRECISA — *PRECISA* — DE CRÂNIOS DE NEGROS PARA AVALIÁ-LOS E ESTUDÁ-LOS."

O sr. Lempriere jogou a cabeça para trás, girando-a sobre os ombros como um ovo quente tremendo sobre o oveiro, e sibilou —

"*ELE PRECISA DE MIM.*"

V

Alguns dias após deixar o sr. Lempriere com seus barris, e sem obter o estojo de aquarelas, fui avisado de que deveria ir ter imediatamente com ele naquela manhã bem cedo, para falar sobre minhas futuras atribuições como seu criado. Preocupava-me a possibilidade de que aquela convocação representasse o fim dos peixes e também o meu fim. Decidi fazer tudo que fosse possível no sentido de defender com argumentos a importância de dar continuidade ao projeto, e enquanto caminhava em direção a sua cabana na manhã fria, esfregando as mãos para esquentá-las, eu tentava pensar em todos os argumentos científicos a que recorreria, os únicos argumentos que contavam para o sr. Lempriere.

O sr. Lempriere havia passado toda aquela semana, desde a última vez em que eu o vira, às voltas com suas cabeças de negros, que ele havia desistido de transportar inteiras em barris, resolvendo reduzi-las a crânios, os quais estavam sendo preparados por um forçado mudo para ser catalogados e transportados para a Inglaterra.

Curiosamente, não havia ninguém na sua cabana. Mais estranho ainda, não ouvi Castlereagh a se agitar e guinchar no chiqueiro. Resolvi dar a volta na cabana, pois era possível que o médico-chefe estivesse entregue a uma meditação silenciosa — o que seria atípico para ele — junto ao porco. Encontrei o animal deitado de lado, pela primeira vez aparentemente saciado; parecia estar dormindo a sono solto, feliz da vida. Mas não havia sinal de seu dono e confidente, o sr. Lempriere.

Só depois percebi o pó branco em torno do focinho do porco, semelhante à barba malfeita de um ancião, que explicava tudo. Mas num primeiro momento senti-me dominado por uma nuvem de vapor de tamanho extraordinário — tão densa que obscurecia boa parte do chiqueiro, da qual emanava — e o cheiro forte, pegajoso e azedo, a ela associado. Fechei os olhos, movido por um instinto infantil, na esperança de que conseguiria desse modo apagar a realidade. Porém o cheiro cresceu ainda mais, tornando-se uma presença de tal modo opressora que era como um peso sobre minha cabeça, tão úmida que era como um orvalho ácido a molhar-me o rosto, tão pungente que minhas narinas pareciam arder em fogo.

E, quando por fim abri os olhos e vi que a neblina acre se abrira como uma cortina de teatro, não havia a menor dúvida quanto ao horror lamacento no palco à minha frente.

VI

Era um tolete.

Um tolete enorme.

Talvez fosse até, pensei atônito, o maior cagalhão de porco do mundo naquela manhã. Talvez o maior de toda a história. Era sem dúvida algo de surpreendente, que à primeira vista não correspondia em absoluto à imagem que se tem de cocô de porco. À luz rubra da madrugada de inverno, aquele fumegante obelisco de merda brilhava. Seria até possível tomá-lo por uma sublime e valiosíssima pepita de ouro, não fosse a forma inconfundível, apesar de embaçada, de uma fivela de sapato de estanho, uma peça barata, que fora consertada uma vez mas agora estava completamente amassada, a se destacar da base da pirâmide.

Subi na cerca e olhei mais de perto. Na terra revolvida em torno da pilha de merda reluzente, vi o que parecia ser tudo o que restava de alguma bacanal: farrapos de uma camisa (ensangüentados), a cauda de um fraque (rasgada), uma manga de seda azul (estraçalhada) e metade de um lenço de seda com estampado de bolinhas (lambuzado).

Então divisei, com certo mal-estar, algo que parecia ser um fêmur humano. Mais ossos sanguinolentos e enlameados. Costelas. Outro fêmur. E mais, e mais — tíbias. Ossos do antebraço. Vértebras. E eis que vi a grande excrescência, um enorme crânio ensangüentado caído de lado, como se fora um ídolo de alguma ilha do Pacífico, derrubado.

Castlereagh peidou, um cheiro ao mesmo tempo agridoce e horrivelmente avassalador, e naquele momento eu, que estava a favor do vento, compreendi que aquele fedor familiar não era outra coisa senão a essência vaporizada do sr. Lempriere.

Vi fragmentos de barro do outro lado da pocilga, e reconheci neles os restos das jarras em que eu e Sal Dois-Vinténs fermentávamos nossa Sopa de Pachola. Castlereagh dera um jeito de trazê-las para dentro do chiqueiro, rolando-as, com as patas da frente, depois as quebrara e bebera o líquido fortíssimo. Olhei para o porco. Ele abriu os olhos e olhou para mim.

Juro por Deus que ele me dirigiu um esgar irônico.

Fui andando para trás, trôpego, enojado, cobrindo a boca com a mão.

Como se num devaneio à toa, imaginei como teria sido o fim do sr. Lempriere, sentado na cerca, bebendo, bêbado, falando com Castlereagh, o porco feroz sua derradeira platéia, sobre a Ciência, a Civilização, panfletos cabalísticos e níveos hemisférios, meras lembranças corrompidas e corruptoras. Vi Castlereagh, embriagado com nosso rum improvisado, mais zangado ainda, andando de um lado para o outro, para cima e para baixo, pensando, até onde um porco bêbado é capaz de pensar de fato, se aquela barulheira infernal não ia terminar nunca. Por fim, vi Castlereagh emitindo um guincho ensurdecedor e saltando em direção à cerca com toda a vontade.

E então, perdendo o pouco equilíbrio que ainda lhe restava, o sr. Lempriere mergulhou no vazio.

Lá deve ter visto muitas coisas que havia muito tempo evitava ver. Terá ouvido o porco babando, cada vez mais perto. E então, imagino, a uma certa altura, certamente compreendeu que não seria mais possível evitar coisa alguma.

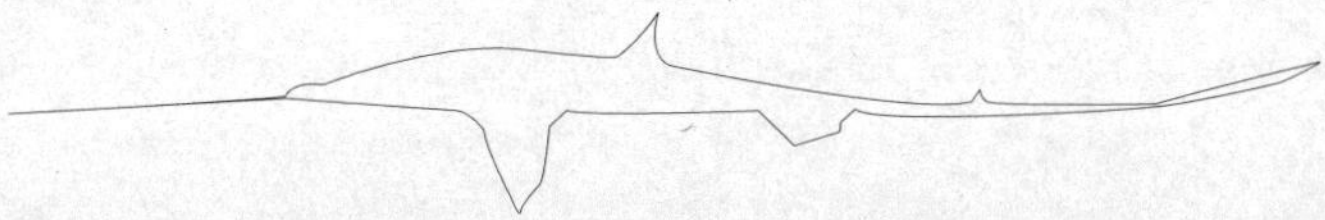

O tubarão-serra

Cristo, cabalistas e cocô de porco — Do que sofreu a pá do amor — Alucinações da História — Por um triz — Classificação da excrescência — Jorgen Jorgensen — De como ele veio a tornar-se rei da Islândia — Reportagens sobre Waterloo — A nova missão de Jorgensen — Descoberta da cabeça de Voltaire — De como Gould foi falsamente acusado — Um segundo Livro dos peixes.

I

Do sr. Lempriere, refiro relembrar não sua crença pueril na perfectibilidade dos porcos, que acabou se revelando fatal, e sim sua paixão intensa — ainda que efêmera — pelos peixes, tão poderosa que acabou assumindo na sua mente uma desastrosa dimensão religiosa. Sua ilusão foi corroborada quando ele descobriu, num velho panfleto cabalístico que lhe foi emprestado por Jorgen Jorgensen, que as iniciais das palavras da expressão "Jesus Cristo, Filho de Deus, Salvador" em grego — ich-th-ys — formavam a palavra grega *ichtys*, peixe.

"TUDO QUE VIVE É SAGRADO, GOULD, MAS OS PEIXES SÃO O QUE HÁ DE MAIS SAGRADO", ele me dissera uma vez, quando sua paixão insana ainda não se tornara minha crença, "E É POR ISSO QUE O PEIXE FOI USADO PELOS CRISTÃOS PRIMITIVOS COMO SÍMBOLO DE CRISTO."

Lamentavelmente, Deus continuava em Seu Céu e o grande cientista estava numa pirâmide de merda de porco e imerso em uma nuvem de metano nauseabundo, e agora os peixes estavam comigo — mas eu não era Pai nem Filho nem Espírito Santo, e não tinha idéia do que fazer com os peixes e com os restos do sr. Lempriere, nem tampouco sabia o que eles todos acabariam fazendo comigo.

Tentei encarar aquele fiasco como uma bênção — talvez até uma intervenção divina do velho Ichtys. Agora *O livro dos peixes* não seria jamais publicado, anotado e assinado — falsamente — por *sir* Cosmo Wheeler. Era como se a morte do médico-chefe tivesse entregado os peixes a mim, livre das exigências da Ciência e das ambições sociais do sr. Lempriere, que terminaram por se confundir. O âmbito dos peixes, antes tão limitado, de repente parecia infinito. Deveria eu entusiasmar-me, porém o dilema imediato com que me deparava era por demais urgente para que eu experimentasse qualquer outro sentimento que não o terror. Como todos sabiam que hoje eu viria visitar o sr. Lempriere, como sua morte inevitavelmente seria descoberta, e como numa ilha de forçados a morte é invariavelmente encarada como assassinato, eu sabia que, se não fizesse alguma coisa com os ossos, fariam alguma coisa comigo.

Não estou dizendo que o que fiz então foi a coisa mais inteligente que já fiz na vida, nem tampouco a mais sábia. Mas por algum tempo a solução teve ao menos o efeito de resolver o problema dos restos mortais do sr. Lempriere. Peguei o que restava de minha beberagem e joguei dentro do chiqueiro do homicida

Castlereagh, que havia acordado do sono que lhe fora proporcionado por sua esplêndida refeição. O porco lambeu e sorveu o rum com um vigor que um quarto de hora depois o levou a se virar de catrâmbias numa catarse. Adormeceu de novo, as patas para cima, como se fossem quatro garrafas vazias.

Após confirmar que o sono do porco era profundo, jogando pedras em seu couro coberto de pêlos curtos e vendo-as ricochetear sem que ele esboçasse nenhuma reação, entrei no chiqueiro e dei início à tarefa horrenda de vasculhar a merda em busca dos restos do sr. Lempriere. Em desespero, joguei suas roupas no fogo da lareira, enterrei o cinto e as fivelas dos sapatos ali perto e joguei os ossos num velho barril de água nos fundos da cabana. Então parei, respirei fundo e comecei a pensar em como — e *onde*, naquela ilha densamente povoada — eu poderia esconder um barril cheio de ossos humanos fedorentos.

II

Sal Dois-Vinténs, tal como Billy Gould, não tinha idéia do que fazer com os ossos. Billy foi a seu quarto minúsculo e escuro — pouco menor do que uma cela, de teto baixo e paredes úmidas, tendo como único móvel um catre em que mal cabia uma miserável enxerga de palha — e encheu-o de problemas. Começou com o dilema de como se livrar do passado de maneira sub-reptícia e terminou no limiar do Iluminismo, quando a porta do quarto rangeu, abrindo-se com dificuldade.

Billy Gould mal teve tempo de ocultar seu próprio corpo nu debaixo do catre de Sal Dois-Vinténs quando ouviu a respiração pesada e inconfundível do comandante, e logo em seguida o estalar da cadeira de palhinha quebrada no momento em que ele se sentou, por mais desconfortável que fosse o estado de pânico em que Billy Gould se encontrava no momento. Só então, tarde demais, dei-me conta de que uma parte de meu corpo estava a descoberto.

Na escuridão do quarto, e no estupor em que se encontrava, o comandante tomou as nádegas que brotavam do vão embaixo do catre por um velho escabelo. Com os saltos das botas chutou-as para tornar suas formas achatadas pelo tempo um pouco mais confortáveis, e depois pôs-se a acomodar as botas nas mais variadas posições sobre a minha fenda. Não é nada fácil permanecer nu e calado de joelhos enquanto a pá do amor é jogada de um lado para o outro. Era terrível, um tormento nem um pouco facilitado pelo longo monólogo a que o comandante deu início, após tomar, como concluí depois, algumas gotas de láudano.

Cada vez mais delirante, falava sobre a história, dizendo que, longe de ter passado, ela estava sempre presente. Todos aqueles que, no decorrer dos séculos, haviam descoberto a Terra de Van Diemen, de modo deliberado ou por obra do acaso, estavam, segundo ele, presentes ali, naquele momento, entrando no quarto de Sal Dois-Vinténs. O comandante via comerciantes árabes do século doze, em seus barcos de velas triangulares chamados daus; piratas japoneses do século catorze, doentes e emaciados após a longa viagem, logo sendo vitimados por uma melancolia inexplicável, os cadáveres inchados e calvos tão leves que flutuavam no ar, sendo necessário amarrá-los a pedras para que eles permanecessem nas sepulturas. Via aventureiros portugueses do século quinze, consumidos pelo escorbuto, em três caravelas, procurando ouro e almas a ser convertidas para o cristianismo, tentando conciliar seus mapas ptolomaicos, que ostentavam na parte interior uma área vaga assinalada como *Terra Incognita*, com a constatação inegável de que estavam cercados de nativos negros e nus, tão pouco interessados em fazer comércio que jogavam de volta para os lusitanos todos os presentes que eles lhes ofereciam, guardando para si apenas os lenços vermelhos, que amarravam em torno das carapinhas.

O comandante sacudia a cabeça só de pensar na tristeza de uma inocência tamanha. Os portugueses saíram do quarto, virando suas caravelas para o sul, onde, em montanhas de gelo sempre em movimento, vivia, segundo ouvira dizer o líder deles — Amado, o Intrépido —, um povo mais inclinado ao comércio, homens que não tinham narizes, porém apenas fendas semelhantes às das cobras, e que se alimentavam exclusivamente de cheiros, pelos quais se dispunham a trocar ouro.

Senti uma pulga picar-me a virilha e, sem querer, rebolei as nádegas. O comandante deu um bom pontapé para endireitar o escabelo, que lhe parecia estar caindo para o lado, e continuou a falar sobre aqueles que, a seu ver, também estavam conosco dentro daquele quarto, o qual àquela altura já devia estar apinhado de história.

Em seguida, o comandante começou a deblaterar contra os holandeses — lustrando uma das botas em meus colhões na sua empolgação —, os quais despontavam no alto do catre de Sal Dois-Vinténs em suas fluyts atarracadas à procura de comércio, seguidos dos javaneses, em seus paraus longos e estreitos, trazidos pelo vento de seus distantes campos de pesca a noroeste, e de uma expedição francesa integrada por naturalistas, astrônomos, artistas, filósofos, enciclopedistas e *savants*, liderados pelo galante *Monsieur* Perón, o qual, ao atracar numa praia grande no que ele julgava ser a Terra de Van Diemen no Ano Seis da República, mas que na verdade era o aqui-e-agora, retirou a luva enquanto fazia uma mesura para uma negra, a qual gritou por julgar que ele havia arrancado a própria pele. Só conseguiu tranqüilizá-la depois que, para grande deleite dela, cantou a "Marselhesa" e deixou-a arriar suas calças para certificar-se de que ele era um homem como os outros.

Então o comandante foi acometido do mais terrível dos temores:

"E se o tempo jamais passar?", gritou. Era como se árabes, japoneses, portugueses, holandeses, javaneses e franceses estivessem sempre todos ali, descobrindo a Terra de Van Diemen no quarto de Sal Dois-Vinténs, juntamente com o major de Groot, sorridente, falando, apesar do veneno, e mais todos os que morreram no Berço com mais vermes nas mentes do que nas costas, redivivos, com mil e um outros, estendendo-se numa longa procissão que adentrava o quarto de Sal Dois-Vinténs, terminando com o tenente Lethborg e seu pelotão, os corpos inchados de água e feridos, marchando como balões, tentando manter-se enfileirados. De súbito o comandante tirou as pernas de cima de minha bunda, pôs-se de pé e, sem dizer mais nada, saiu cambaleando do cômodo.

Mais tarde Capois Death contou-me que as alucinações do comandante, induzidas pelo ópio, sempre assumiam essa mesma forma. Muitos anos antes, porém, quando o comandante tomou láudano pela primeira vez, o efeito teria sido muito forte. Agora, no cubículo miserável de Sal Dois-Vinténs, as alucinações, como todo evento espiritual degradado pela intimidade e pela repetição, reduziam-se à esfera acanhada da arte, se não do entretenimento.

Agora ele gritava quando os javaneses iam embora, vaiava os franceses e ria-se dos japoneses moribundos. Mas outrora a história transformava-se num pesadelo do qual o comandante não conseguia acordar. Por trás da máscara de ouro, seu rosto cobria-se de cancros, tamanha a sua preocupação. Ele começava a ver por toda parte sinais desconcertantes de que o Passado é o Caos, tanto quanto o Presente, de que não há linha reta, porém apenas círculos infinitos, como anéis concêntricos sempre a irradiar-se a partir de uma pedra que se afunda na água do Agora. Passou a tomar doses cada vez maiores de láudano verde. Duplicou, depois quadruplicou, a dose de mercúrio com que tratava a gonorréia, que parecia lhe estar consumindo a mente tanto quanto o corpo. Mais do que qualquer outra coisa, temia ter enlouquecido, temia estar agora aprisionado nos frutos de sua própria imaginação.

Os forçados podiam sempre fugir, porém uma tal saída — mesmo a saída miserável de morrer no meio do mato — lhe era possível. Antes ele procurava a mulata a fim de afirmar sua existência, de perder o sentido de sua vida, de se esquecer da confusão que a cada dia o dominava mais. Isso de nada lhe valia. A mulata se curvava, jogava a saia sobre as costas, expunha as nádegas esplêndidas que tanto o excitavam, e pedia-lhe apenas que fosse breve, pois tinha outras coisas de que cuidar. O comandante cravava seu arado naquela fenda, solitário, maldizia-a e recolhia-se, fingindo uma sensação de triunfo que eles dois sabiam ser ilusória.

Cabe aqui a pergunta: por quê, e de que maneira, Sal Dois-Vinténs — e, por uma implicação óbvia, Billy Gould — conseguiu evitar a gonorréia de que padecia o comandante? Ora, sua doença já o acompanhava havia muitíssimo tempo e, tendo se transformado numa maldição, agora lhe pertencia de modo exclusivo; tal como seus pensamentos, não era mais comunicável.

Muitos anos antes, quando pela primeira vez se deu conta do horror de um passado que era inescapável, o comandante interrogou Jorgen Jorgensen demoradamente, e em seguida deu-lhe uma ordem inequívoca enquanto urinava no canto de sua cela.

"O senhor está encarregado", disse o comandante, "de manter todos os registros da ilha."

O comandante virou-se para o velho dinamarquês, recolocando o pênis pustulento dentro dos calções sem qualquer vergonha ou cuidado, porém com um leve tremor que traía uma dor intensa.

"Se não posso controlar o passado agora", prosseguiu, enxugando os dedos numa dragona de pufino, enquanto sua máscara brilhava tanto que o velho dinamarquês foi obrigado a proteger os olhos com a mão em concha, "vou pelo menos controlá-lo no futuro."

Em comparação com tais ambições de tiranizar o tempo, os problemas de Billy Gould eram realmente de pouca monta. Sem dúvida, no futuro as pessoas podem decidir encarar seus atos subseqüentes como uma *rebelião interior* ou uma *feroz declaração de humanidade*. Mas eu e o rei sabemos que não é nada disso: Billy Gould estava mais na merda que os ossos de Lempriere, e precisava sair dela o mais depressa possível.

III

Vesti-me e saí do quarto de Sal Dois-Vinténs. A única sugestão que ela me deu não parecia ser das melhores, mas pelo menos tinha a qualidade de ser uma *idéia*, já que o medo de ser preso era a única coisa que se agitava na minha cabeça apavorada, solitária como um naco de carne em sopa de forçado.

Segui pelo Bulevar do Destino carregando o barril de ossos, fingindo para todos aqueles com quem eu cruzava que ele continha carne de porco em conserva que ficara rançosa, e que estava sendo devolvida pelo médico-chefe, indo em direção à sala do almoxarifado onde se guardavam os crânios de aborígines que haviam sido recolhidos pelo sr. Lempriere.

Naquele cômodo escuro, sem janelas, iluminado apenas pela luz esquiva de três lampiões de óleo de baleia, cheirando a gritos de dor de cetáceos moribundos, o sr. Lempriere, com paciência e ocasionalmente com violência, havia treinado o forçado mudo Heslop, ensinando-o a limpar, catalogar e empacotar da maneira correta os crânios que seriam enviados a *sir* Cosmo Wheeler, na Inglaterra.

"UMA VOCAÇÃO", dizia ele ao mudo, "GLORIOSA E SAGRADA — O QUE LHE DEI — ENTÃO, O QUE ME DIZ VOCÊ, HESLOP?" O mudo, naturalmente, não dizia nada.

Quando entreguei a Heslop mais uma leva de ossos para serem catalogados, ele reagiu com irritação. Com um gesto, deixou claro que julgava já haver terminado de lidar com ossos de negros, e que poderia voltar ao trabalho mais agradável de catalogar plantas e flores. Olhou para dentro do barril velho que eu havia com dificuldade carregado em minhas costas — e que emitia um inexplicável cheiro de porco —, no qual descobriu, numa pilha enlameada e emaranhada, mais um crânio humano, agressivamente riscado de turfa. Heslop sacudiu a cabeça e grunhiu de irritação.

Sem dúvida, o mudo estava zangado com o sr. Lempriere por ter este lhe impingido ainda mais ossos. Tive pena dele. Um barco estava de partida para Hobart Town naquela noite, e o sr. Lempriere havia insistido com ele para que aprontasse todos os ossos de aborígines a tempo de despachá-los nesse barco, para depois seguirem rumo a Londres.

Assim, a coisa tinha de ser feita, e, para evitar a ira do sr. Lempriere, Heslop começou imediatamente a limpar, preservar e catalogar o crânio, o qual fora tão danificado ao ser exumado que parecia ter sido mastigado por um animal selvagem. Pegou o crânio rosado, com riscos pardos, e, acalmando-se, deu a entender com seus gestos estar aliviado de ver que aquela cabeça, ao contrário das outras, não ficava o tempo todo reclamando em silêncio enquanto ele a esfregava, fervia e limpava. Eu o ajudei como pude, registrando com cuidado as medidas do crânio no catálogo que iria junto com eles.

Havia em tudo isso uma simetria e uma beleza que não deixei de perceber — o Grande Cientista, ao morrer, tornava-se parte de seu próprio Sistema Imortal. Senti que meus olhos começavam a marejar quando escrevi na página úmida do catálogo o que seria ao mesmo tempo o número de identificação do crânio e o epitáfio do sr. Lempriere, tão conciso quanto apropriado, que me fez pensar no baiacu murcho que fora lançado no fogo. Sendo o trigésimo sexto crânio da coleção da enseada de Macquarie, ele recebeu, segundo o método de classificação do próprio sr. Lempriere, a identificação EM-36. Levantei a pena e joguei areia na página. Por entre os grãos vi as quatro letras fluidas secarem, configurando uma realidade.

Quando, naquela noite, os engradados especialmente construídos foram levados para o barco, cada um deles contendo diversos compartimentos individuais, um para cada crânio de aborígine, embalado com todo o cuidado em aromáticas aparas de pinheiro, com o destinatário —

Sir *Cosmo Wheeler,*
Real Sociedade,
Londres

— assinalado em cada caixa, conforme as instruções do sr. Lempriere, curiosamente não havia nenhum comentário da pena do notável colecionador e médico da colônia referente ao crânio EM-36, no catálogo que acompanhava a remessa. Coisa estranha, pensou o mudo, mas não tinha nenhuma intenção de se arriscar a levar uma sova se perguntasse por quê.

Dei um tapinha nas costas de Heslop e agradeci-lhe o serviço bem-feito, mas eu devia ter imaginado que o desaparecimento do sr. Lempriere não ficaria por isso mesmo.

Alguns dias se passaram. Durante a maior parte do tempo, chovia sem parar, e eu trabalhava num cômodo no palácio do comandante, pintando um novo retrato desse personagem nadando na enseada, cercado por multidões que o adoravam. Com o barulho da chuva, eu jamais o ouvia aproximar-se, porém apenas sentia sua presença atrás de mim pelo cheiro. Quando me virei, vi uma cadela de três patas e uma figura encharcada que reconheci na mesma hora, com uma pedra de lápis-lazuli pendurada no pescoço que brilhava à luz do fim de tarde.

"*Quem ama por mais tempo?*", sibilou Jorgen Jorgensen, "*o homem ou a mulher?*"

Engoli em seco.

A cadela sarnenta levantou-se sobre as patas de trás e assobiou. Jorgen Jorgensen deu-lhe um pontapé com toda a vontade. O que ele queria de sua platéia não era que o aplaudisse, e sim que fosse sua cúmplice na invenção da história. Por mais esperta que fosse Elsinore, suas limitações quanto a esse aspecto por vezes irritavam seu dono profundamente.

Ele estendeu a mão, exibindo um vidro de perfume em forma de cabeça de Voltaire, meio cheio, meio vazio. Pela primeira vez, me dei conta de que sua cor era turquesa.

IV

O próprio nome "turquesa" evoca o outro exótico, o Oriente. A palavra, segundo me disse uma vez o médico-chefe — sem dúvida equivocadamente —, vem da expressão francesa *pierre turqueise*, que quer dizer "pedra turca". Tão misterioso quanto a tinta verde com que agora escrevo esta frase era o homem que daí em diante eu passaria sempre a associar a essa cor, o homem que agora me mostrava a cabeça traiçoeiramente fascinante de Voltaire: Jorgen Jorgensen.

No momento em que, naquela tarde chuvosa, ele pronunciou contra mim uma acusação de assassinato de que eu era inocente, dei-me conta de uma terrível verdade a respeito da ilha Sarah: era uma colônia não de homens, no final das contas, e sim de peixes que se faziam passar por homens. Quando Jorgen Jorgensen fez um pronunciamento tão cruel a respeito do meu futuro, vi na minha frente não a figura do velho dinamarquês, e sim um tubarão-serra, a me perfurar e despedaçar com sua boca alongada.

Se eu resolvesse inventar uma motivação para o ato de Jorgen Jorgensen — ciúme de minha suposta influência sobre o comandante, por exemplo, ou a compulsão do burocrata de encontrar relações óbvias de causalidade —, seria apenas literatura e não vida, onde não há explicações nem motivações para os atos das pessoas. Creio que foi só um impulso de sua natureza, como seria no caso de um tubarão-serra.

Eu viria a descobrir depois — tarde demais — que Jorgen Jorgensen, tal como o comandante, sofria de uma sensação de defasagem. Tinha ele lido livros demais, e aos dezesseis anos de idade, inspirado nas histórias de romance e aventura que o fascinavam, num belo dia em 1798, partiu de sua cidade natal, Copenhague, e constatou que o mundo não correspondia a nada que ele tivesse lido.

As coisas se despedaçavam e nada durava. Os livros eram sólidos, mas o tempo se derretia. Os livros eram coerentes, mas as pessoas não eram. Os livros tratavam de causas e efeitos, e no entanto a vida era uma desordem inexplicável. Nada era tal como nos livros, e isso lhe inspirou um ressentimento surdo, incessante, que por fim encontrou expressão em forma de vingança.

Nada durava naquele navio-carvoeiro inglês sacudido pelas tempestades, onde ele trabalhava preso aos termos de um contrato de longa duração, dividindo uma rede cheia de piolhos com um outro marinheiro que, no calor da paixão e na escuridão confusa do espaço apertado em que dormiam, se revelou, quando o dinamarquês nele pousou a mão trêmula, uma mulher. Nada durava nas cartas de baralho que lhe davam nas raras ocasiões em que aportavam, episódios que sempre terminavam deixando-o sem dinheiro e com uma necessidade desesperada de ganhar mais dinheiro, a qual o levava a apelar para seu único recurso: inventar histórias — mentiras, em outras palavras — que ele trocava por crédito para poder jogar outra vez na noite seguinte. Começou a fazer intrigas para cair nas boas graças dos outros, e terminou virando espião, dizendo aos agentes de vários governos o que eles precisavam ouvir para confirmar seus temores.

Descobriu que tinha uma capacidade de reinventar o mundo que só era igualada pela capacidade que tinha o mundo de se autodestruir. Dizia concordar com Erasmo de Roterdã. "*A realidade das coisas*", citava o holandês peripatético, "*depende apenas da opinião.*" Era uma máxima que o exemplo de sua vida confirmava acima de qualquer dúvida, pensava ele. Quando o mundo parou de acreditar nele, sua sorte virou, ele levou uma surra, foi preso e terminou degredado, tudo isso por conta da idéia errônea de que ele não tinha intenção de pagar suas dívidas. "*Existem palavras*", dizia ele do banco dos réus, tentando conquistar o juiz, se não com sua história pessoal, então com sua filosofia, "*e existem coisas, e as duas jamais hão de se encontrar.*" Mas isso não era verdade, como ele bem sabia. Jorgen Jorgensen transformava as palavras em coisas — era esse o seu dom, e fora essa também a causa de sua ruína.

Causava-lhe muito sofrimento a nostalgia do realismo, e imbuído do grande espírito romântico de sua época fez sua própria revolução da melhor maneira que lhe foi possível, derrubando, aos vinte e seis anos de idade, o indefeso governador dinamarquês da Islândia, com a ajuda de um corsário inglês, e enviando seis homens armados para os fundos da casa do governador, em Reikjavik, e outros seis para a frente, entrando em seguida pela porta adentro, acordando o coitado, que fazia a sesta no sofá, e prendendo-o. Em seguida, hasteou a antiga bandeira da Islândia livre, fez uma proclamação, afirmando que o povo da Islândia, cansado de submeter-se ao jugo dinamarquês, havia apelado a ele, unânime, para que chefiasse o novo governo. Doravante sempre fez questão de se arrogar o título de rei da Islândia, embora os ingleses lhe tivessem usurpado a soberania uma semana depois.

Chegou a Waterloo no dia seguinte ao da grande batalha em que foi disputado o futuro e que terminou com a vitória do passado; queixou-se de sua tendência a sempre chegar tarde demais ao lugar errado, a qual, julgava ele, com razão, o qualificava para exercer a profissão de jornalista, se bem que a reportagem que redigiu (quase toda extraída de jornais) no campo de batalha não fez muito sucesso entre os vendedores de livretos de Londres no inverno de 1816, quando a fome era grande. Fosse como fosse, imediatamente o prenderam como soldado francês tentando fugir disfarçado, e só conseguiu escapar após subornar um guarda, dando-lhe uma luneta que roubara de um soldado inglês morto.

Jorgen Jorgensen era dado a contar histórias — se eram verdadeiras ou falsas, isso não importava, nem a ele nem aos outros — pois elas constituíam a sua mercadoria; era um vendedor de histórias, um viajante na república das ficções. Nas suas histórias, ele normalmente figurava como o narrador de uma das novelas picarescas que, no século anterior, eram tão populares entre as criadas de cozinha e os criados sorrateiros, e que ele costumava ler com avidez, tanto assim que o sr. Lempriere o chamava pelas costas de Joseph Josephson.

Tinha a tez amarelenta, cabelos brancos oleosos, nariz comprido e pontudo, e usava um bigode mole desses que pendem em fios por cima dos lábios e guardam nas pontas pequenas pérolas de gordura de sopa coagulada.

Muito antes da chegada do tenente Horace, Jorgen Jorgensen havia sido empossado no cargo de intendente, cuja atribuição oficial era cuidar dos armazéns do governo, mas na verdade atuava como agente do governador Arthur, sempre pronto para relatar todas as intrigas que circulassem naquele recanto remoto do que era então o pequeno império do déspota da Terra de Van

Diemen. Mas com a entrada em cena do tenente Horace ele reconheceu as limitações de sua perfídia.

Mais tarde, quando o trabalho fez com que se formasse entre eles um vínculo tão sagrado quanto o do assassinato, dizia-se que fora graças à sua cumplicidade de conspirador que Jorgen Jorgensen chamara a atenção do comandante, aquela sua capacidade de estar sempre disposto a inventar qualquer história que, no seu entender, o comandante quisesse ouvir. É bem possível que Jorgen Jorgensen compreendesse a necessidade de cair nas graças do novo comandante com suas histórias, porém é também possível que — naquele dia, tantos anos antes, em que recebeu o encargo de manter os registros da ilha — tivesse encontrado no comandante um espelho para seu desejo, reprimido havia tanto tempo, de trair o mundo de uma maneira mais fundamental, tal como julgava que o mundo o havia traído ao revelar-se muito diferente dos livros. No comandante ele detectava a loucura criativa de uma platéia de verdade, o desejo absoluto de acreditar a todo custo.

Ainda segurando a cabeça de Voltaire à sua frente, como se fosse Hamlet com o crânio de Yorick, Jorgen Jorgensen disse-me com sua voz estranha — tão afetada, como eu viria a descobrir, quanto sua caligrafia à italiana, excessivamente enfeitada — que não era mais possível fazer de conta que a morte do sr. Lempriere fora acidental. As circunstâncias exigiam que a animalidade do ser humano de vez em quando se manifestasse e, quando tal ocorria, fosse punida. A família do médico-chefe não se contentaria com menos que isso, e o comandante não gostaria que um inquérito fosse aberto em Hobart Town, dada a magnitude de seus empreendimentos comerciais e de suas ambições políticas. O comandante me mandaria matar da maneira mais lenta e bárbara por ter roubado seu perfume favorito, se ficasse sabendo de meu roubo. Por outro lado, ele, Jorgen Jorgensen, estava disposto a me dar uma oportunidade de fazer uma última coisa boa pela Nação, e também por mim mesmo. Nesse momento fez uma pausa, passou a língua pelo bigode melancólico, irregular como uma serra, um gesto um tanto obsceno, e prosseguiu. Ele estava disposto, disse-me, a facilitar minha passagem desta para outra com uma morte relativamente rápida, no patíbulo, se eu assinasse uma declaração confessando o assassinato do sr. Lempriere.

Com o máximo de convicção de que eu era capaz, respondi-lhe que o gendarme Musha Pug, no tempo em que era assistente do chefe do almoxarifado na Intendência, tinha me vendido o frasco de perfume — o qual ele se gabava de ter roubado a fim de facilitar sua conquista da mulata, a criada do comandante — e que, portanto, eu não podia assinar.

V

Assinei. Foi na manhã seguinte, continuava chovendo, e Jorgen Jorgensen apresentou-me uma declaração cheia de floreios, contendo o relato detalhado e macabro do crime que eu teria feito a outrem, contando vantagem, dizendo que havia afogado o sr. Lempriere e depois jogado seu corpo na enseada, para ser devorado pelos tubarões. Tudo isso era corroborado por uma longa confissão escrita e assinada pela criada negra do comandante.

Não havia tubarões na enseada de Macquarie. Mas parecia-me inútil ressaltar esse fato, ou lembrar-lhe que Sal Dois-Vinténs era analfabeta. Para ser franco, devo confessar que me pareceu não ser razoável recusar-me a assinar depois que me foi dito, de passagem, que o gendarme Musha Pug havia sido acordado no meio da noite anterior e sua virilha fora golpeada com um martelo, de modo que seus colhões ficaram do tamanho de um saco de açúcar, do qual os restos estraçalhados de sua virilidade pendiam como se boiassem num ensopado horrendo.

Quando fui devidamente julgado pelo assassinato do sr. Lempriere — juntamente com Tom Weaver, o Roncador, que fora encontrado trajando a anágua de uma criada —, colocaram a nosso lado, junto ao banco dos réus, retomando a velha tradição, para lembrar-nos do destino que nos aguardava em breve, como se fossem nossos animais de estimação, dois ataúdes.

Tom Weaver, o Roncador, ria ao subir no cadafalso no dia seguinte. Com um sorriso largo, tirou dos cabelos uma fita e soltou as madeixas louras; agachou-se, tirou as botas sem cadarços e jogou-as para o velho Bob Muff, que cuidara dele quando ainda era recém-chegado à ilha Sarah, cheio de projetos de fuga e de liberdade. *Venha caminhar comigo, Bob!*, gritou ele, e então começou a roncar e uivar do modo que o tornara famoso. Claramente, estava bêbado, mais chumbado que uma rede de pesca, e todos nós começamos a aplaudir e rir, e os urros e uivos aumentavam conosco, através de nós, além de nós.

O verdugo, indignado com aquele espetáculo que zombava do poder solene da pena capital, apressou-se. O alçapão abriu-se com um ruído seco, Tom Roncador afundou, balançou-se e estremeceu, com um último ronco a explodir, quando então ficou claro que o carrasco não tinha apertado direito o laço, e o pescoço de Tom Roncador não havia se partido. Em vez de morrer de repente, ele se debatia, sufocando aos poucos; seu ronco reduziu-se a um gorgolejo estridente. O carrasco aproximou-se da forca, sacudindo a cabeça, deu um salto, agarrando-se às pernas do condenado, que se debatiam, e ficou balançando junto com elas, para que com seu peso adicional a morte viesse mais rapidamente ao enforcado. Foi uma cena horrível: até mesmo Capois Death, para espanto meu, mal pôde conter um grito.

No dia seguinte, na Penitenciária, os forçados foram despertados para a revista matinal. Cada rede foi dobrada e pendurada com cuidado de seu gancho na parede, e de um deles agora pendia o velho Bob Muff. Os ganchos ficavam apenas à altura do cotovelo, mas não é preciso dispor de uma grande altura para se enforcar: basta um pouco de corda e uma vontade férrea. Como temiam que eu fizesse o mesmo e me furtasse ao cadafalso, trouxeram-me para esta cela cheia de água do mar e puseram-me sob as vistas de Pobjoy.

No tribunal, pediram-me uma explicação — mas o que havia para dizer? Que de início eu via pessoas nos peixes? E que depois, quanto mais eu olhava para aquelas pobres criaturas, agonizantes, as caudas a agitar-se pela última vez, as guelras a pulsar em desespero, assinalando que sua tortura silenciosa ainda não havia terminado, quanto mais eu contemplava o abismo infinito de seus olhos, mais alguma coisa delas passava para dentro de mim?

E como poderia eu confessar uma coisa ainda mais estranha, mais chocante: que nos últimos tempos uma pequena parte de mim, independentemente de minha vontade, tinha dado início a um mergulho longo e fatal nas profundezas dos peixes! Uma pequena parte, e depois uma parte cada vez maior de mim, afundava, despencava para dentro daqueles olhos acusadores, daquele túnel em espiral que só terminaria quando me desse conta, de súbito, de que não estava mais caindo e sim rolando, cada vez mais devagar, nas águas do oceano, sem saber se estava finalmente salvo ou finalmente morto, e a certa altura daquela queda percebi, horrorizado, que estava olhando para um tubarão-serra que fingia ser Jorgen Jorgensen, e que estava vendo peixes nas pessoas!

Minha pele começava a pinicar e cobria-se de suor só de eu pensar nessas coisas terríveis, imagine se eu as dissesse em público! Pois eu sabia que, para sobreviver e prosperar, era importante não sentir nada por ninguém nem por coisa alguma, e eu sabia que queria sobreviver e prosperar. Mas, graças a essa minha nova proximidade em relação àqueles seres que antes para mim não passavam de fedor envolto em escamas viscosas, comecei a sonhar que não havia nada nesse universo extraordinário que se abria a minha frente, nem homem nem mulher, nem planta nem árvore, nem ave nem peixe, a que me seria permitido permanecer indiferente.

O suposto crime de que me acusavam, e pelo qual depois fui julgado e, inevitavelmente, considerado culpado, era o assassinato. Mas meu verdadeiro crime...?

Meu verdadeiro crime era ver o mundo tal como ele é e pintá-lo em forma de peixe. Isso bastava para que eu me sentisse disposto a assinar uma confissão de culpa, sem que para tal fosse necessário o Berço ou o Tubo-Mordaça, por mais que fossem falsos os detalhes referentes a meu crime.

Faz quase um ano e meio que estou preso nesta cela de água salgada aguardando minha execução, a qual Pobjoy, através de vários subterfúgios, sempre consegue adiar. De início, essa situação me parecia vantajosa. Minhas primeiras pinturas de peixes foram coletadas e encadernadas por Pobjoy, que as vendeu para um certo dr. Allport em Hobart Town. Isso para mim era indiferente, pois jamais fiquei satisfeito com qualquer dos trabalhos que fiz para o livro do sr. Lempriere. Curiosamente, é só agora, pintando com base numa memória deficiente à luz pobre desta cela de água salgada, que julgo meus peixes finalmente merecedores de tal nome.

Julgava Pobjoy que desde que eu fora encarcerado na cela de água salgada minha crença se renovara, que ali meu talento se desabrochava como uma samambaia na sombra. Ele, que antes me via apenas como um objeto para ser espancado e chutado, agora se impressionava com meu interesse — um interesse exclusivo — pela pintura, e mais ainda com a quantia que o médico de Hobart Town se dispunha a pagar pelo livro de peixes do sr. Lempriere.

Pobjoy se deu conta de que as pinturas eram uma moeda mais valiosa do que o fumo ou o rum, desde que utilizadas no lugar certo. Mas para que eu pintasse, e para que Pobjoy ganhasse dinheiro, era preciso que eu dispusesse dos materiais necessários, os quais ele, à sua maneira cautelosa, conseguiu obter.

Na minha cela de água salgada, acobertado pelos Constables falsos, decidi repintar todos os peixes de memória, dessa vez acrescentando às pinturas essas observações. Pobjoy forneceu-me as tintas a óleo e as telas para meus Constables, bem como o papel que afirmei precisar para fazer meus esboços preliminares. Para completar meu segundo livro de peixes, porém, eu precisava de aquarelas.

Vi Sal Dois-Vinténs pela última vez quando ela veio a minha cela supostamente para me trazer comida. Minha vida na cela era fabulosamente monótona, e com exceção de Pobjoy eu gozava a felicidade de não ter de enfrentar o problema representado pelos outros. O Céu são os outros, dizia o velho padre que esfregava meus pés na esperança de esfregar outras coisas, mas imagino que o Inferno seja o mesmo. Assim, eu não queria ver Sal Dois-Vinténs — para dizer a verdade, não queria vê-la nunca mais. Porém lá estava ela, com o traje da criada que ela fingia ser às vezes.

Seu ventre pesado deixava claro que estava prestes a parir um filho. Mas não queríamos falar sobre isso, nem tampouco sobre a morte de seu pai. Embora ela não dissesse nada, compreendi que em breve fugiria para o mato, deixando o comandante desconsolado e a mim em posse não apenas das aquarelas do sr. Lempriere, que estava trazendo para mim em segredo naquele dia, como também o pote de cobre contendo láudano verde, ao qual, depois que ela partiu, devo confessar, de vez em quando tenho recorrido em busca de conforto.

O verde — fertilidade, nascimento, imortalidade, ressurreição dos justos. Na Arte denota a esperança, a bem-aventurança. Entre os gregos e os mouros, a vitória. Na igreja, a munificência de Deus, a alegria, a ressurreição. Entre os planetas, Vênus. Mas, para mim, o cheiro de merda de porco, o poder malévolo do ciúme e a visão de alucinações serão sempre da cor turquesa.

Olhando fixamente para seu ventre e perguntando a mim mesmo qual demônio seria o responsável, disse uma única palavra quando ela se virou para ir embora.

"*Moinee?*", perguntei.

"Cupincha", respondeu ela.

VI

Pensam que eu era apenas o prisioneiro? Tive vontade de gritar quando ela se virou para ir embora, e bati três vezes na porta para que Pobjoy viesse abri-la — pois eu era também o carcereiro. Pensam que jamais menti para salvar a pele? Que nunca traí um camarada? Tenho um fraco por gim azul, mulheres velhas, rum branco, mocinhas bonitas, cerveja preta, pisco, a companhia de gente e o láudano do comandante. Tenho muito medo da dor. Vergonha já não quer dizer nada para mim. Pensam que nunca delatei um camarada? Já fui cupincha e já fui alcagüete, e quando via meu camarada sendo levado para ser açoitado por conta de uma informação falsa dada por mim, sentia afeto por ele e até chorava por ele. Sobrevivi. Isso foi mau e errado, e, ao trocar almas por um pouco de comida ou tinta, agi tal como se fosse eu mesmo o azorrague. Dei de graça todas as coisas que me eram necessárias. Fui um cagalhão no fundo de uma cela. Cheirei o hálito de meus camaradas. Provei o fedor azedo de suas vidas apodrecidas. Fui uma barata fedorenta. Fui o piolho imundo que não parava de coçar. Fui a Austrália. Agonizei antes de nascer. Fui Maria Madalena. Fui Jesus. Fui pecador. Fui santo. Fui carne e apetite carnal e união carnal e morte e amor foram todos igualmente infames e igualmente belos para meus olhos. Acariciei seus corpos destroçados moribundos. Beijei seus furúnculos supurantes. Lavei seus cambitos coberto de chagas, crateras transbordando de pus; fui aquele pus e fui espírito e fui Deus e fui intraduzível e incognoscível até para mim mesmo. Como me odiei por isso! Como desejei testar o universo que eu amava e que também era eu, e como desejei saber por que motivo em meus sonhos eu sobrevoava oceanos e por que, ao despertar, eu era a terra cheirando a turfa recém-cortada! Homem nenhum podia responder meus lamentos irados, nem me ouvir fazer chistes sobre a triste sina que me obrigava a suportar esta vida. Fui Deus e fui pus, e tudo o que fui foi também Tu, e Tu foste Santa, Teus pés, Teus intestinos, Teu montículo, Tuas axilas, Teu cheiro e Teu som e Teu gosto, Tua Beleza decaída, fui Divino à Tua imagem e semelhança e fui Tu e deixei de ser deste mundo imenso e por que será que não há palavras que exprimam quanto me doía e ardia dizer adeus?

O peixe-vaca listrado

As aréolas da sra. Gottliebsen — Outros fenômenos surpreendentes — Sal Dois-Vinténs e seus círculos — Por que o peixe-vaca listrado estremeceu — Uma misteriosa calamidade — Descoberta do Arquivo — A invenção do velho dinamarquês — Um confronto fatal — Literatura do assassinato — A cabeça do médico-chefe se multiplica incessantemente — Um casulo desenreda-se.

I

Vejo que pus o carro à frente dos bois ao contar esta minha história, e que esse tempo todo a sra. Gottliebsen estava esperando, pronta, com todos os arreios, para levar-me rapidamente a meu destino fatal.

Se o leitor tiver imaginado que Billy Gould — antes de ser identificado como o Assassino do Iluminismo, no tempo em que ainda pintava peixes para o médico-chefe —, tendo estado com Sal Dois-Vinténs, permaneceu-lhe fiel, o leitor terá ao mesmo tempo acertado na mosca e errado por completo. Ela fazia das suas com Musha Pug, enquanto Billy Gould era apresentado à sra. Gottliebsen, esposa do pastor Gottliebsen, estando o casal de passagem na ilha Sarah, viajando numa chalupa que seguia em direção a Sydney.

Estavam sofrendo a hospitalidade do sr. Lempriere, o qual lhes cedera a cabana enquanto inspecionava os postos avançados da colônia às margens do rio Gordon. Eu fora instruído a servi-los como criado e interromper minhas pinturas até que os hóspedes fossem embora.

O pastor Gottliebsen era um indivíduo mirrado e murcho. Não era de todo desprovido daquele tipo de autoconfiança que é desacompanhada da necessidade de pensar, e bastou isso para que ele me desagradasse. Suas idéias eram tão estreitas quanto o gargalo de uma galheta de vinagre, e ele julgava-se uma espécie de esteta, um verdadeiro poeta romântico; interessava-se pela idéia do criminoso-artista, e falou-me de seu interesse enquanto lhes servi o jantar naquela noite: disse-me que essas duas polaridades por vezes existem — talvez até existam *necessariamente* — sob o guarda-chuva de uma mesma alma.

Na minha opinião, trata-se de um guarda-chuva bem vagabundo e todo furado, e só mesmo um rematado insensato haveria de buscar abrigo debaixo dele; mas o pastor Gottliebsen não me perguntou nada, portanto nada lhe respondi, limitando-me a lhe dizer que para um homem como ele, que estava claramente na força da idade, investir em Arte não era má idéia.

"Por que você pinta?", perguntou-me ele, e antes que eu tivesse tempo de dizer que era melhor do que ser currado por meia dúzia de vagabundos no meio do mato, mas só um pouco melhor, ele respondeu sua própria pergunta: "Porque você sente necessidade de encontrar a beleza no mais adverso dos mundos. Porque mesmo no coração mais depravado", refletiu ele, para que eu lhe confirmasse a observação trivial, "vive a esperança da Divina Redenção através da Natureza, que é a Arte."

"O senhor não teria por acaso um pedacinho de fumo de rolo?", perguntei.

O pastor Gottliebsen parou, virou a cabeça para o lado, maravilhado com a sagacidade de seu próprio comentário. Sacudiu a cabeça, deslumbrado com a glória do homem, seu infinito desejo de ascender até às esferas mais excelsas.

"É para o meu cachimbo", prossegui. "O senhor Lempriere não se incomoda."

Porém ele parecia não me ouvir; após algum tempo, relaxou e ofereceu-me um pouco de rapé, que aceitei como uma alternativa razoável, juntamente com a opinião bem pensada que o pastor me oferecia: segundo ele, a criminalidade era causada por um desequilíbrio de fluidos corporais que, julgava ele, poderia ser corrigido se indivíduos como eu, quando crianças, fôssemos mantidos de cabeça para baixo algumas horas por dia durante alguns anos, como tratamento.

Se tivessem me pendurado de cabeça para baixo quando criança, talvez eu tivesse saído diferente, talvez melhor. Porém naquele tempo as humilhações que sofri foram muitas, e pelo visto elas não tiveram o efeito de me melhorar em nada; e olhe que passei por coisas bem piores do que ser amarrado pelos tornozelos e pendurado, cá entre nós.

Na segunda noite que o casal passava na cabana, depois que eu trouxe uma garrafa do melhor rum da Martinica — diluído em água conforme as especificações do médico-chefe —, a sra. Gottliebsen pôs a mão sobre a minha. Disse-me que seu marido vira alguns de meus trabalhos e considerava-me um sensualista, sem dúvida porque meus fluidos corporais estavam desequilibrados. Ela levou minhas mãos aos lábios e beijou-as, acariciou-me o braço e depois me perguntou se eu não poderia possuí-la enquanto o pastor Gottliebsen nos observava de uma distância discreta. Ofereceu-me seis onças de fumo de rolo da melhor qualidade. Por seis onças, respondi, o pastor Gottliebsen pode até chegar bem pertinho, como quiser, mas essa idéia não agradou muito à sra. Gottliebsen.

Ela pediu-me que eu a vendasse e amarrasse seus punhos aos balaústres da cama. Por seis onças, senti-me obrigado a lhe mostrar a melhor dança que eu era capaz de dançar, e assim dançamos a velha natureza-morta holandesa, depois partimos para o Iluminismo, e ela gritava e gritava de prazer cego, o que para ela era muito bom, mas para mim era um problema, pois o pintor flamengo não estava conseguindo pegar tinta na palheta.

Pobre sra. Gottliebsen! Era uma mulher ousada, e seu corpo era mais ousado ainda: coxas grandes de alabastro, ventre arredondado, seios fartos de aréolas particularmente volumosas. O rosto tingido de damasco por seu esforço exaustivo, ela gritava: "Violente-me! Violente-me!". Mas tudo que eu conseguia fazer era roçar-lhe as coxas com o nariz, correr os dedos por seus mamilos, lamber aquelas aréolas magníficas, cada vez mais desesperado, porque nada adiantava.

Pobre Billy Gould! Pobre-diabo! Outrora ele era capaz de atacar uma calcinha presa numa ratoeira. Onde estavam seus fluidos corporais desequilibrados agora que ele mais precisava deles? Eu estava consternado. Ela maldizia-me, chamava-me monstro depravado. Eu estava perdido. Ela se debatia mais que peixe que caiu na rede. "Seu animal!", gritava ela. Em resposta, eu urrava. "Seu animal furioso!", gritava ela, deliciada. Eu zurrava. A sra. Gottliebsen começou a gemer. Era terrível. Eu relinchava, roncava, mugia e balia. Transformei-me num bestiário de luxúria barulhenta. No entanto, por mais barulhos ridículos que eu fizesse, tentando prolongar um pouco a mentira de minha excitação, eu não passava de um eco procurando o grito que o provocara. Nem os gritos desvairados e carnais da sra. Gottliebsen nem minhas exortações interiores nem minhas manifestações externas conseguiam surtir qualquer efeito sobre minha virilha flácida. Os Gottliebsen queriam um leviatã, e eu me transformara numa sardinha.

Olhando para trás, parece-me quase inacreditável que Billy Gould tenha tido o privilégio de conhecer tanta carne e mesmo assim haja permanecido indiferente. Eu não seria capaz de insultar a sra. Gottliebsen, que era sob tantos aspectos uma boa mulher e também muito atraente, tirando o rosto, mas por outro lado quem é que fica contemplando o console da lareira quando está atiçando o fogo? Só que eu não conseguia nem mesmo acender uma vela, quanto mais acender uma fogueira das boas. Julguei que talvez fosse efeito da venda e tentei imaginar os olhos da sra. Gottliebsen, mas não logrei lembrar-me deles; além disso, constrangia-me a presença do pastor Gottliebsen, fazendo coisas indizíveis no sofá atrás de mim, e assim tentei imaginar que ele não estava presente.

Então irritei-me ao pensar que eles estavam me fazendo desempenhar o papel do padre de dedos secos como giz. Tentei imaginar todas as depravações do mundo, e minha cabeça se encheu de mais coisas imaginárias do que é possível imaginar, mas assim mesmo eu permanecia como uma criança diante daquela mulher. Apavorado, rezei para são Guenoleu, padroeiro dos impotentes, na esperança de imitar sua estátua em Brest, famosa por seu membro ereto, o qual — embora seja constantemente desgastado por amantes desesperados — milagrosamente conserva sempre um comprimento e uma orientação admiráveis.

Porém o problema era que Sal Dois-Vinténs dera um jeito de entrar na minha cabeça, e por mais que eu rezasse, por mais que tentasse, por mais que quisesse, ela de lá não saía e não me deixava desempenhar meu papel a contento. A sra. Gottliebsen abria-se diante de mim, maior e mais branca do que toda a Europa, e tudo que eu precisava fazer era conquistá-la como Alexandre e chorar depois. No entanto, meus olhos só viam as frágeis cordas de sisal dos bíceps e dos antebraços escuros de Sal Dois-Vinténs, as costelas que formavam o pequeno barril de seu tórax sobre os seios pequenos, um pouco caídos, o ventre glorioso, distendido e marcado de estrias, os lábios como mexilhões úmidos que me convidavam a entrar...

Eu não me sentia na obrigação de permanecer fiel a Sal Dois-Vinténs — afinal, ela não era nenhuma virgem vestal —, porém o que havia entre nós se intrometia entre mim e a sra. Gottliebsen, que se contorcia e dizia as coisas mais indecentes a respeito da minha animalidade. Quem dera. Aquilo me irritava muito, porque não era racional e porque eu queria dar prazer a mim tanto quanto à sra. Gottliebsen, e eu sabia que nada ia acontecer, e aquilo era um atentado à Razão — o que me fez pensar, com alegria, no Grande Filósofo.

Peguei Voltaire e o pus em funcionamento, e a sra. Gottliebsen começou a guinchar mais do que Castlereagh, e o pastor Gottliebsen começou a gemer, com os olhos revirados, de modo que nem sei se ele via direito o que estava acontecendo, de tanto que gemia, pois no dia seguinte, quando fui me despedir deles no cais, percebi que os dois de vez em quando olhavam furtivamente para minha virilha, tomando-a, sem dúvida, por um vale de gigantes escondidos, e não pelo deserto de desejo que era na verdade.

As seis onças de fumo de rolo, calculei, durariam quatro meses, se eu economizasse bem. Fumei metade em dois dias, depois mandei um recado para Sal Dois-Vinténs, dizendo-lhe que estava abastecido de fumo, caso ela estivesse interessada. Sua resposta veio no dia seguinte.

Ela estava interessada, sim.

II

Na parte de trás de suas panturrilhas, Sal Dois-Vinténs mostrou-me dois círculos que haviam sido cortados em sua carne, de modo a formar cicatrizes elevadas, de um tom metálico de azul, curiosamente macias ao tato. Um dos círculos ela tocou e disse "sol"; o outro, bissectado mas não interrompido por uma única linha, ela tocou de novo e disse, em inglês como antes, "lua".

Em seguida, encontrou um graveto em forma de Y junto da lareira do sr. Lempriere e, após afiar duas de suas pontas com a faca de cozinha, fez-me puxar para cima a camisa e deitar-me de bruços. Senti que ela cravava as pontas nas minhas costas, perto da cintura, usando o graveto como se fosse um compasso, cortando um círculo em cada lado de minha espinha. A dor do graveto lentamente riscando minha carne fez-me estremecer, e por um momento contorci-me quando ela começou a bissectar o segundo círculo com uma linha reta.

Enquanto punha cinzas da lareira dentro dos cortes para formar um quelóide, novamente tocou o primeiro círculo e disse "Palawa", o nome de sua gente em sua língua; depois, ao esfregar cinzas no segundo círculo, o que fora dividido ao meio, ficou repetindo sem parar a mesma palavra: "Numminer", como se eu fosse uma criança boba, dizia ela, rindo, "Numminer, numminer".

"Eu não sou numminer, não", retruquei após algum tempo, virando-me, sabendo que "numminer" era o termo que designava tanto os fantasmas quanto os brancos, sabendo que eles acreditavam que a Inglaterra era o lugar para onde iam os espíritos após a morte para renascerem como ingleses, que os brancos eram seus ancestrais redivivos.

Para prová-lo, fiz Sal Dois-Vinténs deitar-se. Examinei o peixe circular e a tela circular à minha frente. Contemplei as diversas cicatrizes elevadas em forma de círculos que havia em seu corpo. O sol, a lua. Mulher negra, homem branco. Para mim, porém, o mais maravilhoso dos círculos dela era aquele no qual comecei então a pintar.

A variedade dos seios é infinita, e cada seio evoca uma imagem ao mesmo tempo ridícula e bela: seios cuja existência é apenas esboçada, um pequeno montículo, só aréola e mamilo, como se concentrassem toda a sua beleza naquela essência em forma de cone; seios alongados que parecem pedir para serem manipulados e contidos numa mão em concha; seios como mamas de cadelas ou de vacas, com seu apelo erótico inegável; seios que pedem que se passe a língua entre eles, ou que se aperte o caralho entre eles; seios que olham cada um para um lado, como um casal briguento que jamais há de separar-se, mas também jamais voltará a trocar uma palavra; seios maternais, com veias azuis e um cheiro pesado de leite azedo; seios tensos e seios flácidos; seios com mamilos que parecem canos de revólveres, e seios com mamilos invertidos que têm de ser chupados para desabrochar dentro da boca, como se assumissem a posição de sentido. Mas a imagem que os seios de Sal Dois-Vinténs evocava naquele dia, deitada no chão poeirento da cabana do sr. Lempriere, era a de um pequeno peixe arredondado, nadando célere por entre os corais como se fosse um curioso prato a girar, profusamente decorado com listras aveludadas.

Molhei a ponta de meu pincel em sua língua e depois fui percorrendo lentamente sua face, avermelhada com o ocre que ela usava à guisa de ruge. Com minha língua, umedeci seu seio escuro, preparando-o, e comecei a trabalhar usando o ocre vermelho como base, primeiro com o pincel, que grudava em sua carne e a incomodava, depois com os dedos, descrevendo lentos círculos com eles, deixando o crescente inferior do seio tal como estava.

À direita do mamilo tingi uma área, usando um pouco de pigmento azul. Os pequenos chifres brancos foram pintados com o pó de chumbo do sr. Lempriere, e para a característica íris amarela do peixe usei um pouco de ouro, roubado havia muito tempo do Grande Salão de Majongue. Delicadamente esfreguei entre dois dedos seus cílios cobertos de carvão vegetal, e numa palheta que improvisei em seu ventre preparei uma pasta escura com aquele resíduo negro e cuspe. Usei essa tinta para traçar os contornos de seu seio. Por fim, sobre o mamilo descentrado, longo e escuro de espanto, tracei linhas levíssimas para sugerir a nadadeira peitoral atrevida. O resultado, ainda que não fosse inteiramente satisfatório, era de todo vívido. Sal Dois-Vinténs soergueu-se, apoiada nos cotovelos, porém eu só tinha olhos para o peixe-vaca listrado que emergia pouco a pouco.

Larguei o pincel.

Quando, abaixando-me, com a ponta da língua toquei a nadadeira peitoral do peixe, ele estremeceu, como se estivesse prestes a ganhar vida.

Eu esperava que ela não desgostasse de mim, mas não tinha nenhuma ilusão de que ela guardaria alguma lembrança amorosa da minha pessoa; se é que não ia se esquecer de mim por completo. Eu era apenas mais um numa seqüência; eu lhe trazia coisas de comer e beber, naquele dia um pouco de fumo, mas fora isso não existia para ela. Quando me vinha à mente o modo como o dinheiro, a sujeira e o frenesi do desejo humano e o ressaibo amargo da vida vêm todos juntos quando compramos uma mulher de algum modo, eu me sentia tonto, como se estivesse olhando para dentro de um buraco negro infinito e perdendo o equilíbrio. Pensei: não é desonestidade; é a expressão mais honesta de toda a tristeza infinita de todos nós. Eu de bom grado passara como azougue pelas mãos de muitas mulheres, mas havia um ajuste de contas. Nada de absolvição do amor; nenhuma redenção na idéia de que o mundo se reduzia a apenas duas pessoas. Naquele dia, dei-me conta de que para ela eu não era absolutamente nada.

Levantei a vista e olhei para os complexos arabescos que as grandes aranhas formavam com as teias que teciam nos cantos, véus de seda que uniam as paredes decrépitas da cabana miserável umas às outras e ao teto. Quando baixei a vista, julguei ver no rosto de Sal Dois-Vinténs um ar ausente; era talvez isso, mais do que qualquer outra coisa, que lhe emprestava — ao menos nos meus olhos — uma certa profundeza serena. Seus olhos apareciam cheios de sabedoria, mas quando ela falou foi só para pedir mais pisco, e então ela dançou.

Naquele dia de outono na cabana do sr. Lempriere, enquanto lá fora um vento frio se transformava em vendaval, naquele dia único em que ela voltou para mim, atraída, imaginava eu, pela promessa de fumo e pisco, Sal Dois-Vinténs se pôs de pé, nua, com um fogo intenso de toros úmidos a crepitar atrás dela, e começou a dançar como se estivesse se esquivando de tiros de mosquete: primeiro fingia ir para um lado, então contorcia-se e saltava para o lado oposto. Sua dança não tinha nada de feminino, nada do que associamos ao conceito de "mulher". Era ora violenta, ora desavergonhada, ora desengonçada, e parecia não aspirar à beleza, e sim tentar contar-me uma história que, minha vaidade me fez pensar, se destinava a mim. Ela parecia estar tentando desafiar o peso, a gravidade. O peixe-vaca listrado saltava e fazia piruetas no oceano de sua dança.

Finda a dança, ela estava suada e fria. Nem eu ousava, nem ela desejava, copular na enxerga mofada do sr. Lempriere, por isso nos deitamos no chão imundo. Comecei a beijá-la nas costas, então ela virou-se e eu comecei a chupar e lamber. Enquanto dávamos início à velha dança do Iluminismo e o sorriso da razão de Voltaire começou a brotar nela como uma onda violenta aguardando a hora de quebrar-se, vi estas coisas: num dos pulsos, um bracelete de prata grande; no outro, um enorme furúnculo que não fora lancetado. Um peixe-vaca olhando para mim. Piolhos subindo pelo braço dela e chegando ao seio do peixe-vaca; essa visão de um corpo se entregando a outros, do progresso inevitável da morte e ao mesmo tempo sua transformação em vida nova, me pareceu terrível e maravilhosa. Nada era conciliado: tudo era belo.

Havia um travo amargo no gosto daquela mulher, um pouco salgado, um pouco afrutado, um pouco azedo, um pouco acanelado, e o todo era uma coisa muito grande, forte e doce. Deitado com ela no soalho imundo da cabana do sr. Lempriere, vendo seus braços e coxas e torso escuros a misturar-se com o pó e a sujeira e as moscas mortas, o azul da cicatriz, o tom escuro de sua pele me pareceram ainda mais brilhantes, ainda mais belos por estarem cercados de tanta imundície.

Naquele dia, quanto mais eu a amava, mais misteriosa ela se tornava para mim. Comecei com certezas: ela era negra, ela era um prazer para mim, e eu podia fazer amor com ela sem nenhuma conseqüência. Terminei na dúvida, quanto a quem ela era e, mais chocante ainda, quanto a quem eu era.

Agarrei a esfera de sua cabeça entre as palmas das mãos, segurei-a pelas raízes dos cabelos curtos e crespos, enrolando-os em torno dos dedos, e puxei a cabeça para trás, com tanta força que temi machucá-la, porém, quanto mais força eu fazia, mais seu traseiro subia e descia com insistência, transido de prazer, fazendo força e pedindo mais e mais de minha virilha tensa, e quanto mais eu olhava para seu rosto mais me dava conta de que aquilo nada tinha a ver com seu rosto, nem com minhas idéias vazias e estéreis e tolas a respeito da beleza e de onde ela residia; quanto mais perscrutava seus olhos de perto, mais eu compreendia que ela estava longe, muito longe, afastando-se mais e mais de mim, exigindo de mim apenas que eu continuasse a apertar-lhe a cabeça e puxar-lhe os cabelos e corresponder, com todas as forças que me restavam, ao ritmo incessante de seu sexo aveludado, a tremer sobre mim como se fosse a mais bela das tempestades prestes a fazer-me náufrago para todo o sempre, enquanto sob nossos corpos o peixe-vaca listrado pouco a pouco se dissolvia em manchas suadas de cores perdidas, poeirentas.

III

As aquarelas já estavam quase no fim. Sal Dois-Vinténs havia ido embora. O médico-chefe fora transformado num miasma nauseabundo. Meu pote de láudano estava vazio. Só Pobjoy continuava cada vez mais alto. Capois Death estava desaparecido — segundo alguns, teria fugido; segundo outros, fora assassinado por ordem expressa do comandante depois que os desertos congelados da Passagem Noroeste foram destruídos quando o painel pegou fogo, incendiado por fagulhas vindas da locomotiva, durante a viagem de trem noturna do comandante. Naquele tempo eu ainda não tinha o rei para com ele falar sobre minha situação cada vez mais desesperadora, pois o episódio que vou narrar agora ocorreu antes de ele se juntar a mim nesta cela.

Em suma, não restava nada para minha crônica interpretar. Meu trabalho, minha vida, atingiam uma correspondência para a qual eu não estava de todo cego, pois aquele terminava e esta logo iria pelo mesmo caminho.

Sei que era noite de Natal, pois com a rápida aproximação de minha morte minha consciência do passar do tempo estava muito aguçada. O dia fora anormalmente quente, e quando a maré começou a subir ao cair da tarde recebi de bom grado a tranqüila ascensão das águas que me envolviam. À medida que a água subia, eu subia também, até ficar flutuando em minha cela escura como breu, o nariz esbarrando no teto. Sem nenhum motivo particular, comecei a cutucar uma daquelas enormes lajes acima de meu nariz, as quais, sustentadas por vigas pesadas, formavam o teto de minha cela.

Estava eu entretido dessa maneira com o teto havia um tempo indeterminado, ouvindo a lenta percussão do mar batendo na parede externa da cela, um som que me proporcionava um conforto inexplicável, passando as costas das mãos engelhadas pela superfície áspera e macia do teto, a empurrá-lo e explorá-lo sem nenhum objetivo, nenhum desejo, quando a coisa mais apavorante aconteceu.

De repente me vi jogado com violência para o fundo da água gélida e negra. Por mais que eu esperneasse e me debatesse, continuava afundando. Meus pensamentos fugiam para bem longe, transformando-se em bolhas que corriam para a superfície, tantas perguntas confusas que jamais teriam resposta. Estaria o Exército de Luz de Brady sitiando e demolindo o prédio no qual eu era mantido prisioneiro, com tiros de canhão? Teria um dos clientes de Pobjoy vindo em segredo, na escuridão da noite, com a intenção de afogar-me por haver se tornado admirador de Ticiano e julgar agora que meus Constables falsos eram coisas de pouco valor, que não mereciam sua paixão?

No momento exato em que eu me perguntava quanto tempo faltava para que a dor no peito, as batidas do coração, o aperto na garganta se transformassem em morte, senti que o peso esmagador que me empurrava para baixo deslizava sobre meu peito, ralando minha carne. Meu corpo parou de afundar e começou a subir.

Foi só depois que voltei à superfície e passei alguns momentos cuspindo e engolindo ar, como um homem faminto devora pão, enchendo a boca mas sem conseguir saciar sua ânsia, que comecei a entender o que havia ocorrido. Levantando o braço, percebi que não estava apenas no ponto mais alto de minha cela, mas também numa cavidade um tanto maior do que aquela da qual eu saíra havia pouco. Cuidadosamente levantei o braço pela segunda vez e apalpei com a mão a borda quebrada do teto de pedra, sentindo que seria possível agarrar-me a ela.

Uma areia úmida e salgada se desprendia de onde quer que eu tocasse, caindo-me no rosto e na boca entreaberta. E então dei-me conta de que o arenito da região, normalmente macio, estava sendo destruído pela exposição cotidiana à água salgada. Quando cutuquei a pedra, fiz com que ela se despedaçasse, e um pedaço grande caiu do teto sobre mim, empurrando-me para o fundo da cela inundada.

Possibilidades que eu vinha reprimindo havia muito tempo começaram a voltar à tona. Com uma excitação que infundia a meu corpo uma vitalidade de que, minutos antes, eu não me teria julgado capaz, tateei como um cego, sentindo pedacinhos de arenito cair-me no rosto. Procurei uma pequena fenda em que pudesse enfiar a mão para ter um ponto de apoio. Febril, tanto insisti que a pele de minhas mãos, afrouxada pela água, começou a soltar-se, e o arenito transformou-se em mil agulhas afiadas.

Não tinha eu planos, nenhuma idéia clara a respeito do que fazer. Não sabia sequer o que era aquele vazio escuro acima de mim, se era espaço aberto ou apenas uma outra cela. Introduzi os braços naquela escuridão, finalmente encontrei algo em que me apoiar e, agarrando com força, comecei a puxar.

IV

Com certa dificuldade, atravessei o buraco na pedra, meio que me içando, meio que escalando, e penetrei no admirável mundo novo que eu via se abrir acima de mim. Para um homem que sempre se orgulhou de não ter nenhuma força física e que, ainda por cima, estava havia meses confinado numa cela cuja largura correspondia a dois braços abertos, alimentando-me da lavagem que me trazia Pobjoy, foi uma façanha e tanto.

Dei por mim estirado num soalho úmido de pedra, ofegante, inspirando uma mixórdia de cheiros fortes: poeira, lúpulo seco, couro úmido, fumo curado e, sobressaindo a todos os demais, aquele odor de mofo que, como eu viria a descobrir depois, era o cheiro de pergaminho combinado com a iminência da morte.

Tentei erguer-me, dei com a cabeça no que percebi ser uma mesa, caí outra vez, saí de gatinhas debaixo dela e dessa vez empertiguei-me logo de uma vez, ousado, e constatei que me encontrava numa sala ampla, banhada num luar forte e gélido que lhe emprestava um tom azulado misterioso. Não havia nada ali — isto é, nada além de livros.

Havia livros por toda parte, e para todos os lados que eu olhava meus olhos se deparavam com mais livros, e todos eles estavam muito bem empilhados e dispostos em prateleiras toscas e pesadas de madeira de lei escura, em grandes estantes que se elevavam do chão ao teto, todas irradiando, como os raios de uma roda, do centro, onde ficava uma mesa grande, circular, debaixo da qual eu havia emergido como uma mariposa do casulo, rígido e desajeitado.

Formando círculos a minha volta, os livros eram de tal modo numerosos que eu ficava tonto só de olhar para eles, de pensar que não apenas houvesse tantos livros no mundo, mas também que tantos livros pudessem caber num único cômodo. Havia volumes altos encadernados em pergaminho acima de mim, e tomos enormes e poeirentos abaixo de mim. Atrás de mim havia manuscritos de tamanhos variados amarrados com barbante, e à minha frente registros mais novos, menores, delicados, encadernados em couro de cabra escuro.

Sinto-me tentado a dizer que, à luz forte do luar que vinha das janelas altas, o cômodo era da cor de mel escuro, e tinha o encantamento âmbar das velhas bibliotecas. Mas eu estaria mentindo. Seria o tipo de baboseira que Pobjoy gostaria de me ver pintar, ou que a srta. Anne poderia escrever. A verdade é que o cômodo era um labirinto de sombras móveis cinzentas e azuis, feio e sinistro.

Sobre a mesa circular via-se, aberto, um in-fólio simples, encadernado num pergaminho delicado feito com o couro de fetos de vaca. Olhei para as colunas em tinta azul, a letra curva itálica, com volutas complexas, arcaicas, e espirais que se estendiam em ligações monstruosas, como sombras alongadas, como se todas as palavras estivessem acorrentadas umas às outras, subjugadas.

O que li então deixou-me confuso: era supostamente uma relação das atividades dos forçados nos últimos seis meses, mas quase todos os detalhes estavam errados. Fosse como fosse, um mistério fora esclarecido: a utilização daquela sala. Compreendi que era o misterioso Arquivo da colônia, e que as estantes continham todos os registros da ilha; a mesa circular no centro era, parecia claro, o lugar onde ficava o velho escrivão dinamarquês, Jorgen Jorgensen, todos os dias quando desaparecia para se entregar ao trabalho de compilar o único relato de nosso estranho mundo que duraria mais do que a memória de cada um de nós.

O dia raiava, e o recinto ficava mais e mais iluminado. Meus olhos ansiosos não precisavam mais esforçar-se, porém fechei, com relutância, o livro que só havia lido em parte, e preparei-me para voltar ao submundo.

Tentei ocultar todos os sinais de minha invasão. Por sorte, a parte do assoalho do Arquivo que eu destruíra, embaixo da mesa circular, era um lugar úmido e malcheiroso onde provavelmente ninguém jamais olhava. Peguei um volume grande, que parecia pouco utilizado, quase no alto de uma das estantes e coloquei-o aberto sobre o buraco. Era um expediente desesperado, mas não consegui pensar em nada melhor.

Então, deixando aquela tampa improvisada no buraco acima de mim, voltei a minha cela. Tentei escorar as vigas quebradas como pude, na esperança de que o resultado não atraísse muita atenção, e cobri a laje caída com os seixos e o cascalho que formavam o piso da cela, para que Pobjoy não encontrasse nada de estranho. Preocupava-me menos a possibilidade de que ele olhasse para cima e visse o furo no teto; como era obrigado a andar abaixado, isso dificilmente ocorreria, e além disso o teto era muito mal iluminado.

O leitor poderá perguntar por que motivo Billy Gould não tentou fugir, saindo pela porta do Arquivo, que ele encontrara destrancada. Ele havia resolvido — demonstrando aquela ousadia singular que lhe era característica — adiar sua fuga até que tivesse feito os preparativos adequados. Na verdade, creio que ele era um pouco como um pássaro fora da gaiola — sua primeira reação era o medo, e logo em seguida a ânsia de familiaridade; a primeira coisa que lhe ocorreu foi simplesmente voltar para o mundo que ele conhecia, a cela de água salgada.

Além disso, há que levar em conta também o impacto do que ele leu na primeira noite naquele volume aberto — coisas tão inexplicáveis, de uma desfaçatez chocante, e no entanto ao mesmo tempo tão convincentes na lucidez de sua loucura, que exigiam uma investigação mais apurada, para que ele pudesse penetrar e, esperava ele, desvendar seu mistério.

V

Nas sete noites que se seguiram, eu mal conseguia esperar que a maré terminasse de subir; ela parecia mover-se muito devagar, primeiro lambendo meus tornozelos cercados de mexilhões, depois cobrindo minha virilha cheia de piolhos, meu ventre sarnento, e a espera parecia tão comprida quanto uma das intermináveis cartas da srta. Anne, até que eu me via flutuando, subindo e por fim tocando o arenito áspero e quebrado, e então subia para o Arquivo.

Por sete noites, para que a luz não traísse minha presença, fiquei sentado no chão ao lado da mesa redonda, num pequeno círculo de luz traçado por uma vela do Arquivo em meio ao trecho maior banhado pela luz pálida da lua, lendo aqueles grandes volumes, tão pesados que era preciso recorrer a todas as minhas forças apenas para retirá-los das estantes.

O que eu descobria entre suas capas não era uma crônica da colônia penal por mim conhecida, a nova nação que o comandante denominara Nova Veneza. Eu folheava os memorandos, os copiadores, os contratos de trabalho forçado, à procura dos registros, dos desenhos, das plantas baixas do maravilhoso Grande Salão de Majongue.

Nada.

Por sete noites, vasculhei os registros da Intendência, tentando encontrar contas, faturas, recibos, que provassem que o comandante comprara as locomotivas sul-americanas; documentos que atestassem a venda das florestas da Transilvânia, ou a operação ainda mais ousada pela qual o comandante vendera o continente australiano e adquirira jóias das Molucas, remédios da China, pepinos-do-mar, móveis javaneses e carregamentos de moças siamesas.

Nada.

Por sete noites, examinei diários e cartas pessoais, à procura dos menores detalhes que indicassem, ainda que da maneira mais indireta, os pesadelos do comandante sobre um passado que jamais passava, de comerciantes árabes e piratas japoneses imortais e racionalistas franceses nus.

Nada.

À medida que meus olhos iam percorrendo os escritos do velho dinamarquês, minha estupefação inicial dava lugar à curiosidade: o que o teria levado a escrever tanta coisa tão desconectada da realidade?

Uma coisa estava clara: a necessidade de mentir para o governador Arthur em Hobart Town e para o Departamento das Colônias em Londres. Eu havia encontrado cartas do Departamento, datadas de alguns anos antes, pedindo que fossem enviados quitações, relatórios, inventários e exames de contas detalhados; tudo isso exigia que se mentisse, que se pintasse o quadro de uma colônia penal tal como eles esperavam que ela fosse, e não como nós sabíamos que ela era.

Quando — e por quê — essa ficção contábil necessária se transformara no projeto muito mais grandioso de reimaginar toda a colônia penal, não sei. A única coisa que parecia clara era que o velho dinamarquês fora escolhido pelo comandante para alterar todos os documentos da colônia, de tal modo que eles refletissem não a realidade, e sim as expectativas.

Porém a certa altura a obra de Jorgen Jorgensen começou a ultrapassar até mesmo a ambição de seu superior em matéria de delírio. Embora de início ele se orientasse em seu trabalho pelos desejos do comandante, reduzindo-se a uma espécie de reflexo dos caprichos e invencionices de outra pessoa, pouco a pouco se deixara levar por sua extraordinária concepção de um mundo alternativo.

À medida que as noites se sucediam e minha leitura prosseguia, a magnitude de sua audácia foi se tornando patente, e minha curiosidade deu lugar à admiração pura e simples.

O mundo, tal como era descrito pela tinta azul de Jorgen Jorgensen naquelas páginas, estava em guerra com a realidade em que vivíamos. A má notícia era que a realidade estava perdendo a guerra. Era irreconhecível. Era insuportável. Era, no final das contas, desumano. Era também impossível parar de ler.

Tentei imaginar o velho dinamarquês de início sentindo-se obrigado a reinventar toda a barbárie e o horror de nossa colônia como ordem e progresso, material, moral e espiritual, registrando tudo, à luz incerta do lampião de óleo de baleia, com sua elegante caligrafia grifada, nos documentos oficiais da colônia. A tarefa teria sido para ele um ônus necessário, e num primeiro momento lhe parecia uma operação de troca, em que ele dava sua vida e recebia uma história inacreditável e totalmente falsa, tal como outrora trocava mentiras por crédito para poder continuar atuando nas mesas de jogo da Europa.

Então, após algum tempo — um ano? vários anos? — houve talvez um momento de tamanha exaltação que ele daí em diante se viu aprisionado na louca libertação proporcionada pelo instante, o instante em que pela primeira vez ele transcendeu sua própria consciência, mergulhando a pena em demônios e descobrindo, para seu próprio temor e espanto, que ele continha em si próprio todos os homens e todas as mulheres: todo o bem, todo o mal, todo o amor, todo o ódio e todo o tempo, naquele momento único em que sua alma explodiu em um milhão de gotículas de vapor, através das quais a luz de suas criações imaginárias começou a jorrar, refratando-se e formando um arco-íris de histórias concretizadas na forma de relatórios, regulamentos, contratos de trabalho forçado, copiadores e memorandos.

Pois nos registros do velho dinamarquês tudo era diferente — todas as vidas, todos os atos, todos os motivos, todas as conseqüências. O tempo, que para o comandante era algo de que todos nós éramos inexoravelmente compostos, nossa substância essencial, nossa força vital, era nesses documentos algo separado de nós — um conjunto de tijolos, todos do mesmo peso, que juntos formavam a muralha do presente, que nos negava toda e qualquer conexão com o passado, e portanto todo e qualquer conhecimento de nosso eu.

Se, sob o jugo do comandante, vigília, sonho e pesadelo formavam um todo único, nos registros do velho dinamarquês eram coisas completamente separadas e opostas. Os pesadelos eram proibidos, e não era permitido nenhum conluio entre a vida e o sonho. Era uma trapaça tremenda, que nenhum jogador desonesto jamais sonhara perpetrar; o velho marechal Blucher, pensei, muito se orgulharia de seu antigo parceiro de *skat*.

VI

Também eu, devo acrescentar, sentia uma simpatia crescente por Jorgensen, sentimento esse que foi acentuado quando descobri, na sétima noite, um estoque de schnaps dinamarquês escondido atrás de uma pilha abandonada de formulários de requisição da Intendência. À medida que a minha leitura prosseguia, ao luar de verão cada vez mais fraco, interrompida de vez em quando para eu esmagar um mosquito ou servir-me de mais um dedo de schnaps ou dar uma mijada rápida no buraco que se abria sobre minha cela, fui compreendendo que a invenção do velho dinamarquês era tão sutil quanto infinita: no universo que ele havia passado tantos anos criando para seu superior, cada detalhe — por mais trivial que fosse — era aumentado, qualificado, tabulado.

Eu não podia senão maravilhar-me diante de tudo que Jorgensen havia criado: por exemplo, as longas colunas ordenadas em que ele tabulara dados estatísticos indicando que a utilização da chibata havia diminuído no decorrer dos anos, os livros de sermões escritos à mão, os projetos de celas novas etc. etc., dando a impressão de que o regime de castigo corporal, o qual a brutalidade inerente aos forçados tornava necessário, pouco a pouco era substituído por práticas mais esclarecidas, a utilização da solitária e os missionários metodistas.

Sem dúvida, aquele trabalho de Jorgensen era lento e tedioso, mas obedecendo às leis de estrutura e sucessão, de causa e efeito — que jamais caracterizam a vida, porém são necessárias quando se trata de colocar palavras no papel —, ele criara uma imagem da colônia que haveria de convencer a posteridade tanto da animalidade dos forçados quanto da sagacidade dos administradores, demonstração viva de que a disciplina implacável e temperada é capaz de transformar punguistas em sapateiros e pederastas em cristãos.

Enterradas nesses volumes — entrelaçadas como raízes fibrosas de capim-de-burro —, havia histórias individuais que podiam ser destrinchadas, em sua maioria histórias de prisioneiros, mas também de carcereiros, como a carreira corriqueira porém bem-sucedida do tenente Horace, posteriormente conhecido como o comandante, tão implausível quanto a vida de um santo. Suas origens eram as mais humildes; nascera numa cabana que ele construíra com suas próprias mãos; foi subindo na hierarquia do Exército, começando como alferes do 91º Regimento, manifestando bravura em diversos cargos administrativos; teve sucesso como oficial do Estado-maior na Honduras Britânica, tratando os índios nativos com bondade antes de seu extermínio em massa, sendo então transferido para a ilha Sarah. Atestavam seu lado humanitário cópias de várias cartas por ele enviadas a seu grande amigo, William Wilberforce, a respeito dos malefícios do sistema escravagista.

Fiz um brinde àquele sistema penitenciário, tão maravilhoso que dava vontade de pagar para vir da Inglaterra só para morar aqui, e brindei também o poder de ação aleatório que ele concedia a nós, forçados. Várias vezes levantei meu copo em homenagem às cartas de forçados, muito bem forjadas, supostamente enviadas em segredo, que confirmavam detalhes encontrados nos relatórios oficiais, e relatos de prisioneiros que largavam as ferramentas e se recusavam a trabalhar enquanto certas condições não fossem aceitas e certas reivindicações não fossem atendidas. Numa prateleira alta encontrei até vidros que continham a pele de homens enforcados, com tatuagens que comentavam as vidas de crime e castigo relatadas em tantos volumes de copiadores, de modo que aqueles pedaços reais de carne morta ganhavam corroboração — mais, ganhavam vida — com base nas narrativas do velho dinamarquês, e brindei cada uma daquelas âncoras e anjos e máximas estampadas em tinta azul.

E histórias e mais histórias se acumulavam, e doses e mais doses de schnaps se sucediam. Eu brindava Jorgensen vez após vez, e sempre que o copo de Jorgensen ficava vazio me parecia necessário enchê-lo para mais uma vez brindar o mundo maravilhoso feito por ele: um sistema carcerário que era como um projeto de imigração em massa inventado por sábios benévolos, em que o horror era apenas ocasional, mas sempre merecido, e em que os homens se davam bem e não mal. Esse mundo não era um ato de criação, para o bem ou para o mal, em que as pessoas constantemente se reinventavam, porém um sistema em que cada um era incumbido de um papel, ignóbil porém necessário, como uma saia de êmbolo ou correia nas máquinas a vapor que o tecelão escocês quebrara inutilmente.

Bebi grandes goles em homenagem às máquinas e sistemas, e então minha cabeça começou a rodar só de pensar na audácia espantosa de todos aqueles relatórios e cartas e regulamentos forjados, que nada traíam do mundo monstruoso e enlouquecido que eu conhecia tão bem — do qual eu fazia parte.

Brindei a omissão total dessas coisas, e brindei a inclusão de tantas mentiras novas e esplêndidas. E, não havendo mais o que brindar, terminei bebendo no gargalo, e em seguida senti-me nauseado e culpado, preocupado com a possibilidade de que o mundo de Jorgensen fosse o Inferno que se via nos olhos e na boca do quebrador de máquinas logo antes de Capois Death sentar-se nele.

Então — minha vergonha tal é que sou obrigado a recorrer à terceira pessoa — Billy Gould sentiu vontade de vomitar. Não que Billy Gould achasse que vomitar era uma coisa ruim, pois o médico-chefe lhe havia ensinado que o vômito purgava o organismo de fluidos e humores nefastos, e prevenia a continuação dos horrores da intemperança e flatulência no dia seguinte.

De fato, para precipitar essa higiene terapêutica do organismo, que o pastor Gottliebsen certamente haveria de aprovar, Billy Gould chegou mesmo a enfiar dois dedos na garganta e agitá-los até que sentisse subir-lhe no peito, encher-lhe a garganta e então irromper como uma torrente descontínua de sua boca, em meio aos tomates e cenouras que ele jamais comera, a consciência terrível de que tudo que ele lera não passava da imagem que tinha o comandante da sociedade racional como prisão, uma prisão tal que nem mesmo a srta. Anne, na Europa, ousaria sonhar, e essa criação final, talvez sob certos aspectos a mais monstruosa de todas as suas realizações, embora não intencional, ultrapassava até mesmo o Grande Salão de Majongue e a Linha Ferroviária Nacional como homenagem inconsciente, porém grotesca, ao Velho Mundo.

Era muita coisa para se ter na consciência e ao mesmo tempo salpicar os pés e as calças — coisa demais, até, para ser de todo franco —, e Billy Gould teria começado a tentar limpar toda aquela sujeira de uma Europa semidigerida naquele exato momento se não tivesse tomado consciência de algo ainda pior.

A idéia lhe veio como o mais pesado, o mais intolerável dos fardos, como um latejar na testa, enquanto ele limpava a boca nas costas da mão: a idéia de que, naquela história universal, tudo que ele tinha visto e conhecido, tudo que havia testemunhado e sofrido, agora estava tão perdido, tão desprovido de sentido, quanto um sonho que se dissolve no momento em que se desperta. Se a liberdade — como sustentava Capois Death, levando seus espíritos do passado numa garrafa de cerveja com rum — só existe no espaço da memória, então ele e todos que ele conhecia estavam sendo condenados a uma eternidade de encarceramento.

VII

Minha mente foi dominada por um horror nauseabundo que não há palavras para descrever. Carantonhas de gárgulas pareciam surgir às janelas altas e remotas, implorando algo que lhes aplacasse o sofrimento infinito, jamais lembrado nem registrado. Julgava eu que aqueles medonhos crânios esfolados avançavam e recuavam — o osso avermelhado visível, como se eles tivessem sido roídos por cães —, pedindo-me que consertasse o passado, algo que estava totalmente acima das minhas forças.

Eu tinha lido páginas e mais páginas, e assim mesmo o passado continuava como estava, esquecido, sem nenhuma reparação, e como poderia eu transformá-lo em outra coisa qualquer? Das órbitas vazias e acusadoras dos crânios do tecelão escocês e de Tom Weaver, o Roncador, do crânio roubado de Towtereh e do crânio esmagado de seu neto saíam baratas. Pulgas pulavam dos ossos pontiagudos dos narizes. Dos crânios começaram a escorrer lágrimas putrefacientes de pus e sangue que atravessavam o vidro e escorriam por cima de meu corpo. Aterrorizado, eu esfregava as mãos nos ombros, nos braços, na cabeça, como se fosse possível me limpar, gritando *Não!* e *Não! Por favor, me deixem em paz!* Mas aquelas sombras medonhas não me deixavam, e me suplicavam o que era impossível. Eu, que estava coberto com a carne apodrecida que se desprendia delas, que sentia caminhar sobre meu corpo todos os vermes que haviam devorado a carne da negra amarrada às estacas, que fedia a toda podridão e a toda doença e a toda recidiva, eu via a encarnação do mundo passar por mim em todo o seu horror e toda a sua beleza, e como poderia dizer que tanto um como a outra eram inelutáveis?

Sou apenas o leitor, tentei argumentar. Porém elas não me ouviam, não podiam me ouvir, jamais me ouviriam, e pareciam determinadas a usar-me como instrumento de sua vingança.

E então Billy Gould constatou que não estava apenas um pouco enjoado, e sim passando muito mal.

Pois o mundo já não existia para se transformar num livro. Agora um livro existia cuja ambição obscena era se transformar no mundo.

VIII

Desabei. Fiquei largado no chão por algum tempo, como uma lanterna chinesa desprovida de luz, amassado e supino, a cabeça dominada pelo espanto e pela confusão. Então era *aquilo* que as pessoas relembrariam algum dia como o passado delas?

Foi então que ouvi um assobio estridente e esquisito. Com um espasmo apavorado, virei-me, ao mesmo tempo cobrindo a cabeça com os braços para me proteger.

À minha frente, à luz do luar, vi um cachorro pequeno e sarnento, em pé nas patas de trás, assobiando. Então o animal parou, acomodou-se sobre as três patas que tinha e olhou para algo por trás de meu ombro. Antes que eu tivesse tempo de me virar, antes mesmo de ouvir aquela voz, eu sabia quem estava atrás de mim.

"*Você é um falsário, Gould*", disse ele, com palavras tão escorregadias quanto sua caligrafia.

Virei-me devagar e vi, sorrindo para mim, ele mesmo, Jorgen Jorgensen. Por um momento tive a impressão de que ele havia subido numa cadeira ou estante, tão alto me parecia estar. Debruçou-se sobre mim, fazendo-me mergulhar na sombra; era como uma estante prestes a desabar. Muito lentamente, sem que meus olhos ousassem desprender-se dos dele, me pus de pé.

Jorgen Jorgensen, como tudo o mais no Arquivo, era monocromático e frio. Sua pele cinzenta era riscada por uma infinidade de linhas brancas que assumiam as formas mais variadas: uma linha de espuma branca que atravessava os lábios tortos, longas mechas de cabelo branco que pendiam em ângulos variados da cabeça inclinada, como restos de uma teia de aranha despedaçada.

"*Condenado*", prosseguiu ele, saboreando a palavra, "*a sofrer tormentos por toda a eternidade.*"

Jorgen Jorgensen era um pálido sucedâneo de Deus: para começo de conversa, não tinha barba, só aquele bigode patético, que ainda guardava restos do mingau da véspera em gotas coaguladas. Além disso, cheirava a lixo podre, e portanto não era o Deus que é tudo, que teria de ter também todos os outros fedores do mundo, bem como cheirar a Narcisos, Amor, Arrebóis etc. etc. Mas pelo visto Jorgensen queria desempenhar o papel de Deus, pois tendo recriado o mundo parecia estar decidido a fazer pronunciamentos divinos, sendo o primeiro deles o anúncio de minha morte.

Desde o tempo em que o padre do asilo me dizia que era o Amor Divino que o levava a gostar tanto de esfregar meus pés, sou da opinião de que, mesmo quando concordamos que algo é a Vontade de Deus, nem por isso temos de aceitá-lo. Podemos concordar que é a Vontade de Deus que faz com que esteja chovendo agora, mas isso não quer dizer que tenhamos de continuar parados na chuva. E assim por diante. E, embora eu concordasse com Jorgensen que minha pele miserável não merecia outra coisa senão a morte mais miserável, nem por isso eu desejava morrer naquele instante. Assim, quando ele saltou sobre mim com uma força e agilidade que em nada condiziam com seu corpo franzino e sua idade, espada enferrujada em riste apontada para meu coração, esquivei-me saltando para o lado, derrubando a vela que eu instalara no chão.

Extinta a vela, corri para me esconder atrás de uma estante, mas o velho dinamarquês conhecia seu labirinto de livros melhor do que um rato conhece seu próprio ninho. Antes mesmo que meu nariz farejasse seu cheiro de fígado em decomposição, minha nuca já sentia o frio da prancha de sua espada.

"*Como o Adão de Brescia de Dante, que falsificou o florim de Florença*", sibilava ele, "*seu corpo há de inchar feito um balão, até ficar igual a um bandolim, atormentado pela hidropisia, no poço escuro e fedorento do círculo de Malebolge no Hades!*"

Quanto mais extravagante sua retórica, mais sua boca desdentada se enchia de cuspe espumoso, como se aqueles adjetivos todos aerassem a saliva que se acumulava nos cantos dos lábios. Ele pressionou a espada com mais força contra minha nuca, e comecei a sufocar. Tal era o tremor incontrolável que me agitava o corpo que a estante na qual me apoiava também passou a estremecer. Aquele móvel tosco balançava-se no chão irregular da saleta, e senti, pelo contato de meu corpo, que seu equilíbrio era precário.

O velho dinamarquês apertou-se contra mim, transmitindo-me sua visão de meu Inferno futuro não apenas com palavras, mas também com a baba espumosa que as acompanhava e salpicava meu rosto.

"*Você padecerá da sede e de moléstias asquerosas*", cuspia ele. "*Você será mais um numa multidão infinita de mortos destroçados, mais uma sombra mutilada, mais um condenado a viver em meio ao fedor nauseabundo de carne pútrida, falsários cobertos de feridas nojentas e de pedaços de carne que caem dos outros.*"

Com essas palavras, premeu a prancha da espada com força contra meu pescoço. Sua borda enferrujada traçou uma linha fina de sangue em minha carne. Enquanto continuava a fazer força na espada, um de meus pés escorregou no vômito. Incapaz de equilibrar-me, escorreguei também, e meu traseiro esbarrou na estante bamba, cujo peso morto começou a ceder diante da possibilidade momentânea de um eixo. Pensei nos círculos de Sal Dois-Vinténs, em suas nádegas a subir e descer, mas seria demais dignificar o que fiz então com a palavra idéia.

Com todas as forças que me restavam, dei uma bundada na estante instável como um edifício prestes a desabar.

A velha traça deve ter ouvido alguma coisa — talvez a madeira a estalar, ou o baque surdo de um tomo caindo sobre outro, como um dominó —, pois de repente levantou a vista. Não sei se viu a estante a balançar-se, mas, numa sucessão tão rápida que os três movimentos quase se fundiram num só, Jorgensen olhou para cima, deu um pequeno passo para trás e tropeçou em seus próprios pés. Desequilibrando-se, caiu no exato instante em que os primeiros livros começaram a despencar.

Quando o vi pela última vez, estava tentando inutilmente defender-se com a espada dos enormes volumes que agora caíam sobre ele, pesados como pedregulhos, abundantes como chuva, terríveis como uma avalanche. Enquanto os livros desabavam, ouvi Jorgen Jorgensen gritar que nada durava, nem mesmo os livros.

Porém logo não pude mais ouvi-lo, pois me via numa caverna de livros cadentes, bunda para cima e cabeça para baixo, concentrando as parcas forças que tinha na tentativa de pôr em pé a estante que me pesava nas costas. Como eu estava próximo à base, os livros que sobre mim caíam, estando nas prateleiras mais baixas, não poderiam me machucar muito. Porém uma prateleira mais elevada se desprendeu e veio descrevendo um arco enlouquecido em minha direção.

Não a senti me atingindo.

Pois eu tentava agüentar não conseguia caía sem saber se conseguiria sobreviver por muito mais tempo sob o peso imenso de tantas palavras.

IX

Ouvi os ruídos da manhã: a chamada para a revista matinal, galinhas ciscando, os gritos satisfeitos do homicida Castlereagh ao longe. À minha volta, porém, tudo continuava escuro. Eu não fazia idéia de quanto tempo havia permanecido naquela escuridão. Minha mente estava obnubilada e tão pesada que por um momento entrei em pânico, julgando que minha cabeça, decepada porém ainda consciente, boiava num barril sendo levado para a Inglaterra.

Quando me dei conta de que havia um livro aberto caído sobre meu rosto, e senti as quinas pesadas de outros livros espetando-me as costelas e a barriga, meu peito esmagado pelo peso acachapante de livros fechados, entendi que minha cabeça continuava presa ao resto do corpo. Senti cheiro de pergaminho, couro, suor azedo, e também o fedor de fígado podre característico de Jorgensen. Uma dor difusa na base de minha espinha certamente indicava que uma das quinas da estante estava apoiada em meu corpo. Lá fora, nomes eram chamados e respostas eram gritadas. Ouvi o tilintar das correntes da leva de forçados indo para o trabalho. Os xingamentos dos serradores, as ordens gritadas pelos gendarmes.

Mas ao que parecia ninguém me ouviu quando espirrei várias vezes, por efeito da quantidade insuportável de poeira no papel que me cercava por todos os lados.

Assuntei minha situação.

Pus-me a escutar. A cheirar. Mas ver, eu não via nada.

O peso imenso daquela matéria inanimada a que Jorgensen dava tanta importância para mim não passava de uma venda sufocante de que eu precisava me livrar. Eu a temia, sabendo que morreria se não me fosse possível encontrar uma maneira de escapar dela. Sentia-me prestes a começar a gritar de horror descontroladamente, por me sentir esmagado ali. Como gumes de facas, aqueles livros acompanhavam cada movimento meu, zombando de mim, tentando sufocar-me ainda mais quando eu me debatia para me virar primeiro para um lado, depois para outro. Com dificuldade, fui deslizando, empurrando, até conseguir sair, andando para trás, daquela treva.

Sentia-me enjoado e tonto. Das prateleiras quebradas e estraçalhadas da estante caída subia aquele cheiro adocicado de óleo de madeira recém-cortada. Consegui me pôr de pé.

E então, na outra extremidade da estante, vi uma poça negra. Segui em sua direção, cambaleando, rastejando por cima de livros caídos e madeira quebrada. Era uma poça de sangue coagulado, coberta de poeira e riscada por fios de cabelo que saíam de sob um livro enorme.

Empurrei o livro para o lado.

Um dos olhos do velho dinamarquês pendia da órbita ensangüentada, dela arrancado por uma quina de livro ou de prateleira. Sua espada havia se cravado num volume velho, de páginas puídas, que examinei mais de perto e constatei ser a *História natural* de Plínio. Eu não sabia se ele estava mesmo morto ou se estaria apenas num estado de graça semelhante ao de santa Cristina, a Admirável, que, tendo sofrido um acesso, pareceu morrer, porém voou de seu caixão para os caibros de telhado no meio da missa de corpo presente. Porém não havia graça nenhuma na cena diante de meus olhos. Empurrei com o pé o corpo, e depois a cabeça, do velho dinamarquês, e preguei-lhe alguns pontapés, mas ele já estava começando a ficar rígido.

Contemplei-o por um bom tempo.

Não saberia dizer quanto.

Depois de algum tempo, pouco ou muito, uma eternidade ou alguns segundos, examinei os bolsos do cadáver. De início só encontrei quinquilharias, porém logo comecei a encontrar objetos úteis — duas penas quebradas, um canivete, um pouco de pão preto de boa qualidade, do tipo preparado para os oficiais, cuja massa não era adulterada com serragem e lama, um par de óculos (com uma lente quebrada) e um anel de ouro. Encontrei costurados no colarinho do casaco alguns dólares de Bengala, que viriam a me ser da maior utilidade.

Uma luz azul forte parecia pulsar dentro das dobras de seu pescoço enrugado. O velho Gould me ensinara que azul era a cor feminina, o mais caro dos pigmentos com que os grandes pintores renascentistas coloriam a manta da Virgem Maria, que o azul-ultramarino era assim chamado por ter de ser importado do Oriente Médio — portanto, vinha d'além-mar.

Porém a distância que eu precisava cobrir era bem menor. Bastava-me estender o braço, arrancar o colar de lápis-lazúli daquele pescoço de galinha e, naquele mesmo dia, esmagar as gemas de um azul vivo com pedras para fazer o pó de tinta azul-ultramarino com que agora escrevo, apropriadamente, esta narrativa de morte gélida. Azul lembra manhã, lembra céu e mar. Porém, como os peixes me haviam ensinado, com suas infinitas combinações de cores, toda cor contém seu oposto, e azul é também a cor do sofrimento, da angústia e da lascívia. E diante de mim, naquela manhã quente de verão, lentamente assumindo aquele exato tom de azul, coberto por um número cada vez maior de moscas, havia um cadáver que, se eu não fizesse alguma coisa, logo me implicaria num segundo assassinato.

A morte é uma coisa muito simples, e no entanto, como me ensinara o cagalhão de Castlereagh, ela pode ter conseqüências imprevistas, algo que eu queria a todo custo evitar. Arrastei o corpo do ex-rei da Islândia até a mesa circular, chutei para o lado uma garrafa vazia de schnaps, retirei minha tampa improvisada do buraco e, arrastando o cadáver por uma poça de Europa vomitada, deixei-o cair no meu mundo lá embaixo.

Foi uma estultice o que fiz, mas, tendo-o feito, não havia como voltar atrás. Agora, quando a maré baixa, escondo o cadáver atrás da porta da cela, junto com a madeira quebrada e o entulho formado com o desabamento parcial do teto. Quando a maré sobe, nós dois flutuamos juntos.

Sob diversos aspectos, o cadáver é a imagem em negativo do homem; sob diversos aspectos, constato, é superior ao homem que outrora habitava esse monte de carne a se desfazer. Se Jorgen Jorgensen tentava fazer com que este mundo se conformasse a seus desejos, seu cadáver, o rei — libertado da subordinação à marca da máscara do comandante, que se despregou dele junto com o resto da pele — é o próprio modelo de submissão oriental. Se Jorgen Jorgensen queria legar à posteridade suas opiniões, o rei contenta-se em contemplar a sopa rala de meus pensamentos dispersos.

A companhia que o rei me faz desde então, tal como já observei, ajuda-me muito a preencher o vazio de minha existência, e por vários motivos terminei por admirá-lo. Sem o rei e o estímulo que ele me dá, eu não teria, por exemplo, levado adiante o projeto de escrever este *Livro dos peixes*. Ele jamais criticou meu trabalho, nem menosprezou minhas ambições, nem atacou a pobreza de meu estilo. Sua atitude sempre foi de indiferença benévola, e estou firmemente convicto de que seu efeito sobre meu empreendimento foi muito positivo.

Mas de início, com seus olhos leitosos e suas faces cavadas, a barba e as unhas ainda crescendo, o cadáver de Jorgen Jorgensen —

devo admitir — era uma presença perturbadora. Mais tarde, à medida que o corpo foi inchando com os gases da morte, e a pele foi ficando negra, depois verde e viscosa, à medida que a carne começou a se desprender de seu vulto elefantino em farrapos sebosos e pútridos, foi se transformando num balão malcheiroso que esbarrava em mim enquanto flutuávamos na cela.

Enojado, com mãos trêmulas eu tentava afastá-lo, porém minhas mãos, como se por mágica, atravessavam sua carne inchada e putrefata, até atingir a última coisa firme que restava do rei: seus ossos — o osso da perna ou do braço, a caixa torácica ou o crânio. Vinham-me à mente as últimas palavras que o rei me dirigira naquela noite no Arquivo, sobre a hidropisia que eu haveria de sofrer no inferno dantesco dos falsários, e no entanto lá estava o cadáver inchado do verdadeiro falsário a nadar a minha volta, minha cela transformada em seu último reino, seu círculo infernal.

X

Na noite seguinte, voltei ao Arquivo. O dia fora quentíssimo, e mesmo agora, tarde da noite, a sala estava abafada e úmida, o ar pesado e espesso. Tudo permanecia tal como eu havia deixado: a estante caída, as prateleiras quebradas, os livros espalhados e espandongados, nas mais variadas posições, em pilhas confusas. Ninguém viera ao Arquivo, domínio do velho dinamarquês; ninguém ousava entrar ali durante o dia, nem o faria, pensei, enquanto não dessem por sua falta, o que talvez só acontecesse depois de alguns dias. Peguei o livro que havia ficado caído sobre o rosto do velho dinamarquês — a quina que lhe arrancara o olho estava escura de sangue — para ver se nele havia alguma coisa a respeito de assassinato não premeditado.

Era um in-fólio grande e elegante, de publicação muito recente. Na capa, o título, em letras góticas de ouro, proclamava:

CRANIA TASMANIAE
Sir Cosmo Wheeler

Abri o livro e li a dedicatória:

A Toby Lempriere
De seu camarada de armas na Ciência,
Cosmo Wheeler K.C.B.

Dentro havia vários recortes de resenhas publicadas em publicações acadêmicas, todas muito elogiosas: uma dizia ser *Crania tasmaniae* a *magnum opus* de Wheeler; outra cognominava Wheeler de Blumenbach britânico, pois

> *... ainda que o grande craniometrista prussiano, Johann Friedrich Blumenbach, tenha provado acima de qualquer dúvida a existência de uma raça européia por ele denominada "caucasiana", diferente das quatro outras raças humanas, sua teoria segundo a qual a raça caucasiana é superior a todas as outras permanecia — até a publicação desta obra seminal,* Crania tasmaniae *— no plano das ousadas pretensões teutônicas, não se configurando como fato científico comprovado.*
>
> *O corolário do crânio oriundo do Cáucaso estudado por Blumenbach — que, no entender do autor, exibe em sua forma as características mais notáveis da espécie humana, e o levou a chamar a raça européia de "caucasiana" — é o crânio negróide estudado por* sir Cosmo *Wheeler, encontrado na Terra de Van Diemen, conhecido apenas por seu número no catálogo,* EM-36, *em que a degeneração e...*

Atônito, eu deixara o recorte escapulir de meus dedos suados e cair no chão. Debaixo dele havia outra resenha, a qual afirmava:

> *A propensão para entregar-se de modo excessivo e desmesurado às paixões carnais de natureza sexual, a amatividade, revela-se sobretudo no modo como essa energia decadente, no decorrer de toda uma existência, abre um espaço maior do que o normal em ambos os lados do crânio (em detrimento de todas as outras formas de crescimento cerebral, que são retardadas) entre os mastóides, exatamente entre o ouvido e a base do occipital.* Sir Cosmo Wheeler *afirma, com razão, que* EM-36 *exibe "a* Grande Massa Terrestre Meridional *das cavidades amativas, uma lacuna escura de proporções monumentais, que ainda aguarda pesquisas científicas ulteriores".*

Isso me pareceu uma ironia cruel, levando-se em conta o triste fim do pênis do médico-chefe. A última resenha que li antes de jogar fora o resto afirmava categoricamente que

> [...] *basta contemplar a depravação hedionda, a natureza ovina da proximidade dos olhos e o aspecto geral regressivo do crânio* EM-36 *para compreender por que* Crania tasmaniae *é uma das realizações capitais da ciência de nosso tempo.*
>
> *Wheeler prova de modo irrefutável que o negro da Tasmânia é uma espécie totalmente diversa, talvez ainda mais bárbara que a dos neo-holandeses, bem próxima da condição do animal.*
>
> *Os sinais de inferioridade mental e degeneração racial estão evidentes de várias maneiras nas características cranianas corruptas magnificamente ilustradas no livro, e tende a corroborar o volume crescente de provas científicas da hipótese segundo a qual uma espécie tão miserável, ainda que fascinante, não pode senão ter sido criada separadamente do homem europeu.* Assim, *terá tido origem não no Jardim do Éden, e sim fora dele, fato esse que tem inúmeras conse-*

qüências espirituais, morais e utilitárias para os assuntos humanos de nossos tempos hodiernos.

Folheei o livro, abrindo com o indicador as páginas que ainda estavam coladas. Havia um grande número de gravuras mostrando os crânios nativos da Terra de Van Diemen, muitíssimo bem-feitas. Porém as melhores eram as várias páginas dedicadas especificamente a vistas detalhadas, de diversos ângulos, daquele crânio seminal, o EM-36, páginas em que o crânio se multiplicava infinitas vezes, ora visto de cima, ora de baixo, ora de lado. Aquela devoção reverente fez-me pensar em são Agapito, de quem existem nada menos que cinco crânios perfeitamente preservados, venerados em diferentes pontos da península Itálica.

Acompanhavam o livro duas cartas, ambas endereçadas ao sr. Lempriere. A primeira, lacrada com o selo da Real Sociedade, que permanecia intacto, informava ao sr. Lempriere que, em reconhecimento a sua assiduidade e sua perseverança na atividade de coletar espécimes no campo da história natural, a sociedade resolvera lhe outorgar um encômio.

A segunda era uma carta pessoal de *sir* Cosmo Wheeler, em que o grande frenologista de nosso tempo garantia a seu querido amigo que havia feito o possível no sentido de que a sociedade o aceitasse como membro. Ele dissera a seus colegas que a coleção de crânios amealhada por seu colega fora de importância crítica; que, em particular, o crânio EM-36 provara de modo conclusivo idéias que *sir* Cosmo vinha concebendo havia muito tempo. De modo mais categórico do que qualquer outro crânio que ele jamais examinara, aquele espécime demonstrava a deficiência moral, a capacidade craniana reduzida e a natureza regressiva da raça negra tasmaniana que, a longo prazo, implicaria sua destruição, independentemente da chegada dos europeus civilizados e avançados.

No entanto, ele era obrigado a informar-lhe que um belo trabalho, tal como belas palavras, não garante coisa alguma, e que sua proposta de que Lempriere fosse admitido à sociedade fora derrotada pela vontade geral da agremiação. Não obstante, prosseguia *sir* Cosmo, um encômio concedido por um órgão de tamanho prestígio não era pouca coisa, e sem dúvida serviria como um passo importante para sua meta de algum dia ser aceito como membro.

Nesse ínterim, por que não começar a coletar ovos? A obra de Bowdler-Sharpe era extremamente limitada, e *sir* Cosmo estava pensando em realizar um estudo comparativo de ovos do Velho Mundo e do Novo; Toby não estaria interessado em participar desse grande empreendimento coletivo?

XI

Senti que estava sufocando lentamente, como se páginas do tamanho de casas estivessem desabando sobre mim, comprimindo-me como se eu não fosse mais do que uma flor que se achata para preservá-la; como se um livro do tamanho do céu estivesse se dobrando sobre minha humilde pessoa, para em breve fechar-se em caráter definitivo.

As vidas dos homens não são progressões, tal como as representam de modo convencional as pinturas históricas, nem tampouco são séries de fatos que possam ser numerados e compreendidos em sua ordem correta. São, na verdade, séries de transformações, algumas imediatas e chocantes, outras tão lentas que não podem ser percebidas, porém tão completas e apavorantes que, no final da vida, é em vão que vasculhamos nossa memória em busca de um único momento, que seja, em que nosso eu velho e caduco corresponda ao que fomos na juventude.

Não sei dizer quando foi que pela primeira vez me dei conta de que todo o tempo que passei na ilha Sarah fora na verdade um processo infinitamente lento de metamorfose. No instante em que eu tentava escapar das trevas de *Crania tasmaniae* e das cartas contidas no livro, como poderia imaginar que estava em vias de renascer como um ser novo e diferente? Que o processo de pintar peixes fora tão doloroso e árduo não por estarem os peixes morrendo e não estar eu à altura deles, mas sim porque, a fim de que minha própria forma pudesse começar a mudar, também eu tinha de morrer? Como poderia eu saber que durante todo aquele período minhas pinturas estavam me transformando, que com meu pincel eu não estava criando pinturas, e sim construindo, com os incontáveis fios de meus quadros, um único casulo?

E como poderia eu saber que, no momento em que joguei no chão aquela carta, pensando em finalmente sair de minha crisálida, minha desesperada missão de fuga estava prestes a começar?

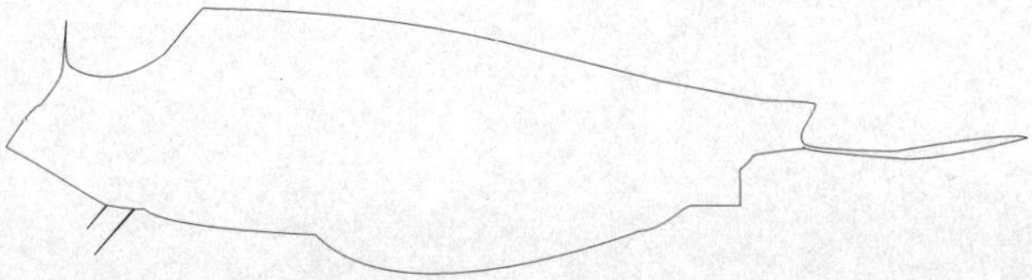

O peixe-alga

Em que se relata uma fuga audacíssima — O carrinho de lembranças adulteradas — Brady, anjo vingador — A volta de Capois Death — Atacados por negros — Um assassinato — A pira funerária.

I

No princípio era o Verbo, e o Verbo estava com Deus, e o Verbo era Deus. Com o velho dinamarquês, também era assim no começo, tal como era com Deus, e todas as coisas eram feitas por ele; e sem ele nada do que havia fora feito.

Porém então o Verbo se fez carne e habitou entre nós como parte da *nossa* treva, e ele não compreendia nossa treva; pois sua carne era pútrida, verde, viscosa, inchada, farrapos podres flutuando em minha cela como restos de um naufrágio. Tentando manter minha cabeça acima daquela podridão que todas as noites se elevava a minha volta, para evitar a sensação de estar afundando por todo o sempre no Verbo primevo, a idéia de revelar a todos que o Verbo e o Mundo não eram mais o que pareciam ser, que não eram mais uma coisa Una, passou a ser o mais sagrado desejo de minha vida.

Era dia de Ano-Novo, 1831, eu estava decidido a pôr em prática minha decisão de ir-me embora — porém minha ambição ia muito além do plano de fugir: a idéia era destruir de uma vez por todas o Sistema Penitenciário. A arma com a qual eu realizaria essa tarefa era a abundante seleção de registros que eu havia roubado do Arquivo.

Esses documentos, juntamente com a minha pessoa, Rolo Palma e sua equipe de pescadores concordaram em levar para a outra margem da enseada na calada da noite. Como pagamento, dei-lhes a garantia de que nem eles nem as autoridades jamais voltariam a ver suas fichas criminais, seis dólares de Bengala e uma cópia, ainda que um tanto avariada e mutilada, da elogiadíssima edição, publicada em Roterdã em 1628, da primeira tradução inglesa, feita por Philemon Holland, da *História natural* de Plínio, o Velho, com todas as suas histórias de povos estranhos — os tibianos, com duas pupilas num dos olhos e a imagem de um cavalo no outro; os monocolitas, que com uma única perna se deslocam aos saltos em grande velocidade e que, nos dias de calor e muito sol, se deitam no chão e levantam a perna à guisa de sombrinha; os astomitas, que não têm bocas nem narizes, e sim apenas furos à guisa de narinas, como as cobras, e se alimentam de cheiros.

A colônia estava num pandemônio: o velho dinamarquês havia desaparecido inexplicavelmente; corriam boatos de que Matt Brady chegaria a qualquer momento com seu Exército de Luz; o comandante vivia recluso. Por conta disso tudo, as pessoas corriam de um lado para outro sem nenhum motivo claro. No meio de tanta desordem, fugir não foi difícil, e não vou impor ao leitor a história tediosa de minha fuga. Isso exigiria que eu entrasse em vários detalhes — o encontro noturno com Rolo Palma, à luz suficiente, mas não excessiva, da lua crescente; a maré favorecendo nosso plano; a farinha, a carne de porco em conserva, o machado, a jarra, as botas, o carrinho, o modo como comprei todas essas coisas, juntamente com minha liberdade — e os detalhes nunca me interessaram. Na verdade, não foi um ato de coragem e ousadia, e sim — como costuma ocorrer nesses casos — uma questão de subornos e planejamento.

Relembrando a última vez que me viram, em meio àquela loucura de documentos, os pescadores mais tarde falavam das fichas criminais, dos copiadores, dos calhamaços com guardas de papel marmorizado, toda aquela papelada se transformando, à luz pálida na madrugada, num único monte em forma de cabana em cima de um carrinho.

Os homens de Rolo Palma impeliam com vigor seus remos toscos e sentiam que pouco a pouco a baleeira ganhava vida com o ritmo de seus movimentos, primeiro apenas estremecendo, em seguida deslizando sobre a água negra e silenciosa, de volta à ilha Sarah.

Enquanto os homens, naquela fria manhã de verão, tentavam aquecer-se com seus próprios movimentos, eu ouvia suas vozes misturadas à neblina que vinha das águas tranqüilas, e puxava o carrinho para dentro do mato, ainda escuro e coberto de orvalho, uma figura esfarrapada arrastando um carrinho com arreios de couro de canguru.

"Ele está igualzinho", ouvi Rolo Palma dizer, "a um louva-a-deus tentando arrastar um tijolo."

Então o sol nasceu e os homens provavelmente se deram conta de que a cabana de papel, tal como a baleeira em que eles estavam, também estava em movimento, pois ouvi-os exclamar atônitos que a papelada havia sumido de vista — tragada por aquela imensidão verde que se estendia em direção ao leste por centenas de milhas, onde só havia negros, animais selvagens, rios inexplorados e sabe-se lá que outras raças e criaturas monstruosas — e, no meio disso tudo, um louco foragido, certamente fadado a desaparecer.

II

É preciso que se leve em conta que Billy Gould atribuía àqueles documentos um poder que só quem já passou muito tempo imerso num mar de papel pode imaginar, ainda que não compreender de todo. Preocupava-me a idéia de que, se eu nada fizesse, as mentiras que levava naquele carrinho algum dia viessem a ser tudo que restaria da colônia, e a posteridade tentasse julgar todas as pessoas desse passado — julgar Capois Death, o sr. Lempriere, o comandante, até mesmo o pobre Castlereagh, julgar todos eles e a mim — com base na maquinaria das ficções monstruosas criadas pelo comandante! Como se aquilo fosse verdade! Como se a história e a palavra escrita fossem aliadas e não adversárias!

Havia apenas um homem, disso eu não tinha dúvida, que saberia o que fazer.

Matt Brady era para nós todos um enigma, mas na escuridão da minha cela malcheirosa, enquanto o velho escrivão dinamarquês lentamente se desintegrava a meu lado, Brady para mim se tornara uma esperança. Ninguém que eu conhecesse jamais o vira: conseqüentemente, as diferentes descrições de sua pessoa física eram incoerentes. Não obstante, eu estava convicto de que, no momento em que nos encontrássemos, eu haveria de reconhecê-lo. Segundo uns, ele era alto e moreno, com uma tatuagem em estilo maori no lado esquerdo do rosto; já outros diziam que Brady tinha sangue samoano, o que explicava suas tendências guerreiras; ainda outros afirmavam que era um homem baixo e sardento, que prendia os cabelos ruivos em dois rabos-de-cavalo compridos. Para os escoceses, ele era William Wallace; para os irlandeses, Cú Cuculain; para todos, um herói.

Mas apenas para mim Brady era o homem que seria capaz de vingar a História.

Meus desejos, como o leitor já terá percebido a esta altura, eram múltiplos; eu deveria ter percebido também que eram irrealistas. Pretendia eu em primeiro lugar paralisar a colônia ao remover a base de sua administração, os registros de sua história inventada, a ficção necessária graças à qual se mantinha a realidade da prisão insular. Em seguida, eu encontraria Brady e lhe entregaria aquela papelada. Pois eu estava inspirado por uma ilusão ainda mais monstruosa do que meu carrinho coberto de esperanças toscamente elaboradas — a idéia de que, se Brady possuísse tanto os registros oficiais e fictícios da colônia quanto meu próprio testemunho autêntico como corolário corretivo, o bandoleiro poderia organizar sua vingança quando viesse libertar a ilha Sarah.

Brady imporia a justiça divina aos delatores, aos forçados gendarmes que vendiam seus companheiros em troca de uma vida mais confortável, pois todos eles eram representados nos registros do velho dinamarquês como heróis, como prisioneiros merecedores de respeito. Brady libertaria todos os outros, e todo forçado que não tivesse registro criminal se tornaria um homem livre, pois para mim estava claro agora que eram aquelas palavras mentirosas que nos escravizavam. Sem elas, quem seria capaz de dizer qual homem era livre e qual não era? Após a libertação, os forçados poderiam viajar para onde quisessem e considerar-se homens livres, e não havendo registros, não estando mais eles circunscritos à prisão de papel, ninguém poderia provar o contrário. Depois disso, Brady divulgaria o relato verdadeiro, que mostraria a todos os horrores da vida na colônia, um relato que denunciaria a mendacidade do registro oficial, de todos os registros oficiais, e, ao fazê-lo, haveria de inspirar em toda a Terra de Van Diemen um espírito de revolta.

Assim, finalmente transformado no instrumento de um objetivo glorioso, fui me embrenhando no desconhecido, com passos lentos, munido de minha estranha bagagem, sempre impelido pela visão redentora de Brady.

No entanto, mesmo sem o fardo de minhas ambições absurdas, minha viagem não fazia sentido. Aquela terra violenta jamais fora mapeada, e ninguém sabia onde, em todo aquele território do tamanho da Inglaterra, estaria Brady. O terreno era coberto por florestas virgens de árvores e samambaias, densas e por vezes impenetráveis. A terra erguia-se em ondas de imensas montanhas inóspitas e despencava em íngremes cataratas brancas, que brilhavam como granito.

A viagem tornou-se um tormento inimaginável. Mas enquanto arrastava meu carrinho com seu fardo de lembranças adulteradas, pela neve, pelo granizo, subindo mais uma garganta ou atravessando mais uma planície coberta de milhã-de-pendão, cruzando várias serras e atravessando muitos rios caudalosos, jamais, nem mesmo nos momentos de maior desespero, de maior agonia física, me entreguei ao pensamento de que não encontraria Brady, porque Brady, quando eu o encontrasse, haveria de compreender tudo. Brady saberia tudo que eu não sabia. Brady me diria de que modo se podia virar esse mundo de ponta-cabeça e endireitá-lo, fazer com que ele voltasse a ficar direito, tal como fora antes, tal como deveria ser.

III

Ele apareceu no círculo de luz em torno de minha fogueira ao cair da tarde. Seu corpo coberto de feridas e cicatrizes, mirrado e maltratado, estava quase nu, pois ele só trazia um chapéu feito de capim na cabeça, uma jarra de barro fosco e arranhado na mão direita e um S grande marcado a ferro na bunda, como se fossem duas ferraduras em relevo, uma engatada na outra.

Eu estava acomodado num barranco de xisto, protegido por uma saliência na rocha, e fiquei tão atônito com a audácia desesperada de sua aparição quanto confuso a respeito de sua identidade. Minha mão agarrou o machado. Mas, quando ele fez sua proposta ousada, todas as dúvidas desapareceram: ninguém mais seria capaz de tentar tirar proveito de uma situação tão desvantajosa.

"Se você dividir comigo sua comida", disse Capois Death, "eu o ajudo a carregar esse peso."

Dei-lhe um pouco de carne de porco em conserva. Fiquei a observá-lo enquanto ele mastigava o alimento de um só lado da boca, como um cachorro, creio que porque do outro já não tinha mais dentes. Perguntei-lhe por que havia fugido — afinal, sua situação era das mais privilegiadas em toda a ilha.

Ainda mastigando, Capois Death tirou o chapéu de capim e pegou na cabeça um pedaço de papel imundo, todo amassado. Havia sido dobrado e redobrado tantas vezes que as dobras haviam se transformado em rasgos, de modo a praticamente dividirem o papel em quatro pedaços separados.

Nele estavam escritas as seguintes palavras:

Querido cap:

você sempre foi para mim o único sempre foi tudo como era gostoso e bom nunca vou esquecer o seu sorriso torto o seu cabelo encarapinhado sempre amei você muito

seu amor para sempre

Tommy

Devolvi a carta a Capois Death.

Depois que Tom Weaver, o Roncador, foi enforcado no inverno, contou-me, ele ficou arrasado. Primeiro pensou em suicidar-se; depois resolveu fugir no verão seguinte. Havia conseguido escapar com um grupo de seis pessoas algumas semanas antes; resolveram separar-se quando ficaram sem comida. Um deles morreu afogado tentando atravessar um rio a vau, outro resolveu entregar-se, seguindo em direção ao acampamento dos forçados que recolhiam calcário para produzir cal. Uma semana antes, Capois Death tivera de lutar contra um demônio-da-tasmânia com quem disputava um vombate morto, já podre; desde então, não comia nada.

"Sim", disse ele, respondendo a sabe-se lá que pergunta, e desarrolhou a jarra que levava, ainda cheia de um líquido misturado a urina que algum dia tinha sido Sopa de Pachola, juntamente com uma história que, dizia ele — percebi então que sua cabeça estava muito atrapalhada —, fora sua outrora. Pegou uma folha de capim suja e disse que, pouco depois de chegar à ilha Sarah, assistira ao interrogatório de um prisioneiro que tinha sido capturado.

O forçado — um confeiteiro de Birmingham — havia passado algumas semanas foragido, com outros três que ainda não tinham sido encontrados. Não tendo conseguido achar comida naquele mundo adverso, ele teria devorado seus companheiros quando tentavam atravessar as serras inexploradas do oeste em direção ao leste, onde ficavam as cidades; fracassando em sua tentativa, morto de fome, o pobre-diabo voltou à colônia e entregou-se.

Afirmando que estava cansado desta vida, confessou que havia praticado o canibalismo, porém só acreditaram nele quando descalçou os mocassins feitos de pele humana e os exibiu. Mais interessado no que o confeiteiro havia aprendido a respeito das regiões inóspitas e desconhecidas da Transilvânia do que na confissão de seus atos depravados, Musha Pug insistiu com ele para que falasse detalhadamente sobre as regiões por onde havia passado.

Irritado, o confeiteiro pediu permissão ao comandante e pegou uma das folhas de papel em que Jorgen Jorgensen estava registrando o interrogatório. Com um gesto violento, amassou o papel, transformando-o numa bola disforme.

"Meu senhor", disse ele, tranqüilo, "a Transilvânia é assim", e jogou a bola de papel no chão.

Em troca da pouca comida que me restava, Capois Death passou a acompanhar-me naquele labirinto informe de cascatas, florestas, ravinas e barrancos de calcário que se abria diante de nossos olhos, formando um quadro além do poder das palavras.

Seguíamos em direção a Frenchman's Cap, o grande maciço da Transilvânia. A montanha, visível em qualquer lugar num raio de cem milhas, parecia um crescente irregular, quando visto pelos prisioneiros da ilha Sarah, e evocava de modo muito vívido — e, para nós, forçados, irônico — o barrete frígio dos revolucionários franceses; era lá, supunha eu (com base em certos boatos insistentes e algumas cartas secretas do governador endereçadas ao comandante que eu havia encontrado), que Brady tinha montado acampamento.

Estávamos seguindo para Frenchman's Cap, mas não éramos os primeiros. Encontramos restos de fogueiras de acampamentos, com um ou outro fêmur e tíbia. Encontramos raízes de murta enredadas no esqueleto de um fugitivo anônimo, ainda preso a grilhões.

Paramos, tentando ouvir alguma coisa que eu não sabia o que era.

"O que você quer fazer?", perguntou Capois Death, coçando uma ferida grande, mal cicatrizada, que se formara sobre a marca traçada a ferro em brasa no seu antebraço, a qual representava uma máscara sorridente.

Seguíamos, trôpegos. Nosso estoque de porco terminou. Os livros estavam ficando úmidos, cobertos de musgos e liquens, e neles já viviam insetos e plantas pequenas. A ferida no braço de Capois Death infeccionava, seus movimentos tornavam-se lentos, sua cabeça cada vez mais febril. Acabou o chá. Não sei como, perdemos o machado, mas tenho a impressão de que foi Capois Death que o jogou fora, temendo a possibilidade de que um de nós se sentisse tentado a usá-lo à maneira do confeiteiro. Acabou a farinha. No vale de um rio profundo encontramos o tronco derrubado de um eucalipto, com uma circunferência equivalente a vinte homens. Sobre ele estavam pregados, em fileira, objetos que, vistos de longe, pareciam pedaços de casca de árvore. Delirando, Capois Death imaginou que fossem os olhos do quebrador de máquinas, multiplicados, olhando para ele, sequiosos de vingança, e teve medo de se aproximar. Porém não era nada disso: ao vê-los de perto, constatei que os supostos pedaços de casca de árvore eram na verdade uma dúzia de pares de orelhas negras, encolhidas.

Mais tarde, descendo aos trancos e barrancos um afloramento rochoso, encontramos uma ampla planície coberta de milhã-de-pendão, junças até a altura do peito, de um tom de cobre, com flores pequenas e folhas ainda tenras. Vimos um brilho irregular se aproximando de nós em meio ao capim, que, depois de algum tempo, assumiu a forma de dois negros.

Nenhum dos dois pareceu assustar-se quando tentamos o velho golpe de pegar pedaços de pau e levá-los ao ombro como se fossem armas de fogo. Não havia sentido em fugir, mesmo porque eles talvez fossem amistosos e nos oferecessem um pouco do canguru que um dos homens trazia no ombro.

Mas assim que se aproximaram de nós ficou claro que não estavam dispostos a repartir nada conosco. Um deles era um homem alto, com uma espécie de sarna da pele. O outro era mais baixo e mais forte. Estavam visivelmente zangados. Nem chegamos a ver as lanças que arrastavam no chão, presas entre os dedos dos pés.

"Numminer? Numminer?", perguntaram eles, e eu, um branco insensato, para o qual "numminer" provavelmente significava "homem branco", termo associado a todos os horrores que os europeus perpetravam contra os negros, respondi: "Não, eu não numminer". Capois Death, um negro inteligente, pensando que "numminer" queria dizer "fantasma" e imaginando que aquelas almas simples seriam capazes de tomá-lo por uma espécie de bicho-papão, empertigou-se e, com um esforço supremo da vontade, conteve o tremor violento que trairia seu estado de fraqueza e doença.

Com a voz mais forte de que ainda era capaz, disse:

"Sim, eu numminer, eu numminer grandão fortão."

IV

A última coisa que Capois Death viu antes de sua morte lamentável foi toda a sua triste história contada ao contrário. Todas as peripécias por que passara na ilha Sarah, o quebrador de máquinas, o Escaravelho, seu sucesso como taverneiro em Hobart Town, seus tempos em Liverpool, tudo isso ele via passando de trás para a frente, através da espuma que jorrava de um jarro de cerveja.

Levantou a vista e viu-se nadando de volta para o navio negreiro, obrigado, pela condição de escravo, a cometer um ato aviltante com um branco; constatou com uma tristeza cada vez maior o abandono de todos os seus ferozes anseios de liberdade, enquanto os franceses, às gargalhadas, arrancavam os pregos das dragonas de madeira que, coisa estranha, enfeitavam os ombros do general negro Maurepas.

Maurepas olhava sem entender, trêmulo, os franceses que riam, enquanto sua mulher e seus filhos voltavam do mar, cães vomitavam pedaços de seres humanos que se juntavam e formavam pessoas inteiras, e a repressão brutal da revolta de escravos dava lugar a um breve período de liberdade, seguido, por fim, de uma servidão infinita.

Capois Death sentiu que sua raiva insaciável, sua determinação de não permanecer na condição de escravo, diminuía como a chama de uma vela prestes a se extinguir, e à medida que sua força de homem ia desaparecendo, e seu corpo se transformava no de um menino cada vez mais fraco, ele simplesmente foi aceitando o mundo de trabalho incessante, de brutalidade constante e violência insensata praticada tanto por seus senhores quanto por seus camaradas, como a única forma de vida que existia ali ou em qualquer outro lugar. Apenas o sabor de uma goiaba arrancada de sua boca e recolocada numa árvore redimia aquele longo período, o qual terminou, finalmente, quando o feitor negro agarrou com força uma negra que chorava.

Com muita força, uma mulher branca insistia em empurrar Capois Death, agora reduzido a um bebê, em direção à mulher que gritava, mas foi se calando aos poucos e, após segurar a criança ainda úmida e ensangüentada junto ao seio por algum tempo, levantou-se do banco em que estava sentada, agachou-se no meio de um pátio coberto de poeira, à sombra de uma goiabeira, e deixou que Capois Death finalmente retornasse ao único período de serenidade que jamais conhecera, penetrando, os pés à frente, a imensidão do interior daquela mulher, passando pela cavidade ferida e ensangüentada de sua abertura.

No exato momento antes de ser engolido pelas trevas para todo o sempre, Capois Death virou-se e viu sua própria imagem refletida no espelho de uma garrafa de cerveja a esvaziar-se, na qual o tempo havia parado de andar para trás e agora rapidamente corria para a frente; porém ele sentia-se indiferente quanto a seu futuro, quanto à revelação de seu destino, em que ele e eu pulávamos do carrinho e tentávamos fugir correndo dos negros, e duas lanças atravessavam seu torso febril.

Capois Death virou o rosto, respirou fundo, lentamente empertigou-se outra vez, e deu apenas três passos lentos, afastando-se da garrafa que andava para a frente e para trás no tempo, quando sentiu a primeira lança, como um golpe de marreta; sentiu que cambaleava; depois, o segundo baque, ainda mais forte que o primeiro. Rodopiou como um melro no espeto e caiu de joelhos. Enquanto tentava fugir de gatinhas, sentiu que seu corpo era atingido por golpes de maças e sua faculdade de linguagem começou a sumir, as palavras se juntavam umas às outras e já não faziam sentido e então o cheiro de goiaba voltou e tommy falando andando comigo e longe muito longe e tommy! tommy! frio e frio e

e______________

Enquanto corria, eu olhava para trás de relance e via os negros atacando Capois Death com suas maças, como se tentassem quebrar os ossos em cada um de seus membros. Vi-o levantar um dos braços lentamente, um gesto estranho, inútil. Agora batiam em sua cabeça com toda a força. Escondido atrás de um denso arvoredo de murta, vi os negros se afastando, enquanto ele agonizava.

Quando, com todo o cuidado, voltei no dia seguinte para pegar o carrinho, encontrei-o intacto, ao contrário do cadáver de Capois Death, cujas vísceras já saíam do ventre afundado, numa profusão de formas de salsichas e cores de sangue coagulado, pois os demônios-da-tasmânia e tigres já haviam começado a devorá-lo durante a noite.

Ao lado da cabeça, a garrafa de espíritos, quebrada e vazia, os olhos do cadáver, leitosos, ainda fixos nela. Em torno de seus fragmentos, as histórias que ela continha: metade de um anel de granada; alguns seixos e ervas secas, três conchas pequenas — uma de litorina, uma de mexilhão e outra de vieira, quebrada. Ele era a Sopa de Pachola sem o absinto. Ele era sangue de pássaro sem um corpo em que esfregá-lo para poder voar. Ele era uma história terminada.

Com minhas pobres mãos de pintor e paus podres que quebravam o tempo todo, comecei a cavar uma cova no cascalho que forma um deserto úmido sob a camada de milhã-de-pendão. Depois de algum tempo desisti, exausto; só havia conseguido escavar uma depressão rasa. Arrastei o corpo de Capois Death até ela e depois fui embora, sem me virar para trás, fugindo, desejando, querendo que a vida fosse diferente.

O tempo passava.

Comecei a delirar.

O tempo não passava. Minhas visões e minha visão se confundiam. O tempo rodava. Eu arrastava um carrinho de mentiras chamado história numa selva. O tempo ria. Eu aguardava uma morte que não aconteceria jamais numa cela na colônia penal da ilha Sarah. O tempo zombava! Doía! Feria! Quebrava! Eu escrevia um livro num outro tempo, tentando compreender por que não havia palavras que pudessem exprimir o que havia acontecido.

Nenhuma.

Nada.

Seminu, definhando, cheguei à última parte de minha caminhada, a escalada de Frenchman's Cap. A cada dia eu cortava mais um pedaço de minha jaqueta de pele de canguru e o mastigava, para alimentar-me. Calculando que a jaqueta daria vinte pedaços, a lenta diminuição de minha roupa servia-me de calendário, à medida que meus dentes iam ficando amolecidos e doídos em minhas gengivas inflamadas e depois começavam a cair.

Foi no abrigo relativamente tranqüilo de umas rochas enormes de granito, numa serra do oeste, algum tempo depois, que encontrei, reunidos em torno de uma pequena fogueira que resistia à chuva, rostos conhecidos que eu jamais imaginara encontrar ali. Eu havia comido o último pedaço da jaqueta dois dias antes.

V

Eram três meninas pequenas e um menino, seus corpos frágeis praticamente nus; alguns cães sarnentos e famintos; uma mulher descalça que reconheci como a que o comandante chamava de "a mulata", que para Robinson era Cleópatra e que para mim, tal como para os outros forçados, era Sal Dois-Vinténs, quebrando galhos para colocá-los no fogo. Para algumas pessoas — não, para praticamente qualquer pessoa — esse grupo não haveria de parecer nada atraente; mas para mim, que não via nenhum outro ser humano havia uma eternidade, aquelas pessoas eram incomparavelmente belas.

Sal Dois-Vinténs trajava uma velha saia preta de algodão, uma jaqueta amarela de lã crua, das que os forçados usavam, e um gorro de lã vermelho. Levava às costas, numa tipóia de pele de canguru, um bebê, o qual, como mais tarde vim a compreender, era a irmã gêmea da criança cujo pequeno crânio Sal Dois-Vinténs, como fazia a sua gente quando estava de luto, levava amarrado à roupa. A criança era mais clara que os outros filhos, e tinha olhos azuis. Dei-me conta de que talvez fosse minha filha. Se bem que, se ela tivesse tido um filho meu, talvez o tivesse matado. Um homem negro, de costas para mim, levava ao fogo três cangurus-ratos para cozinhá-los. De início nem se dignou a olhar para mim quando o chamei pelo nome.

Porém, quando finalmente Marks Rastreador levantou a cabeça, fiquei chocado. O homem forte e elegante que eu conhecera na ilha Sarah alguns meses antes estava agora não exatamente escaveirado, e sim murcho; seu vistoso colete grená estava negro e engordurado, e pendia de seu corpo tal como outrora os ferros pendiam do meu; sua bela camisa azul listrada estava fosca e rasgada, e as calças escuras de brim estavam reduzidas a farrapos compridos que deixavam entrever as pernas magras.

Era uma figura grotesca. O rosto estava mutilado, e quando ele se aproximou de mim percebi que suas orelhas e seu nariz haviam sido amputados, só restando em seus lugares uma massa de carne vermelha, ainda viva. Todo o rosto deformado estava coberto de pústulas, como se fossem besouros carnívoros, sinal inconfundível de varíola. Marks Rastreador, que eu sempre pensara em pintar, representando-o como um peixe-alga, um dândi dos mares, agora lembrava mais um pedaço de peixe, flácido, a encurvar-se, já apodrecido, após alguns dias na cozinha do sr. Lempriere.

Não me contive: fiquei olhando para ele. Então Marks Rastreador fez uma coisa que, se eu tivesse viajado mil milhas, atravessando mil florestas, até encontrar aquele lugar, eu jamais esperaria que acontecesse.

Ele estendeu o braço.

Estava estendendo a mão para mim.

Com as costas dos dedos, tocou-me as faces e os lábios; ele estava me tocando.

VI

Deixou cair a mão, e eu sentei-me na terra junto com eles, ao redor do fogo. Ao som dos pêlos dos cangurus-ratos, que começavam a arder no fogo, Marks Rastreador, por meio de gestos e do patoá da Terra de Van Diemen que eles chamavam *dementung*, esse dialeto bastardo que era uma mistura de língua de negros com língua de forçados, contou-me que estavam me esperando havia algum tempo, pois tinham visto a fumaça das minhas fogueiras e, por meio delas, passaram alguns dias acompanhando minha trajetória, enquanto eu subia lentamente, em círculos, a encosta da montanha.

Sal Dois-Vinténs acendeu um cachimbo e, depois de algumas baforadas, ofereceu-o a mim. Era uma espécie nativa de tabaco, forte e resinosa e revigorante. Passei-o para Marks Rastreador, que inalou uma vez, espirrou e tossiu muito — uma tosse que me pareceu sinal de doença — e depois me contou que havia decidido abandonar a ilha Sarah para caçar cangurus. Após alguns dias de viagem, chegou à foz do rio que os brancos denominam Pieman Heads. Ali encontrara um grupo de soldados que estavam à procura de um certo rastreador, para que este os ajudasse a encontrar o famigerado fora-da-lei Matthew Brady.

Nesse ponto Marks Rastreador interrompeu sua narrativa para tirar do fogo os cangurus-ratos chamuscados e eviscerá-los com muita destreza, com uma pedra afiada. Depois de recolocá-los no fogo, tossiu mais um pouco e retomou sua história.

Os soldados ofereceram-lhe ouro, bem como terras perto de Jericho, onde o rastreador poderia se tornar fazendeiro. Passaram algumas semanas vasculhando a Transilvânia. O rastreador mostrou-lhes rochas que eram Brady, lagoas que eram Brady, peixes que eram Brady, fê-los cruzar a nado corredeiras em rios de montanha profundos que eram Brady, obrigou-os a suportar ventos gelados que eram Brady, até que eles deram um pontapé no rastreador, cortaram-lhe fora o nariz e as orelhas, uma delas tão perto do osso que levaram junto parte de uma bochecha, deram-lhe uma boa surra e disseram-lhe que se o encontrassem alguma vez eles haveriam de abatê-lo a tiros, porque ele era um negro metido a besta por tê-los afastado de sua presa por tanto tempo.

Essa história me reanimou. Minha alma aliviara-se diante daquela companhia inesperada, e minha mente sentia uma lucidez estranha por efeito do tabaco. Percebi, com o impacto de uma revelação, que minha viagem estava chegando a sua conclusão fabulosa. Estava claro que Marks Rastreador, embora soubesse onde Brady estava acampado, havia tomado o cuidado de não revelar seu paradeiro aos soldados. Agora ele me levaria lá.

VII

O mundo tornara-se cinzento, pois enormes nuvens negras obscureciam o sol quase por completo, antecipando o crepúsculo. Quase imediatamente, com aquela perversidade característica do verão da Terra de Van Diemen, começou a cair uma mistura de chuva e neve.

Enquanto a neve úmida caía sobre o fogo, com um sibilo de desprezo, Marks Rastreador partia em pedaços os animais cozidos e os distribuía entre os presentes. Ele próprio nada comeu, nem mesmo quando Sal Dois-Vinténs quebrou as coxas dos cangurus-ratos e segurou-os junto a sua boca, pedindo-lhe com insistência que ao menos chupasse o tutano dos ossos para ganhar forças; ele não quis, e ela esfregou-lhe o tutano nas faces e na testa, como se desse modo pudesse lhe dar alguma força.

Quando, finda a refeição, perguntei a Marks Rastreador onde estava Brady, ele respondeu que as rochas eram Brady, as lagoas eram Brady, os peixes eram Brady...

Era de se esperar que eu me entristecesse ao constatar que não era apenas o corpo de Marks Rastreador que estava em declínio, mas também sua mente. Porém, para dizer a verdade, senti apenas um enorme cansaço após aquela refeição súbita e inesperada, um pouco enjoado com o sabor dos marsupiais, mas também estranhamente saciado. Cheguei-me mais ao fogo, mas Sal

Dois-Vinténs chamou-me para juntar-me a eles numa pequena gruta à qual todos eles haviam se recolhido.

Ali, Marks Rastreador fez-me dormir junto com eles, com a fogueira a nossa frente, os cães enrodilhados junto a nossas cabeças e nossos pés, os filhos dele aconchegados a mim em um dos lados, Sal Dois-Vinténs do outro, e ele próprio do outro lado dela.

Aquela proximidade pareceu-me não apenas inesperada como também — para ser franco — um pouco imprópria, mas como pelo visto eu era o único a estranhar a situação, virei-me para o lado, encostando o nariz nas costas da mulher que o comandante chamava de Mulata, que Robinson apelidara de Cleópatra e que os forçados conheciam como Sal Dois-Vinténs, e cujo nome aborígine, dei-me conta com uma súbita sensação de vergonha, eu jamais me dera o trabalho de descobrir.

Sentia-me como uma criança, e com a vaga sensação de que minha ignorância abissal era de algum modo um pecado, um pecado terrível, indizível, que no entanto fora perdoado, adormeci. Dormindo, meus músculos e ossos pouco a pouco foram se aquecendo e relaxando, e senti-me, pela primeira vez em muitos, muitos dias, protegido.

VIII

Quando acordei, era noite, tudo escuro além do espaço junto ao fogo — que antes parecera precário, prestes a se apagar, no frio e na umidade, e agora estava intenso, labaredas enormes de um vermelho muito vívido, de três jardas de altura, no mínimo, e três jardas de raio, enchendo nossa gruta com uma luz amarela bruxuleante.

Marks Rastreador, Sal Dois-Vinténs, as crianças e os cães — todos haviam desaparecido. Um cheiro fumacento, de algum modo familiar, chegou-me às narinas, e fez-me pensar naquele cheiro de mofo característico que eu sentira ao entrar pela primeira vez no Arquivo.

Do outro lado do fogo vi Sal Dois-Vinténs dançando com as crianças. Ela havia despido as roupas européias, e — fora um colar tingido de ocre vermelho, feito com tendão e pele de canguru-rato, amarrado em várias voltas em torno da cintura, e ao qual o pequeno crânio estava agora preso — não havia nada em seu corpo, só o ocre vermelho lambuzado no rosto e nos pêlos pubianos, que mais pareciam limalhas de ferro enferrujado, atraídas pelo magnetismo de sua genitália. Havia untado os cabelos com uma pomada espessa de ocre vermelho e sebo, e os penteara em camadas que se sobrepunham como as escamas de um peixe. As crianças também estavam nuas e enfeitadas de modo semelhante.

Ao contornar o fogo em direção a eles, senti algo cair-me no ombro e depois resvalar para o chão. Parei, virei-me, olhei para baixo. No chão, ao meu lado, na extremidade de um toco de antebraço fumegante, vi uma mão negra a fumegar.

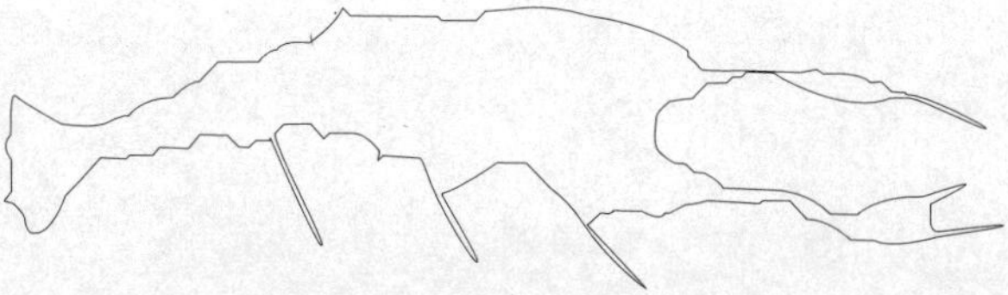

O lagostim de água doce

O rei Canuto — Um auto-de-fé nos antípodas — O adeus a Sal Dois-Vinténs — Metamorfose — Crânios junto à lareira — O Cântico dos Cânticos — A cabana-colmeia — O preço da leitura — A devoração do diário de Brady — Universo de horror, infinito de amor — Clucas à frente — Sua perfídia é recompensada.

I

Com uma sensação de horror iminente, parei, virei-me e levantei a vista. De início recusei-me a acreditar no que estava vendo. Seria uma confusão da vista e do entendimento; eu devia estar vendo coisas imaginárias nas formas infinitamente fluidas das chamas. Mas, quanto mais eu olhava, mais me convencia de que não podia haver dúvida.

Pois no meio do fogo, ereto, com sete pés de altura, elevava-se um tronco negro, sendo consumido pelas chamas, sustentado por galhos ardentes empilhados em todos os lados. O tronco escuro era um rei Canuto negro entronizado, muito satisfeito da vida, enquanto uma onda de chamas amarelas e azuis crescia a sua volta. Pisquei — uma vez, duas vezes — mas não havia engano: o rei Canuto era Marks Rastreador, morto, e aquela fogueira era sua pira crematória.

O dândi negro, cuja tosse violenta se calara para sempre naquelas chamas dançantes, estava se carbonizando, tornando-se irreconhecível. Labaredas vermelhas, como mãos carinhosas, contornavam-lhe a cintura, acariciavam-lhe o peito, namoravam-lhe o queixo. Um dos braços terminava num cotovelo que cuspia fogo. Um dos ouvidos ardia com uma chama amarela suave, como se fosse uma vela de sebo.

Ouvi um ganido, olhei para baixo e vi que um dos cães miseráveis estava tentando fugir com a mão que caíra do cadáver sobre mim, e de mim para o chão. Um pé caiu sobre a mão, um pé que, conforme percebi, aliviado, estava vivo e livre das chamas e pertencia a Sal Dois-Vinténs, a qual se abaixou, arrancou a mão ainda fumegante dos dentes do cachorro, desferiu um pontapé no animal e, num gesto natural, lançou a mão de volta na fogueira.

Se o leitor imagina que nesse momento Billy Gould gritou, ele está redondamente enganado. Se pensa que Billy Gould, com um salto ousado, salvou o corpo do rastreador do fogo para depois lhe dar um enterro cristão, está mais enganado ainda.

Em primeiro lugar, eu mal conseguia ficar em pé. Em segundo lugar, nunca fui de querer dizer aos outros como devem viver suas vidas, e, dada minha experiência pessoal, pareceu-me razoável estender esse princípio também à morte. Eu já havia me metido com dois cadáveres; um deles, reduzido a um cagalhão, se transformara num sistema científico, enquanto o outro virara um sábio putrefato. Parecia-me claro, portanto, que nada de bom, no plano científico tanto quanto no espiritual, resultava de tais tentativas de interferir na morte. Ademais, tinha eu a impressão de que o rastreador estava muito satisfeito ali no meio de sua fogueira, no alto, como a estrela de Belém brilhando no topo de uma árvore de Natal. Não era belo, nem era feio. Não era certo nem era errado. O cheiro era mais ou menos o que eu esperava sentir em Castlereagh algum dia.

Dei-me conta de que Sal Dois-Vinténs estava olhando para mim. Eu sentia o calor do fogo em meu rosto, e via que as chamas pintavam suas folhas cambiantes de luz vermelha e sombra negra no corpo dela, no seu rosto, nos seus olhos negros, rasos d'água. De uma pequena cesta de pele de canguru afixada ao cinto de tendão ela tirou um punhado de ocre vermelho, que reduziu a pó na palma de minha mão, depois fez com cuspe uma pasta, enquanto pronunciava as palavras *Ballewinny — ballewinny — ballewinny*, o tempo todo chorando, o rosto convulso, tremendo à luz incerta do fogo, e olhava para mim, enquanto eu só olhava de vez em quando para ela, vendo-a misturar a pasta de cuspe e ocre vermelho, constrangido demais para fazer o que quer que fosse, até mesmo quando ela levou um dedo lambuzado de vermelho ao meu rosto e começou a desenhar nele.

Enquanto esfregava em mim o ocre, olhava-me fixamente, como se eu fosse um amigo que ela não visse havia muito tempo, como se eu fosse seu homem, seu irmão, seu pai, seus filhos, todas as outras pessoas que vieram antes de Marks Rastreador, pelas quais ela esfregara ocre no rosto e carvão no corpo em sinal de luto quando elas morreram, uma por uma, de resfriado ou varíola ou gonorréia ou tiro de mosquete, como se tivéssemos em comum alguma coisa que transcendesse nossos corpos e nossas histórias pessoais e nossos futuros, e como se me marcando com ocre vermelho ela talvez conseguisse me fazer entender um pouco de tudo isso.

Porém, exposto ao jogo tortuoso de luz e sombra lançado pela fogueira, com as marcas da vida e da morte no rosto, e com os mistérios secretos de que todas essas coisas falavam, eu percebia apenas que não entendia coisa alguma.

A negra afastou-se, pegou um galho grande e, golpeando com força a cabeça em chamas de Marks Rastreador, quebrou o crânio, expondo ao fogo os miolos intactos. Então com o galho pôs-se a cutucar o corpo aqui e a levantá-lo ali, como se para que todo ele se reduzisse a cinzas da maneira correta.

Depois começou a cantar, e as crianças cantavam com ela, as crianças cantavam juntas, e ela cantava uma oitava acima, formando uma harmonia tão perfeita que eu, embora não entendesse as palavras, fiquei muitíssimo comovido.

Nesse momento, quando eu tentava livrar-me da sensação de frustração por não compreender nada do que ela cantava, porém me sentia tomado pela terrível suspeita de que no fundo entendia tudo muito bem, aquela mulher de muitos nomes, que eu não sabia mais como chamar, virou-se e começou a arrancar páginas de um livro e jogá-las no fogo.

Levantei a vista e percebi que a cabeça de Marks, virada para o norte, estava coberta com registros de forçados, copiadores, relatórios e regulamentos, tudo isso agora servindo apenas como combustível para uma pira funerária, explodindo em chamas e depois subindo e flutuando, passando pelo rosto alegre e ardente do rastreador, páginas voadoras momentaneamente iluminadas pelo brilho da orelha de Marks antes de desaparecerem na noite como folhas de carbono em desintegração.

Quando ela chegou à parte da fogueira mais perto de onde eu estava, vi que o tempo todo, enquanto dançava, Sal Dois-Vinténs estava alimentando o fogo com as páginas que ela arrancava com fúria dos registros.

Os registros!

Os registros que eu passara tantos dias carregando, com tanto sofrimento! Os registros com que Brady haveria de nos libertar! Os registros que haviam matado Jorgen Jorgensen, e pelos quais eu arriscara minha vida e Capois Death, sem se dar conta disso, sacrificara a dele...

De um salto arranquei-lhe das mãos o livro cujas páginas ela estava rasgando e jogando nas chamas, decidido a tentar preservar ao menos um volume daquele alucinado auto-de-fé dos antípodas, mas para surpresa minha ela não ofereceu a menor resistência a meu ataque súbito, e simplesmente deixou que eu pegasse o livro.

Enquanto tentava extinguir o fogo das bordas das páginas, percebi algumas palavras iluminadas pelas chamas. Li algumas frases que não faziam nenhum sentido, a respeito de uma compra de cadeiras como ato de expiação por pecados não especificados, porém bem concretos. Então a chama subiu até minha mão e a página, já solta, caiu dentro da fogueira. Levantei a vista e olhei para Sal Dois-Vinténs, mas ela continuava olhando para o livro, onde então li o que era agora seu começo, uma página rasgada ao meio, cujas primeiras palavras legíveis eram:

"... pois sou William Buelow Gould, alma negra, olhos verdes, banguela, desgrenhado e macambúzio, e quero pintar peixes e captar nessas pinturas mais uma alma como a minha...".

Com a vaga sensação de um reconhecimento distorcido, folheei o livro, passando por pinturas de peixes e passagens de texto que algumas vezes eram claramente minhas, e que outras vezes pareciam baboseiras ridículas, ainda que correspondessem de modo curioso, e por vezes perturbador, à realidade da ilha Sarah.

Mas foi só quando meus olhos bateram num trecho ao final de uma página na frente do livro que senti algo semelhante ao pânico.

"William Buelow Gould", dizia o texto, "nascera dotado de uma memória que não vinha associada nem a experiências pessoais nem a eventos históricos que a justificassem, e portanto havia passado o resto de sua vida tentando inventar o que não existia, movido pela curiosa suposição de que sua imaginação talvez se transformasse em experiência, e desse modo ao mesmo tempo explicasse e curasse o problema de memória inconsolável que o afligia."

Decidido a não ler mais tais coisas fantasiosas, rasguei a página absurda e joguei-a no fogo, mas agora senti que minha respiração se tornara arquejante, e que um suor de pavor estava me pinicando as costas, e que minhas tripas começavam a dançar uma giga aquosa.

Sal Dois-Vinténs enxugou as lágrimas das faces e mostrou-me com um gesto que o outro lado da pira precisava de mais combustível. Eu estava muitíssimo indignado com sua total indiferença por meus sentimentos, e decidi que não leria mais nenhuma palavra, e que começaria naquele momento a tentar apagar aquele instante de minha vida.

Eu recomeçaria a procurar Brady, o qual haveria de me dizer que tudo aquilo que eu estava testemunhando agora era apenas o delírio de um homem faminto perdido nas florestas inexploradas da Transilvânia. Mas não adiantava — Billy Gould não conseguia livrar-se da suspeita cada vez mais forte de que estava preso dentro de um livro, reduzido à condição de um personagem cujo futuro e cujo passado já estavam escritos, determinados, previstos, de modo inalterável e intolerável. Que opção lhe restava senão destruir aquele livro?

Rasguei mais uma dúzia de páginas com muita energia e joguei-as no fogo, mas a corrente de ar que emanava das chamas levantou-as e jogou-as na minha cara. Enquanto tirava do nariz uma página parcialmente queimada, não consegui deixar de ler:

"No chão, ao meu lado, na extremidade de um toco de antebraço fumegante, havia uma mão negra em brasa...".

Com muita violência, amassei a página e joguei-a no fogo, e vi então que a página seguinte reproduzia a imagem de um lagostim de água doce. Parecia uma imitação perfeita do meu estilo. Tentando desesperadamente evitar a conclusão de que, se esse livro de peixes era uma história da colônia, talvez fosse também uma profecia de seu futuro, constatei então que o livro não estava ainda perto do fim, que ele continha vários capítulos subseqüentes, e com um terror cada vez maior li, na página seguinte: "constatei que o livro não estava ainda perto do fim, que ele continha vários capítulos subseqüentes, e com um terror cada vez maior li, na página seguinte —".

II

— Num gesto estranho, mas que para mim não era mais inexplicável, deixei que todo o *Livro dos peixes* caísse naquele inferno, e comecei a ajudar a negra a rasgar os outros livros e lançar no fogo as páginas rasgadas.

Caíam na pira aquelas descrições de inúmeros passados individuais, sua concepção implícita de um futuro único, e as chamas famintas gritavam de prazer! Como Pobjoy me disse há tanto tempo, as definições pertencem ao definidor e não ao definido, e eu não queria mais que minha vida e minha morte fossem previstas por outrem. Eu havia sofrido demais para permitir que me reduzissem a uma idéia. Naquela pira eu jogava tantas, tantas palavras — toda aquela literatura falsa do passado que me havia agrilhoado e subjugado, tanto quanto os grilhões de ferro cheio de pontas que me prendiam o pescoço e as pernas, as correntes que me prendiam a bolas de ferro, e a cabeça raspada —, que por tanto tempo me negaram minha própria voz livre e as histórias que eu precisava contar.

Eu não queria ler mentiras a respeito de quem eu era e de por que eu era quem era. Eu sabia quem era: era o passado sendo açoitado no triângulo, mas sou o açoitador mergulhando o azorrague na areia para que ele corte mais fundo; era o passado que caía, juntamente com o grito sufocado, pelo alçapão verde da forca, mas sou o verdugo a balançar-se agarrado às pernas do moribundo; era o passado comprado e acorrentado e estuprado pelos caçadores de focas, porém sou o caçador de focas que obriga a negra a comer sua própria coxa e suas próprias orelhas.

Eu jogava no fogo aqueles livros de traições, de boatos fantásticos, de histórias com um pouco de verdade e muita mentira, que continham em seu âmago traições grandes e insignificantes, que ocultavam de nós a vergonha que sentíamos por sermos forçados a agir ao mesmo tempo como encarcerados e carcereiros. Nem nós nem nossos filhos nem toda a progênie infinita deles jamais esqueceríamos aquela vergonha, mesmo muito depois que sua causa fosse esquecida. No fogo lancei *Crania tasmaniae* — aquelas belas litografias de crânios roubados, e também elas ficaram dançando em torno do cadáver carbonizado. No fogo, no coração faminto do fogo, jogamos tudo aquilo, todas aquelas mentiras que obscureciam os mistérios e pistas e ecos e perguntas e respostas, para poder fugir daquela prisão finalmente e completamente e para sempre; no fogo lançamos todos os registros, cada folha solta de papel, mais, e mais, e mais, até queimar tudo.

De início, o excesso de papel úmido teve apenas o efeito de atenuar o fogo, porém logo as chamas voltaram a saltar, formando outra vez uma imensa bola, como se o Sistema fosse um dragão recém-morto, a soltar seu último suspiro apocalíptico, liberando mil espíritos furiosos. A fogueira gritava, estalava, lançava gêiseres de faíscas para o alto, riscando o céu negro, iluminando o mato ao redor com um brilho vermelho que parecia dançar.

A fogueira enorme estava enlouquecida, e então o mato ao redor entrou em combustão espontânea, atiçado pelo hálito de banshee* da fogueira, e o céu negro começou a pulsar com seus lamentos cada vez mais fortes. O fogo foi se espalhando, consu-

* No folclore gaélico, um espírito feminino que anuncia que um membro da família vai morrer, chorando junto às janelas da casa às vésperas da morte. (N. T.)

mindo os pinheiros mais próximos, e logo em seguida toda a floresta explodiu em chamas, até onde minha vista alcançava tudo ardia, e sem querer e sem pensar no que fazia dei por mim dançando junto com a negra, banhados na luz feroz de ocre vermelho lançada pelo fogo infernal.

Eu arrastava minhas pernas ulceradas, numa imitação pobre, porém determinada, dos saltos e pulos da negra, e junto com ela e as crianças eu dançava tantas coisas saídas do fundo da minha alma que era como se aquela dança fosse também ela um fogo purificador. Era alegria, era tristeza, era inexplicável. Era o tecelão e minha pobre mãe, era Audubon e todos os pássaros que ele matou, o velho Gould e a filha do velho Gould, Voltaire e a sra. Gottliebsen, o médico-chefe e os peixes, o comandante e Towtereh, Capois Death e seu querido Tommy, os cangurus-ratos e Marks Rastreador. Estávamos dançando algo que transcendia as palavras. Meu corpo ganhou uma vida independente, enlouquecida, separada da minha, de tal modo que eu temia que meus velhos ossos, tão massacrados, se quebrassem, reduzindo-se a fragmentos que seriam tragados por aquela terra estranha, sempre a enrugar-se.

Depois de um bom tempo, depois que as chamas foram embora em direção às terras longínquas, restando apenas cinzas quentes à nossa volta, a fumaça formando grandes nuvens nas montanhas distantes à luz do amanhecer, vi a negra recolher as cinzas de Marks Rastreador e misturá-las com água, formando uma espécie de lama cinzenta e grossa, com a qual ela lambuzou seu próprio corpo e os das crianças. Assim, cobertas com a noite de seu rosto, prepararam-se para ir embora naquela manhã que ela parecia decidida a aproveitar.

"Não preocupa, Rastreador vai Inglaterra agora", disse-me ela. "Rastreador agora moleque numminer."

"Ele morreu", retruquei. "Quem morre não nasce de novo na Inglaterra, não."

"Numminer!", gritou ela. "Rastreador numminer! Gould numminer, mas muito tempo atrás era Palawa." E, esticando o braço, descreveu um grande arco contra o céu, que já começava a clarear, apontando primeiro para mim e, ao final do arco, para a extremidade oposta de seu mundo, a terra calcinada a seus pés.

"Muito tempo atrás", disse ela, "você era nós."

Olhei para ela, e depois não consegui mais olhar para ela, por isso baixei a vista para o chão, coberto de cinzas, marcado pela dança da noite.

"Gould, você vem", disse ela.

Fiquei a chutar a terra, sentindo que estremecia e engolia em seco.

Disse ela: "Volta, cupincha".

III

Mas eu, que sempre fora obcecado com o passado e suas crônicas, dei-me conta de que me faltavam vontade e energia para acompanhar Sal Dois-Vinténs em seu caminho rumo ao futuro.

Acompanhei-as com o olhar enquanto se afastavam — a mulher cujo nome eu jamais chegara a conhecer e as crianças esfarrapadas, uma das quais talvez fosse minha filha — e penetravam a floresta reduzida a carvões que ainda fumegavam. Em pouco tempo suas formas nuas se confundiram com os troncos e galhos queimados que pontuavam aquela bela terra enegrecida.

Segui em direção ao vento leste, para o lado oposto ao de Sal Dois-Vinténs e do fogo, que continuava a se espalhar para o oeste, uma muralha de fumaça cada vez mais comprida que ia se perdendo na distância às minhas costas. Continuei a subida, passando por um trecho de vegetação rasteira, ainda tendo o pico de Frenchman's Cap como meta. Não tendo mais que levar comigo o carrinho e os livros, constatei que, mesmo estando enfraquecido, agora conseguia me deslocar bem mais depressa.

No meio da tarde deparei-me com um riacho acidentado. Ele descia, algumas centenas de jardas adiante, de uma pequena lagoa formada na palma da mão de um pequeno vale alpino. Agora, no verão, o riacho era apenas uma levíssima cascata a saltitar entre os rochedos, num dos quais vi uma criatura, com tons reluzentes de verde e laranja, emergir de uma enorme casca de uma jarda de comprimento.

Por alguns momentos não me foi possível identificá-la, porém logo a reconheci: era um lagostim de água doce, do tipo que os forçados por vezes pescavam nos rios. Estava largando sua carapaça velha, exibindo uma outra mais nova e maior, porém igual à anterior. Contemplando a casca translúcida que o lagostim estava abandonando, deslumbrei-me com sua metamorfose, seu poder mágico de parecer uma coisa e transformar-se em outra, sua capacidade de deixar para trás uma imagem sua que já não era ele.

Pensei em pegá-lo, pois carne de lagostim é uma iguaria. Porém, assim que tentei atingi-lo com uma pedra do tamanho de um punho, o animal pulou para trás e mergulhou de volta na lagoa. A pedra caiu, inútil, no lugar exato que fora ocupado pelo lagostim no instante anterior, e só restavam indícios de sua passagem: a casca que lhe servira, uma mancha úmida na pedra onde havia estado, um vórtice de água borbulhante no ponto onde ele desaparecera.

Desisti, e segui viagem. Passando pela lagoa, cheguei a um arvoredo de pinheiros e penetrei numa clareira onde havia mais de dez construções em forma de domo, dispostas em círculo. Reconheci, naquelas formas grandes, semelhantes a colmeias de abelhas, no colmo cuidadosamente trançado com folhas de leptospermo e capim, as cabanas em que viviam os negros; assim, ali junto à lagoa havia uma aldeia de negros.

Mas negros não havia.

No centro da aldeia ficava o lugar da fogueira, um monte de cinza suja já coberta de liquens, sobre a qual se espalhavam, como se a título de explicação, montes de ossos e crânios humanos, que os bichos e pássaros e insetos já haviam deixado completamente secos havia muito tempo. Sobre algumas ossadas apodreciam ornamentos femininos, e sobre outras, ornamentos masculinos. Crânios com um furo pequeno, no máximo dois, feitos por balas de mosquete, pensei. Crânios esmagados atrás, por onde os demônios-da-tasmânia haviam devorado os miolos. Crânios alvejados pelo sol, e crânios recobertos de musgo verde. Crânios pequeninos, sem dentes, translúcidos como pergaminho.

IV

Eu estava deitado no chão, ofegante, estremecendo de modo incontrolável, de pavor. Aquela terra de montanha me cercava com o doce peso da morte. Meu corpo, cada vez mais pesado; minha cabeça, uma pedra; e, dentro de mim, uma voz insistente a penetrar-me, a puxar-me para baixo, convidando-me para dormir — durma, durma, Billy, meu menino. Com olhos que se toldavam, vislumbrei a algumas jardas dali a entrada de uma das cabanas maiores, um buraco baixo, com apenas um pé de largura e dois de altura.

Rastejando, afastei-me da lareira cheia de ossadas em direção àquela abertura estreita, uma viagem sofrida, passando por cima de penas de casuar, ossos quebrados dessa ave majestosa, bem como ossos de canguru e gambá. Fui me arrastando por sobre bolsas de capim caprichosamente trançado, esmagando com meu peso as plantinhas que já cresciam por entre as fibras apodrecidas.

Interrompi meu deslocamento lentíssimo para descansar, e vi as letras das orações que fazia quando menino todas espalhadas e reconfiguradas no chão, na forma de folhas rasgadas da Bíblia, manchadas de ocre vermelho. Ao examinar algumas delas, vi que continham passagens como estas: "Eu sou morena, mas formosa, ó filhas de Jerusalém" e "O teu umbigo é como uma taça redonda, a que não falta bebida; o teu ventre como um montão de trigo, cercado de lírios" — a espécie de baboseira que a gente usa para conquistar uma troca-travesseiros como a mulher do taverneiro. Porém achei aquilo tão inadequado à minha situação que não pude conter uma blasfêmia, e assim, já que não se aplicava ao meu caso, usei o papel para assoar o nariz. Como eu tinha enviado as vinte e seis letras a Deus em diversas ocasiões — muitos anos antes, era bem verdade —, achava que Deus podia perfeitamente ter feito coisa melhor que isso. A última página que vi estava na entrada da cabana, que parecia feita para um vombate. Era ainda mais irrelevante: "Do riso disse: Está doido; e da alegria: De que serve?".

Que se dane. Joguei fora. Quando finalmente consegui entrar na cabana, de gatinhas, fui avassalado por uma abundância de cheiros — cheiros putrefatos, de seres humanos e animais, fumaça e carne assada, de apodrecimento e nascimento, porém mais do que tudo apodrecimento —, o que fez meu estômago dar voltas. Tentei vomitar, mas os cangurus-ratos de Marks Rastreador não saíam de minha tripas de jeito nenhum; só consegui encher a garganta de bile ardente. Fui virando minha carcaça destruída até ficar deitado de costas. Passei um bom tempo assim, não muito longe da entrada da cabana, exausto, nauseado, tentando esvaziar a cabeça, enquanto meus olhos se acostumavam à escuridão.

Um ambiente espaçoso, surpreendentemente confortável, quente e seco, lentamente foi ganhando forma a meu redor, grande o bastante para conter talvez vinte pessoas, embora no momento só abrigasse dois cangurus-ratos e um gato-marsupial, que escapuliu da cabana assim que nela entrei.

Tinha eu a sensação de estar num gigantesco ninho de águia-pescadora virado de cabeça para baixo, pois as paredes da cabana curvavam-se a minha volta, cobertas de penas de cacatuas, com pontas amarelas, e de currawongs de olhos malévolos, negros como penas de corvos. Aqui e ali peles de animais estavam pregadas com gravetos na parede macia. Espalhadas no chão a meu redor, havia pedras afiadas, dessas que os negros usam como ferramentas, o fundo de um espelho e o que me pareceu ser uma fecharia de pederneira, que fora amassada até ser reduzida a uma espécie de faca. Tal como meus olhos, meu nariz começou a adaptar-se, e os cheiros fortes que de início tanto me incomodavam agora me pareciam agradáveis, algo assim entre carne esfriando e o odor que se sente ao se chegar em casa.

Lentamente soergui-me até ficar sentado. Passei um bom tempo olhando para o lugar do fogo bem no meio da cabana, entregue ao desespero; pois o que eu haveria de fazer agora? Tinha ido tão longe, para depois perder todos os meus registros no fogo. Para admitir que não podia ir mais longe. Para sentir-me indiferente quanto a meu próprio destino, se eu haveria de sobreviver ou de morrer, e mais ainda quanto à idéia de encontrar Brady. Meus mantimentos, minhas forças, minha própria vida pareciam ter sido desperdiçados numa missão quixotesca que não dera em nada, que dera na mais completa desilusão.

Senti um espasmo nas costas, reduzidas a uma massa emaranhada de nós doloridos. As juntas de minhas pernas mais pareciam seixos num rio a se chocarem uns contra os outros. Minha cabeça rodava, levemente febril. Passando frio, velho, sozinho numa terra que o homem branco não conhecia nem mesmo nos mapas, quanto mais em seu seio, muito além do alcance de qualquer redenção, numa cabana de negros forrada de penas. Embora estivesse agradável ali dentro, senti todo o meu corpo ser dominado por uma sensação terrível e violenta de frio. Eu parecia estar completamente imóvel, e no entanto dava voltas e mais voltas dentro e fora de meu corpo. Com uma clareza inesperada, compreendi que estava morrendo e que, se não fizesse nada, em pouco tempo nem mesmo me importaria de estar à morte. Dei por mim lutando contra a morte e, o que era ainda pior, contra a vontade de viver.

Eu estava apavorado.

Resolvi rezar a Deus.

Resolvi Lhe confessar tudo.

Limpei a garganta com um pigarro constrangido. Assumi uma postura que me pareceu digna e ajoelhei-me. Resolvi pôr tudo para fora, tudo, desde o alcoolismo de Castlereagh até os dentes horrorosos de Ackermann e mil e uma outras coisas; seria maravilhoso finalmente dizer tudo aquilo e não precisar mais contê-lo.

"Deus", comecei eu, e minha prece de confissão foi assim:

V

"A-B-C-D-E-F-G-H-I-J-K-L-M-N-O-P-Q-R-S-T-U-V-W-X-Y-Z".

VI

Foi mesmo uma arca maravilhosa aquela confissão, e pus nela tudo aquilo que eu conhecia, para que tudo pudesse viver: todas as plantas e pássaros e peixes e animais que amei na minha vida, sem esquecer o mau hálito do comandante e as aréolas esplêndidas da sra. Gottliebsen e a dança de Sal Dois-Vinténs, tudo isso em apenas vinte e seis letras.

Mas não adiantou absolutamente nada — e quando foi que uma oração serviu para alguma coisa? E, como não conseguia mais permanecer ajoelhado na rocha da igreja, eu estava balançando caindo sonhando abraçando a terra.

VII

Eu provavelmente teria morrido logo em seguida se minha queda não tivesse sido interrompida, de modo profundamente incômodo, por um pequeno monumento funerário, um monte de pedras pintadas de ocre. Quando virei para o lado o corpo, agora dotado de mais uma série de contusões e dores, percebi que do monte de pedras semidesfeito destacava-se um livro.

Naquele momento, nada poderia ser mais deprimente para mim do que a idéia melancólica de ler, pois a leitura se tornara para mim apenas uma fonte de decepções e desilusões, a ponto de virar toda a minha vida de cabeça para baixo, causar-me perturbações e sofrimentos indizíveis, e levar-me a concluir que tudo que antes eu julgava saber a respeito deste mundo estava equivocado, errado.

Percebi como a sra. Gottliebsen teria se sentido se eu não tivesse me lembrado de Voltaire na hora exata. Teria se sentido tal como eu me sentia diante dos livros. Logrado.

Afinal de contas, fora a leitura de todas aquelas histórias românticas, de todas aquelas aventuras, que levara Jorgensen à desgraça, que o convencera de que ele era capaz de refazer o mundo à imagem e semelhança de um livro. Fora por ler as cartas idiotas da srta. Anne que o comandante terminara cometendo tantas loucuras; e fora a leitura de tantas obras de Lineu e Lamarck que levara o baiacu a pensar que ele haveria de desempenhar um papel sagrado na reorganização de um mundo que na verdade terminara por reorganizar a ele, como exemplo supremo de um crânio degenerado de negro.

Foram todas aquelas leituras absurdas, e depois minhas próprias leituras insensatas no Arquivo, lugar onde eu não tinha nada de ter me metido, que haviam me conduzido àquela situação infeliz, em que eu me via prestes a morrer sozinho numa floresta sem nome.

Pensei: só mesmo um imbecil pegaria nele.

Meus dedos acariciavam aquela capa empoeirada e convidativa. Retirei a mão, olhei para o teto, desviei a vista daquele livro desgraçado que se destacava das pedras, que me tentava tal como a mulher do taverneiro, tantos anos antes, atrás do balcão, com seu chamado sedutor e silencioso. Rolei para o lado, estiquei o braço, desmanchei o que restava do monte de pedras e arranquei o livro do meio daqueles destroços secos.

Não era um livro grande e imponente como aqueles em que Jorgen Jorgensen havia reinventado a ilha Sarah, e sim um livrinho pequeno e malfeito. As páginas, ao que parecia, tinham sido toscamente encadernadas com tripa, a qual, percebi, tinha sido esticada e amaciada pelo método dos negros — ou seja, mastigada. A capa — de couro de canguru, tal como o resto do livro — estava manchada de ocre vermelho, como estava meu rosto, conforme percebi ao tocá-lo, desde que a negra o havia pintado.

Pensei: só mesmo um louco o abriria.

O livro caiu aberto em minha mão estendida, e no frontispício, com uma letra que me pareceu surpreendentemente infantil, estava o nome —

Matt Brady.

Pensei: não vou suportar ler o que se segue.

Quando terminei a leitura, respirei fundo por algum tempo. Senti que minha pele pinicava, que minha respiração estava arquejante. Então irromperam soluços, que tentei abafar enfiando a mão fechada em punho pela garganta abaixo, soluços que eram como bolhas estranhas e ácidas a espocar de uma panela no fogo. Tentei segurar minha cabeça para que ela parasse de tremer.

Eu sentia apenas um imenso esvaziamento. Uma grande desilusão. O tempo... mas o que me importava o *tempo* agora? Talvez o tempo tivesse parado, ou começado, ou dançado, ou adormecido, ou ido até a taverna tomar várias Sopas de Pachola. Minha náusea diminuiu um pouco. A fome — incessante, inevitável — apoderou-se de mim outra vez. Enfiei na boca a capa de couro de canguru e tentei comer o livro, tanto para livrar-me dele quanto para aquietar meu estômago.

Porém não consegui; era tão impossível comer o livro quanto era lê-lo. Como exprimir a absoluta falta de sentido do que eu lera? A melhor maneira de definir o livro, creio eu, seria dizer que se tratava de uma espécie de diário pessoal, escrito, segundo o autor, com sangue de canguru. Percebi que havia um pequeno tinteiro de barro contendo a substância no meio das pedras em que eu encontrara o diário.

Era um verdadeiro saco de gatos. Nele havia observações sobre os hábitos dos negros, que me pareciam inúteis. Havia anedotas vulgares, contadas de um modo tão tediosamente prolixo que elas perdiam qualquer graça que porventura pudessem ter. Havia anotações que pareciam manifestações de uma filosofia pessoal: uma série de lugares-comuns em torno do tema da amizade, como por exemplo: "O amor não pode existir sem o constante perdão de pecados" e bobagens semelhantes. Receitas de cataplasmas e poções medicinais. Observações sobre animais e pássaros. O currawong. O gato-marsupial. A águia-pescadora. O tigre-da-tasmânia. Será que ele não tinha uma arma? Não poderia ele ao menos, como Audubon, ter tido o mínimo de consideração de matar um ou dois animais e fazer uns desenhos toscos? Não. Seu estilo era atroz. "O canto bonito do picanço parece até que ele perdeu o cupincha dele que o nome era Jo Witty? Jo Witty?" O autor não tinha nenhuma ambição. Sempre que um pensamento ou observação lhe vinha à mente, em vez de tentar levar a idéia até suas últimas conseqüências, ele se limitava a escrever "e assim por diante, e por aí afora", como se a necessidade de tirar conclusões não passasse de idiotice.

Em vão procurei naquelas páginas, ora duras e grossas, ora finas e leves como flores guardadas num livro, algum grito de revolta, alguma menção a um motim, projetos de revolução, ao menos um esboço de um levante organizado, de uma declaração de independência da república — qualquer coisa que pudesse constituir uma séria ameaça ao Sistema.

Nada.

Apenas páginas e mais páginas cheias de afirmações patéticas sobre o amor entre um homem branco e uma mulher negra, que me davam náuseas. Numa passagem, mais um comentário enigmático: "Amar é perigoso".

O que ele queria dizer com isso?

Eu não fazia idéia.

A tinta estava seca, e as únicas coisas com que Brady sonhava eram o amor por uma negra e a construção de uma casa para um homem branco e uma mulher negra, um todo que se fundisse de modo a passar a ser algo que não fosse nem branco nem negro, uma casa enfeitada com penas de pufinos e cisnes negros, com uma horta bem grande onde ele e ela pudessem viver conhecendo aquele lugar e um ao outro e a família no decorrer de uma longa existência, os dois envelhecendo juntos.

Amar é perigoso. Círculo completo, homem negro. Círculo cortado ao meio, homem branco. Era igualzinho a Descartes, ou então era Descartes que era igualzinho a eles, Descartes pensando em torvelinhos e eles em círculos, e tudo a mesma bobagem. Amor. Perdão. Amor, amor, amor, pensei — então é só isso? Só isso?

Fora uma receita de bolinho de canguru, era só isso.

Fechei o livro.

Quem seria aquele Brady?

Ocorreu-me que talvez fosse Marks Rastreador. Ou René Descartes. Ou então a negra cujo nome jamais descobri. Cheguei mesmo a pensar se ele não seria, no final das contas, apenas uma idéia, mas nesse caso seu nome pertenceria à esfera da literatura, e portanto não caberia aqui, neste relato verdadeiro que trata apenas de peixes de verdade.

E o que acontecera?

Teria ele matado os negros que moravam naquela cabana semelhante a uma colmeia e os que viviam nas outras? Ou teria morrido junto com eles? Estaria agora condenado a viver nalgum mundo subterrâneo como o que Plínio, o Velho, descrevia no livro que eu encontrara empalado na espada do velho dinamarquês, vivendo com os monocolitas e os astomitas e todos aqueles outros povos fabulosos?

Virei-me e fiquei deitado de costas, completamente exausto, todas as minhas esperanças finalmente extintas.

VIII

Preparei-me para morrer.

Passei horas apenas correndo a vista pelo interior da cabana, observando a textura do colmo de leptospermo, do forro de penas, tão áspero, tão macio, imaginando que toda a cabana era um par de mãos rugosas que se abriam como grandes asas a minha volta, e pensando que o tom mortiço de fumo das paredes certamente se deveria à fumaça produzida pelo fogo no centro da cabana, onde agora só havia carvões frios.

Havia peles de canguru e gambá e gato-marsupial afixadas às paredes em ângulos estranhos, como se pudessem de repente reassumir sua forma original de animais vivos e saltar para o chão. Eu contemplava as figuras desenhadas nessas peles, com uma mistura de gordura, carvão e ocre vermelho, figuras de tigres e demônios-da-tasmânia e cangurus, grupos de caçadores, homens e mulheres dançando, a lua em suas diversas manifestações, imagens que, eu era obrigado a reconhecer, tinham um certo poder mesmerizante.

Retirei da parede as peles e coloquei-as debaixo e em cima de mim. Enrosquei-me todo, formando uma bola, sobre a qual cangurus e vombates e demônios-da-tasmânia e dançarinos e caçadores e a lua viviam histórias que eu jamais poderia compreender. Na escuridão serena daquela colmeia forrada de penas, coberto por histórias incompreensíveis, com o livro de Brady, cheio de amor indigesto, a meu lado, finalmente adormeci.

Tal como o lagostim que saltara para trás e mergulhara na água após abandonar sua carapaça, eu me preparava para abandonar a carapaça de quem e do que eu era, para metamorfosear-me em algo diverso. Quando vi, em minha imaginação, um arco luminoso de chamas azuis, cheirando a fustão chamuscado, sendo arrancado de minhas narinas por aqueles animais a dançar e depois saindo da cabana, senti que finalmente minha alma estava indo embora.

As histórias escritas são seqüências, uma frase colocada após a outra como um tijolo sobre o outro, e no entanto a beleza desta vida, em seu mistério incessante, é circular. Sol e lua, esferas girando em torno umas das outras infinitamente. Homem negro, círculo inteiro; homem branco, círculo cortado ao meio; vida, o terceiro círculo, e assim por diante, e por aí afora.

Sonhei que cuspia dentro da crosta de sangue de canguru seco, de um tom alucinado de sépia, no fundo do tinteiro de Brady, formando uma tinta vermelha, cor de um amanhecer tumultuado. Naquele demônio úmido e escuro eu mergulhava a ponta de uma velha pena, com a qual escrevia então, no diário de Brady, encadernado com couro de canguru, no ponto em que terminavam os sonhos de Brady e começavam as páginas limpas, vazias:

Orbis tertius,

minhas primeiras palavras traduzindo aquele terceiro círculo para o latim.

E então, finalmente destroçando a teia de aranha de memória infinita na qual eu estava enredado, sonhei com o homem que eu havia sido — um falsário, um forçado, que assumiu o nome de William Buelow Gould, o qual, ao descobrir que num único cavalo-marinho todo o universo estava implícito, que todo mundo tinha a capacidade de ser alguém, alguma coisa, alguma outra pessoa, que os Numminer eram Palawa e os Palawa, Numminer, havia pintado algumas estranhas imagens de peixes, e depois morrera.

IX

Eu roubei umas canções de Deus.

X

Enquanto dormia, comecei a me perguntar se tudo aquilo não seria apenas um sonho e eu o sonhador, se todas as formas múltiplas e estranhas de meu sonho não seriam apenas eu. Quem sabe, embora o comandante mandasse em mim, eu não era o comandante? Seria possível que, embora o sr. Lempriere me mandasse pintar peixes, eu fosse o sr. Lempriere? E que, embora eu pintasse os peixes, eu...?

Mas não foi possível continuar.

Ouvi gritos, xingamentos, passos pesados, um grito de descoberta, o cheiro forte, semelhante ao amoníaco, do pavor, fecharias de pederneiras a estalar de repente. Abri os olhos, vi canos de armas irradiando-se de minha cabeça, como se eu fosse um ouriço-do-mar e os mosquetes apontados para mim, meus espinhos. Quem brandia aquelas armas era um bando de soldadinhos de merda, um cardume de cabrinhas com bochechas inchadas — mais vermelhas que suas túnicas podres — e olhos saltados. Num movimento que me pareceu único, eles me arrastaram de meu leito de peles e me jogaram do lado de fora. Gemi, cuspi a terra que havia entrado na minha boca quando caí no chão, e levantei a cabeça.

A meu lado vi um boné imundo de pele de tigre e olhos mortos numa cabeça terrivelmente ensangüentada que me pareceu familiar, e o corpo ridículo e nu do qual ela fora separada consegui por fim reconhecer: era o corpo do bandido, traidor, assassino de crianças, estuprador e caçador de focas, Clucas. Não sabia eu ainda que, tendo cumprido sua parte num acordo segundo o qual ele providenciaria várias dúzias de barris de pólvora, Clucas fora então pago na moeda que ele mais utilizava, a morte. Mas quando levantei a vista descobri, sem sequer ver seu rosto, o nome de seu assassino. Pois o que eclipsava o sol que nascia ao longe era o contorno inconfundível, monstruoso, inchado como um úbere, da grande bola de Musha Pug.

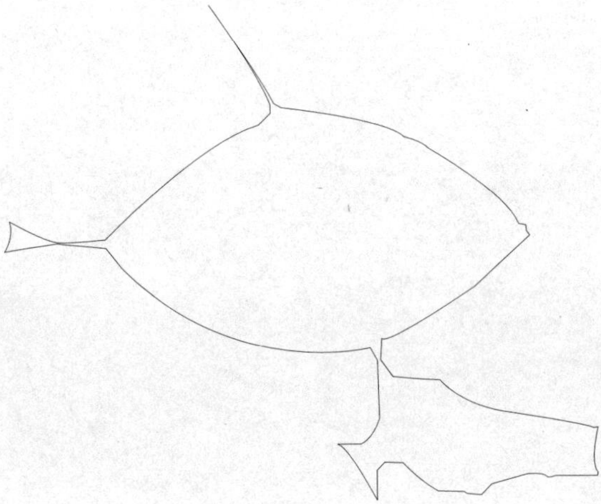

O são-pedro

Sobre as perplexidades do tempo — O incêndio de Nova Venezia — Traído por um comedor de ópio — Indícios de imortalidade — Uma evisceração — Motim — O são-pedro detona — O céu chove sonhos e esperanças e vagões ferroviários — Histórias de amor, pagas em morte — Reflexões sobre Rembrandt van Rijn e outras questões variadas — Os peixes tramam uma vingança.

I

Billy Gould acordou assustado. Sacudindo a cabeça, passou a mão pelo queixo barbudo, coçando-se em todos os lugares horríveis em que os piolhos horríveis o estavam picando. Sentindo um súbito desejo de movimentar-se, mesmo que fosse apenas para se livrar por um momento da coceira dos piolhos e da insolência dos sonhos, Billy Gould deu um salto e, agarrando-se à parte mais alta das grades da prisão, elevou-se à altura da seteira e olhou para fora. Com alívio, vi à minha volta o esplendor miserável daquela Nova

Venezia criada pelo comandante, e meu peito encheu-se de um sentimento de gratidão dirigido a Mush Pug, por ele ter me trazido de volta.

Eu devia saber por que estava ali, mas na verdade não sabia. Para ser sincero, embora eu tenha pintado tudo que sei, está claro que o que sei é mais ou menos merda nenhuma. Tudo que não sei, por outro lado, é um saber impressionante, e a biblioteca de Alexandria seria pequena para nela caberem todos os detalhes da minha ignorância. Não sei, por exemplo, por que agora estou condenado à forca por dois assassinatos que jamais cometi, e no entanto ninguém é culpado por aquela fogueira cheia de crânios. Também não sei por que assassinar o Pudim ou Jorgensen é considerado crime, e assassinar todo um povo é, na melhor das hipóteses, um problema, e, na pior, um requisito da ciência. Há muito mais coisas que não sei. Por exemplo: por que as pessoas lêem Bowdler-Sharpe e acham que os contos de fadas são tolices. Por que um mundo pode conter um alfabeto, mas um alfabeto jamais pode conter um mundo. Essas coisas e muitas outras são todas mistérios para mim. Como os navios flutuam. Por que organizamos nossas vidas como escadas se o mundo que nos cerca dá voltas. Como funciona a argamassa. Por que um homem treme como um peixe quando uma mulher passa por ele. Por que os prédios não desabam. Por que andamos mas não voamos. Por que sonhei que havia me transformado numa floresta, porém acordei com a boca rasgando a terra até esbarrar nas botas de Musha Pug.

Fossem quais fossem seus demais objetivos clandestinos, o bando de Pug estava oficialmente numa missão de patrulha com o objetivo de recolher informações sobre a movimentação de Brady, e por um momento eles julgaram, diante de meu miserável vulto adormecido, ter finalmente conseguido capturar o grande homem. Disse-lhes eu que havia de fato cruzado com a pessoa que eles procuravam, e apontei para a direção oposta àquela em que havia seguido Sal Dois-Vinténs.

"Você achava que Brady iria salvá-lo?", riu Musha Pug, chutando-me a cabeça.

"Claro", respondi, porque era o que ele queria me ouvir dizer, mas agora sabia que isso não era verdade.

Mesmo se todas as histórias do mundo e dos sofrimentos do mundo estivessem abertas diante de seus olhos, Matt Brady, fosse ele quem fosse, estivesse onde estivesse, não poderia nos salvar. Nada poderia nos salvar — nem a Ciência do médico-chefe, nem a Cultura do comandante, nem Deus, que é o tempo infinito, nem nós mesmos poderíamos nos salvar. Não havia refúgio no passado. Não havia refúgio no futuro. Não havia refúgio nem mesmo na idéia de salvação. A única coisa que havia eram as botas de Musha Pug, e depois que elas atingiram meu rosto mais uma vez e começaram a patinar sobre minha boca, beijei-as. Beijei-as porque elas eram tudo que me restava para amar.

II

A seteira da qual eu estava dependurado me oferecia uma vista que era para mim ao mesmo tempo magnífica e instrutiva: sobre o píer grosseiro, feito com tábuas, usado pelos pescadores, estava sendo construído um cadafalso, com o fim de incentivar a nós, almas condenadas que lá de cima olhávamos, a nos concentrar na idéia do arrependimento antes que tudo estivesse perdido. Sob o píer, quando a maré baixava, alguns dos crânios e ossos do pelotão do tenente Lethborg apareciam na areia, trazidos de volta pelas águas, descoloridos. Eu fora colocado numa nova cela — reservada aos condenados à morte — depois de minha captura, e aguardava minha execução iminente, dentro de oito dias.

Esse meu novo lar tinha lá suas vantagens. Ele não se enchia de água todos os dias, e o teto não parecia prestes a desabar. Era uma das três celas um pouco maiores situadas no lado da ilha oposto ao do resto da colônia, e eu talvez estivesse quase feliz com a perspectiva de minha partida próxima se não fosse a intervenção de Pobjoy, que resolveu perturbar minha esplêndida solidão.

Tentei continuar dependurado, como Cristo, mas eu não estava tão interessado assim em sofrer por mim mesmo, muito menos pelo mundo inteiro, segundo me ensinara o velho padre. Meus pobres braços já não conseguiam arcar nem mesmo com o mísero peso que meu corpo tinha a essa altura, e assim despenquei para dentro da cela escura enquanto Pobjoy, como sempre tentando atingir novos níveis de vileza, exigiu que eu lhe devolvesse o jogo de tintas a óleo. Até aquele momento, eu imaginava que o egoísmo interesseiro de Pobjoy e seu interesse na manutenção de um fluxo constante de Constables falsos talvez viessem a favorecer minha vontade de viver. Muito pelo contrário: disse-me ele, tranqüilo, que a proximidade de minha execução já não o preocupava.

"Creio...", disse ele, entrando na cela com passos decididos e apoderando-se das tintas e de meus Constables mais recentes, corrigindo-se em seguida: "*Sei* que sou perfeitamente capaz de continuar o serviço do ponto em que você o deixou".

Levantei a vista e, como raramente fazia, encarei-o. Embora alto, tinha ele uma cabeça semelhante a um disco redondo e vermelho, com um olho vesgo, o que talvez explicasse suas ilusões distorcidas. Era beiçudo e o queixo estava vermelho nos lugares onde ele fizera barba com descuido; a carantonha feiosa me fazia pensar num são-pedro, e, embora eu não saiba exatamente por quê, o fato é que nunca gostei muito dos são-pedros. Eles dão azar.

Eu devia ter percebido, com base no hábito que adquirira recentemente de andar com sua túnica vermelha meio desabotoada, que Desejos Inconfessáveis haviam se apossado dele. O desejo era grandioso: "Quero", disse ele, jogando a cabeça para trás, num gesto ao mesmo tempo altivo e nervoso, como se estivesse confessando uma paixão clandestina que talvez viesse a levá-lo à desgraça, "tornar-me Artista." Respondi-lhe que havia ambições piores, mas que no momento eu não conseguia pensar em nenhuma.

Quanto mais ele falava, mais vermelha ficava sua cara e mais ele jogava a cabeça para trás. E, quanto mais se avermelhava e jogava a cabeça para trás, mais beiçudo ele ficava, como se estivesse tentando compensar algum defeito de fala que vinha da infância. E quanto maior seu beiço se tornava, assemelhando-se à boca infinitamente elástica do são-pedro, mais eu me perguntava se ele estava tentando dizer-me alguma coisa ou tentando sugar algo de mim com aquela bocarra, algo de fundamental de que precisava para nutrir a loucura imensa de sua aspiração estética.

Então, talvez para matar a saudade de tempos mais felizes, deu-me um pontapé dos bons. Depois, garanti-lhe que ele possuía todos os atributos necessários para uma carreira artística de sucesso, embora minha boca, infelizmente, estivesse inchada demais para que eu pudesse enumerá-los: mediocridade; capacidade de atacar com violência possíveis rivais; vontade não apenas de ter sucesso mas também de testemunhar o fracasso dos colegas de ofício; total insinceridade; capacidade de trair. A fortuna favorece a insensatez, tentei dizer, porém só consegui babar um pouco de sangue e alguns dentes.

Então Pobjoy começou a chorar, dizendo que sempre fora um azarado, tivera o azar de ser alistado no Exército à força, depois tivera ainda mais azar ao ser destacado para um posto remoto como aquele, e por fim a coroação de seus azares fora ser encarregado de vigiar idiotas como eu. Consegui mexer os lábios de novo e tentei contar-lhe uma história que o consolasse, mas aquilo teve o efeito de irritá-lo outra vez, e ele mandou-me calar a boca.

"Vou exigir que você seja esquartejado", berrava ele. "Vou açoitá-lo pessoalmente até não restar mais nada das suas costas, e as correias do azorrague saiam pelo outro lado e lhe façam cócegas nos mamilos."

Pigarreou com força, puxando o muco para a garganta, e lá do alto escarrou em cima de mim.

"Será que você é mesmo tão idiota, Gould?"

Eu sabia muito bem que com Autoridade nunca se deve discutir; assim sendo, enquanto limpava o rosto com a mão, humildemente respondi que era, sim.

"Cale a boca! Cale a boca, sua besta quadrada, ou será que você é tamanho asno que não entende que estou até aqui com você e as suas histórias idiotas? Se você disser mais uma palavra, eu lhe dou mais um pontapé."

Assim, contei-lhe que conheci uma vez um certo Ned Hennessy, natural da região de Waterford, o qual era muito bobo, e seus amigos resolveram lhe pregar uma peça. Fingiram que um deles havia morrido, colocaram o falso defunto num caixão e pediram a Ned Hennessy que montasse guarda a noite inteira com uma pistola para não deixar que almas do outro mundo viessem levar o morto. Então, no meio da noite, o cadáver levantou-se e disse: "Olá, Ned", e Ned, que tinha medo do escuro e havia trazido uma pistola, acertou um tiro bem na testa do amigo — pof! — e matou-o.

"Cale a boca", disse Pobjoy, sem nenhum entusiasmo.

"O Ned Hennessy", finalizei, "era mesmo impagável."

Dessa vez Pobjoy acertou meu corpo inteiro com os punhos, com a cabeça, e até mesmo com a caixa de tintas, porém não usou as botas, e percebi que ele não estava realmente se empenhando naquela surra, pobre Pobjoy!

"Um homem como o senhor", fui dizendo, porém minha fala estava arrastada, o sangue tornava minhas palavras indistintas, e não era possível ver muita coisa deitado no chão, "claramente na flor da idade..." Mas eu já ouvia a porta da cela batendo e os ferrolhos se encaixando, e enquanto cuspia meus últimos dentes fui obrigado a reconhecer que aquele encontro não fora de todo agradável; eu havia perdido minhas tintas, e talvez agora o fim estivesse mesmo chegando.

III

Na manhã seguinte, quando mais uma vez me dependurei da seteira elevada e fiquei olhando para fora, desviei a vista do cadafalso e fixei-a nas fumaças distantes que, vindas de Frenchman's Cap, a cada dia ficavam mais perto de nós. De início, ninguém mais na colônia dava muita importância àquele incêndio crescente que consumia as imensas florestas desconhecidas de mirtas e pinheiros que o comandante não tinha vendido e os japoneses não haviam levado embora.

Ninguém teria acreditado em mim se eu contasse de que modo o fogo começara, e quem era eu, afinal, para dar explicações? Quem era eu para dizer que a fogueira que dera início à conflagração fora alimentada pela poesia do próprio Sistema?

Num primeiro momento, todos víamos o fogo apenas como uma extensão de nossas próprias vaidades pessoais. Para alguns dos forçados, a poeira que se acumulava no ar era mais um elemento opressivo no mundo natural que só existia como carcereiro, enquanto o comandante, que enxergava ouro em tudo, encarava a catástrofe como mais uma oportunidade para o comércio, enviando imediatamente emissários a várias colônias portuguesas para propor a venda de carvão vegetal, substância utilizada juntamente com o mercúrio no refino do ouro nas distantes selvas do Novo Mundo; e assim por diante, cada um de nós vendo no incêndio apenas um prolongamento de nossos mundos individuais, e não, como terminou sendo, o fim de todos eles.

Cinco dias antes de meu enforcamento, começaram a descer flocos de cinza do céu. Quando o vento aumentou, folhas grandes de mirta e ramos de samambaia, carbonizados, passaram a cair sobre nós como uma chuva; a forma das folhas permanecia exata, só que sua cor era um negro uniforme; era um prenúncio de nosso destino que caía em nossas cabeças, narizes e ombros, como se fossem respostas vindas de um outro lugar e de um outro tempo que havíamos compreendido erradamente, não havendo mais nenhuma possibilidade de conciliação.

Três dias antes de meu enforcamento, em alguns lugares havia se acumulado tanta cinza que se formavam pilhas em que as pessoas afundavam até a altura da coxa. Na manhã seguinte restavam apenas a cerca em torno do complexo, os últimos andares dos prédios mais altos e os caminhos estreitos que as levas de forçados passavam o dia inteiro desimpedindo, para que restasse algum sinal de que existira uma colônia naquela ilha de cinzas.

À medida que o vento se tornava mais forte, vindo do nordeste, e o incêndio se alastrava e se aproximava, os forçados — estivessem eles em celas de condenados ou fazendo trabalhos forçados ou ocupados em atividades mais leves — começaram a se dar conta da enormidade do fogo e do perigo que ele representava, e se convenceram de que devia ser coisa de Brady, parte de seu plano grandioso de nos libertar a todos — mas que homem genial! Com que então ele resolvera utilizar a própria Natureza que nos aprisionara para nos libertar e destruir essa Natureza ao mesmo tempo! E ficavam à espera da chegada de Brady, McCabe e o resto daquele bando extraordinário, que haveria de surgir como os esplêndidos cavaleiros do Apocalipse, todos emergindo do fogaréu prontos para fazer justiça com o trovão de seus mosquetes e a indignação de suas espingardas.

Como sabiam que o dia do juízo final estava próximo, os prisioneiros já não ligavam para os soldados nem para os forçados carcereiros. Na véspera de meu enforcamento, ouvi os guardas lá fora comentando, em cochichos, que Ben Joshua se recusara a descer para o fundo do buraco da serraria para operar o serrote, e afirmou sua recusa com todas as letras para Musha Pug. "O Brady vai pegar você também, Musha", diz ele. "O Brady vai amarrá-lo inteirinho, Musha Pug, amarrar seus colhões inchados e vendar a sua boca imunda e segurá-la debaixo d'água, até você ficar com pérolas em vez de olhos e fazer amizades com os peixes do fundo do mar."

Musha Pug socou-o com força, mas uma força calculada para bater em mulher e não em homem, com as costas da mão e não com o punho cerrado, e depois Musha Pug lhe deu as costas e foi-se embora com suas três pernas, e todos viram que fora apenas um tabefe e não um soco de verdade. Todos viram Musha Pug ir embora e todos entenderam por que ele não dera um soco de verdade. Então as levas de forçados riram-se quando os forçados gendarmes lhes deram ordem de ir trabalhar, e então os gendarmes se recusaram a recorrer à força quando os oficiais mandaram que eles impusessem a ordem. Em vez de espancar os prisioneiros na mesma hora, até que eles desmaiassem, os gendarmes ou se recolheram às suas cabanas e aos lugares que freqüentavam, longe dos prisioneiros, ou então tentaram conquistar sua boa vontade, oferecendo-lhes fumo, contando-lhes anedotas e arriscando previsões quanto ao dia e a hora em que Brady chegaria, comentando como seria magnífica sua chegada e quantos viriam com ele.

Os madeireiros se recusaram a sair da ilha e subir o rio. Os forçados do estaleiro se deitaram no casco do cúter que estavam construindo, e os toneleiros abandonaram pelo meio os barris que estavam fazendo, deixando-os na condição de círculos de tábuas soltas, como flores que fenecessem antes de se abrir por completo, e não havia ameaças nem súplicas que convencessem os prisioneiros a fazer alguma coisa, e em pouco tempo a ilha ficou paralisada, e todos — fossem guardas ou prisioneiros — ficaram simplesmente à espera.

Então Musha Pug abriu um barril de rum, e depois outro, e começou a oferecer bebida aos forçados que trabalhavam como serradores e como toneleiros no estaleiro, repetindo sem parar que quem é cupincha não entrega. Pouco depois desceram os soldados, mas vieram apenas para requisitar um dos barris e levá-lo para seu alojamento, onde ficaram imersos num silêncio lúgubre, bebendo, tentando criar coragem ou esquecer-se de tudo. Ao cair da tarde, a ilha toda estava numa tremenda carraspana, todos falando dos sonhos fantásticos de um novo país, todos olhando, atentos e ansiosos, para as montanhas ao leste, tentando divisar em meio à fumaça algum sinal que pudesse indicar a chegada iminente de Brady, e nem mesmo eu, na escuridão quase completa da cela dos condenados, aguardando a execução no dia seguinte, pude conter um leve vislumbre de esperança.

IV

Dos poucos que sobreviveram, nenhum conseguiu depois descrever de modo apropriado a estranheza daquele momento, tantas imagens de horror em torno das quais as labaredas do Inferno se elevavam e tremeluziam, como as dragonas de penas de pufino do comandante.

Imagine o leitor o que eu só podia imaginar, na manhã do oitavo dia após os primeiros sinais do incêndio terem sido percebidos — apenas algumas horas antes de minha execução —, na minha cela fumegante, nu, de vez em quando aproximando a boca da beira escura da porta, onde a mais mínima e fétida corrente de ar era para mim uma brisa refrescante, um mistral lerdo que trazia consigo imagens dos horrores que se passavam nas outras partes da ilha.

Imagine as aves sufocadas na fumaça — os andorinhões e papagaios que ainda não haviam sido capturados e pintados, e os gaios que ainda não haviam sido capturados e comidos, todas as águias-pescadoras e cacatuas e papa-moscas e garriças — despencando mortas do céu e caindo naquele mar fervilhante. Toda a ilha ficou cercada por um círculo de aves mortas, um cinturão contra o qual nossas esperanças batiam cada vez mais desesperançadas, pois a ilha já começava a arder e não havia para onde fugir, só havia cadáveres enegrecidos de aves para atirarmos às chamas que já começavam a brotar por toda parte.

Veja toda a ilha transformando-se numa fornalha única, uma chama única infinita como o Inferno, uma eternidade de sofrimento em que tudo só existia para alimentar o fogo ainda mais, e em seguida o fogo introduzindo-se no coração da colônia.

Cobrindo tudo e se espalhando por toda parte, só fogo e vento e fumaça, uma fumaça que ardia como o pecado, espessa como terra, um calor que fazia a pele abrir-se em bolhas e chamuscava os cabelos, enfiando sua língua sórdida em todos os recantos da pele avermelhada.

Imagine homens surgindo da fumaça e nela desaparecendo a correr de uma chama a outra, todas fundidas num fogo único agora que a conflagração chegara à ilha. Pense com dó nos soldados e forçados que desistiram de combater o incêndio, por ser a luta demasiadamente desigual, e correndo com toda a energia que lhes resta em direção ao cais, uma multidão variegada de soldados com túnicas vermelhas e forçados com andrajos amarelo-canário, uma massa arlequinal e apavorada, buscando proteção sob o píer, dentro da água, voltando para o mar a fim de escapar do calor infernal, e todos os que ainda não morreram desejando a morte.

Correm pela terra tórrida; passam por carroças, barris, navios em construção, quebra-mares e até mesmo homens que explodem de repente, transformados em bolas de fogo, seu último fôlego sugado para fora dos pulmões em forma de chamas antes mesmo que tenham tempo de gritar na agonia final; fogem dos torvelinhos de fogo que se elevam no céu até uma altitude de cem jardas; xingam e odeiam e fogem daquele fogo que desce dos céus numa tempestade amarela e azul e vermelha, impelidos por um único pensamento inevitável: *corra!*

V

Mas, se por um momento você ousar fazer uma pausa para recuperar o fôlego, não deixe de pensar em Billy Gould em sua cela miserável. Ele não podia fugir. Pois talvez você imagine que todos aqueles prisioneiros trancados em solitárias tivessem sido soltos para que também pudessem escapar do incêndio. E nisso você estaria redondamente enganado. Nosso carcereiro havia buscado refúgio debaixo do píer, recusando-se a abrir as portas de nossas celas enquanto não recebesse ordens de Pobjoy, e Pobjoy — por motivos que pretendo explicar — havia sido convocado à colônia pouco antes de ela se transformar num inferno completo, e, embora disso nenhum de nós ainda soubesse, jamais voltaria.

Abandonado em minha cela, onde seria torrado, engolindo uma fumaça tão espessa que se transformava numa gordura rançosa quando descia por minha garganta, lacrimejando de tal modo que, se estivesse pintando, poderia utilizar minhas lágrimas para umedecer o pincel, eu só me sentiria melhor se pensasse na situação de uma pessoa que era ainda mais terrível do que aquela em que eu me encontrava, a única outra pessoa na ilha que também não estava fugindo, não, como eu, porque não podia, mas porque não queria.

O comandante estava sentado no sofá no qual havia passado algum tempo deitado depois que saíra de sua cela fumegante e refugiara-se em seu palácio, um dos últimos prédios da ilha que ainda permaneciam em pé. Com uma toalha úmida, que recendia a óleo de pinho, limpou a máscara e continuou a contemplar, com um prazer inesgotável, o magnífico espetáculo de seu palácio a pegar fogo. Tossia. Pequenos filetes de sangue desciam-lhe pelo rosto em riachos vermelhos, passando por cima dos lábios negros e pingando na máscara manchada.

As poucas pessoas que ainda o acompanhavam lhe ofereciam todo tipo de conforto e consolo, dando-lhe notícias falsas a respeito do sucesso no combate ao fogo e servindo-lhe xícaras de chá de sassafrás gelado para limpar-lhe os lábios e refrescar-lhe a garganta arranhada por sua tosse de tuberculoso, e tudo isso tinha apenas o efeito de reforçar sua impressão de que todos os que o cercavam estavam muito distantes dele, e ignoravam por completo sua verdadeira natureza.

Pois, na verdade, desde os tempos em que ele tinha acabado de conhecer a mulata, nada lhe proporcionara tanto prazer quanto aquilo. Dava-lhe um prazer delicioso ver os telhados em chamas desabando, em cascatas de fogo. Então, ao constatar que todas as coisas pelas quais ele havia se esforçado, lutado e matado estavam sendo devoradas pelo fogo diante de seus olhos, sentiu que seu prazer se transformava numa imensa tranqüilidade; enquanto se dissolvia o peso insuportável dos objetos inanimados que haviam se tornado uma âncora que o prendera por tanto tempo a uma identidade — o comandante — que ele não mais queria ter; a um lugar — a ilha Sarah — que de início ele apenas suportara por não haver outro no mundo onde pudesse permanecer em liberdade e fora de perigo; a uma vida — a sua vida — que agora lhe parecia claramente absurda.

A sala de visitas onde ele recebera dignitários estrangeiros; o salão de baile onde se realizavam as grandes festas e orgias, onde ele se escondia atrás das grandes cortinas verdes de seda japonesa esperando a hora de agarrar a mulata para possuí-la ali mesmo; o Grande Salão de História Natural, com todos os retratos de corpo inteiro que eu pintara do comandante, caracterizado como Nobre Sábio, Herói Nacional, Filósofo Grego, Salvador Moderno, Imperador Romano e Libertador Napoleônico montado num fogoso corcel branco empinado, todos agora estalando, rachando e irrompendo em chamas; e à medida que as telas dilatavam, por efeito do calor intenso, as figuras inchavam, como se tivessem se tornado animadas de repente e finalmente estivessem libertadas do exílio naquelas paredes longínquas e pudessem fugir, com suas vaidades enlouquecidas e desejos crepitantes, reduzidas a fumaça.

Nesse momento, o comandante lançou naquelas chamas uma carta escrita oito meses antes, que ele acabava de receber, enviada por Thomas De Quincey. O escritor estava arrasado: a srta. Anne desaparecera, e ele preocupava-se muito com ela.

De Quincey tivera um sonho induzido pelo ópio:

> *Ao longe, como uma pequena mancha no horizonte, divisavam-se os domos e as cúpulas de uma grande cidade — uma imagem ou pálida abstração, talvez captada na infância em alguma gravura de Jerusalém. E vi, à distância de uma flechada de onde eu estava, sentada numa pedra, à sombra das palmeiras da Judéia, uma mulher; olhei; e era — a srta. Anne! Parecia tranqüila, porém havia em sua expressão uma solenidade inusitada; contemplei-a com uma espécie de reverência, mas de súbito seu semblante turvou-se, e, virando para a serra, percebi que vapores se interpunham entre nós; no instante*

seguinte, tudo desapareceu; uma escuridão densa se impôs; e num piscar de olhos vi-me longe dali...

Por mais que tentasse — pensou o comandante, que sabia como era difícil agradar a uma platéia —, De Quincey não conseguia não dar a impressão de que sua intenção era fazer com que a platéia de um salão aplaudisse educadamente sua prosa artificiosa; o literato londrino prosseguia, maçante, dizendo que não conseguia encontrá-la, que só restavam boatos — boatos de que ela havia morrido ou, pior ainda, jamais existira, sendo apenas uma personagem de um romance moderno cujo autor havia se cansado dela, e por isso a fizera emigrar para as colônias. Teria ele, seu querido irmão, por acaso visto a srta. Anne por lá?

Porém as lágrimas do comandante não podiam ocultar de sua visão toldada o fato óbvio de que a letra de De Quincey e a da srta. Anne eram idênticas.

Sua irmã revelara-se tão falsa quanto ele próprio; sua nação estava reduzida a cinzas. O comandante jogou fora a toalha perfumada e respirou tão fundo a fumaça acre e convulsa que teve ânsia de vômito. A idéia de uma idade de ouro no futuro, de uma queda até então oculta, de uma utopia profanada, de um inferno que só poderia ser obliterado por um esforço de amnésia — tudo isso lhe veio por fim junto com o cheiro de seu palácio em chamas, e nisso tudo ele detectou a loucura dos que não conseguem aceitar a vida.

Foi tomado pela sensação de que estava despertando não de um sonho, e sim de seu terrível oposto, despertando da realidade para a consciência de que toda a vida, se for apreendida corretamente, se revela um sonho selvagem em que somos jogados de um lado para o outro, arrastados pelas marés e ventos e pela consciência — a qual se pode perder a qualquer momento — de que não passamos de testemunhas aparvalhadas da maravilha do cotidiano.

Ele pensava — e não venha me apoquentar perguntando-me de que modo Billy Gould *sabia* o que ele pensava, pois se a esta altura não está claro que Billy sabia muito mais do que dava a entender, então isso jamais ficará claro —, ele pensava uma série de banalidades, que reproduzo abaixo numa ordem aleatória.

— Não há uma Europa que valha a pena replicar; não há sabedoria além das chamas que consomem o meu palácio. Tudo que existe é esta vida que conhecemos na maravilha de toda a sua imundície e todo o seu esplendor.

— A idéia do passado é tão inútil quanto a idéia do futuro. Ambas podem ser evocadas por qualquer um a propósito de qualquer coisa. Nunca há mais beleza do que há agora. Não há mais alegria, nem tristeza, nem maravilha do que há agora, nem perfeição, nem mal, nem bem, mais do que há agora.

— Vivi toda uma existência sem sentido para este único momento significativo e estas coisas que agora sei, o conhecimento das quais há de fugir da minha mente e do meu coração tão abruptamente quanto surgiu.

Seria o perfumista Chardin capaz de encher a cabeça de Voltaire com o aroma de um Esclarecimento tão pungente?

E pensou que sabia todas essas coisas de modo integral, e sentia esse conhecimento como graça, como a consumação de uma vida que, fora isso, não tinha o menor sentido. Então percebeu que aqueles pensamentos não passavam de uma última vaidade inútil, e que eles, tal como seu palácio, estavam se desfazendo em fumaça, restando-lhe na mão uma xícara de chá de sassafrás que, de modo assustador, ficava cada vez mais quente.

Quando o telhado em chamas do palácio desabou, reduzindo-se a um caos de vigas de madeira carbonizadas e chamas ferozes, o comandante viu com seus olhos aterrorizados que o céu enfumaçado estava escurecendo com os milhares e milhares de pufinos que voltavam a suas tocas escavadas nas dunas de areia.

Com a força de uma premonição, o comandante percebeu que estava prestes a ser envolvido pela noite.

Pensando:

Fui tudo, para terminar descobrindo que tudo é nada.

Adivinhando:

O resto é silêncio.

Sua xícara de chá de sassafrás começou a ferver em sua mão, e mesmo antes de largá-la, sentindo a queimadura da mão, percebeu com horror que sua máscara de ouro também estava esquentando, e que então começava a escorrer como se fosse melado, e tarde demais sentiu que ela lhe queimava a carne, devorava-lhe a pele, e de repente gritou, dando-se conta de que a máscara estava se derretendo e se confundindo com seu rosto, fixando para todo o sempre sua imagem na imagem de uma pessoa que não era ele, mas que agora passara a ser ele.

Sozinho em seu palácio, sabendo que agora Seu Destino e o de Sua Nação eram um só, tendo o grito do fogo como único som que agora ecoava pelos corredores vazios, traçados em cinza, seriam seus pulmões ou seria o fogo ou seria seu destino que fazia *slep-slep-slep* naquele exato momento, instigando-o a seguir em frente, seria sua própria respiração a fazer *brady-brady-brady* ou seria o grito do fogo a pular, a voar, cada vez mais perto, seria o mesmo pesadelo do mar a subir, subir, subir, e *brady-brady-brady* cada vez mais perto, mais perto, e as chamas do Inferno cada vez mais quentes...

VI

No fim, a lucidez voltou. Deitado no tombadilho superior do navio negro, em plena hemorragia, o comandante constatou que era tal como ele temia havia muito: ele era imortal. Ele não haveria de se transformar numa baleia, ao contrário do que afirmaram posteriormente alguns de seus supostos assassinos, e sim voltaria ao mar do qual havia saído.

Antes, quando, preso numa imunda camisa-de-força de morim, carregado pelos braços e pernas por um grande destacamento de soldados escolhidos a dedo, ele atravessava as chamas quase extintas e as vigas ainda em brasa do que fora seu palácio, todos os que o viram, no meio das espirais de fumaça, compreenderam que aquele anão, a espernear e balbuciar, não podia ser confundido com o visionário tirânico que fora nosso líder por tanto tempo.

Não era possível que aquele idiota a guinchar — com calças que ele sujara de mijo e merda, com uma barba espumosa de mercúrio negro a espirrar de sua cabeça que não parava de se debater, com um rosto que parecia um pedaço de carne crua, horrorosamente ferido por terem os soldados arrancado com pinças o ouro derretido de sua máscara — fosse confundido com nosso temível e glorioso patriarca, que outrora transformara navios em nuvens diante de nossos olhos e nos convidara a voar com ele, que havia transformado, como ele próprio nos garantia, uma colônia penal numa nova Veneza.

Muito antes disso, antes do golpe de Estado liderado por Musha Pug, os sinais de decadência já podiam ser detectados pelos observadores mais atentos. Cogumelos brotavam no pavimento das ruas, samambaias nasciam das paredes, brotos de árvores pendiam dos bueiros; mas de início apenas uns poucos estavam preparados para reconhecer que toda aquela atividade vaidosa, aquele glorioso carnaval de comércio, não passara de uma ilusão, um teatro de triunfos mercantis para impedir que os infelizes habitantes da ilha se dessem conta do estado de desespero em que ela se encontrava.

No entanto, nos meses que antecederam o golpe, Musha Pug — com sua bola a balançar-se como um pêndulo para a frente e para trás — optou por não enxergar nada disso. Tornou-se uma presença onipresente, a mancar de um lado para o outro, como se fosse um traiçoeiro monstro de três pernas, cochichando conspirações e vinganças, fazendo promessas fraudulentas a respeito da divisão do poder no futuro, enquanto montava no segundo andar do moinho de vento um arsenal secreto, com armas americanas modernas e algumas dezenas de barris de pólvora chinesa, juntamente com os duzentos e quarenta jogos de majongue inúteis que eram armazenados ali.

Porém tudo que Musha Pug cobiçava já estava desmoronando. No verão anterior ao incêndio, um destino que agora parecia inevitável mais uma vez se afirmou: demônios-da-tasmânia e porcos selvagens começaram a aparecer nos armazéns vazios, e gambás faziam ninhos nos quartos dos escrivães e atuários, devorando suas cortinas roxas com brocados de ouro. No enorme cais vazio, os turcos apodreciam porque não havia mais cordas a enroscar-se neles e polir sua superfície constantemente; pétalas de gerânio apodrecidas formavam um lodo que cobria o chão por toda parte; havia um cheiro generalizado de tudo que era róseo tornando-se pardo, tudo que era carne virando fezes.

Merda, pensou o comandante, quando os homens que ele encarava com desprezo como rebeldes traidores o cercaram e o obrigaram a render-se, ameaçando-o de morte; *tudo deu em merda*. Porém não disse nada, limitando-se a levantar as mãos em reconhecimento ao silêncio de uma solidão inegável que agora voltava para nunca mais deixá-lo.

Obrigaram o comandante a sentar-se e, ameaçando-o com uma baioneta, assinar algumas confissões, todas falsas, nenhuma delas nem sequer chegando perto, em sua ladainha de intenções criminosas, das verdadeiras realizações do comandante; mas ele compreendia que a autoridade exige ordem e assim assinou-as de qualquer maneira, pois os arquivos eram uma maneira de Deus zombar da memória, a única visão do presente que haveria de permanecer no futuro.

"A História, a mais cruel das deusas", disse o comandante, devolvendo a pena após assinar sua própria sentença de condenação em nome de diversas ficções que só o surpreenderam por sua banalidade, "conduz sua carruagem por cima dos cadáveres dos mortos."

"Lenta", respondeu o soldado que o guardava quando o comandante lhe perguntou, educadamente, como seria sua morte no navio negro que partia de Hells Gates e penetrava num mar selvagem, para jogá-lo nas águas profundas, porque tinham de fazê-lo. Não havia escolha, porque a história era tão louca, o crime tão imenso, a culpa de tantos estava em jogo; haviam acreditado nele, haviam-no apoiado, e todos eram culpados, e antes fosse punido o profeta do que seus seguidores. "Não apenas temos que fazer isso", disse o marinheiro sorrindo, com sua boca suave e bela, "como também a coisa dá prazer."

No final das contas, foi tal como o comandante já imaginava havia muito tempo: para que ele enxergasse sem qualquer dúvida a relação de causalidade envolvida, e compreendesse que a vida é estupidamente linear e não misteriosamente circular, por ordem expressa do marechal Musha (pois era esse agora o título do antigo forçado gendarme), castraram-no e obrigaram-no a martelar seus próprios colhões até reduzi-los a uma massa informe; depois não conseguiram abrir seu peito com a primeira faca, e tiveram que usar um serrote de toneleiro para terminar o serviço, e em seguida arrancaram seu coração, exibindo-o, gritando de alegria —

"Seu filho-da-puta sem coração! Quem foi que lhe deu isto?" —

e ninguém leu o nome da mulata, escrito com letras bem grandes para que todos o vissem, ninguém viu que aquele coração gordo era ela, e que também era dela para todo o sempre; só fizeram rir e rir. Mas havia alguns naquele carnaval que guardaram silêncio, não por piedade ou temor, e sim por espanto, pois ele era humano e, embora monstruoso, o que o tornara assim, e o que os separaria dele?

O comandante queria dizer que finalmente conhecia a resposta à pergunta que havia tanto tempo o atormentava. A busca do poder, concluiu ele em seu último momento de clareza mental, era uma manifestação, a mais triste de todas, da falta de amor, pior ainda, da capacidade de amar. Tinha vontade de gritar: *Estou preso na solidão de meu amor!* De gritar: *Vejam, vejam, isso é tudo que há, e eu não o percebia!* E, na verdade, não estava de todo certo de que não havia gritado, pois seus torturadores de início deram um salto para trás quando um gemido suave partiu de sua boca, mas depois gritaram de júbilo, concluindo que teria sido apenas um pouco de ar expulso de seus pulmões pelo evisceramento parcial, que prosseguiu no tombadilho coberto de vinagre por mais alguns minutos.

VII

No exato momento em que o comandante estava se metamorfoseando num cetáceo lendário, Pobjoy, com a cara vermelha, não só por causa do calor, estava parado diante do moinho de vento — o qual, por ser o quartel-general dos golpistas, era um dos poucos prédios que ainda estavam sendo protegidos do incêndio —, tomado pelo terror. Alguns dias antes, tinha vendido ao marechal Musha um autêntico Constable — minha derradeira obra — por um número bem razoável de dólares de Bengala. Quando o quadro estava sendo pendurado na parede, descobriu-se no verso da tela uma pintura que representava um são-pedro, e o marechal Musha rapidamente adivinhou a natureza e a origem daquela trapaça.

Dentro do moinho de vento, encorajado pela facilidade com que assumira o controle da ilha sem precisar recorrer ao poder de fogo considerável que havia acumulado no andar acima, o marechal Musha tinha passado uma hora inteira gritando com seus novos subalternos, dizendo-lhes que estava demasiadamente ocupado com questões de Estado para poder falar com eles, enquanto compilava uma lista de títulos possíveis que poderia atribuir a si próprio.

O título "marechal Musha" tinha um toque militar que de início lhe agradara, mas agora lhe causava preocupação. A loucura do comandante fora pensar que era possível transformar uma colônia penal numa nação, quando Musha Pug não tinha dúvida de que ela teria muito mais sucesso como uma empresa. Havia riscado as palavras *Supremo, Primeiro-Cônsul, Sua Magnifessência* (palavra cuja grafia lhe deu muito trabalho), e estava traçando um círculo em torno de *Presidente* quando Pobjoy entrou para falar com ele.

Querendo deixar bem claro para todos os presentes que *tempo era dinheiro*, o marechal Musha levantou-se, foi até a parede onde estava pendurado o Constable falso e, diante dos olhos do carcereiro, arrancou a tela da moldura e amassou-a toda, formando uma bola. Jogou a bola aos pés de Pobjoy e exigiu que ele lhe pagasse o dobro da quantia que lhe tinha dado na véspera pelo quadro; caso contrário, Pobjoy teria um destino pior do que o miserável pintor Gould em breve haveria de encontrar. Dito isso, deu por encerrada a audiência.

Depois que Pobjoy foi embora, o marechal Musha mandou que um destacamento de guardas fosse imediatamente ao outro lado da ilha para suspender a execução de William Buelow Gold.

Qualquer que fosse o preço de um Constable falso na ilha Sarah, certamente seria bem mais alto em Londres. O crime do comandante fora sonhar demais, pensou o marechal; o de Pobjoy era sonhar de menos. Ele, porém, estava decidido a adotar uma linha moderada de extorsão estritamente mercantil, que dera tão certo para pessoas como Clucas.

Lá fora, Pobjoy largou a tela amassada na pilha de cinzas que agora cobria tudo. Uma brasa viva que ainda restava nela queimou a tela, abrindo um buraco vermelho. Pobjoy cuspiu nas palmas das mãos. Refletindo que, se havia perdido um quadro, tinha ao menos ganhado um porco, segurou os varais do carrinho de mão a que Castlereagh estava amarrado. Bufando de esforço, pensou com satisfação na facilidade com que roubara o animal, levando-o de seu chiqueiro meia hora antes, no meio da confusão do fogo e do motim, e nem chegou a ver a lufada de vento quente e irado que levantou do chão a bola de tela e a fez dançar no ar.

Vejo em minha imaginação o peixe, o porco, o Pobjoy: em suma, toda a calamidade. Lá vai ele agora, ah, meu Deus, eis que ele volta pelo Bulevar do Destino, afastando-se do moinho, recurvo, suado, bufando, verde de tanto esforço desacostumado, uma figura que mais parecia um aspargo murcho, empurrando o carrinho de mão que continha um porco muito bem amarrado, mas não muito bem preso ao carrinho pequeno demais para ele, e tanto o porco quanto o Pobjoy pareciam não se dar conta de que atrás deles o ar que fluía em torno da bola de tela transformou aquele buraco vermelho numa chama.

Por favor, não me pergunte como sei essas coisas, por favor: no que diz respeito aos peixes, sei tudo — ou praticamente tudo; e além disso é falta de educação interromper-me quando estou explicando de que modo aquele pobre peixe amassado se inflamou, transformou-se numa bola de fogo ainda maior, e então a bola de fogo começou a saltar em todo o seu esplendor, movida pelo vento, chegando até o segundo andar do moinho, entrou por uma janela do arsenal secreto do Presidente, e, lá chegando, caiu no meio de algumas dúzias de barris de pólvora.

VIII

Ouvi uma explosão imensa.

Senti que o ar e a terra pulsavam como se fossem fantasias vivas, palpitantes.

Após um intervalo que me pareceu uma existência inteira, mas que não pode ter durado mais do que um ou dois segundos, ouvi as interjeições de espanto daqueles que, ao contrário de mim, puderam apreciar o espetáculo de um mundo estático entrar, de súbito, num movimento frenético e majestoso — aqui, a locomotiva do comandante pulava em direção ao céu, reduzida a fragmentos ruidosos; ali, vagões subiam em direção às estrelas como se fossem gravetos lançados para que um cão os buscasse; por toda parte, enormes rodas de ferro voavam como se fossem bolas de canhão achatadas; bustos de gesso de Cícero e estilhaços das prateleiras do Arquivo; livros abertos a bater asas como aves moribundas; e também paredes — com quadros e espelhos ainda presos a elas — ascendendo ao céu como se fossem folhas de papel carregadas pelo vento; corpos já amolecidos e curvados empalados em atiçadores, balaústres, pés de cadeiras e vigas que se erguiam dos assoalhos como se fossem estranhas folhas de árvores, caídas no outono, sendo levadas em direção a um sol de um vermelho feroz; milhares de fragmentos das cartas da srta. Anne recriando a Europa a explodir em mil notas atonais, e o grito final do marechal Musha repartindo-se numa infinidade de partículas, tal como seu saco esférico que explodira.

O sol estava cada vez maior e mais vermelho, até transformar-se numa esfera sangrenta monstruosa, cuja forma exata desapareceu naquela catástrofe escura de lembranças; e dentro dela perderam-se para todo o sempre Brady e seu grande exército de libertação, presuntos, as maravilhas de Plínio, nossas esperanças, a visão da Nação do comandante, cartas de amor, peças de majongue, a república dos sonhos, pés de porco, pedaços de Pobjoy.

Mas na minha cela como poderia eu saber que outros reconstruiriam a ilha, reescreveriam suas histórias e nos condenariam mais uma vez? Pois quando estendi a mão para fora, por entre as grades, tudo que senti foi uma suavíssima chuva negra e pesada caindo sobre a terra, tudo que vi foi nossa vaidade coletiva retornando a nós em forma de cinzas, e o que eu jamais poderia saber era que as manchas na superfície do mar fumegante formavam uma imagem ampliada do responsável por aquele apocalipse final: os restos carbonizados do são-pedro.

IX

Colarinhos de ferro fundido, correntes e grilhões com pontas que feriam a carne, o cheiro de almas moribundas e corpos vivos, juntamente com o verdadeiro humor do sofrimento, a maravilhosa verdade do desprezo, a gloriosa liberdade do abandono, o medo não expresso de muitos peixes e meu amor não correspondido por eles: essas coisas conheci e jamais voltarei a conhecer. Os sofrimentos que padeci neste mundo levaram-me a tornar minha alma transparente para que todos a vissem em forma de palavras e imagens, porém foi-me permitido fazê-lo sem que ninguém me visse, sem que nada me deslumbrasse, senão essa mesma alma, nua e tiritante.

Se as pinturas por mim feitas dessas coisas tivessem me tornado famoso, eu teria conhecido algo bem diverso: teria sido cortejado, lisonjeado, as pessoas teriam mentido para mim, minhas opiniões mais absurdas seriam consideradas importantes, minha humilde presença seria vista como uma homenagem, minha cara de sifilítico seria tida por bela. A falsidade da honra, a impassibilidade do sucesso, a prisão da reputação; homens querendo cobrir meus olhos de ouro e mulheres querendo dormir comigo; todos desejosos de minha companhia, ou, tal não sendo possível, do menor sinal de minha estima, um esboço, um bilhete, um reconhecimento qualquer. Tudo isso teria sido meu. Tudo isso meu, mais que isso meu, e meu nome mais que minha obra. Minha obra importaria cada vez menos, principalmente a mim mesmo. Eu teria vontade de morrer.

Há muitos anos venho pintando peixes, e é bem verdade que nos últimos tempos tenho sido infiel. Abandonei-os e queimei-os, porém jamais deixei de amá-los; fui como Voltaire, que amava madame du Châtelet tanto que podia andar com dezenas de outras mulheres, até que ela por fim teve um caso passageiro que resultou numa gravidez. Tarde demais, Voltaire se deu conta do que poderia perder, e voltou para ver seu grande amor morrendo de parto — e é por isso que, após causar tanto sofrimento, é muito justo que ele tenha terminado como um frasco de perfume de cabeça vazia, utilizado para dar prazer às mulheres para todo o sempre.

Lá fora, o mundo se avermelha. Cá dentro, com tinta marrom feita com o derradeiro, o mais desesperado dos recursos — uma pasta preparada com cuspe e um projétil que normalmente seria reservado para o prazer de Pobjoy —, anoto agora as últimas horas tanto desta colônia quanto de mim mesmo, com a verdadeira tinta do prisioneiro, a úmbria dos pobres que ele usa para borrar as paredes com seu protesto, seu medo, sua raiva, seu ódio por este mundo de merda, com mãos amerdalhadas em aguadas de merda nas paredes das celas, na esperança, que ele espera não seja irreal, de que o amor por fim ainda consiga encontrá-lo nessa situação extrema, desde que ele consiga cavar um buraco profundo o bastante em sua própria decadência.

Billy Gould preferiria usar palavras e as últimas folhas do papel de Pobjoy, mas dá no mesmo: leia suas escrevinhações como bem entender — como desculpa para mais uma surra, como faria Pobjoy; um protesto contra a noite, como diria um criticastro; uma profissão de fé, se você quiser; ou, como ele próprio prefere, a confissão de um fracasso.

Há muitos anos venho pintando peixes, e sou obrigado a dizer que o que antes era uma imposição — o que de início era uma ordem tornou-se primeiro uma ocupação fácil e depois um ato criminoso — é agora meu amor. No princípio tentei, apesar de minhas limitações como artista, fazer um relato deste lugar, uma história de sua gente e seus feitos, e tudo teria de ser em forma de peixe. No princípio, deveria incluir absolutamente todos, todas aquelas pessoas sem rosto que não deixaram retrato, que só existem fora de seus próprios corpos como uma sentença de exílio, o registro de um forçado, um relato de açoitamentos, uma inicial tatuada no peito ou nos braços de um camarada de prisão, azul-pólvora, coberta por uma floresta de pêlos; um pingente barato, prenda de amor, pendurado de um pescoço grosso e enrugado, relembrando a carne dura e doce de uma jovem; uma lembrança fenecendo mais depressa do que a esperança.

Eu imaginava que pintaria peixes melhor do que qualquer pintor de toda a história; que nem Rembrandt van Rijn nem Rubens nem qualquer gênio do Renascimento chegaria aos pés de Billy Gould, que meus peixes seriam expostos nas casas mais elegantes, que os detalhes das escamas e guelras seriam elogiados por gerações de professores emperucados.

Eu encheria toda uma imensa galeria londrina com essas imagens transmutadas, de tal modo que as pessoas que viessem ver minhas pinturas logo dariam por si nadando num oceano estranho que não reconheceriam, e sentiriam uma Grande Dor por quem eram e um Grande Amor por quem não eram, e tudo isso seria confuso e claro ao mesmo tempo, e elas jamais poderiam explicar nada disso para ninguém.

Então compreendi que tudo isso era vaidade. Não só não me importava mais se minhas pinturas seriam ou não penduradas nas paredes, como também eu não fazia questão de que elas fossem corretas no sentido em que o médico-chefe e seus livros de descrições científicas queriam que as pinturas de peixes fossem corretas. Tudo que eu queria fazer era contar uma história de amor, e era sobre peixes, e era sobre mim, e era sobre tudo. Mas, como eu não podia pintar tudo, como só sabia pintar peixes e meu amor e como nem isso sabia fazer muito bem, o leitor pode concluir que minha história não é lá grandes coisas.

Envelheci. Meu protetor tornou-se um porco. Fui condenado à morte. Incendiamos o mundo. Dei-me conta de que o que eu queria pegar na minha rede não eram peixes, e sim água, o próprio mar, e que era impossível pegar água numa rede, e que eu não sabia pintar o mar.

Assim mesmo, continuei fazendo este *Livro dos peixes* porque eu não sabia rir nem dançar como Sal Dois-Vinténs, nem nadar nem viver como os peixes que eu pintava, porque essa forma de comunicação, a mais inadequada de todas — essas imagens e palavras que caem natimortas de meu pincel e de minha pena —, era a única coisa de que eu era capaz.

No entanto, minhas pinturas deveriam ser — tal como me instruiu o médico-chefe logo no primeiro dia — da Vida, não da Morte. Eu teria de compreender de que modo eles movimentavam suas barbatanas, sua carne, suas guelras, para que meus estudos fossem tão precisos quanto possível, e cada vez que eles estivessem prestes a morrer sobre a mesa eu deveria jogá-los numa tina cheia de água do mar para que eles se reanimassem e, tal como eu, pudessem prolongar aquele fiapo de vida mais um pouco.

Eu queria contar uma história de amor tão lentamente quanto eu matava aqueles peixes, e não me parecia direito estar matando lentamente os peixes para contar essa história, e dei por mim começando a falar com os peixes moribundos quando seus movimentos se tornavam mais lentos, à medida que seus cérebros deixavam de funcionar por falta de oxigênio.

Eu lhes falava sobre mim, contava-lhes que era um bastardo mau transformado num pintor ainda pior, mas pintor assim mesmo. Eu queria contar uma história de amor enquanto lentamente matava aqueles peixes, e dizia-lhes que minhas pinturas não se destinavam à Ciência nem à Arte, e sim às pessoas, que eram para fazêlas rir e pensar, fazer-lhes companhia, dar-lhes esperança e lembrálas daqueles que elas haviam amado e daqueles que ainda as amavam, do outro lado do oceano, do outro lado da morte, que quando eu pintava me parecia importante pintar assim.

Mas não era isso que as pessoas queriam nas pinturas; queriam os animais mortos, queriam suas esposas mortas, queriam alguma coisa que as ajudasse a classificar e julgar e manter os animais mortos e esposas mortas e filhos prestes a morrer em seus lugares, dentro da prisão da moldura, e essa história de lhes insuflar esperança poderia levá-las a pensar, poderia vir a ser o machado que estraçalharia o mar congelado interior, que faria com que os mortos despertassem e começassem a nadar, livres. E uma pintura assim não valia um tostão furado; era um crime pior do que o roubo.

Eu me enganava, dizendo a mim mesmo que a morte que impunha a cada peixe por mim pintado talvez fosse para eles um momento de profunda libertação, um momento pelo qual eles talvez ansiassem, tal como eu agora ansiava pela forca como uma libertação abençoada.

Mas a verdade era que os peixes percebiam que eu também estava morrendo, que a cada dia que passava era para mim mais difícil respirar o ar daquela colônia fétida, aquela nuvem densa e fumacenta de opressão, degradação e sujeição. Também meus movimentos tornavam-se cada vez mais lerdos, também minha pele ardia, meus olhos se embaçavam, e todos nós sabíamos que os peixes que por tanto tempo me haviam proporcionado tamanhos êxtases em breve haveriam de se vingar.

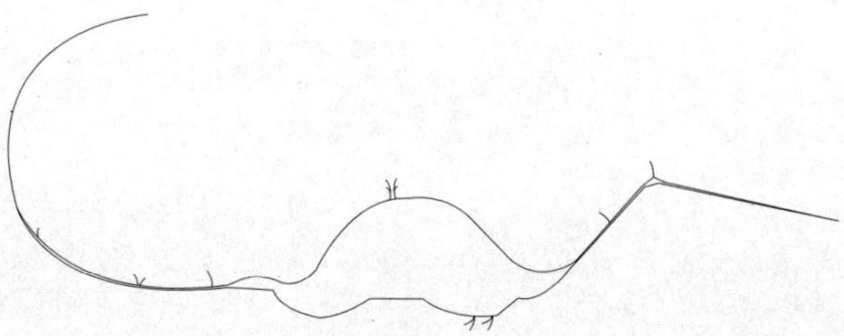

O peixe-folha

O qual trata da morte trágica de Brady — Uma breve batalha — Fuga dramática do cadafalso — Sobre a companhia dos peixes — Perdido no mar — A ilha do esquecimento — Pensamentos heréticos — A volta do sr. Hung — Uma captura iminente.

I

Minha tragédia foi eu me transformar em peixe. A tragédia de Brady foi ele não se transformar em peixe. Pois eu continuo vivo enquanto ele morreu — sei que ele morreu, como também festejei seu cadáver decapitado (sua cabeça, ao contrário de sua vida, claramente tinha valor para o governador) quando o jogaram do cais Constitution dentro do rio Derwent. Para mim não foi nenhuma transformação mágica quando meus cabelos caíram e a pele lentamente engrossou-se e dividiu-se numa infinidade de escamas, quando os membros começaram a contorcer-se e ficar translúcidos, com bordas tão finas quanto barbatanas, nenhuma sensação de espanto quando comecei a sentir o poder propulsor e o controle absoluto da longa cauda que brotou atrás de minha bunda; nenhuma sensação de pânico quando as guelras se abriram atrás de minha boca e minha necessidade de água tornou-se algo mais torturante e profundo do que seria possível indicar por uma palavra tão simples e desdenhosa quanto "sede".

Eu havia passado tempo demais na companhia deles, contemplando-os, cometendo a loucura quase criminosa de pensar que havia algo de individualmente humano neles, quando a verdade inegável é que existe algo de peixe em todos nós. Eu, um prisioneiro, um falsário, Vilão disfarçado de Artista, no alto de um cadafalso montado sobre um píer, de um instante para outro me dei conta de que ainda me restava um último vestígio de energia a que eu tinha de recorrer. Com uma contorção poderosa, escapuli do laço, rolei para a borda do píer e de lá joguei-me no mar.

Mas é necessário ser mais preciso.

Dos acontecimentos catastróficos que haviam se apossado da ilha com tanta rapidez, nós, os condenados à morte, havíamos permanecido isolados. O fogo tinha subido pela encosta imediatamente atrás das celas; os rebeldes não haviam conquistado a confiança nem o apoio dos soldados destacados para aquele posto mais remoto, e assim escapamos do incêndio, sem saber dos eventos extraordinários que ocorriam do outro lado do morro e da ilha. Assim mesmo, corriam rumores os mais diversos — de que uma hora antes tivera início uma invasão efetuada pela Real Marinha Inglesa, de que ocorrera um golpe de Estado, de que o comandante fora assassinado e ressuscitara miraculosamente, de que a imensa explosão, segundo os relatos dos sobreviventes esfarrapados e feridos que começavam a chegar do outro lado da ilha, não passava do início da vingança do comandante; e nossa pequena guarda estava ficando nervosa. O sargento incutiu ânimo aos soldados, dizendo-lhes que era necessário continuar tal como antes, senão o comandante certamente haveria de matá-los, e que a primeira ordem a ser cumprida era realizar a execução programada para aquele dia.

Fui levado até o píer, subi o cadafalso, contemplei, melancólico, o céu malhado de fumaça e, de olhos vendados, percebi que o céu não estava vazio, e sim cheio de almas mortas que me chamavam para que eu me juntasse a elas. Eu não dera ouvidos a nenhuma das preces feitas pelo padre, porém me limitara a acenar alegremente na direção das vozes dos prisioneiros, uma pequena multidão que fora obrigada a assistir à execução. Ri junto com eles e regozijei-me de ouvi-los manifestar admiração por minha bata branca, com mangas compridas que me cobriam as mãos, um esplêndido peixe bordado em meu peito, como uma bênção, belos enfeites de algas que os guardas haviam jogado sobre mim, à guisa de serpentinas, por escárnio — *Ó rei Netuno!* — e, muito antes que os outros o percebessem, dei-me conta de que eu fora condenado a algo muito mais terrível.

Na minha escuridão, percebi que eles se aproximavam, sentindo a terra tremer sob aqueles pés que marchavam pesadamente, e em minha imaginação comecei a escrever um livro, um livreto de seis *pence*, o qual começou, como todos os bons livros de confissão, assim: — *Minha mãe é um peixe*; e que termina assim: *entrou por uma porta e saiu por outra, Billy Gould, que menino mais bobinho, anda montado num cavalo-marinho*. Este livro de peixes que escrevi do início ao fim na minha imaginação, palavra por palavra, que pintei, pincelada por pincelada, entre o momento em que eu estava nesta carne e o momento em que já não estava mais nela, e que terminou do modo mais inesperado quando —

Mas nesse exato momento ouviu-se um grito. Não me virei e corri, porém encarei-os, para poder concentrar todos os meus sentidos em meu destino.

Quando viram os soldados se aproximar, baionetas em riste, os poucos guardas que iam me enforcar, antes apreensivos, depois apavorados, entraram em pânico. Atiraram nos soldados que se aproximavam, os quais por sua vez se ajoelharam detrás de uma baleeira e se prepararam para entrar em combate. Nenhum daqueles tiros visava a mim, é claro, sei disso agora — aqueles soldados vinham para me libertar, não era?

Porém minha guarda entrou em posição de combate, usando o cadafalso como barricada, e os mosquetes, mesmo nas melhores condições, são armas muito pouco precisas, e eu, a cabeça ainda enfiada no laço frouxo do verdugo, era o único corpo que permanecia exposto.

Fui eu quem sentiu o cheiro acre da pólvora explodindo antes mesmo que os outros tivessem tempo de ver os mosquetes do inimigo se erguerem, fazerem mira e dispararem; só eu senti a brisa suave provocada pelo movimento da bala de mosquete vindo, inexorável, de trás do baleeiro, atravessando o ar e chegando ao cadafalso, onde esperei tranqüilo o tempo de diversas existências até sentir a inevitável explosão no peito.

Assim, como se vê, eu ao mesmo tempo aceitava meu destino e rebelava-me contra ele, era meu destino receber de bom grado a bala em meu corpo, porém usar seu ímpeto para ajudar meu corpo a inclinar-se para trás e retirar a cabeça daquele laço malfeito, e no movimento súbito escapulir do cadafalso e saltar sobre o píer. Eu sabia que meu corpo estava se curvando para trás, uma vela enchendo-se de ar lentamente quando o vento começa a soprar e tem início a viagem rumo ao desconhecido, e cheio de vento fui rolando pelo cais até despencar dentro do mar de um vermelho cor de ocre, e foi então que minha venda foi arrancada pelas águas e meus olhos vidrados voltaram a enxergar e compreendi que minhas confissões estavam quase no fim e meu castigo estava apenas começando.

Meu corpo ardia, uma dor incomensurável de penitência. Meu equilíbrio de tal modo estava prejudicado por eu ter passado tanto tempo fora d'água que de início flutuei de lado, e foi só após engolir alguns goles de água que consegui começar a me mexer.

Ouvi o chefe dos soldados atrás da baleeira gritar:

"É só ele que queremos, e mais ninguém. É o pintor Gould que viemos buscar!".

Senti o tropel de botas de soldados e guardas correndo pelo píer para ver e discutir o milagre que acabava de acontecer.

Ouvi os gritos de espanto, se bem que sob forma de estranhas vibrações graves vindas de cima e não como exclamações agudas de incredulidade. As discussões entre os que tinham visto e os que jamais veriam chegavam a mim como um rumor tépido e sem sentido. Com minha visão recuperada, vi as balas de mosquete caindo lentamente, a força de sua explosão dissipada pelo impacto com a água, arrastadas para baixo apenas pela força da gravidade, uma pequena chuva de granizo negro e lerdo, seguida de remos a bater inutilmente na superfície do mar, ao que parece com a intenção de acertar-me a cabeça, e depois, com um pouco mais de inteligência, uma rede passou perto de mim.

Em seguida vi ganchos de arpões descendo em minha direção, e compreendi que estavam tentando me enganchar para me escravizar de novo. Com uma agonia que nenhum ser humano compreenderia e nenhum peixe seria capaz de descrever, obriguei meu corpo a afundar mais e mais, para bem longe da luz.

II

Eu estava flutuando, respirando água, descendo, subindo, sentindo que meu corpo não pesava quase nada em comparação com o peso que eu conhecera outrora, voando pela água, afundando e emergindo em florestas de algas, tocando alfaces-do-mar, corais, todas as pessoas que eu conhecera, cavalos-marinhos barrigudos, *kelpies*, baiacus, miracéus, xaréus, cobras-do-mar, tubarões-serras, peixes-algas, são-pedros, e o mar era um amor infinito que incluía não só aqueles que eu amara mas também os que eu não amara, Capois Death e o comandante, Marks Rastreador e os negros que haviam matado Capois Death, o quebrador de máquinas e o médico-chefe, e todos eles me tocavam e eu os tocava a todos, tal como numa existência anterior Marks Rastreador estendera a mão e me tocara.

Quem poderia temer tamanha doçura?

Perto do recife encontrei o peixe-vaca listrado, uma fêmea, e ela me disse seu nome verdadeiro e eu abri a dobra entre sua nádega e sua coxa e lambi ali, em busca do que seu aroma prometia, depois corri a língua por sua coxa e lambi os músculos de suas panturrilhas, a curva gloriosa de seus pés, a delícia roliça dos dedos, e em tudo isso gozei os mil componentes de seu cheiro que no entanto não eram seu cheiro e pronunciei seu nome e era tudo água, provei o sal seco de suas costas e muito lentamente ela virou-se e desviou a vista, porém eu só tinha olhos para seus peitos maravilhosos a avolumar-se e senti-lhes o peso com meus lábios e provei seus ombros, focinhei as fossas gloriosas de suas axilas e percebi que seus movimentos, que de início pareciam rígidos, apesar de voluntários, se tornavam alongados e lânguidos, e então ela olhou-me bem de perto, os olhos fechados, e então seus membros brotaram como flores, e lambi a parte que era um pouco salgada e um pouco ácida e algo totalmente diverso e sua respiração estava quente e forte e entrecortada e virei suas nádegas para um lado e para o outro e para o outro e minhas narinas começaram a abrir-se mais e mais e conheci a promessa da realização de seu aroma e relembrei a história dos astomitas, que se alimentavam só de cheiros, e como poderia adivinhar que durante quase duzentos anos eu também vivera assim? — tal como Plínio escrevera tanto tempo antes, e tal como Amado, o Intrépido, vasculhara os mares do Sul na vã esperança de encontrar? —, alimentando-se exclusivamente de cheiro de mulher e então eu já não estava mais lambendo nem olhando nem cheirando, eu estava viajando no cheiro dela e ela no meu e então eu era o cheiro dela e nós dois estávamos além dos cheiros, estávamos fazendo nossa própria revolução a nosso modo, e pensei:

Ah! Minha doçura, eu vivi para isto!

e pensei,

Como hei de morrer sabendo disto?

— tudo isto que está além de nós, tudo isto que continua para sempre, para todos os lados, por todos os séculos dos séculos, isto, nosso terceiro círculo.

III

Isso foi há muito, muito tempo.

Vivo agora na mais perfeita solidão. Nós, peixes, fazemos companhia uns aos outros, sim, mas nossos pensamentos são só nossos e absolutamente incomunicáveis. Nossos pensamentos se aprofundam, e compreendemos uns aos outros com uma profundidade completa que só quem não arca com o ônus da fala e suas complicações pode compreender. Assim, é falso afirmar que nem pensamos nem sentimos. Na verdade, além das atividades de comer e nadar, é a única maneira que temos de ocupar nossas mentes.

Gosto de meus semelhantes. Eles não se lamuriam de questões de pouca importância, não manifestam sentimentos de culpa por seus atos, nem tentam transmitir as doenças de ajoelhar-se um diante do outro, de um passar na frente do outro, de possuir objetos. Eles não me enojam com discussões a respeito de suas obrigações para com a sociedade, a ciência, ou este ou aquele Deus. As violências que praticam uns com os outros — o assassinato, o canibalismo — são honestas e desprovidas de malícia.

Algumas coisas, porém, ficam menos claras para mim quanto mais penso nelas.

Por muito tempo, antes de eu me transformar em peixe, a única coisa que me importava era que minhas pinturas falassem aos outros, exprimissem um sentimento além da sepultura. Aos que precisavam de conforto. Aos que viviam apavorados.

Por vezes sou obrigado a reconhecer que gostaria de voltar a ter o poder da palavra humana, ainda que apenas por alguns momentos, para poder contar que outrora eu queria viver como um arco-íris de cores a explodir, porém tinha de me contentar em fazer marcas borradas em papel barato. Para eu poder contar que outrora desejava subir até os céus e sacudi-los, mergulhar no mar e mover a terra; conhecer a beleza e maravilha deste mundo, a beleza e a maravilha que, reconheço agora, são coisas tão ilimitadas quanto seu inverso, e que eu queria que os outros entendessem comigo, e que tudo isso era em vão.

Queria que minhas pinturas falassem, mas quem me escutava? Perdi minha vida por isso, como se vê; minha razão fracassou por isso. Não há de ser nada, não estou me queixando — mas de que adiantou? Meus sentimentos nunca terminaram sua jornada transformados num significado que outros pudessem partir e compartilhar, como se fossem pão. Minhas pinturas não passavam de criaturas mudas.

Abri-me a tudo. Quanto mais eu sentia e vertia esse sentimento em meus peixes, mais sentimento via à minha volta. Tanta dor e tanta tristeza e tanto amor desesperançado em cada vida mutilada e cada coração oculto, até que um dia não suportei mais ver tanto sentimento, tanta dor e tanto amor, e queimei meu livro dos peixes, despedi-me dele, já vai tarde, e vejam só! Não é que me disfarcei de tal modo que fiquei parecendo igual aos outros, brotaram folhas de alga em meu torso e em meu pescoço, tornando-se impossível distinguir-me das algas e das florestas submarinas onde os mergulhadores agora de vez em quando vêm me procurar.

Alguns têm redes e querem capturar-me para vender-me aos boticários chineses, esses cultores de uma medicina mística os quais, à maneira de seus antepassados, com quem o comandante outrora realizava verdadeiros negócios da China, colocariam minha casca seca num almofariz e reduziriam o que restasse de minha essência a um pó, a que atribuiriam então poderes libidinais e um preço elevado. Dizem que é bom ser desejado, mas quanto a isso tenho lá minhas dúvidas. Toda ambição, disse-me Capois Death uma vez, é boa desde que seja realizada, mas nos meus melhores momentos eu aspirava vir a tornar-me algo mais que uma ereção passageira.

Outros têm câmaras submarinas. Filmam-me e fotografam-me, pois como peixe-folha que sou consideram-me um ser primitivo, espécie em vias de extinção, e eu, outrora Artista, tornei-me modelo; eu, cujo papel era ajudar a fazer classificações, agora sou classificado. Minhas pequenas barbatanas, delicadas e diáfanas, adejam-se como asas de fada, e encaro estes que me encaram, maravilhados com minhas cores fantásticas, com meus movimentos serenos, e fico a pensar.

A questão que me ocupa enquanto eles me perseguem e eu persigo camarãozinhos-das-salinas, nadando em torno dos recifes piscosos próximos da ilha Bruny, onde moro, é esta: será mais fácil para um homem viver sua vida como peixe do que aceitar a maravilha de ser humano?

Tão sós, tão assustados, tão sequiosos do que temos medo de pôr em palavras. Entre os mortos e os vivos — o quê?

E, em meio aos pilares diagonais de luz e escuridão sempre a deslizar por meu mundo aquoso, eu desejaria fazer aos mergulhadores essas perguntas, e mais estas: Por que sou possuído por duas emoções inteiramente opostas? Expliquem-me isso. Porque não é coisa que possa ser explicada, mas mesmo assim quero saber por quê — por que motivo, embora todos os fatos de minha vida me digam que este mundo fede mais que o cadáver flutuante do velho dinamarquês, por que é que assim mesmo não consigo deixar de crer que o mundo é bom e que sem amor não sou nada?

Por vezes tenho ímpetos de bater nos óculos desses nadadores com minha tromba comprida e dizer: Querem saber no que há de se transformar este país? Perguntem-me — afinal, se não podem confiar num mentiroso e falsário, numa prostituta e num delator, num assassino e ladrão condenado, então jamais compreenderão este país. Porque todos nós entramos em acordo com o poder, e a grande maioria de nós seríamos capazes de vender o irmão ou a irmã em troca de um pouco de tranqüilidade. Fomos ensinados a viver uma vida de covardia moral, confortando-nos com a idéia de que somos os rebeldes da natureza. Mas na verdade nunca nos aborrecemos nem nos entusiasmamos por nada; somos como os carneiros que criamos na terra que roubamos dos aborígines após exterminá-los: dóceis até a hora do abate.

Tudo que há de errado neste país começa na minha história: todos estão sempre inventando este lugar desde o dia em que o comandante tentou reinventar a ilha Sarah como Nova Veneza, como ilha do esquecimento, porque qualquer coisa é mais fácil do que lembrar. Hão de esquecer o que aconteceu aqui por cem anos ou mais, e depois vão reimaginar tudo tal como fez o velho dinamarquês, porque qualquer história há de ser melhor do que a triste verdade: a de que não foram os ingleses que fizeram isso conosco, mas nós mesmos, que os forçados açoitavam os forçados e mijavam nos negros e delatavam uns aos outros, que os negros vendiam as negras em troca de cães e matavam com suas lanças os forçados foragidos, que os caçadores de focas brancos matavam e estupravam negras, e as negras matavam os filhos que tinham com eles.

Pois aí está: duas coisas que não consigo juntar, e que estão me partindo em dois. Esses dois sentimentos, a consciência de um mundo tão horrível, a sensação de uma vida tão extraordinária — como resolvê-los? Um homem pode virar peixe? Todos vocês, mergulhadores, que vieram de tão longe para investigar meu mistério, essas perguntas, esse tormento, esse bem e esse mal, esse amor e esse ódio, essa vida, resolvam tudo para mim, dêem sentido à minha história, integrem-me a essa vida, digam-me que não é uma parte inextricável de minha natureza — eu lhes suplico...

Pois não me ajustei a este mundo.

Era o que eu queria, mas não consegui, por isso tentei reescrever este mundo em forma de livro de peixes e consertá-lo da única maneira de que eu era capaz.

Mas a minha maneira não fazia sentido, os meus gritos não foram ouvidos; cuspiram em meus desenhos, que depois se perderam para toda a eternidade. Agora só faço olhar e pensar este pensamento ridículo, improvável: o mundo é bom, creio eu, e o mundo é bom e o mundo é bom.

É, na melhor das hipóteses, uma idéia herética, e o inevitável castigo tarda mas não falha. Estava certo o livro dos sonhos de Matt Brady: amar é perigoso.

Por trás da máscara do mergulhador que se aproxima de mim agora com uma rede, reconheço o rosto inconfundível do sr. Hung, à procura de mais espécimes para seu aquário, e sei que mais dia, menos dia estarei olhando para fora daquele tanque iluminado com néon para dentro do qual olhei tão fixamente uma vez; que a Conga e o sr. Hung vão tramar mais um golpe: forjar o diário de um prisioneiro de dois séculos atrás e tentar fazê-lo passar por um documento histórico autêntico, de vez em quando olhando para mim dentro do aquário, pensando, talvez, como será a vida de um peixe, e enquanto isso eu estarei olhando para eles pensando como seria ser como eles, sabendo que um golpe é apenas um sonho, e que um sonho é coisa perigosa quando se acredita demais nele.

Pois lá fora, imediatamente além de nosso campo de visão, a rede está à espera de todos nós, sempre pronta para nos capturar e depois nos levantar no ar, agitando as barbatanas, corpos se debatendo em vão, sendo levados para sabe-se lá que destino caótico. Amor e água. Sid Hammet está olhando demais para mim. Não tenho medo, jamais tive medo. Eu serei você. Estou emergindo da noite, subindo, deslizando, atravessando o vidro e o ar, penetrando seus olhos tristonhos. Quem sou eu? ele já não pode perguntar, e eu — meu castigo é perfeito, para alguém que tomou uma vida mas não ganhou outra em troca — não posso ambicionar outra coisa que não a certeza que me permita responder: Sou William Buelow Gould, e meu nome é uma canção que há de ser cantada, entrou por uma porta e saiu por outra, Billy Gould, que menino mais bobinho, anda montado num cavalo-marinho...

Posfácio

Dos arquivos de correspondência do secretário colonial, 5 de abril de 1831

(Arquivo Público da Tasmânia)

GOULD, William Buelow, *prisioneiro nº* 873645; *vulgo* Sid Hammet, "o médico-chefe", Jorgen Jorgensen, Capois Death, Pobjoy, "o comandante"; *marcas identificadoras* tatuagem na parte superior esquerda do peito, âncora vermelha com asas azuis, *legenda* "Amor & Liberdade"; *fugiu* da ilha Sarah, 29 de fevereiro de 1831. Morreu afogado durante a tentativa de fuga.

ESTA OBRA FOI COMPOSTA EM ELECTRA PELA SPRESS E IMPRESSA
PELA GEOGRÁFICA EM OFSETE SOBRE PAPEL PÓLEN SOFT DA
COMPANHIA SUZANO PARA A EDITORA SCHWARCZ EM AGOSTO DE 2003